Dong-A Romance Story

시크릿 연애
Secret Date

리브 장편소설

동아

시크릿 연애

초판 1쇄 인쇄일 | 2015년 9월 21일
초판 1쇄 발행일 | 2015년 9월 30일

지은이 | 리 브
편 집 | 김태연
기 획 | 이예희
펴낸이 | 이춘이
펴낸곳 | 동아미디어

출판등록 | 제396-2011-000009호

주소 | 경기도 고양시 일산동구 호수로 358-25, 521호
전화 | (070)5015-3933~5
팩스 | (031)901-5201
E-mail | bear6370@hanmail.net

정가 | 9,500원

ISBN 979-11-5511-460-5 (03810)

ⓒ 리 브·2015

이 책은 동아미디어가 저작권자와의 계약에 따라 발행한 것이므로
본사의 서면 허락 없이 어떠한 형태와 수단으로도 본서의 내용을 무단으로
복제하는 것은 저작권법에 의해 금지되어 있습니다.

잘못된 책은 교환해 드립니다.

Dong-A Romance Story

시크릿 연애
Secret Date

리브 장편소설

동아

목 차

1. 전 애인의 친구 — 7
2. 자꾸 다가오는 남자 — 31
3. 오랜만에 만난 친구를 대하는 올바른 자세란? — 85
4. 경계의 줄타기는 아찔하다 — 139
5. 사랑이란 늪에 빠지다 — 165
6. 흔들린다 말하는 남자 — 189
7. 몰랐던 사실을 마주할 때 — 240
8. 상관없는 남자와 상관있는 여자 — 279
9. 기댈 곳은 그뿐이었다 — 323
10. 증오와 후회 — 355
11. 이제는 비밀 아닌 사랑 — 394

외전 — 407

작가 후기 — 416

1. 전 애인의 친구

벚꽃이 흐드러지게 핀 어느 봄날 저녁, 서울에서 가장 큰 규모를 자랑하는 호텔에서 화려한 결혼식이 열렸다. 하얗고 성스러운 장식들과 함께 오늘의 주인공인 신랑, 신부는 아름다운 자태를 뽐내고 있었다.

신부의 가장 친한 친구로서 이 자리에 참석한 나는 웃는 얼굴을 유지하고자 애를 썼다. 하지만 그럴수록 야속하게도 눈물이 꾸역꾸역 차올라 눈가의 화장이 보기 흉하게 번지려고 했다.

아무것도 모르는 친구들은 단짝 친구인 주아가 결혼하는 게 그렇게 서운하냐고, 그러면 네가 주아랑 결혼하지 그랬냐고 농을 섞어 말을 건넸다. 나는 바보처럼 실실 웃으며 침묵을 유지했다. 어리석은 두 눈은 이 와중에도 신부의 곁에 말끔한 모습으로 서 있는 남자의 얼굴을 뚫어져라 쳐다보고 있었다.

진짜, 진짜 나쁜 놈. 이 죽일 놈…….

나를 버린 그는 몹시도 행복해 보였다. 예쁘고 똑똑하고 집안도 좋은 내 친구를 선택한 그는 어여쁜 신부를 맞이하는 신랑으로서 이 세상에서 그보다 행복한 남자는 없다는 듯 웃고 있었다.

그 모습을 본 다른 이들은 정말 잘 어울리는 한 쌍의 커플이라며 축하와 덕담의 말을 던지고 있었다. 주아는 평범한 서민층에 속하는 나와 달리 유명한 국회의원과 변호사의 딸이었고, 내 전 남자 친구이자 주아의 신랑으로 이 자리에 서 있는 그는 식·음료계에서 세 손가락 안에 드는 전망 밝은 기업의 후계자였다.

나는 양 주먹을 꽉 움켜쥐었다. 곱게 기른 손톱이 손바닥 안쪽을 제법 날카롭게 파고드는 아픔에도 불구하고 이 짙은 슬픔과 비통함은 조금도 가시지 않았다. 입술이 파르르 떨려 왔다. 따스한 봄날인데도 양어깨에서 서늘한 기운이 느껴졌다.

결국, 나는 그 자리를 버텨 내지 못하고 급한 전화가 왔다는 핑계로 예식장을 슬쩍 빠져나왔다. 예식장에서 조금 떨어진 화장실 근처에 도착하고 나서야 두 눈에서 눈물이 툭툭 떨어져 내렸다.

"흐읍…….”

울음소리를 내지 않기 위해 입술을 꾹꾹 깨물었다. 슬픔도, 절망도 나만의 몫이다. 설사 지금의 내 모습이 안타까워 사정을 물어보는 이들도 모든 이야기를 듣고 나면, 나를 경멸하고 비난하리라.

친구의 약혼자와 바람을 피운 천하의 못된 년. 아무리 나쁜 악녀에게도 남들에게 말 못할 사정 한두 개 정도는 있다지만, 내겐 마음 놓고 슬퍼할 자격조차 없었다.

"그만 울어. 눈물에 젖은 얼굴은 퉁퉁 불어 보기 흉하니까."

그때, 왠지 모르게 익숙한 음성이 들렸다. 나는 깜짝 놀라 숙였던 고개를 들고 주변을 두리번거렸다. 남자 화장실 문에 비스듬히 기대어 서 있는 한 사람의 모습이 보였다.

"그, 그쪽은……?"

지금 이 상황이 매우 짜증 난다는 듯 잘난 얼굴을 종잇장처럼 구기고 있는 이 남자는 전 남자 친구인 우현의 친구, 송이준이었다. 우현처럼 강력한 뒷배경을 지니고 있으며 대한민국 상위 1%의 엘리트에 속하는 그. 이준의 손에는 날 선 목소리와 전혀 어울리지 않는, 새하얀 손수건이 들려 있었다. 나는 그것이 나를 위한 물건이라고는 도저히 생각할 수 없었다.

"손 아파. 빨리 받아."

명령조의 말투가 거슬리긴 했지만, 뭔가에 홀린 것처럼 그의 손수건을 받아 들었다. 참 바보 같게도 하얀 손수건을 빤히 쳐다보고 있자니, 신부가 입고 있던 하얀 웨딩드레스가 떠올라 눈물이 다시 한 번 샘솟듯 터져 나왔다.

"흐, 흐읍……."

몇 번 마주하지도 않은 이준의 눈에 이런 내 모습이 얼마나 한심하게 비칠지 잘 알고 있었다. 하지만 내 힘으로는 이 눈물을 절대 멈추지 못했다. 쓰라린 통증이 심장에 불규칙적으로 와닿았다가 아스라이 사라져 갔다. 마치 누군가가 내 눈가를 있는 힘껏 비틀어 눈물을 뽑아내는 것 같았다.

"나는 당신이 좀 더 똑똑하고 당찬 여자인 줄 알았는데 말이야. 신우현 따위가 대체 뭐라고."

한껏 비틀린 이준의 입술에서 조소 섞인 말이 흘러나왔다. 여러 가지 감정의 홍수에 떠밀려 판단력이 흐려진 나로서는 그것이 나를 비난하는 말인지, 우현을 비난하는 말인지 아니면 둘 다를 비난하는 말인지 전혀 알 수 없었다. 눈물이 고여 있는, 그저 멍한 눈으로 이준을 쳐다보았다. 코 닿을 만큼 가까운 거리까지 다가와 있는 남자의 얼굴이 보였다.

"저, 저……."

"신우현 따위는 더 이상 생각하지 마. 그는 오늘부로 유부남이니까."

나지막하게 속삭여 오는 그의 입술이 이런 상황에서도 참 매력적으로 다가왔다. 옅은 갈색 머리카락과 하얀 피부의 조화가 순정만화에서 방금 툭 튀어나온 남자 주인공 같았다. 물론 그는 그런 남자 주인공만큼 착하거나 다정다감하지 않았지만 말이다.

"나, 나도 알고 있다고요! 그런데 사람 마음이라는 게, 뜻대로 되는 거 아니잖아요……. 나도 이런 내가 한심하고 바보 같아서 미치겠다고요!"

기분 나빠, 정말 기분 나빠. 친하지도 않은 내게 반말을 찍찍 갈기는 건방진 말투도, 옳은 소리만 골라 하는 말도 하나같이 밉상이었다.

이준의 말에 울컥하여 대꾸하기 무섭게 눈가가 다시 따끔거렸다. 아, 진짜 미치겠네. 내 몸에 이렇게 많은 수분이 존재하고 있을 줄은 몰랐다. 건강에 도움이 될 거라 믿으며 평소 습관적으로 마시던 물이 전부 이렇게 빠져나오는 건가.

"그럼 도와주면 괜찮아질 수도 있다는 거네?"

"네?"

"도와줄 테니까 깨끗이 잊어. 그게 당신을 위해서도, 나를 위해서도 좋을 거야."

의미 모를 이준의 말에 가만히 굳어 있던 것도 잠시, 입술에 따뜻한 무언가가 와 닿는 것을 느끼는 순간 나는 시간도, 장소도 잊고서 크게 소리 지를 뻔했다.

"으읏……!"

이준은 그런 내 행동을 짐작하기라도 한 듯 입술 안으로 재빠르게 파고 들어오며, 왼손으로 내 손의 움직임을 원천봉쇄하고 다른 손으로는 허리를 꽉 붙들어 왔다. 나는 그를 뿌리치고자 있는 힘껏 발버둥을 쳤지만 실컷 울어 힘이 빠진 몸으로는 아무것도 할 수 없었다.

제법 거칠게 밀고 들어오던 그의 입술과 혀는 내 움직임이 다소 잠잠해지자 놀랄 만큼 부드럽게 변했다. 좀 전과 같은 사람이라고는 생각할 수 없었다.

그의 혀가 나의 치아와 혀를 부드럽게 간질이며 입 안을 천천히 점령해 왔다. 그가 만약 내 남자 친구였다면 제법 황홀하다고 느꼈을, 짜릿한 애무였다.

살짝 벌어진 입술 사이로 타액이 조금 흘러내렸지만, 그의 하얀 손가락은 그조차 말끔히 훑어 내렸다. 집요하게 쫓아와서 혀를 옭아매고 숨이 턱턱 막힐 정도로 몰아붙이는 그의 키스에 복잡했던 나의 머릿속은 어느새 하얗게 물들어 가고 있었다.

몸의 온도마저 후끈 올라가는 듯했다. 심장이 불규칙적으로 쿵쾅거렸고 발끝에 아찔하고 짜릿한 감각이 스쳐 지나갔다. 자극적인 키스는 곧 섹스를 부르는 행위라는 말이 틀리지 않아 보였다.

잠시 후, 입술을 뗀 이준이 샐쭉한 입꼬리를 올려 웃어 보였다. 나는 거친 숨을 훅훅 몰아쉬었다. 그 아찔하고도 잔인한 미소가 인간을 유혹하러 지상으로 내려온 악마의 미소 같다는 생각이 들었다.

"마지막으로 경고할게. 신우현 따위, 두 번 다시 생각하지 마."

뜻밖의 상황과 마주하자 다리에 힘이 완전히 풀려 버렸다. 바닥에 털썩 주저앉으려는 내 몸을 떠받쳐 준 것은 이준이었다. 그의 짙디짙은 갈색 눈동자가 사냥감을 노리는 맹수처럼 나를 찬찬히 훑어보고 있었다.

"자리로 돌아가. 그리고 네 친구와 우현에게 축하한다고 말해. 둘이 행복하게 잘 살라고 축하해 주라고."

"당신, 미쳤어요? 당신이 뭔데 내게 이래라 저래라야?"

좀 전의 키스부터 지금의 얼토당토않은 요구까지. 내 눈앞의 그는 미친 게 틀림없었다.

나는 그에게 꽉 잡힌 손목을 뿌리치기 위해 뼈가 부러져도 좋다는 심정으로 마구 움직여 댔다. 하지만 그는 강철 집게처럼 꿈쩍도 하지 않았다.

젠장, 남자와 여자 사이에 힘의 차이가 있다는 건 알고 있었지만 이 정도일 줄이야.

"다 널 위해서 하는 소리야. 내가 아는 이희연은 좀 더 똑똑하고, 좀 더 당찬 여자일 텐데. 설마 그깟 실연 좀 당했다고 징징 울며 이 자리에 주저앉을 생각이야? 만약 내가 너라면 그들 앞에서 더 잘나가는 모습을 보여 주고 나중에 그들이 후회하는 모습을 보고 마음껏 비웃으며 즐기겠어."

서늘하면서도 달콤한 그의 목소리에 어깨가 파르르 떨려 왔다. 이준은 아름답고 매혹적인 악마처럼 마약 같은 말들로 나를 홀리고 있었다. 나는 악마에게 저항하듯 소리쳤다.

"하하하, 씨발! 누군 그러고 싶지 않아서 이러는 줄 알아? 내가 아무리 똑똑하고 당차면 뭐해? 주아보다 예쁜 것도 아니고, 집안이 좋은 것도 아니지. 중·고등학교 시절 성적도 걔는 항상 1등이었고, 난 2등이었어. 걔보다 뭐 하나 뛰어난 것도 없고, 내 편이 돼 줄 사람들이 있는 것도 아냐. 이렇게 울고 마음 상하는 것 외에 내가 할 수 있는 게 대체 뭐가 있냐고! 아무런 힘도 없는 내가!"

"그래서 도와주겠다는 거잖아. 이 내가."

이준은 나를 반듯이 세워 주고, 울고 발버둥 치느라 흐트러진 머리카락을 가만히 매만져 주었다. 생각보다 다정한 손길에 기분이 굉장히 묘해졌다. 그 따스함에 나도 모르게 경계심이 조금 누그러졌다.

"당신은 어째서 내게 그런 호의를 베푸는 건데?"

"뭐, 굳이 답하자면 신우현 그 자식이 꼴 보기 싫어서라고 할까."

불량한 느낌이 가득한 그의 대답을 듣는 순간, 알 수 있었다. 눈앞의 이 남자와 나는 동류라는 것을. 투명한 전신 거울에 진실된 나를 비춰 보는 느낌이었다.

"내, 내가 어떻게 하면 돼?"

주아와 다니면서 평생 2등이라는 열등감, 못난이라는 자괴감을 달고 살아온 나였다. 우현이 뻗어 온 유혹의 손길에 응했을 뿐인데 비참하게 버려진 스스로가 불쌍한 내 눈에 이준은 밧줄처럼 보였다. 이 질척질척한 늪에서 나를 구원해 줄 유일무이한 밧줄.

설령 겉은 멀쩡하고 속은 썩었다 할지라도 상관없었다. 어차피 그래 봤자 본전치기니까. 일말의 희망이라도 걸 수 있다는 점이 중요하다.

"내 여자가 돼."

"뭐, 뭐라고?"

"잘난 남자의 애인이 돼서 우현이 자존심에 스크래치를 팍팍 내보라고. 난 너 따위 벌써 잊었다, 너는 내게 아무것도 아니었다, 이런 식으로. 그 녀석, 자존심이 꽤 세서 시간과 공만 조금 들이면 바로 미끼를 물걸? 남자란 생물은 자존심이 밥 먹여 주는 것도 아닌데, 그거에 상당히 집착하는 경향이 있어. 우습지 않아?"

그가 낮은 목소리로 속삭여 왔다. 본인도 남자인 주제에 그런 말을 아무렇지도 않게 하는 모습이 제법 우스울 법도 하련만, 말하는 주체가 그여서 그런지 하나의 상식이나 진리처럼 진지하게 들려왔다.

이집트의 여왕, 클레오파트라의 코가 문제가 아니었다. 이준 또한 눈이 조금만 더 작았더라면, 코가 조금만 더 낮았더라면, 입술이 조금만 덜 섹시했더라면 내뱉는 말의 신빙성이 엄청 떨어졌을 텐데. 하긴, 주아도 그 예쁜 얼굴로 이제껏 세상을 쉽게 살아왔고, 내가 가지지 못한 많은 것들을 쉬이 얻어냈다. 이래저래 참 불공평한 세상이다.

"……우현이를 엄청 싫어하나 보네요. 몇 번 보지도 않은 여자에게 이런 쓸데없는 제안을 하는 걸 보면."

"마음대로 생각해. 난 성의껏 제안했을 뿐이고, 네가 거절하면 그대로 끝나는 일이니까."

그가 뒤돌아섰다. 어허, 이 남자. 성격도 참 급하시지. 내가 쉬이 동의하지 않으니까 바로 포기하려는 건가.

구질구질한 내 처지가 조금은 바뀔지도 모른다는 희망과 수십 대를 때려도 분이 풀리지 않을 우현에게 한 방 먹일 수 있다는 생각에 내 마음은 점점 조급해졌다. 이럴 때일수록 침착해야 하건만, 나는 그리 현명한 여자가 아닌가 보다. 다급한 목소리로 그의 발걸음을 붙잡았다.

"저기요! 대신 조건이 있어요."

"조건?"

"계약에 의한 연애라 해도 진짜 남자 친구처럼…… 다정하게 대해 주세요. 이 이상 비참해지고 싶지 않으니까."

"그럼 그쪽은? 진짜 여자 친구처럼 행동해 줄 건가?"

"노력할게요, 나도."

"좋아, 계약 성립. 이 세상 어떤 여자도 부럽지 않을 만큼 다정한 남자 친구가 되어 주지. 남들에겐 지랄 맞지만 내 여자에게만큼은 따뜻한."

대체 뭐래, 이 남자가. 다시 가까이 다가온 그는 내 허리를 확 잡아끌어 나를 자신의 품 안에 가두었다. 낯선 남자의 품에 안겨 있다는 사실 자체가 굉장히 부끄럽고 당혹스러워 나의 얼굴은 점점 붉어져 갔다.

"현명한 계약을 한 거야, 넌."

옅은 웃음기를 머금고서 다정하게 다가오는 그의 목소리엔 거부할 수 없는 마력이 존재하고 있었다.

* * *

정신이 하나도 없는 상태에서 이준의 손에 이끌려 식장으로 되돌아왔다.

나 참, 타이밍도 절묘하지. 기나긴 주례와 친구들의 동영상 감상 등 자질구레한 절차들이 끝나고 결혼식의 하이라이트라 할 수 있는 키스 타임이 진행되고 있는 듯했다. 자리에 앉아 계신 어르신들은 재미있다는 표정을 짓거나 자신들의 일처럼 쑥스러워하셨고, 또래 친구들은 열화와 같은 성화 및 야유를 보내고 있었다.

아아, 머리가 어지럽다. 내가 과연 저 둘의 키스 장면을 멀쩡한 정신으로 바라볼 수 있을까.

이준과의 거래에 선뜻 응해 놓고도 나의 마음은 힘없는 갈대처럼 흔들리고 있었다. 서로를 바라보며 웃는 신랑 신부의 얼굴을 마주하자 내 가슴은 송곳으로 후벼 파는 듯한 잔인한 고통에 시달리고 있었다. 누가, 제발 나 좀 도와줘…….

"거래에 한 번 응한 이상 도망치는 건 절대 용납 못 해, 이희연. 넌 이미 내 여자야."

식장에 들어온 이후 줄곧 내 곁에 서 있던 이준이 나지막하게 속삭여 왔다. 나의 허리에 민첩하게 둘리는 야릇한 손길을 느꼈다.

"키스해!"

"키스해!"

이상하게도 신랑 신부에게 보내는 사람들의 환호 및 성화가 나를 향한 것처럼 느껴졌다. 쑥스러워하던 주아와 우현의 입술이 천천히 맞닿았다. 아아, 도저히 못 보겠어.

나는 두 눈을 꼭 감아 버렸다. 그와 동시에 몸이 옆으로 살짝 비틀리면서 입술에 따뜻한 감촉이 와 닿는 것을 느꼈다.

뭐, 뭐지, 이건? 조금 전 화장실 앞에서 벌어졌던 상황과 비슷한 느낌에 나는 감았던 눈을 다시 떴다. 아니, 아니! 이 남자가 정말! 이준이 내게 다시 한 번 키스해 왔다. 그것도 아는 사람, 모르는 사람으로 가득 채워진 예식장 뒤쪽에서 당당한 포즈로.

주변 사람들의 수군거림이 들려오더니 이내 조금 멀리 떨어져 있는 친구들의 강렬한 시선마저 느껴졌다. 아, 정말이지 내가 미쳐, 미쳐, 미쳐!

모르는 사람들은 그렇다 치더라도 안면 있는 사람들은 나를 얼마나 한심하고 정신 나간 여자라 생각하고 있을까. 남의 예식장에 와서 신랑 신부의 키스 타임에 남자 친구로 보이는 듯한 사람과 키스를 하는 여자라니. 아아, 정말 최악이다. 이곳 어딘가에 땅굴이 있다면 기어서라도 들어가고 싶었다.

그나저나 처음부터 끝까지 부드럽게 진행되는 키스는 아까와 달리 숨쉬기가 한결 편했다. 이런 점을 다행이라고 생각하는 지금의 내 모습은 굳이 거울에 비춰보지 않아도 한심하기 짝이 없을 테다. 정말이지 죽고 싶다.

내 입술을 마음껏 농락한 악마 같은 남자, 이준은 만족스럽다는 미소를 지으며 입술을 떼어냈다.

"하아……. 당신, 진짜……."

"에잇. 너무 화내지 마, 희연아. 아름다운 웨딩드레스를 입은 신부를 부럽다는 눈으로 보는 네 모습이 너무 예뻐서 나도 모르게 튀어나온 행동이니까."

닭살 돋는 말에 내 입보다 몸이 먼저 반응했다. 에어컨 바람을 잔뜩 쐰 것처럼 피부에 소름이 우수수 돋아났다. 내 앞에서 예쁘게 웃고 있는 그가 조금 전 화장실 앞에서 불량하고 까칠한 태도를 보인 그놈이 맞나 의심될 정도다. 이거 뭐야, 진짜 남자 친구 같잖아.

아무런 대답도 못 하고 입술만 파르르 떨고 있는 내게 그가 고개를 숙여 귓가에 대고 말해 왔다. 다른 사람에겐 절대 들리지 않을 작은 목소리로.

"지금 그들도 우리를 보고 있는 거, 알아? 완전 짜릿하잖아."

그 악마 같은 속삭임에 오른쪽으로 고개를 돌리니, 잔뜩 놀란 표정으로 이쪽을 보고 있는 신랑과 신부의 모습이 보였다.

송이준, 그가 미친놈이라면 난 미친년이 분명했다. 당황하는 그들의 얼굴을 보고 있자니 나도 모르게 입꼬리가 자꾸만 올라가서 당혹스러웠다. 나는 최선을 다해 정색한 표정을 유지했다. 하지만 이준은 내 마음을 꿰뚫어 보고 있다는 듯, 얄밉게도 빙긋빙긋 웃어댔다. 그리고 넉살 좋게 주변 사람들을 향해, 신랑 신부를 향해 이렇게 외치는 것이 아닌가.

"소란을 일으켜 죄송합니다. 미안하다, 우현아. 미안해요, 주아 씨. 우리가 사귄 지 얼마 안 돼서 그러니 이해 좀 해 주라."

내가 조금 전 화장실 앞에서 그의 본모습을 보지 못했다면 그대로 믿었을 만큼 태연한 모습이다. 다른 사람들을 대하는 그의 태도는 정중한 반면 서프라이즈 장난을 치는 것처럼 쾌활한 구석도 있었다. 우현과 주아 때문에 전에 이준을 몇 번 만난 적 있지만, 그의 무뚝뚝한 면만 보아 온 내게 이런 모습들은 하나하나가 충격이었다.

어느 쪽이 그의 진짜 모습일까. 혼란스럽다.

한동안 소란스러웠던 예식장은 능력 있는 사회자님 덕분에 잘 수습되어 식을 무사히 마칠 수 있었다. 나름 유명 인사들의 결혼식이라고 가족과 친지, 친한 친구들 위주로 사람을 가려 초청한 점도 소란을 수습하는데 한몫했을 테다.

"자, 사진을 찍을 테니 다들 준비해 주세요."

기념사진을 찍는 타이밍이 되어서야 나는 이준의 손아귀에서 간신히 벗어날 수 있었다. 정신적 충격과 긴장 때문에 목이 미치도록 탔다. 원래 앉았던 테이블로 가서 물 잔을 집는데, 한 무리의 사람들이 다가왔다.

"희연아. 너, 이준과 진짜 사귀는 사이야?"

"둘이 언제부터 그렇고 그런 사이였어?"

"신원그룹의 송이준이라니, 완전 대박이잖아!"

부담스러운 시선과 속사포처럼 쏟아져 내리는 말말말, 말들. 정신이 하나도 없었다.

하지만 단언컨대, 지금 이 순간이 주아와 함께 해 온 내 인생 가운데 주변 사람들의 관심을 가장 많이 받은 때라고 말할 수 있었다. 왠지 모르게 기분이 야릇해졌다. 악마 같은 그의 말이 내 머릿속을 빙글빙글 맴돌았다.

"잘난 남자의 애인이 돼서 우현이 자존심에 스크래치를 팍팍 내보라고. 난 너 따위 벌써 잊었다, 너는 내게 아무것도 아니었다, 이런 식으로. 그 녀석, 자존심이 꽤 세서 시간과 공만 조금 들이면 바로 미끼를 물걸? 남자란 생물은 자존심이 밥 먹여 주는 것도 아닌데, 그거에 상당히 집착하는 경향이 있어. 우습지 않아?"

이준이 모르는 사실이 하나 있다. 자존심은 남자만 가지고 있는 게 아니다. 좋은 집안에서 부족한 것 없이 공주님처럼 자라온 여자, 주아의 자존심도 상당히 셌다. 그러므로 내 전 재산의 반 정도는 걸고 내기할 수 있었다. 내가 제 남편보다 더 잘난 남자를 애인으로 뒀다는 사실에 이 세상 그 누구보다도 충격받을 여자는 바로 그녀였다.

난 다른 사람들보다 뛰어난 존재야. 내가 알고 있는 사람들 중에서는 내가 제일 빛나고 있을 거야. 주아는 소위 말해 청동기 시대의 선민사상을 지니고 있는 여자였다.

아니나 다를까. 조금이라도 안면 있는 친구들이 나와 이준의 관계에 대한 궁금증을 해소하기 위해 내게 벌떼처럼 다가오고 있는 와중에도 주아는 애써 도도한 태도를 유지하며 자신의 눈부신 웨딩드레스 자락을 살피고 얼굴의 화장을 확인해 보느라 정신없었다. 나는 비죽 튀어나오려는 조소를 억지로 집어삼키며 친구들을 향해 말했다.

"다들 진정해. 지금 그게 중요한 게 아니잖아. 오늘은 주아의 결혼식인데……. 우리 나중에 얘기하자, 응? 난 주아에게 가 봐야겠어."

아무렇지도 않은 척, 착한 척, 친구를 생각하는 척. 가식적인 내 모습은 스스로 생각해도 역겨웠다. 하긴, 우현의 은밀한 유혹에 응했을 때부터 주아 앞에서의 가식은 일상이 되어 버렸다.

"주아야."

"어머, 희연아. 대체 어떻게 된 거야. 네가 애들에게 둘러싸여 있어서 도와주러 가고 싶었지만, 이 드레스 때문에 움직일 수 없었어."

주아가 얼굴 가득 미안하다는 표정을 지으며 조곤조곤한 목소리로 이야기해 왔다. 솔직히 말해 그녀의 표정 및 말투는 애써 가다듬은 노력의 산물인지 아니면 진심인지 잘 모르겠다. 다만 한 가지 확실한 것은 그녀가 착하고 상냥한 태도를 보일수록 나는 천하에 둘도 없는 못된 년이 되어 간다는 점이었다.

"아냐, 아냐. 오히려 내가 더 미안하지. 방금 전 일은 진짜 미안. 나도 모르게 벌어진 일이라……. 어쩌지. 내가 네 결혼식을 망쳐 버린 걸까. 미안해, 주아야. 정말 미안해."

나는 그녀의 앞에서 죄인처럼 고개를 푹 숙인 채 미안하다는 사과를 건넸다. 주아는 괜찮다며 도리어 나를 위로해 주었다. 그리고 아무렇지도 않게, 지나가는 말처럼 물었다.

"그런데 송이준, 그 사람이랑 정말 사귀는 거니? 나, 네게 남자 친구가 있다는 이야기 한 번도 못 들은 것 같은데. 다른 사람들도 아니고 나한테까지 비밀로 하다니 너무해……."

"그게……."

어찌 대답해야 하나 고민하는 내 시야에 우현의 근처에 서 있는 이준의 모습이 들어왔다. 모양새를 보아하니 그 또한 나처럼 질문 공세에 시달리고 있는 듯했다. 저쪽은 자업자득이라지만, 난 대체 무슨 죄일까.

"사귄 지 얼마 안 돼서……. 좀 더 확실해지면 말하려고 했지."

"그래? 이제 한 일주일?"

"으응, 그 정도."

"그렇구나. 아, 아쉽다. 신혼여행만 아니라면 너, 나, 우현이, 이준 씨 이렇게 넷이 근사한 곳에서 식사라도 하는 건데."

"다녀와서 하면 되지."

"그래. 그때까지는 별일 없을 테니까."

그녀의 말이 '너희 커플이 과연 그때까지 사귀고 있을까?'라는 말로 자동 번역되어 들리는 것은 나의 오래된 열등감과 패배감 때문일까.

"자, 우리 이제 사진 찍어야지. 희연아, 머리 여기 흐트러졌다."

내 머리와 옷매무새를 매만져 주는 그녀의 얼굴을 빤히 쳐다보고 있자니 머릿속이 점점 더 복잡해졌다. 준비가 다 된 사진사가 사람들을 불러 모았고, 나는 주아의 손에 이끌려 가족들을 제외하면 그녀와 가장 가까운 자리에 서게 되었다.

"우리 희연이는 머리카락도 좋네."

익숙한 목소리와 손길에 뒤를 돌아보니, 어느새 내 뒤편에 자리 잡은 이준의 모습이 보였다. 단순히 머리카락을 매만지는 손길조차 이렇게 야하게 느껴질 수 있다니. 이 남자는 내게 작정하고 은밀한 유혹의 손길을 뻗어 온 우현보다 더 위험한 존재가 될지도 몰랐다.

"당신…… 너, 그만 좀 해."

"앞이나 똑바로 봐. 그리고 웃어. 사진은 꽤 오랫동안 남아 있는 증거물이니까."

타인의 시선에는 그가 나의 귓가에 사랑의 밀어를 속삭이고 있는 것처럼 보이겠지만, 실상은 전혀 달랐다. 나는 다시 한 번 피부에 소름이 돋는 것을 느끼며 앞쪽을 쳐다보았다. 셔터가 찰칵 눌러질 때야 비로소, 아까 한참을 운 덕분에 통통 불어 있을 얼굴이 걱정되었다.

기념사진을 찍고 나니 가족이나 친지 내 어르신들은 하나둘 자리를 떴고, 예식이 열렸던 웨딩홀에서 젊은이들을 위한 작은 피로연이 진행되었다. 하지만 여러 가지 정신적 충격으로 탈진하다시피 한 내 몸은 누군가 조금이라도 건드리면 툭 쓰러질 것처럼 후들거렸다. 웃는 가면을 수십 개 뒤집어쓴다고 해도, 이곳에 더 이상 머무는 것은 무리다.
"주아야, 결혼 정말 축하해."
있는 힘, 없는 힘 다 끄집어내서 그 말 한마디를 간신히 내뱉을 수 있었다. 화려한 웨딩드레스를 벗어 던진 주아는 피로연 자리에 걸맞은 우아하고 여성스러운 핑크색 드레스를 걸치고 있었는데, 그 옷 또한 그녀에게 잘 어울렸다. 패션의 완성은 얼굴이라는 말이 맞긴 맞나 보다.
"네가 축하해 주니까 너무 좋다. 이리 와 봐. 너랑 나, 우현, 이준 씨 넷이서 사진 찍자. 사진사가 찍는 것보다야 못하겠지만 디카로 간단하게 찍는 것도 나쁘지 않잖아? 바로 확인할 수도 있고."
뭐야, 이게. 신우현, 그 자식을 마음에서 아직 완전히 털어내지 못했는데.

당분간 그와 부딪히는 일은 되도록 피하고 싶었지만 정신적으로도, 육체적으로도 꽤 지쳐 버린 나는 주아의 손에 속수무책으로 이끌려 그들 앞에 마주 서게 됐다.

"이준 씨, 사진 괜찮죠? 우현이, 너도 괜찮지?"

두 사람 다 별다른 이의를 제기하지 않아 넷이서 함께 사진 몇 장을 찍었다. 사진은 오랫동안 남는 증거물이라는 이준의 말이 귓가에 가시처럼 박혀 왔다. 때문에 나는 억지로나마 미소를 짓기 위해 노력했다.

"주아야. 미안한데 나, 컨디션이 안 좋아서⋯⋯. 먼저 돌아가 볼게."

"정말? 아쉽다. 몸 상태 안 좋은데도 오늘 와 줘서 정말 고마워. 나중에 연락할게."

"응. 신혼여행⋯⋯ 잘 다녀와."

이 자리에 더 있다가는 나와 우현 사이에 있었던 더러운 일들을 티 내고 말 것 같았다. 나는 꼬리 만 개처럼 그 자리를 도망쳐 나왔다. 복도를 빠르게 걷고 있는데, 뒤따라오는 발걸음 소리가 들렸다. 뒤를 돌아보니 비딱한 미소를 짓고 있는 이준이 서 있었다.

"여자 친구잖아. 바래다줄게."

그와 단둘이 탄 엘리베이터 안은 침묵으로 가득 채워졌다. 나는 어찌할 바를 모르고 반투명한 엘리베이터 유리창에 흐릿하게 비치는 바깥 풍경만 쳐다보았다. 높은 곳에서 내려다보는 서울의 야경은 여느 때처럼 아름다웠다. 가로등 혹은 상점이나 아파트에서 흘러나온 주홍색과 노란색의 불빛들이 몽롱하게 일렁거렸다.

나는 예전부터 밝은 대낮보다는 까맣고 어두운 밤하늘이, 고요한 밤거리가 훨씬 더 좋았다. 못난 내 모습도 짙은 어둠에 동화되어 다른 사람들의 눈에 잘 띄지 않을 것 같았기 때문이다.

"그거 알아? 감상에 젖어 있는 당신 모습, 꽤 매력적이야."

"뭔 개소리예요, 그건."

"편하게 말 놓지. 어차피 동갑이고, 이제는 연인인데."

"몇 번 만나지도 않은 사람에게 말 놓는 취미는 없어요."

"앞으로 자주 보게 될 텐데, 뭘."

하아, 가벼운 한숨이 흘러나왔다. 뭐라고 말해도 제멋대로 받아들이는 이준을 감당해 낼 자신이 점점 없어졌다. 주아에 대한 뿌리 깊은 열등감과 우현에 대한 분노로 괜한 짓을 했다 싶은 후회가 조금씩 밀려왔다.

엘리트 집단에 속하는 이답게 그 또한 — 주아와 우현 때문에 나 역시 몇 번 타 본 — 값비싼 외제 차를 소유하고 있었다. 싸가지 없는 성격치곤 차 문을 열어 주는 모습이 꽤 상냥해 보였다. 진짜 연인처럼 구는 그의 연기력에 아낌없는 찬사를 보내고 싶다.

차창을 조금 열어 둔 덕분에 바람이 스며들어 와 제법 시원했다. 벚꽃이 활짝 만개한 거리를 지나갈 때는 꽃내음도 희미하게나마 느껴졌다. 꿍꿍이 모를 옅은 미소를 띤 채 옆에서 운전하고 있는 사람만 아니라면 모든 상황이 완벽했다.

"……지금 신우현을 생각하고 있는 건 아니겠지?"

"뭔 상관이에요, 당신이."

"쓸데없는 것에 시간과 감정을 소모하는 모습이 한심해 보여서 말이야. 이전에도 둘이 잘될 가능성은 적었지만 이제는 아예 제로야. 현실을 똑바로 직시해야지."

"글쎄요. 솔직히 잘될 거라 생각한 적은 별로 없는 것 같네요, 이상하게도. 떳떳지 못한 관계라서 그랬나."

오늘 예식장에서 턱시도를 갖춰 입은 우현의 완벽한 모습을 보기 전까지, 나는 단 한 번도 그의 턱시도 차림을 상상해 본 적이 없었다. 사랑하는 연인이라면 한 번쯤 결혼식장에서의 상대방의 모습을 상상해 볼 법도 하련만. 어쩌면 나는 그 검은 유혹이 손을 내민 순간부터 종국에는 파멸하리란 사실을 짐작하고 있었던 것 같다. 소설이나 영화 속의 흔한 불륜녀들과 나는 다르다고, 애써 부인해 왔을 뿐이지.

"집으로 돌아가면 뭐할 건데?"

"피곤하니 쉬어야죠."

"쉬고 나선?"

마땅한 대답이 떠오르지 않았다. 두 달 전이라면 내일 회사 갈 준비를 할 것이라 답했겠지. 하지만 일이 적성에 잘 안 맞는다는 이유로 용감하게 사직서를 던지고 난 후 나는 한 마리의 우아한 백조로 생활하고 있었다. 게다가 사귀던 애인에게 잔인하게 버림받고 그 결혼식에 초대받기까지 했다.

축 늘어진 현 상태로는 새로운 직장을 구하기 위해 이력서를 써야겠다는 생각조차 들지 않았다. 아무것도 하고 싶지 않은 무기력한 상태. 그것이 지금의 내 모습이고, 우울한 자화상이었다.
"마땅한 일정이 없으면 앞으로 며칠간 내 일정에 맞춰 주면 되겠네."
"무슨 의미예요, 그거?"
"두 사람은 일주일간 하와이로 신혼여행을 다녀와. 그들이 없는 사이에 우리가 진짜 연인처럼 친밀해질 필요가 있을 것 같은데. 뭐, 이것저것 하다 보면 궁합이 대충 맞춰지겠지."
억지가 다분한 그의 말. 하지만 바로 반박할 수 없었던 건,

"아쉽다. 신혼여행만 아니라면 너, 나, 우현이, 이준 씨 이렇게 넷이 근사한 곳에서 식사라도 하는 건데."

주아가 내게 던진 말 때문이었다. 의외로 행동력이 좋은 그녀는 나와 이준이 제대로 사귀고 있는지 궁금해하고 있으니 신혼여행 후 어떤 이유를 갖다 붙여서라도 함께 하는 자리를 만들 것이다. 엎질러 버린 물처럼 그녀에게 이준과 사귀는 사이라고 이미 말한 이상, 꼬투리나 약점 잡힐 만한 모습은 보여 주고 싶지 않았다.
이 생각 저 생각으로 머리가 복잡해져 아무 말이 없는 내 모습을 '긍정'의 의미로 받아들인 것인지 이준은 피식 웃고는 운전에 집중했다.
봄인데도 제법 서늘한 밤공기를 가르며, 차는 빠른 시간 내에

내가 살고 있는 동네에 도착했다. 그가 집 앞까지 데려다주겠다고 하는 것을 극구 사양했다.

"여기서 오 분도 안 걸리니까 신경 쓸 필요 없어요. 태워다 줘서 정말 고마워요!"

"잠깐만."

그가 내 손목을 붙잡으며 핸드폰을 눈앞에 들이밀었다.

"번호 찍어. 앞으로 연락할 일이 많아질 테니까."

처음에는 아무 번호나 대충 찍을까 싶은 생각도 들었지만, 이 남자의 사회적 위치상 마음만 먹는다면 내 번호 따위는 얼마든지 알아낼 수 있으리란 판단이 섰다. 쓸데없는 일로 심력 낭비하지 말자는 생각에 핸드폰 번호를 빠르게 누르고 건네주었다.

"그럼 공평하게 그쪽 번호도 알려 줘요."

"그러지. 지금 메시지 보낼 테니까."

아니, 그냥 번호를 부르면 되지. 속으로 투덜거리던 나는 핸드폰의 진동을 느끼고, 도착한 문자메시지를 확인해 보고자 했다. 그 순간, 이준이 짧은 작별 인사를 건네며 차 문을 닫고 그 자리를 황급히 떴다.

"뭐야. 왜 이렇게 급하게 가. 뒤에 약속이라도 있는 거야? 자기도 바쁜데 나는 뭣 하러 태워다 줘서……."

그래도 그가 예상보다 괜찮은 남자일지도 모르겠다는 생각이 들었다. 이준이 보여 준 사소한 친절들. 비록 내가 내세운 조건 때문에 베풀어졌다 해도 그는 최소한 자신이 내뱉은 말은 지키는 성격임을 증명해 보였으니까.

나는 집 쪽으로 천천히 걸음을 옮기며 메시지를 확인했다.

[앞으로 서로 잘해 보자고. 당신은 충분히 매력적인 여자니까 좀 더 당당하게 행동했으면 좋겠어. 010-35**-78**]

무뚝뚝한 그의 성격을 감안하면 상당히 장문의 메시지가 도착해 있었다. 그리고 까칠한 그의 태도와 별로 어울리지 않는 격려 조의 말까지.
"뭐야, 정말. 설마……. 이 메시지 보내 놓고 쑥스러워서 자리를 빨리 뜬 거?"
그의 머릿속을 들여다볼 수 없는 이상, 이 바보 같은 생각이 맞았는지 틀렸는지 확인할 수 있는 길은 없었다. 하지만 만약 섣부른 짐작이 사실이라면……. 지랄 맞은 그 성격에도 꽤 귀여운 구석이 존재하고 있는 듯했다.

2. 자꾸 다가오는 남자

비가 주룩주룩 내리는 월요일. 직장인이었을 당시에는 마냥 귀찮게 느껴지던 빗방울이 백조가 되어 집에서 쉬게 되자 꽤 낭만적인 멜로디로 다가왔다.
"오늘은 비가 오니 방콕."
사실 날이 맑더라도 딱히 나갈 일은 없었지만.
먹다 남은 쿠키 봉지와 오렌지 주스를 옆에 쟁여 놓은 후 나는 습관적으로 컴퓨터를 켰다. 요일별로 연재되는 웹툰과 웹소설을 죄다 챙겨 보고 세일한다는 쇼핑몰도 이곳저곳 둘러보았다. 오늘따라 눈에 띄는 물건들이 유독 많아서 지름신 강림을 막기가 참 힘들었다.
'통장 잔고를 생각해야지, 잔고를……'
하지만 그 결심이 무색하리만큼, 예쁜 플라워 패턴의 원피스가 눈에 띄자 나의 손은 해당 상품의 구입 버튼을 빠르게 클릭하고 있었다. 더군다나 한정된 시간에만 20% 세일 가격으로 판매하는 희소성 있는 상품! 결제창이 뜨면서 ISP 비밀번호를 입력하려는 순간, 책상 위에 놓아두었던 핸드폰이 강렬한 진동음을 냈다.
"아씨, 이런 중요한 순간에 대체 누구야?"
나는 신경질을 내면서 핸드폰의 액정을 바라보았다. 070으로 시작하는 광고 전화나 쓸모없는 스팸 전화라면 과감하게 거부 버튼을 누르려고 했는데, 010으로 시작하는 낯선 번호가 눈에 들어 왔다. 흐음, 대체 누구지? 잘못 걸려 온 전화? 아니면······.
"아, 그 인간!"
왠지 모르게 낯이 익다 했더니 전화번호부에 아직 저장해 두지 않은 이준의 번호였다. 나는 잠깐의 망설임 끝에 그 전화를 받았다.
"여보세요?"
- 생각보다 빨리 받았네.
"아침부터 무슨 일로 전화했어요?"
- 아침? 지금 12시가 다 되어 가는데.
"나한테는 아직 아침이에요."
- 그래? 그럼 이따 점심때쯤 시간 내 봐.
"한 시나 두 시요?"
- 아니, 한 6시쯤?
"그땐 저녁이죠!"
- 아깐 12시가 아침이라며. 그럼 6시쯤은 되어야 점심이지.

"바쁜 줄 알았는데 이준 씨, 생각보다 되게 한가한 사람인가 봐요. 갑자기 전화해서 이런 농담 따먹기나 할 시간도 있고."

- 쓸데없는 일로 통화할 권리, 연인 사이에는 당연히 있는 거 아닌가.

이 남자, 생각보다 뻔뻔하고 말발도 좋다. 그래, 너님 참 잘났다.

"내가 그때 바쁘다면 어쩔 거예요?"

- 이 시간에 전화 받을 정도면 한가하다는 사실, 잘 알아. 저녁에 영화나 한 편 보지. 어떤 장르 좋아해?

일방적인 데이트 신청. 솔직히 적극적인 성격의 남자를 싫어하는 편은 아니지만, 그 상대가 이준이라면 이야기가 좀 다르다. 그는 보통 남자들과 달리 언제 어떻게 행동할지 예측이 전혀 불가능한 사내였다.

'그래, 좋아. 송이준, 이 기 싸움 사양하지 않고 받아 주마!'

쓸데없고 사소한 일에 괜히 불타오르는 성질이 있는 나는 속으로 그리 외치며 말을 이어 나갔다.

"흐음……. 아, 혹시 공포나 스릴러 장르 좋아해요? 최근 상영작 찾아보니까 <그놈이 머물던 자리>라는 제목의 공포 영화가 있던데. 그거 어때요?"

나는 보통 여자들과 달리 로맨스 영화는 보자마자 십 분 안에 잠들 수 있을 정도로 지루해했지만 공포, 스릴러, 재난 장르의 영화는 웃고 즐기면서 보는 타입이었다. 내가 다른 여자들과 다르다는 걸, 이번 기회에 확실히 보여 주지.

- 그런 취향이었군, 당신.

"왜요? 여자들이 로맨스 영화를 주로 좋아한다는 편견은 버려요."

- 뭐, 좋아. 난 딱히 장르를 가리지 않으니까. 강남시네마극장 시간표를 보니 7시 35분 영화와 8시 20분 영화가 있군. 저녁 먹고 느긋하게 보려면 8시가 낫겠지?

"그래요. 표는 내가 예매해 둘게요. 지금 극장 홈페이지에 접속해 있으니까요."

- 센스 있네. 그럼 저녁은 이쪽이 사지. 6시 반에 동네로 데리러 갈 테니까 어제 내렸던 곳에 나와 있어.

그 말을 남기고 통화가 툭 끊겼다. 나는 그간 차곡차곡 쌓아 두었던 마일리지를 이용해서 단돈 만 원으로 영화표 두 장을 예매했다. 그냥 보는 영화도 재미있지만, 마일리지로 할인받아 보는 영화는 더더욱 즐거웠다.

"저녁때는 비가 좀 그치면 좋으련만."

비 오는 날은 치마를 입어도, 바지를 입어도 불편하기만 하다. 눅눅한 습기 때문에 옷이 다리에 찰싹 달라붙을뿐더러 도로와 길가의 구정물들이 마구 튀어 옷에 보기 싫은 까만 점들을 생성해 내기 때문이다.

오후 두 시가 넘어서야 주방으로 어슬렁어슬렁 걸어가 늦은 점심을 차려 먹었다. 냉장고에 있는 반찬들을 커다란 양푼 안에 조금씩 덜고, 계란 프라이 하나를 투하해서 비빔밥을 만들었다.

저녁 근무를 하고 아침에 퇴근하신 아버지는 근처 당구장으로 가신 지 오래고, 어머니는 오래간만에 고등학교 동창 모임이 있다며 이 빗줄기를 뚫고 외출하셔서 집 안에는 나 혼자 남아 있었다. 식탁에 홀로 앉아 우걱우걱 씹어 먹는 점심. 창문을 일정한 주기로 두드리는 빗방울 소리가 사람의 마음을 더욱 센티하게 만들었다. 그나마 위안이 될 만한 사실은 몇 시간 뒤에 나도 외출할 일정이 있다는 것.

참 아이러니했다. 송이준이란 남자의 제멋대로인 행동은 내 마음을 불편하게 만드는 동시에 내게 묘한 쾌감과 위로를 전해주고 있었다.

'하아아. 이럴수록 정신을 더 바짝 차려야 해, 이희연.'

입맛은 더럽게 없었지만, 양푼을 싹싹 긁어 밥알을 말끔히 해치우고 방 안으로 다시 들어갔다.

우울의 늪에 빠지지 않기 위해 아무런 생각도 없는 사람처럼 인터넷 서핑을 하면서 히히덕거리고, 여러 쇼핑몰을 둘러보면서 쓸데없는 잡생각을 하지 않기 위해 노력했고 또 노력했지만 언제까지고 우울한 생각에서 도망칠 순 없었다.

컴퓨터 앞에 앉아 있는 것도 지쳐서 침대 위에 털썩 드러눕자 어제 참석했던 결혼식의 장면들이 어느새 머릿속을 가득 메워 왔다.

"신우현, 김주아……."

그들의 이름을 읊조리는 내 입술은 하얗게 말라 있었다. 까칠하게 일어난 입술 표면의 껍질을 뜯어내자 비릿한 피 맛이 조금 느껴졌다.

내가 인생의 패배자처럼 방 안의 침대 위에 드러누워 있는 이 순간, 그들은 햇빛이 밝게 비치는 하와이에서 즐거운 신혼여행을 즐기고 있겠지. 그리 생각하자 누군가 내 심장과 창자를 배배 꼬아놓은 듯 도저히 참을 수 없는 분노와 짜증이 가슴 깊숙한 곳에서부터 꾸역꾸역 치솟아 올라왔다.

옆에 있던 베개를 집어서 반대편 벽에 인정사정없이 집어 던졌다. 그럼에도 불구하고 사나운 분노의 파도가 휘몰아치는 마음은 쉬이 진정되지 않았다.

스스로 생각해도 참 못났다. 물론, 약혼녀가 버젓이 있으면서도 약혼녀의 친구에게 유혹의 손길을 뻗친 우현이나 착한 척하면서 일부러 내게 열등감과 패배감을 주입시켜 온 주아 또한 못 됐지만, 한심하고 나약한 내가 가장 큰 문제다. 그리고 이런 못난 인간에게 매력적이다 뭐다 헛소리만 잔뜩 늘어놓으면서 우현에게 복수할 기회를 주겠다고 다가오는 이상한 남자, 이준 역시 일반적인 상식으로는 이해하기 힘든 존재였다.

복잡하다, 복잡해.

투우장의 소처럼 씩씩거리다가 제풀에 지쳐 잠시 잠이 들었나 보다. 얼핏 눈을 떴을 때, 핸드폰의 시계를 확인해 보니 5시 반이 다 되어 있었다. 시간이 벌써 그리되었나 싶으면서도 이준과의 약속 시간에 늦지 않기 위해 서둘러 움직이기 시작했다.

샤워를 간단히 마치고 드라이기로 머리카락을 바쁘게 말림과 동시에 작은 옷장 문을 활짝 열어젖혔다. 티셔츠임에도 블라우스 느낌이 나는 연분홍색 탑과 스키니 진을 고르고 남자애들 뺨치게 우악스러운 손길로 얼굴에 스킨과 로션, 비비크림 등을 펴

발랐다. 오늘 코디의 핵심은 하나도 안 꾸민 듯하면서도 단정하고 차분한 느낌을 자아내는 것이라며 속으로 중얼거렸지만, 실상은 조금도 안 꾸미고 나간다는 표현이 적합했다. 나는 다른 여자들처럼 멋들어지게 화장을 하고 예쁘게 차려입는 것, 즉 스스로를 꾸미는 일에 정말 자신이 없었다.

*　*　*

 밖에 나오니 다행히도 빗줄기가 상당히 약해져 있었다. 동네 어귀로 나가자 어제저녁 이곳까지 타고 왔던 익숙한 외제 차가 눈에 띄었다. 가까이 다가서자 차창이 사르르 열렸다.
 "빨리 타."
 비 오는 날에는 차에도 눅눅한 느낌이 가득 차 있어서 그런지 차를 타면 평소보다 멀미를 더 심하게 하곤 했다. 영화관까지 가는 길이 부디 안 막히기를 바라며 차에 올라탔다.
 "어?"
 생각지도 못한, 시트러스 계열의 상큼하면서도 은은한 향이 차 안에서 느껴졌다. 덕분에 추적추적 내리는 비로 인해 침체된 기분이 한결 나아졌다. 대체 어떤 방향제를 쓰는 거지.
 "향 괜찮은데요? 원래 멀미를 좀 하는 편인데, 이 향은 울렁거리는 속까지 진정시켜 주는 느낌이네요."
 "거기 있는 연두색 디퓨저."
 운전대를 잡고 있는 이준이 귀찮다는 듯 작은 연두색 병을 가리켰다. 상표가 딱히 새겨져 있지 않은 모양으로 봐서 핸드메이드 제품인 듯했다.

"핸드메이드 제품이에요?"

"……향에 민감해서 타인이 만든 건 머리만 아플 뿐이야. 그럴 바엔 내가 직접 조합해서 만드는 게 낫지."

역시 짐작 이상으로 까다로운 남자란 생각이 들면서도 이리 보고, 저리 봐도 공통점 하나 없어 보이는 그와 나의 닮은 점에 묘한 기분이 들었다. 나 또한 향에 상당히 예민해서 화장품도 향이 약한 것으로만 골라서 사는 편이었고, 비누는 한 번 정한 종류로만 사다 썼으며 향수도 잘 쓰지 않았다.

"그런 점에서는 묘하게 통하는 부분이 있네요."

"그래서 당신에게선 다른 여자들과 달리 짙은 향수 냄새가 나지 않았던 거군. 꽤 마음에 드는데. 그나저나 저녁은 뭘로 하는 게 좋겠어? 뭔가 먹고 싶은 게 있다면 이야기해 봐."

"비 오니까 짬뽕이나 수제비, 칼국수 이런 게 끌리는데……. 좋아해요, 그런 거?"

"그럭저럭."

"뭐예요, 그런 어중간한 대답은. 괜찮으면 괜찮다고, 싫으면 싫다고 확실히 말해요."

"영화관 근처에 그 메뉴로 유명한 맛집이 없는데."

언제는 먹고 싶은 걸 이야기해 보라면서. 저리 말하는 건 그 음식들이 그의 입맛에 안 맞는다는 이야기겠지?

여전히 무표정한 얼굴이지만 왠지 모르게 그가 난감해하는 느낌이 들었다. 그 모습이 조금은 귀엽게 느껴지는 건 어째서일까. 장난기가 슬쩍 돌았다.

"영화관 있는 백화점 지하에 푸드 코트 있잖아요. 다른 것은 몰라도, 거기 수제비랑 칼국수는 꽤 괜찮더라고요."

"그래? 그럼 거기로 가고."

"아니면 다른 맛집 생각해 둔 데라도 있어요?"

"아, 그 근처에 말이야……."

풋, 이를 어째. 예의상이라도 안 물어봤다면 정말 서운했겠네. 말을 꺼내기 무섭게 그 근처의 이탈리안 레스토랑 이름들을 줄줄이 대는 이준을 보며 나는 속으로 작게 웃음을 삼켰다.

"그래요. 그럼 오늘은 빠네 파스타와 갈릭 스테이크가 맛있다는 그 집으로 가요."

결국, 그의 정성을 봐서 그날 저녁은 피자, 파스타, 스테이크 등등으로 대표되는 양식으로 결정이 났다. 이준이 말한 맛집은 지하철역과 가까운 고층 빌딩의 15층에 위치해 있었다. 만약 창가 자리에 앉을 수 있다면 야경이 정말 끝내주겠는걸.

"먼저 들어가 있어. 난 차 주차시키고 갈 테니까."

레스토랑의 외관은 생각보다 훨씬 화려했다. 내가 문 앞에서 멈칫거리자 하얀 유니폼을 말끔하게 차려입은 직원이 다가와서 물었다.

"안녕하세요. 안내 도와드리겠습니다. 예약하신 성함을 알려주시겠어요?"

"네? 아, 그게, 저……."

뭐야, 여긴 예약한 손님만 받는 가게였나? 이준에게 전화를 해야 하나 어쩌나 고민스러웠다. 그래도 우선, 밑져야 본전치기니까 그의 이름을 조심스레 대보았다.

"송이준이요."

"아, 네. 잠시만 기다려 주세요. 송이준 님……. 명단 확인되었습니다. 자리로 바로 안내해 드릴게요."

이어 안쪽의 자동문이 열리며 직원 한 명이 바깥으로 나왔다. 나는 그녀의 안내를 받아 전망 좋은 창가 자리에 앉을 수 있었다. 잠시 후, 이준 또한 레스토랑 안으로 들어섰다. 나는 그가 맞은편 자리에 앉자마자 따발총처럼 입을 열었다.

"여기, 예약까지 미리 했던 거예요? 만약 내가 끝까지 칼국수나 수제비 먹으러 가자고 했으면 어쩔 뻔했어요."

"뭐, 그럼 그때 가서 예약 취소하면 되지."

"아, 네, 네."

여느 때처럼 쏘쿨하게 대답하는 모습이 이전과 달리 무뚝뚝하거나 싸가지 없다고 느껴지기보다는 허세를 잔뜩 부리는 중·고등학교 남학생의 모습을 보는 것 같아 웃음이 피식 흘러나왔다. 내 생각이 미묘하게 바뀐 것을 눈치챈 모양인지 그의 매끈한 미간이 살짝 찌푸려졌다.

"메뉴나 빨리 골라."

코스로 준비된 디너 세트도 있었지만, 영화 시간에 늦지 않기 위해서는 식사를 빨리 마칠 필요가 있었다. 우리에게 주어진 시간은 대략 한 시간 십 분 남짓. 잠깐의 고심 끝에 이 가게의 추천 메뉴로 이름 높은 갈릭 스테이크를 주문하기로 했다.

주문한 음식을 기다리는 동안 여유가 생기자 레스토랑 곳곳에 배어 있는 아름다움이 눈에 더 잘 들어 왔다. 각 테이블을 화사하게 장식하고 있는 붉은 장미 생화도 어여뻤고, 분위기를 은은하게 살려 주는 크리스탈 조명도 멋졌다.

"비 오는 날의 외출이라면 아주 그냥 질색이었는데, 살다 보니 이런 레스토랑에서 칼질하는 날도 다 있네요. 저녁, 잘 먹을게요."

"……그래? 비 오는 날을 싫어하는 것도 같네."

"어머. 그러고 보니 우리, 생각보다 비슷한 점이 많네요. 설마 그걸 알고 연인 제안한 건 아니죠?"

툭 던진 농담에 그가 피식 웃어 보였다. 날카로운 눈매와 이지적인 이미지 때문에 순정 만화에서나 나올 법한 남주인공이 살짝 비웃는 듯한 느낌을 주곤 하는 독특한 그의 미소.

그래도 이준과 나 사이에 존재하는 공통점 몇 가지를 발견해서 그런가. 어제까지만 해도 지니고 있던 그에 대한 편견이나 부정적인 이미지들이 일정 부분 희석되는 것을 느꼈다.

"주문하신 음식, 나왔습니다."

보는 순간 침이 꼴깍 넘어갈 정도로 두툼한 두께의 스테이크와 풍성한 더운 야채 및 맛깔스러워 보이는 구운 통감자가 내 마음을 몹시도 흡족하게 만들었다. 보기만 해도 배가 부르다는 말이 어떤 느낌인지 잘 알 것 같다. 내가 전투적인 자세로 나이프와 포크를 집어 들자 이준이 물어보았다.

"썰어 줄까?"

"됐어요. 그런 친절까지는 안 바랍니다. 고기는 먹는 맛도 맛이지만, 써는 맛도 있어야 한다고요."

반 정도 썰어 놓은 후 두툼한 고기를 입에 한 조각 밀어 넣는 순간, 온종일 우울해했던 일이 거짓말인 것처럼 기분이 좋아졌다. 아! 나, 요즘 고기 섭취가 좀 부족했나. 아니면 내가 먹을 것에 이토록 잘 휘둘리는 타입이었던가.

"풋. 사실은 그쪽도 고기가 먹고 싶었던 거 아냐?"

"그러게요. 요즘 고기 섭취가 좀 부족했나. 요 근래 삼겹살집은 자주 못 갔어도 야식으로 치킨 몇 번 시켜 먹어서 그럭저럭 보충이 됐을 거라 생각했는데, 내 착각이었나 봐요."

한 사나흘 굶다가 맛난 것을 먹고 있는 어린 동생을 바라보듯 애잔한 시선으로 나를 한 번 쳐다본 그가 제 몫의 스테이크를 썰어 내 접시 위에 몇 조각 더 얹어 주었다. 이번에는 나의 미간이 살포시 찌푸려졌다.

"잠깐만요. 이거, 뭔가 뒤바뀐 것 같은데요. 오히려 내 쪽에서 당신한테 몇 조각 더 주어야 하는 거 아니에요? 남자들은 여자들보다 먹는 양이 훨씬 더 많잖아요."

"쓸데없는 편견이야. 뭐든 잘 먹는 사람이 많이 먹으면 되지. 그리고 난 원래 한 번에 많이 먹기보다는 조금씩 자주 먹어."

이준이 그렇게까지 말하는데 이쪽에서 더는 사양할 이유가 없었다. 나는 그와 얼굴을 마주한 이후, 처음으로 환하게 웃으면서 입을 열었던 것 같다.

"그럼 사양하지 않고 잘 먹어 줄게요."

나는 음식에 관해 나름의 철칙을 지니고 있었다. 싫어하는 것은 입에 절대 넣지 말고, 좋아하는 것은 최대한 즐기자.

누구나 좋아하는 음식, 싫어하는 음식이 있기 마련이다. 나는 그 구분이 매우 뚜렷하여 싫어하는 음식은 남이 돈을 준다 해도 입에 넣지 않는 반면, 좋아하는 음식은 다소 걸신들린 사람처럼 빠르게, 그리고 많은 양을 섭취하는 편이었다. 때문에 내 접시 위에 놓인 스테이크 조각들은 이준보다 두 배 이상 빠른 속도로 사라져 갔다.

음식이 1/3 정도 남았을 때에야 뇌에서 잠시 적출되었던 이성이란 녀석이 슬슬 돌아오기 시작했다. 몇 번 만나 본 적도 없는 남자 앞에서! 그것도 상당히 애매한 관계에 놓여 있는 남자 앞에서! 가족 혹은 아주아주 절친한 친구 앞에서나 보여도 괜찮을까 말까 한, 먹을 것에 걸신들린 모습을 보이다니. 하, 이게 다 그동안 고기를 충분히 섭취해 주지 않은 내 죄다.

아니나 다를까. 그는 자신의 접시보다 내게 더 많은 시선을 보내고 있었다. 나는 어색하게 웃으며 물 잔을 집어 들었다. 일단, 차가운 물 마시고 정신 좀 차리자.

"밥 잘 먹는 사람 처음 봐요?"

"당신이 생각보다 점점 더 마음에 들어서."

"또, 또 이상한 소리 한다."

걸신들린 듯한 내 모습을 반어적으로 비웃는 말일 수도 있고, 아니면 별다른 의미 없이 농담조로 던진 말일 수도 있는데도 양 볼이 묘하게 화끈거렸다. 이상하다, 남자의 말이나 행동에 면역이 하나도 없는 건 아닌데.

시작부터 잘못된 관계였던 우현 외에도 29년 인생에서 남자가 아예 없진 않았다. 영어학원에서 만난 후 상당히 친해져 서로의 생일을 챙겨 줬던 남자애도 있었고, 대학 들어와서는 남자 동기 및 선배들하고도 그럭저럭 잘 지내 왔다. 거기에 애들 소꿉장난이라고 표현해도 좋을 만큼 아무것도 모르고 시작한 첫 연애부터 우현과의 미친 만남까지 연애 경험도 남들만큼은 가지고 있었다.

그러니 저런 말에 마음이 쓸데없이 설렐 필요 없는데.

내 얼굴을 빤히 응시하는 그의 시선과 묘하게 야릇해진 분위기가 부담스러워진 나는 재빨리 창가로 시선을 돌렸다. 짐작대로 예쁜 야경이 한눈에 들어 왔다. 만약 이곳이 한강 근처에 존재했다면 훨씬 더 아름다운 야경을 감상할 수 있었을지도 모르겠지만, 지금도 나쁘지 않았다.

"다음에는 좀 더 멋진 야경을 보여 주지."

나지막한 그의 목소리가 귓가에 와 닿았다. 다음이라. 글쎄다. 어정쩡한 계약 관계에 놓인 우리에게 다음이란 불확실하고도 쉬이 꺼낼 수 없는 말이었다.

하지만 이상하게도 토를 달기 힘든 분위기라 나는 잠자코 고개를 끄덕였다. 뭐, 세상일은 아무도 모르는 것이라고, 계약이 끝난 후에는 서로의 곁에 '신우현 타도'의 뜻을 같이한 친구로서 존재할 수도 있는 거니까.

저녁 식사를 마친 우리는 8시 10분쯤, 영화관에 골인할 수 있었다. 아까 레스토랑에서 이준이 계산한 엄청난 금액에 놀란 나는 그가 뭐라 하기도 전에 영화관 내 매점에서 캐러멜 팝콘과 사이다 두 잔을 재빠르게 사 가지고 돌아왔다. 영화 표 값과 감히 비교하기도 미안할 정도로 대단한 저녁을 얻어먹었는데, 이런 소소한 간식거리는 내가 계산해야지.

"음료, 사이다로 사 가지고 왔는데 괜찮죠?"

"나쁘지 않아."

아직 본격적으로 공포물을 탐닉할 계절도 아니고, 유명한 아이돌이나 인기 배우 등이 등장한 작품도 아니라서 그런지 영화관의 좌석은 반 정도만 채워져 있었다. 우리가 앉은 열은 G열. 예매 당시 남아 있던 좌석 중에서는 비교적 좋은 자리였다.

주변의 조명이 곧 꺼지면서 스크린 상영이 시작되었다. 나는 음료를 홀짝홀짝 들이켜며 영화에 몰입해 갔다.

강력계 형사들 사이에서 속칭 'K'로 통하는 그가 발걸음을 하는 장소마다 근방의 아이들이 하나둘 사라져 간다. 동화, '피리 부는 사나이'를 떠올리게 만드는 그놈을 끈질기게 추적하는 여형사, 민아. 그럴수록 그녀의 주변에서는 인간의 상식으로 도저히 이해하기 힘든 괴기한 사건들이 발생하기 시작한다.

이준의 반응이나 볼 겸 반은 장난삼아 고른 영화인데 긴장감과 몰입감이 상당하여 생각보다 재미있었다. 숨을 돌릴만한 장면이 잠깐 나와서 나는 옆자리에 앉은 그의 얼굴을 무심코 쳐다보았다. 공포 및 스릴러 장르의 영화를 보는 사람치곤 상당히 무덤덤하고 무표정한 그의 얼굴에 웃음이 피식 흘러나왔다.

"뭘 봐. 영화 안 보고."

이준이 귓가에 작게 속삭이다시피 말해 왔다. 생각보다 뜨거운 그의 숨결이 느껴지자 귓가 부근의 솜털들이 바짝 긴장한 듯한 느낌이 들었다. 흐음, 어찌할까나. 이준의 말에 따박따박 반박해 줄까 아니면 그냥 실없는 말을 던져 볼까.

"성격은 별로인데 보면 볼수록 잘생겼단 생각이 들어서요. 그러는 그쪽도 영화에 집중 안 했으니 내가 쳐다보는 줄 알았겠죠."

반박과 실없는 말, 이 두 가지를 교묘하게 섞은 내 말에 그의 입꼬리가 조금 올라갔다. 하여간 저 꿍꿍이 가득해 보이는 미소는 익숙해지려면 시간이 꽤 걸릴 듯하다.

"아, 그래?"

여유로운 표정으로 시크하게 대꾸한 그는 마침 스크린의 장면이 급변하자 그쪽으로 시선을 돌렸다. 잠시 후, 찍찍거리는 쥐 소리와 함께 물웅덩이에서 뭔가 툭 튀어나오는 장면이 나오자 영화관 여기저기에서 뾰족한 목소리들이 울려 퍼졌다.

나는 캐러멜 팝콘을 와그작와그작 씹어 먹으면서 박진감 넘치는 영상과 앞좌석의 몇몇 커플들이 염장질해 주시는 모습을 느긋하게 감상했다. 그래, 참 좋을 때다.

'차라리 친구와 함께 왔으면 앞에 앉아 있는 커플들이라도 신나게 까지.'

그 순간, 손등 위로 따뜻한 촉감이 와 닿았다. 이준이 제 하얀 손가락으로 팔걸이에 얹어진 내 손을 툭툭 건드려 온 것이다.
"생각보다 무서우면 말해. 손이나 어깨 정도는 빌려줄 수 있으니까."
"저번부터 느끼는 거지만, 스킨십 참 좋아하시네요."
"연인 사이에 그 정도야, 뭐."
어떻게 잘도 이런 말들을 던지는 건지. 사정을 하나도 모르는 제삼자가 보면 우리를 진짜 연인이라 생각할 듯하다.
그는 사냥감을 철저하게 노리는 맹수 같은 모습과 허세 가득한 중고생의 모습을 자유자재로 넘나들며 내 머릿속을 완벽하게 유린해 왔다. 안 그래도 요 며칠 새 계속 복잡하고 심란하던 머릿속이 그 때문에 더욱 진정되지 않았다.
이런저런 잡생각이 몰려와 영화 후반부는 좀처럼 집중할 수 없었다. 엔딩 장면이 나오고 영화관 내 조명이 다시 켜졌을 때에야 영화가 끝났구나 싶었다.
"뭔가 멍한 표정인데. 겁먹은 거 아냐?"
이준이 피식 웃으며 물어 왔다.
"그런 거 아니거든요."
영화에 대한 간단한 감상을 주고받으며 엘리베이터를 타고 지하 주차장으로 내려왔다. 10시 50분, 11시가 조금 못 되는 시각이었다. 운전대를 잡은 그가 말했다.
"피곤하면 집에 도착할 때까지 눈 좀 붙이고 있든가."
"아무렴 운전하는 사람보다 더 피곤하겠어요? 괜찮아요."
평소에 움직이지 않던 시간에 밖에 나와 있어서 그런지 조금 피곤하긴 했다. 집에 가서 씻고 침대에 드러누우면 잠이 솔솔 잘 올 것 같은 느낌.

하지만 남들 눈에 비춰지는 만큼 친한 사이도 아닌데 운전자 옆에서 조는 것은 예의에 어긋났다. 자상한 말동무는 못 되어 준다 해도 운전이 더 피곤하게 느껴지도록 옆 좌석에서 자고 있을 필요는 없지.

비는 여전히 이 도시를 조금씩 적시고 있었다. 길 곳곳에 조그마한 물웅덩이들이 잔뜩 생겨났다.

그래도 영화관에 올 때보다 도로 사정은 한결 나아져 있었다. 아주 막히는 구간만 아니라면 차는 도로를 시원시원하게 달려 나갔다. 차창으로 빠르게 스쳐 지나가는 밤 풍경들을 접하자 심란하던 기분이 조금 가라앉았다.

계약 연인과의 첫 데이트. 생각보단 나쁘지 않았다. 어제 봤던, 다소 무례하고 거침없는 그의 행동이 꿈처럼 느껴질 정도로 이준은 내게 자상히 대해 주었다.

"무슨 생각을 그리해?"

"그냥 이것저것요. 사실, 어제부터 지금 이 순간까지 내게 벌어진 모든 일들이 마치 꿈처럼 느껴지기도 해요."

"꿈?"

"처음에는 정말 죽어 버리고 싶은 지독한 악몽이라 생각했는데, 지금은…… 잘 모르겠어요. 비참한 기분도, 심란한 마음도 다 사라진 것은 아닌데 기억을 직접적으로 되새기지만 않으면, 그래도 죽을 것 같진 않아요. 이것이 '하루'라는 시간의 힘일까요?"

잠시 침묵하던 이준이 특유의 시니컬한 목소리로 답했다.

"내 덕분이겠지. 정신적으로 힘들 때는 몸을 바쁘게 움직이는 편이 좋아. 부정적인 생각에 빠지는 시간이 줄어드니까."

"맞는 말이네요. 게다가 당신은 의외로 상대방이 편하게 느끼도록 만들어 주는 능력을 갖고 있고요."

"'의외로'라는 수식어는 빼도 문장에 별 지장 없을 것 같은데. 아니야?"

"아니죠. 그게 바로 키포인트인데."

어느새 나의 입가에도, 이준의 입가에도 장난기를 머금은 옅은 미소가 걸려 있었다. 뭔가 신기했다. 몇 번 만나지도 않은 그를 내가 조금이나마 편하게 느끼게 됐다는 사실이.

사랑했던 우현과 데이트를 할 때는 가슴이 콩닥콩닥 뛰는 설렘은 있었을망정 편안함이나 안정감은 전혀 느낄 수 없었다. 물론, 그 당시 우리의 관계가 부적절하고 위험했기에 그랬을 수도 있지만 그를 만날 때면 항상 살얼음판에 발을 디디는 기분이었다. 지금처럼 멍청하게 긴장을 놓고 있을 수 없었다.

"그렇게 보면 얼굴 다 닳아. 이용료나 내고 보던가."

"얼마면 되는데요?"

"글쎄, 그건 목적지에 도착할 때까지 생각 좀 해 봐야겠는걸."

"네, 네."

좀 잘난 얼굴 가지고 더럽게 얼굴값 하네. 뭘 그런 걸 생각까지 해. 그냥 대충 적당한 금액을 부르면 되지. 나는 입술을 삐죽이며 시선을 창밖으로 돌렸다.

잠시 후, 차는 동네 어귀에 도착했다. 무작정 내리려는 나를 이준이 말렸다.

"비 오잖아. 그냥 얌전히 있어. 집 앞에서 내려 줄 테니까."

"생각보다 자상하네요."

"나도 비 내릴 때 걷는 걸 제일 싫어하니까. 역지사지지. 길이나 잘 말해 봐."

그리하여 그는 내가 사는 아파트 단지 입구까지 차를 이동시켰다. 바닥 곳곳에 생겨난 물웅덩이를 밟거나 흙탕물을 튀기지 않고 집에 바로 들어갈 수 있어서 기뻤다. 나는 핸드백을 챙기며 일어날 준비를 했다.

"고마워요. 덕분에 오늘 꽤 즐거웠어요."

작별 인사를 하는 내게 그가 다소 생뚱맞은 말을 건네 왔다.

"아까 이야기했던 이용료 말이야, 그건 내고 집에 가야 하지 않겠어?"

"네?"

가벼운 농담으로 끝난 이야기라고 생각했는데, 그게 아니었단 말인가. 내 미간이 조금 찌푸려졌다. 이 남자 보소, 은근히 유치한 구석이 있네.

"뭘 원하는데요?"

아무리 생각해 봐도 상당한 재력가인 이 남자가 돈을 원하는 것처럼 보이진 않았다. 도대체 무슨 개수작을 부리려는 거야! 머리 굴리느라 정신없는 나를 바라보던 이준의 입꼬리가 불길한 느낌으로 조금 올라가 있었다.

"뭐예요, 그 꿍꿍이 가득한 표정은……."
"내일 저녁, 한강에서 불꽃 축제가 열려."
"가을도 아닌 봄에요? 별일이네요."
"가을에 하는 건 정기적이잖아. 이건 비정기적인 특별 행사."
"그래서요?"
"실력 발휘해서 도시락 싸와 봐."

나는 어안이 벙벙해져 두 눈을 몇 번이고 깜박거렸다. 뭐, 뭐라고? 도시락을 싸오라굽쇼? 가까스로 정신을 차린 내가 다급히 외쳤다.

"저기요, 나, 요리는 젬병이에요. 입맛만 버릴 텐데요? 한 입 먹는 순간, 당신은 틀림없이 지금 말한 걸 십 년 정도는 후회하게 될 걸요."

"그러니까 더 기대되네. 어디서 대충 적당히 사 올 생각하지 말고 직접 만들어 와. 하다못해 식빵에 잼을 발라서라도. 그 정도는 유치원생도 할 수 있잖아."

"아니, 사람 얼굴 좀 쳐다봤다고 그런 요구를 하는 게 말이 된다고 생각해요?"

"연인 사이에 도시락 챙겨 주는 것은 당연한 일 아닌가."

아아니, 이 남자 보게. 할 말을 잃은 나의 입술이 어항 속 금붕어가 숨을 내쉬는 것처럼 자꾸만 껌벅여졌다. 무척 당당한 데다 조금도 거리낄 것 없다는 그의 태도를 보고 있자니 내 머릿속에 혼란이 잠시 찾아왔다. 가령 이를테면, 나와 그가 실제로 사귀고 있는 것은 아닌가 싶은…….

'정말 눈물 나도록 실감 나는 연기이자 훈련이네. 대단하다, 대단해!'

뭔가 똑소리나게 반박하고 싶은데, 오늘 하루 종일 진짜 사귀고 있는 연인처럼 이런저런 친절을 베풀어 준 그에 비해 나는 아무것도 해 준 게 없어서 거절의 말을 내뱉기가 망설여졌다. 역시 쓸데없이 비싼 저녁을 사 줄 때부터 그 음흉한 꿍꿍이속을 알아봤어야 했어! 이 험난한 세상에 공짜는 절대 없다는 사실을, 내가 왜 잊고 있었던가. 으아아악!

"그럼 실력 발휘해서 그 말 꺼낸 것을 죽도록 후회하게 만들어드리죠."

결국, 나는 이를 바드득 깨물면서 입가에 억지웃음을 한가득 지은 채 답해 주었다. 네가 눈치가 조금이라도 있는 사람이면! 여기서 그 말을 취소하라고, 제발! 너는 네 입을 그렇게 혹사시키고 싶어, 어?

"좋아. 그럼 잘 들어가라고."

아, 기다리고 기다리던 취소의 말은 끝끝내 흘러나오지 않았다. 나는 그의 잘난 얼굴을 있는 힘껏 노려봐 준 뒤, 차 문을 거칠게 닫고 내렸다. 차창이 조금 열리더니 그의 음성이 다시 한 번 들려왔다.

"내일도 이곳까지 데리러 올 수 있다면 좋겠지만, 회사일 끝내고 오면 시간이 조금 촉박해서 말이야. 여의나루역에서 6시 40분쯤 보자고."

제 할 말만 마치고 빠르게 사라져 가는 차의 뒷모습은 돌멩이를 바구니째 던져버리고 싶을 만큼 얄미웠다. 나는 조용히 가운 뎃손가락을 들어 주고 뒤돌아섰다. 에라이, 나도 이젠 모르겠다.

* * *

따뜻한 물로 샤워를 마친 후 침대에 눕자 이불의 보드라운 촉감이 온몸을 안락하게 감싸 왔다. 습관처럼 핸드폰을 살펴보니 문자메시지 하나와 SNS 여러 개가 와 있었다. 스팸이나 광고 문자일 가능성이 상당했지만 일단, 문자메시지부터 확인해 보았다.

[내일은 비가 안 온다니 그나마 다행이잖아.]

처음에는 미친놈이라고 번호를 저장해 놓으려다가 이성적으로 사고한 끝에 송이준으로 저장해 둔 그의 문자메시지였다. 참 뜬금없는 내용의 메시지를 보며 그의 실없는 구석을 새삼 발견하게 됐다.

[그런데 왜 도시락 따위를 싸라고 해서 나를 시험에 들게 하냐고요! 사람 괴롭히는 취미 있어요?]

분노의 감정을 꾹꾹 눌러 담아 빠르게 답장을 보냈다. 얼마 지나지 않아 마치 기다리고 있었다는 듯 온 문자메시지를 보면서 내 인상은 다시 한 번 찌푸려졌다.

[연애 한 번 못해 본 초짜처럼 왜 그래. 아마추어같이.]

아니, 이 남자가 정말! 말발로는 도저히 이준을 이길 수 없었다. 나는 신경질적으로 핸드폰을 던지려다 말고 SNS 대화창을 살펴보았다. 200개 넘는 메시지가 쌓인 것은 나와 주아를 비롯하여 고등학교 동창들이 속해 있는 단체채팅방이었다.
어쩐지 들어가기 꺼려졌지만, 사람 심리라는 게 참 묘하다. 신들로부터 절대 열어 보지 말라는 상자를 선물 받은 판도라가 호기심 때문에 금기를 어겼듯 나 또한 어리석은 행동을 하고 말았다.
대화의 반은 평상시처럼 영양가 하나 없는 잡담에 불과했지만 나머지 반은 하와이로 향하는 공항에서 주아가 자신의 남편, 우현과 다정한 포즈로 찍은 사진들에 관한 이야기였다. 사진 속 그들은 보통의 신혼부부가 그렇듯 모든 것을 다 가진 사람처럼 행복하게 웃고 있었다.
차분하게 뛰고 있던 심장이 미친 듯이 두근거렸다. 진정하자, 진정해. 숨을 크게 들이마셨다가 내쉬고 진정하는 거야, 이희연.
너무도 당연한 그들의 모습 앞에서 심각하게 동요하는 내가 정말 바보 같았다. 주먹을 꽉 쥐자 손바닥에 손톱이 박히면서 정신이 조금 돌아오는 듯했다.
나는 핸드폰을 멀찌감치 치워 두었다. 아, 진짜 바보 같아. 벌써부터 이러면 어떡하니, 이희연. 그들의 실물이 아닌 사진만 보고서도 마음이 흔들리다니.

이준의 말이 맞았다. 나는 '하루'라는 시간 덕분에 마음이 치유된 게 아니었다. 오전에는 쓸데없는 인터넷 서핑에 빠져들면서 그들을 생각하지 않기 위해 부단히 노력한 덕분이고, 오후에는 난데없이 데이트 제안을 해 온 이준 덕분에 바쁘게 움직이느라 잡생각이 들지 않은 것뿐이다.

"그거 알아? 사실, 내 이상형은 주아보다 네 쪽에 더 가깝다는 것."

하지만 우현에 관한 기억을 몰아내려고 노력하면 노력할수록 기억은 끈질긴 거머리처럼 내 뇌를 붙잡고 놔 주지 않았다. 내 얼굴은 점점 더 야차처럼 일그러졌고, 나는 스스로에 대한 혐오감과 비참함, 우현에 대한 배신감, 주아에 대한 열등감을 차례차례 되새기며 심력을 소모해 나갔다. 그러다가 불현듯, 누군가의 문자 내용이 떠올랐다.

[당신은 충분히 매력적인 여자니까 좀 더 당당하게 행동했으면 좋겠어.]

그 꿍꿍이를 짐작하기 힘든 이상야릇한 남자, 송이준. 적어도 그와 함께 있을 때는 우현이나 주아에 대한 생각을 잠시 접어 둘 수 있었다. 눈앞의 그를 상대하는 것만으로도 내 뇌와 신경은 완전히 지쳐 버렸고, 다른 일에 한눈을 팔 여유가 전혀 없었기 때문에.
 나는 갑자기 커다란 깨달음을 얻은 사람처럼 핸드폰을 집어 들고 빠르게 문자를 보냈다.

 [있잖아요, 지금 전화해도 괜찮아요?]

 물에 빠진 사람이 지푸라기라도 붙잡는 심정으로 문자를 보내 놓고는 내가 왜 그랬을까 이불 속에서 하이킥을 할 무렵, 그의 답장이 도착했다.

 [할 테니까 받아.]

 재수 없는 그의 말투가 지금 상황에서는 꽤 반가웠다. 액정에 곧 전화가 왔다는 표시가 떴다. 내가 조심스레 전화를 받자 조금 전까지 들었던, 그 시니컬한 음성이 들려왔다.
 - 내가 엄청 보고 싶었나 봐. 이 밤중에 전화해야 할 정도로.
 "……앞뒤 사정을 설명하려면 꽤 복잡하지만 일단은 그렇다고 해 두죠. 사람 목소리가 반갑게 느껴지는 건 처음이에요. 음, 뭐 하고 있었어요?"
 - 경쟁사 제품 분석 보고서 작성.
 "아, 미안해요. 일하는데 방해됐죠? 시간이 늦었으니까 그냥 씻고 쉬고 있을 거라 생각해서……. 바쁘면 끊어도 괜찮아요."

― 어차피 진도가 잘 안 나가서 휴식을 취하려던 참이었으니 괜찮아. 신경 쓸 필요 없어. 일에 완전 몰입했다면 문자에 답장도 안 했을 테니까.

"일할 때는 문자 같은 거 전혀 안 주고받아요?"

― 하나에 집중하면 주변의 개소리나 시선은 잘 신경 쓰지 않는 타입이라서.

"아, 네, 네. 대단하시네요."

― 그러는 당신은 뭐 하고 있었는데.

"씻고 침대에서 뒹굴거리고 있었죠."

― 내 생각을 하면서 말이지.

"아니, 그건 절대 아니고요."

― 좀 전에 통화하고 싶다는 문자를 보냈으면서 부정하면 설득력이 하나도 없잖아?

그의 말에는 항상, 묘하게 야릇한 느낌이 섞여 있었다. 장난기 또한 상당히 담겨 있는 음성을 듣고 있자니 그 특유의 시니컬한 표정이 눈앞에 그대로 그려지면서 바로 옆에서 대화를 나누고 있는 듯한 느낌이 들었다.

"쓸데없는 잡생각이 막 몰려오는데, 이상하게도 당신이 생각났어요. 당신은 예측 불가능한 사람이라 함께 있으면 딴생각이 잘 안 들거든요. 그래서……"

아, 내가 대체 무슨 말을 하고 있는 거지. 변명처럼 더듬더듬, 횡설수설 중얼거리는 내 말을 이준은 가만히 듣고 있다가 입을 열었다.

- 잘했네.

"뭐가요?"

- 나한테 연락한 것. 잡생각에 오래 몰두하면 부정적인 에너지만 키울 뿐이야.

선생님이 학생을 칭찬하는 듯한 그의 말에 피식 웃어 버렸다. 그 또한 피식 웃는 소리가 핸드폰 너머로 작게 들려왔다.

"당신은 알면 알수록 이상한 남자예요."

- 그래? 당신도 알면 알수록 종잡을 수 없는 여자야.

"그럼 우리는 알 수 없는 커플이네요."

- 괜찮네, 그런 컨셉. 신비주의도 꽤 먹히잖아.

그와 쓸데없는 농이라도 몇 마디 주고받았더니 기분이 상당히 나아졌다. 이제는 제법 편하게 잠들 수 있을 것 같았다.

계약 관계로 생긴 애인이라고 하기엔 생각보다 다정한 구석이 있는 남자. 나도 좀 더 노력해야겠다. 계약 기간만이라도 그에게 괜찮은 여자 친구가 되어 주기 위해.

"있잖아요."

- 말해.

"내일 도시락, 노력은 해 볼게요. 일단 인간이 먹고 탈은 안 나게요."

- 갑자기 그렇게 말하니까 조금 소름 돋는데.

"이 남자가 진짜, 남이 진지하게 말하니까!"

- 뭐, 할 수 있는 만큼 열심히 해 봐. 소화제는 두 사람분으로 넉넉하게 챙겨갈 테니.

얄밉게 쿡쿡거리는 그의 음성이 이번에는 꽤 또렷하게 들려왔다. 에이 씨, 의욕을 불태우면 옆에서 꼭 이렇게 초를 치는 사람이 있어요.

"아예 두세 가지 종류로 넉넉하게 챙겨 오지 그래요?"

- 그럴까. 그거 꽤 괜찮은 생각인데.

"이제 잘 거니까 그만 끊어요."

아오, 이 사람이 진짜! 이준의 놀림에 기분이 상한 내가 신경질적인 음성으로 입을 열었다. 그때까지도 그의 웃음소리는 미약하게나마 지속되었다. 통화 종료 버튼을 누르려는 순간, 다소 진정된 듯한 그의 음성이 들려왔다.

- 있잖아.

"왜요?"

- 잘 자라고. 그리고 또다시 쓸데없는 잡생각이 떠오를 땐……

이어지는 이준의 말에 나는 양 볼이 조금 화끈거리는 것을 느꼈다.

- 지금처럼 내게 전화해. 언제든 받을 테니까.

한순간이나마 그가 진짜, 사랑하는 애인처럼 느껴져서 참을 수 없을 만큼 야릇한 기분이 들었다.

* * *

이준과의 통화를 마친 나는 온몸에 드는 기묘한 기분에 한참 침대 위에서 뒹굴거리다가 잠이 들었던 것 같다.

"지금 이게 무슨 시츄에이션?"

꿈속에서 어린 시절로 되돌아간 나는 지금은 잘 입지 않는 스커트를 예쁘게 차려입고 있었다. 헤어스타일로 보아서는 대략 초등학교 3~4학년 때의 모습 같은데, 지금과 달리 그 시절의 나는 해맑게 웃고 있어서 상당한 괴리감이 느껴졌다.

저렇게 밝게 웃던 내가 지금은 왜 이리도 무표정한 인상이 되어 버렸을까. 문득, 내 청소년기와 20대를 되돌아보게 되었다.

"우리 반에서 네가 제일 괜찮다고 생각하는 애는 누구야?"

그나저나 나를 향해 묻고 있는 저 귀여운 얼굴의 남자애는 대체 누구지. 어렸을 적의 모습이 귀엽지 않은 사람은 없다고 하지만, 순정만화에서 툭 튀어나온 것처럼 생긴 그 아이의 표정은 사뭇 진지해 보였다.

"응? 왜?"

"아니, 그냥."

"으음······. 바로 나?"

장난기 가득한 나의 대꾸에 남자아이 또한 따라 웃으며 말했다.

"그래. 네가 짱 먹어."

별로 중요해 보이지도 않은 이 기억이 갑자기 왜 툭 튀어나왔는지 모르겠다. 내가 남자아이의 이름을 기억해 내려고 애쓰는 사이, 교실 앞문이 드르륵 열리면서 꿈에서 깨어났다.

베개를 끌어안고 있는 스스로의 모습을 인지할 수 있었다.

쓰읍, 이게 대체 무슨 개꿈이래.

"헉, 그러고 보니 지금 몇 시야?"

고개를 빼꼼 들어 책상 위의 탁상시계를 확인해 보니, 오전 10시. 백수치고 그리 늦은 기상 시간은 아니었다.

"이제부터 슬슬 준비하면 도시락인지 나발인지 뭐, 모양새 정도는 갖출 수 있겠지?"

그 후, 한 시간 정도는 도시락 레시피를 읽어야 한다는 핑계로 인터넷 블로그나 카페 등을 돌아다니며 시간을 흘려보냈다. 멋지구리한 5단, 7단, 12단 도시락 사진들을 볼 때마다 내 입은 떡 벌어졌지만, 감히 그것들을 따라 할 엄두는 나지 않았다. 나는 과일까지 포함해서 딱 3단이 좋겠어. 간단하고 깔끔하게 말이야.

"주먹밥이랑 샌드위치는 비교적 만들기 쉬우니까, 하하하."

참치와 작은 오이조각, 마요네즈를 버무려 속을 만든 주먹밥과 햄 치즈 샌드위치, 제철 과일인 딸기와 구색 맞추기 용 바나나를 예쁘게 썰어서 준비해 가면 오늘의 난관을 그럭저럭 헤쳐 나갈 수 있을 듯했다.

쉬운 요리 천재 밍밍님, 초간단 비법 전수 감사합니다. 저처럼 어리석은 백성에게 하해와 같은 정보를 제공해 주신 포털사이트님, 감사합니다.

엄마가 끓여 주신 된장찌개에 밥 한 그릇을 해치우고 집 근처 마트로 느긋하게 장을 보러 나갔다.

어제와 달리 오늘은 제법 날씨가 좋았다. 기온도 적당했고,

하늘도 잿빛이 아니라 푸른색으로 물들어 있었다. 진짜 연인이라면, 데이트하기 딱 좋은 날씨!

'꼭 그게 아니더라도 외출하기엔 꽤 좋은 날씨네.'

참치 캔을 비롯해 오이, 샌드위치용 햄, 치즈, 딸기 등 필요한 물건들을 카트에 담아 놓고 계산대 앞에 기분 좋게 섰다. 그러다 계산대 근처의 매대 앞에 놓인 살구색 스타킹이 문득, 내 시선을 사로잡았다.

'비도 안 오는데 오늘은 치마 한 번 입어 볼까.'

나는 충동적으로 스타킹을 집어 카트 안에 넣었다. 오늘은 참 이상한 날이다. 사람이 안 하던 짓을 하면 죽을 때가 다 된 거라고 하던데, 도시락 준비에 스타킹 구입까지. 허허, 이것 참.

'치마를 입고 외출하겠다고 확정한 건 아니야.'

그리 중얼거리며 집으로 되돌아오는 발걸음을 재촉했다. 별로 한 것도 없는데, 오후 두 시가 넘었다.

우선 주먹밥 속 재료부터 만들어서 냉장고에 넣어 두어야겠다. 참치 캔의 기름을 쭉 따라 버리고 잘게 썬 오이 조각과 함께 마요네즈에 버무렸다. 칼질이 익숙하지 않아서 오이를 자르는 데 상당한 시간이 걸렸을뿐더러 모양도 그리 예쁘지 않았다. 그 모습을 멀리서 지켜보고 있던 엄마의 혀 차는 소리가 똑똑히 들려왔다.

"간이 맞는 것도 같고, 싱거운 것도 같고. 흐음, 이럴 땐 그냥 두는 게 낫겠지? 이따가 밥에 간을 좀 하면 될 테니까."

"너, 지금 뭐 만드는 거니?"

"……아마도 주먹밥?"

"오늘은 얘가 뭔 바람이 불어서 요리를 다 한대. 이따 어디 나가냐?"

"아, 오늘 한강에서 불꽃 축제 하는 거 구경 가기로 해서."

"가 봤자 사람들만 개미떼처럼 바글바글 거릴 텐데, 집에서 편하게 보지 뭣 하러 거기까지 힘들게 가."

"아니, 뭐, 그냥. 다른 사람이 보러 가자고 하니까."

"누가? 주아가? 걔, 결혼했다면서 너랑 그렇게 한가하게 놀러 다닐 시간이 어디 있어?"

"엄마도 참. 걘 지금 신혼여행 갔지."

"그럼 어떤 친구랑 보러 가는데?"

"그 대학교 동기 중에 수영이 있잖아, 걔랑."

미안하다, 수영아. 네 이름 좀 팔자. 오늘, 아니 앞으로 당분간 쭈욱.

이 나이 먹고서도 부모님께 남자 친구에 대해 이야기하는 것은 어딘지 모르게 쑥스럽다. 여태껏 부모님에게 조금이나마 이야기한 남자 친구는 대학 와서 처음 사귀었던 김태윤뿐이었다. 태윤은 나처럼 평범한 집안의, 평범한 남학생이었다. 길거리에서 딱 한 번, 엄마와 부딪히는 바람에 남자 친구에 대해 실토하게 되었다.

하지만 위험한 관계에 놓여 있던 우현은 물론이요, 거래 관계에 놓인 이준에 대해서는 도저히 한마디도 꺼낼 수 없었다. 아니, 부모님이 이 사실을 알게 해선 절대로 안 된다.

"걔는 자취 몇 번 해서 요리를 완전 잘한다며. 니는 뭐, 주먹밥이나 만들어 가지고 갈라고?"

"이따 샌드위치도 만들 거고, 과일도 잘라서 넣어갈 거거든!"

"그래. 엄마 찾지 말고, 열심히 해 봐라. 요리도 자꾸 해야 느는 거지. 내가 니 공부하라고 주방에 얼씬도 못 하게 한 게 천추의 한이다, 한! 그 나이 먹도록 요리 하나 제대로 못 하고, 청소나 빨래도 못 하고. 쯧쯧."

엄마의 잔소리 아닌 잔소리를 들어가며 참치 주먹밥을 완성하고, 계란을 얇게 부쳐 햄, 치즈와 함께 식빵 위에 올렸다. 네모난 모양을 만드는 게 왜 이리 어려운지, 샌드위치를 다 만들고 나자 내 주변에는 괴상한 모양들의 계란 부침이 잔뜩 널려 있었다.

"너, 이게 다 뭐야?"

"이따 저녁에 반찬 하면 되지, 뭐."

"누구보고 다 먹으라고, 이걸."

나는 주변 정리를 대강 마친 후, 배실배실 웃으며 주방에서 후퇴했다. 핀잔을 주는 엄마의 목소리가 유독 크게 들려왔다. 좁다란 방문을 잠그고, 옷장 안을 살폈다. 어째 이놈의 옷은 사도, 사도 입을 게 없어.

"하늘색 남방에 남색 플레어스커트도 나쁘지 않겠지?"

지난번 인터넷 쇼핑을 할 때, 가격이 너무 착하게 나왔길래 평소의 취향은 하나도 고려하지 않은 채 충동구매로 저지른 옷을 오늘 입게 될 줄은 몰랐다. 여기에 화사한 꽃무늬가 포인트로 들어간 새하얀 가디건을 걸쳤다.
 "어? 나, 생각보다 괜찮은데! 이러다가 그 자식, 나한테 반하는 거 아냐?"
 도시락 준비 외에 한 것이 아무것도 없다 보니 정신 나간 헛소리를 지껄일 정도로 시간에 여유가 있었다. 잠시 후, 나는 나름 성의 있게 준비한 도시락을 들고 현관문을 나섰다.

      *   *   *

 주아와 우현이 신혼 여행지인 하와이에 도착한 것은 그쪽 시간으로 대략 오전 10시 반 경. 비행기를 장시간 타고 와서 상당히 피곤할뿐더러 첫날이라 시차 적응도 해야 했기에 두 사람은 미리 예약해 둔 호텔의 야외 수영장에서 가볍게 몸을 풀거나 호텔 근처의 아름다운 바닷가를 둘러보며 산책하는 정도의 간단한 일정들만 소화했다.
 뷔페식으로 구성된 호텔 측의 저녁 식사는 하와이 고유 음식인 사이민, 마나푸아 등을 제외하면 한국서 접하던 종류에서 크게 벗어나지 않았다. 그러나 세계 여러 나라 사람들의 입맛에 맞추다 보니, 익숙한 음식도 그들의 입맛에는 잘 맞지 않는 경우가 상당수 존재해 두 사람은 저녁 식사를 먹는 둥 마는 둥 간단하게 끝냈다.
 '하와이에서 누구나 알아주는 호텔이라고 들었는데, 생각보다 별로네.'

물론, 주아는 겉으로는 이런 불평을 전혀 드러내지 않았다. 상냥하고 우아한 그녀의 이미지에 조금이라도 손상이 갈 수 있기에.

식후 입가심으로 무알콜 칵테일을 조금씩 들이켜는 그녀의 모습은 아름다울뿐더러 몹시도 우아해서, 근처 남성들의 시선을 한눈에 사로잡을 만했다. 그녀는 저를 향한 시선들을 충분히 만끽하면서도 아무것도 모르는 척 눈앞의 우현을 응시하며 빙긋 웃어 보였다.

현대판 정략결혼으로 맺어진 그들의 관계. 상대방을 싫어하는 것은 아니었으나 그렇다 해서 사랑하는 것도 아니었다. 사랑에 빠진 여느 연인들처럼 서로에게 다정히 대했으나 이는 각자의 사회적 위치를 중시하는 체면과 예의에서 나온 겉치레일 뿐이었다.

"이만 들어갈까. 피로를 확실히 풀어 두어야 내일 재미있게 보내지."

"그래."

우현과 주아는 레스토랑과 연결되어 있는 야외 테라스를 떠나 객실로 되돌아왔다. 신혼부부의 첫날밤 침실답게 은은한 느낌의 조명이 그들을 맞아 주었다. 두 사람의 긴장을 풀어 주고 로맨틱한 분위기를 한껏 북돋워 줄 달콤한 로즈 향이 코를 간지럽혀 왔다. 고급스러워 보이는 흰 테이블 위에는 호텔 측에서 성심성의껏 준비해 놓은 와인과 안주용 과일도 세팅되어 있었다.

가벼운 옷으로 갈아입은 그들이 와인 잔을 가볍게 부딪쳤다. 미소와 미소가 오갔지만, 최소한의 긴장감은 여전히 남아 있었다. 붉은 와인이 입에 착착 감겨들었다. 달면서도 쓰고 텁텁하다. 현실을 제대로 반영하는, 이 얼마나 멋진 맛인가.

"주아야."

주아의 이름을 다정하게 부른 우현이 그녀의 어깨를 자연스레 감싸 왔다. 그의 입술은 부드러운 호선을 그리고 있었지만, 눈치 빠른 주아는 우현의 눈동자가 평상시와 다를 바 없다는 사실을 깨달았다. 눈앞의 남자는 아직 마음이 동하지 않았다.

'아무 생각 없는 눈동자.'

그 점이 주아의 여자로서의 자존심을 미묘하게 긁어댔다. 여태껏 주아가 만나 온 대부분의 남자들은 아름다운 그녀의 외모에 반해 자연스레 스킨십을 원하곤 했다. 아름다운 꽃에 벌과 나비가 따르는 것처럼.

하지만 우현은 집안과의 만남을 통해 그들이 처음 만났을 때부터 줄곧 심드렁한 눈빛을 하고 있었다. 겉으로는 자상해 보이지만 실상은 그녀에게 별다른 감정을 느끼지 못하는 남자.

'시간이 좀 걸릴 뿐이야. 결국 네 마음을 얻기야 하겠지만, 이쪽에서 진심을 주는 일은 절대 없을 거야.'

주아의 속마음과 달리 그녀의 입가도 부드러운 곡선을 자아냈다. 가볍게 맞닿은 그들의 입술은 곧 상대방의 영역을 깊게 파고들었다.

그동안 고르고 골라 사귀었던 애인들만큼 현란한 테크닉을 보여 주진 못했지만, 자극적인 움직임으로 다가오는 우현의 키스 또한 나쁘지 않았다. 우현의 입술이 주아의 입술을 부드럽게 어루만지는 동시에 그의 혀는 안쪽으로 빠르게 다가와서 그녀의 고른 치열을 장난스레 건드려 왔다. 호흡이 조금씩 가빠져 왔다.

주아에게 사랑은 조건과 상황에 따라 얼마든지 만들어낼 수 있는 감정일 뿐이었다. 주변에서 늘 천재라 칭송받고, 학창시절 내내 수석의 자리를 유지하며 자라 온 그녀는 사람의 감정 따위는 이성과 의지에 따라 얼마든지 통제될 수 있다고 믿었다.

우현을 사랑하진 않는다. 다만, 그는 주아와 그녀의 집안에 꽤 어울리는 남자였고 사랑받고 사랑하기에 별다른 흠이 없는 존재다. 때문에 그와의 결혼을 받아들였고, 남은 생의 파트너로서 함께 하기로 마음먹었다.

"흐응……."

얼굴에 열이 조금 몰리는 것을 느꼈다. 힘이 부치는 척 주아가 우현의 가슴팍에 매달려 왔다. 그의 오른손이 그녀의 척추뼈를 따라 등을 슬슬 쓰다듬었다. 왼손이 하는 일은 오른손이 모르게 하라고 했던가. 우현의 왼손은 주아의 가슴을 얄궂게 주물러 왔다. 얇은 옷감 위라 손가락의 움직임이 여실히 느껴졌다.

선수들 사이에서 쓸데없는 말은 필요하지 않았다. 그들의 발걸음은 자연스레 침대 위로 향했다. 부드러운 실크 소재의 이불이 그들을 받아 내며 아름다운 물결무늬를 자아냈다.

가지런히 존재하던 긴 머리카락이 흐트러지고 가슴골이 드러난 주아의 자태는 상당히 고혹적이었다. 무덤덤하던 우현의 눈빛에 열망과 탐욕의 불꽃이 가볍게 일렁였다. 그 모습에 그녀의 기분이 조금이나마 나아졌다.

'그럼 그렇지. 너도 다른 남자들과 크게 다를 바 없잖아.'

그래서 주아는 한껏 유혹적인 미소를 지으며 두 팔로 우현의 목을 끌어안았다. 그녀는 그 누구보다도 화려하게 피어난 꽃이었다.

"하웃……."

"예쁘네. 달콤하고."

머리와 마음이 완전히 따로 논다는 말은 바로 이런 상황을 일컬을 때 사용하는 것일까. 우현에게 결벽증이나 뚜렷한 연애 가치관이 없어서 다행이었다. 예쁘고 부드러운 여체라면 상황에 따라서는 마음이 크게 동하지 않아도 안을 수 있었다. 그는 혈기 왕성하고 건강한 신체를 지닌 29세의 남자였으니까.

탐스러운 주아의 가슴을 혀로 희롱하던 우현은 살짝 달아오른 그녀의 모습을 바라보다가 자신도 모르게, 가까이 접근해 오는 곤충이라면 모조리 잡아먹는 파리지옥이나 끈끈이주걱을 떠올리고 말았다.

'하여간 가진 게 많은 만큼 피곤한 여자야.'

그런 우현의 머릿속에 문득 떠오르는 인물이 하나 있었다. 이희연, 결혼하기 전 마지막으로 사귀었던 여자. 그의 비밀 애인이었던 희연은 주아의 절친한 친구이기도 했다.

완벽하긴 하지만 잘 만들어진 인형 같은 주아와 달리 희연은 생동감 넘치는 여자였다. 학창시절 주아와 1, 2등 자리를 놓고 다툴 만큼 능력도 있었고, 무언가에 완전히 몰입하는 열정도 지니고 있었다. 무엇보다도 이것저것 복잡하게 재지 않고 솔직하게 표현하며 행동하는 그녀의 성격이 마음에 들었다. 주아와의 무료한 관계에 싫증을 느끼던 우현의 눈에 희연이 당연히 띌 수밖에 없었다.

결혼을 앞두고 이별을 고한 순간, 그 까만 눈동자에서 주르륵 흘러내리던 눈물이 떠올랐다. 하지만 희연은 구질구질하게 그를 붙잡지 않았다. 그리고 잔뜩 초췌해진 모습으로 그들의 결혼식에 참석했다.

턱시도와 드레스를 갖춰 입은 신혼부부를 바라보며 끊임없이 흔들리던 희연의 까만 눈동자가 생각났다. 신랑 신부의 키스 타임에 제 친구, 이준과 당당히 키스를 나누던 그녀의 발칙한 모습도 떠올랐다. 정말이지 알 수 없는 여자. 그녀는 신비주의로 자신을 꽁꽁 포장하고 있는 주아보다도 훨씬 더 흥미로운 존재였다.

'그나저나 이준과는 대체 무슨 사이지? 내가 알기로 그 녀석에게 애인은 없었는데. 이희연, 설마……. 나와 사귀고 있을 때도 그를 만나고 있었나.'

그리 생각하자 불쾌감이 밀물처럼 빠르게 몰려왔다. 희연은 자신만을 바라보고 있다 생각했는데 실상은 그게 아니었던 것이다. 이유 모를 패배감에 우현의 미간이 슬며시 찌푸려졌다.

"우현아."

그의 이름을 달콤하게 불러오는 주아의 목소리에 우현은 퍼뜩 정신을 차렸다. 그녀의 입술은 부드럽게 웃고 있었지만, 눈동자에는 한 줄기 서늘한 빛이 어려 있었다. 이토록 아름다운 저를 두고 어찌 딴생각을 할 수 있느냐, 이런 뜻이겠지.

어차피 앞으로도 살 부대끼면서 계속 함께 살아야 할 여자였다. 허니문 여행, 그것도 신혼 첫날밤부터 굳이 주아의 기분을 상하게 하거나 싸울 필요는 없었다. 우현의 입가에 매혹적인 미소가 어렸다.

"미안. 네 모습이 너무 예뻐서 잠시 넋을 놨어."

거짓말치고는 꽤 달콤한 말. 때문에 진심이 아니란 사실을 잘 알면서도 주아는 아무것도 모르는 척, 그의 말에 넘어가 주었다. 가끔은 다 알면서도 모르는 척하는 편이 이로울 때가 있다.

우현은 희연에 대한 미련과 미묘한 불쾌감을 떨쳐 버리려는 듯 움직임에 한층 더 속도를 가했다. 은은한 조명이 열기를 품은 그들의 움직임을 묵묵히 비추고 있었다.

*　　*　　*

오후 6시 35분. 약속시간보다 오 분 일찍 여의나루역에 도착했다. 서울에 거주하는 사람이란 사람들은 죄다 불꽃 축제를 구경하러 나온 모양인지 지하철역은 발 디딜 틈 없이 붐비고 있었다. 이래서야 오늘 안에 그를 찾을 수 있을지 모르겠다. 전화를 한번 해 볼까 고민하고 있는데, 이준에게서 문자가 도착했다.

[3번 출구 밖으로 나와. 차 안에 있으니까.]

좋겠다, 그쪽은 차가 있어서. 나는 투덜거리면서 계단을 올라 3번 출구로 나왔다. 몇 번 보았다고 꽤 익숙해진 이준의 차가 혼잡한 와중에도 사람들의 시선을 한 몸에 받으며 도로변에 서 있었다.

내가 다가서자 이준이 차에서 내렸다. 여기까지 운전해 온 사람이 따로 있었던 모양인지 그가 내리자마자 차는 그 자리를 빠르게 벗어났다.

"일찍 왔네요."

"생각보다 일이 빨리 끝나서."

그리 답한 이준의 시선은 내 손을 살피고 있었다. 나는 파란색 가방에 담긴 도시락 통을 슬쩍 들어 올렸다.

"이거 찾아요?"

"아니, 뭐 그렇다기보다는……. 어쨌든 도시락 싸 왔네. 소화제도 준비해 왔으니 아무 문제없겠어."

"이 남자가 진짜!"

"그럼 빨리 가자고."

이준이 비어 있는 내 왼손을 꽉 잡아 쥐고는 성큼성큼 걷기 시작했다. 이지적인 분위기를 풍기면서도 전체적으로 곱상해 보이는 외모와 달리 그의 손바닥은 생각보다 강인한 느낌을 지니고 있었다. 그를 보면서 간혹 느꼈던 맹수의 이미지에 딱 부합하는 손이라고나 할까.

대담한 이준의 행동에 불현듯, 결혼식장에서의 격렬한 키스가 떠올랐다. 생각만으로도 양 볼이 화끈화끈 달아올랐다. 아아, 정말이지 그를 알다가도 모르겠다. 긴장을 조금이나마 풀까 싶으면 이처럼 새로운 사건을 펑펑 터뜨리니.

다행히도 몇 걸음 따라 걷고 나자 나는 그 행동의 이유를 깨달을 수 있었다. 이준이 내 손을 잡았던 건 피치 못할 선택이었다. 지하철역은 물론이요, 거리에도 어찌나 많은 사람들이 존재하는지 만약 따로따로 걸어 다녔다면 인파에 휩쓸려 금세 헤어졌을 테다.

빠르게 걷던 그의 걸음이 멈춘 곳은 다름 아닌 한강 유람선 선착장이었다. 나는 얼떨떨한 나머지 이준의 얼굴을 빤히 쳐다봤다.

"우리, 오늘 유람선 탈 예정이었어요?"

"배에서는 불꽃이 더 잘 보일 테니까. 안 그래?"

그래, 너님 참 능력 있으세요. 보통 이런 날에는 유람선 티켓이 평소보다 빨리 매진될 텐데, 대체 언제 예약을 해 놓은 것인지. 어제 레스토랑에서도 느낀 바지만, 그의 준비성은 꽤 철저했다.

로맨틱한 밤의 크루즈. 20대 청춘이 끝나기 전, 한 번쯤은 꼭 타 보고 싶었다. 그 소망을 오늘 이 남자와 함께 이루게 되리라곤 전혀 생각하지 못했지만, 그리 나쁘진 않다는 생각이 들었다.

나는 이준에게 시선을 고정시킨 채 천천히 입을 열었다.

"당신은 내게 프로메테우스일지도요."

"무슨 소리야, 그건."

"인간에게 불을 건네줘서 문명의 발달을 이끌어 낸 프로메테우스처럼 당신도 내 삶에 새로운 것들을 자꾸만 건네니까요."

엉뚱한 내 말에 그가 피식 웃었다.

우리는 티켓을 확인받고 유람선에 올라탔다. 배 안에도 사람들이 꽤 많았지만, 그래도 여의도 공원이나 한강 근처 풀밭에 비할 바는 못 되었다.

꽤 서늘한 밤바람에 옅은 물비린내가 함께 실려 와 코를 자극해 왔다. 어둠에 잠긴 물이 검푸르게 빛났다. 그 위로 도시의 휘황찬란한 불빛들이 띄엄띄엄 수를 놓고 있었다.

너른 물을 한없이 바라보고 있자니 왠지 모르게 가슴이 콩콩 뛰었다. 생각지 못한 경험들은 내 마음을 몹시도 설레게 했다. 약 삼십 분 후에 있을 불꽃놀이가 정말 기대되었다.

불꽃 축제가 시작하기 전까지 시간이 조금 남아 있었다. 나와 이준은 유람선 내부의 작은 카페로 발걸음을 옮겼다. 보통 디너 뷔페까지 함께 이용하는 손님들이 많은데, 유람선 티켓만 끊은 우리 같은 손님들을 위해 한쪽에 마련된 작은 공간이랄까.

카페로 걸어가는 길에 내가 디너 뷔페 쪽으로 흘긋 시선을 던지자 이준이 멈칫하며 한마디 덧붙였다.

"당신, 요리 실력 발휘할 기회 주려고……."

그러면서도 말끝을 살짝 흐리는 폼이 디너 뷔페까지 포함한 티켓을 끊었어야 했는지 고뇌하는 표정이었다.

"다음에는 패키지로 끊어 둘게."

내가 서운해한다고 생각하는 것일까. 난 그저 이 배에 탑승했다는 사실만으로도 기분 좋은데. 보면 볼수록 그는 생각보다 섬세한 구석이 많은 남자라는 느낌이 들었다.

나는 아메리카노, 그는 레몬에이드를 주문한 후 자리를 잡았다. 음료를 시킬 수 있어서 다행이었다. 내 손으로 도시락 싸는 것이 난생처음인 나는 깜박 잊고 마실 만한 음료를 하나도 챙겨 오지 못했다.

왠지 모르게 쑥스러운 기분이 들어 살짝 달아오른 얼굴로 도시락 뚜껑을 하나씩 열었다. 집에서 볼 때는 그럭저럭 괜찮은 모양새였는데 밖에서, 그것도 유람선 안에서 다시 보니 뭔가 부족한 느낌이 들었다. 이준이 가늘고 긴 하얀 손가락으로 샌드위치 하나를 집어 들었다.

"마트나 빵집에서 파는 거랑 크게 차이 안 나죠?"

"뭐, 나쁘지 않네."

그의 말 한마디에 어쩐지 천국과 지옥을 오가는 느낌이었다. 이준의 눈치를 보며 나는 참치 주먹밥 하나를 집어 들었다. 보온 도시락 통에 잘 넣어 왔다고 해도 조금 식어서인지 만들었을 때 바로 집어먹는 것만큼 맛있지는 않았다. 그래도 못 먹을 정도는 아니니, 이 얼마나 다행인가.

"원래 요리는 자신 없는 종목 중 하나예요."

"그래도 생각보단 괜찮은데? 각오 단단히 하라고 해서 약간

걱정했는데, 기껏 사 온 소화제가 쓸모없게 생겼어. 이따 집에 가져갈래?"

"그래요. 소화제는 갖고 있으면 언젠가 먹게 되어 있으니까요."

다소 심술궂은 말투였지만 그리 나쁘게 와 닿진 않았다. 내가 피식 웃으며 고개를 끄덕이자 그도 따라 웃었다.

짧은 시간 안에 간단히 요기를 마치자 아, 기다리고 기다리던 불꽃 축제가 시작되었다. 불꽃 축제 특유의 소리, 설렘에 찬 사람들의 함성만으로도 그 시작을 알 수 있었다. 나와 이준은 서둘러 갑판으로 나왔다. 육지보다야 적었지만 그래도 사람들이 꽤 많이 서 있었다.

어두운 밤하늘을 화려하게 수놓는 형형색색의 불꽃들. 간혹 특이한 모양의 불꽃들이 터질 때마다 사람들의 함성 소리도 배가 되었다. 서늘하면서도 기분 좋은 밤바람과 강바람이 머리카락을 부드럽게 어루만져 왔다. 답답하던 가슴이 뭔가 뻥 뚫리는 느낌이었다.

"괜찮지?"

이준이 어깨에 손을 가만히 얹으며 물어 왔다. 화려한 불꽃을 배경으로 갑판 위에서 바라보는 그의 얼굴은 평소보다 더 멋져 보였다. 로맨틱한 선상의 분위기는 평범한 사물조차 사랑스럽게 보이게 만드는 힘이 있는데, 그는 원래부터 잘난 외모를 가지고 있으니 이러한 옵션 효과는 당연했다.

"미리 예약해 줘서…… 고마워요."

"마음이 복잡할 때는 바람 쐬는 것만큼의 특효약이 없으니까."

의미를 알 듯 모를 듯 미묘한 느낌을 지니고 있는 그의 한마디. 착각일까. 현재의 내 상황을 염두에 둔 듯한 말에 나는 이준과의 강렬했던 첫 만남을 떠올렸다. 그때 나는 보기 흉할 정도로 엉엉 울고 있었고, 그는 그런 내게 상당히 격렬한 키스를 해 왔다. 꽤 늦은 감이 있지만, 지금이라도 묻고 싶었다.

"있잖아요, 한 가지 궁금한 게 있어요."

"뭔데."

"울고 있는 여자를 보면 당신은 보통 키스로 달래 줘요?"

예상치 못한 질문이었는지 이준의 눈동자가 파르르 잘게 떨리는 모습이 보였다. 가야 할 방향을 잃고 헤매는 맹수 한 마리가 머릿속에 저절로 그려졌다. 하지만 그런 모습은 짧은 순간이었다. 눈을 빛낸 그가 곧 아무렇지도 않게 대꾸해 왔다.

"그건……. 당신이 처음이야."

그게 대체 무슨 의미야! 내가 뭔가 특별한 존재인 것처럼 포장된 그 말에 가슴이 주책없게 쿵쿵거렸다. 형형색색의 불빛 때문일까. 평소보다 훨씬 더 섹시해 보이는 그의 입술이 내 귓가로 가까이 다가왔다.

"생각보다 달콤하더라고, 그 입술."

마지막 말은 입술만 움직이다시피 작게 속삭였지만, 다른 말 못지않게 또렷이 들려왔다.

나는 뜻하지 않은 고백을 받은 소녀처럼 놀란 눈으로 이준을 바라봤다. 때마침 바람이 그의 머리카락을 가볍게 훑고 지나가자 모델 화보가 따로 없었다.

까만 밤하늘을 배경으로 불꽃은 여전히 팡팡 터지며 제 존재감을 확실히 알리고 있었고 식사를 마친 사람들마저 갑판 위로 나오면서 주변은 더더욱 북적거렸지만, 한순간이나마 시간이 멈춘 듯한 착각이 일었다. 묻고 싶은 게 아직 더 남아 있는데, 굳어 버린 입술이 도통 떼어지지 않았다. 침묵 마법, 동작 그만 마법에라도 걸린 느낌이다.

"우와아!"

그 순간, 하이라이트로 쏘아 올린 오색 불꽃을 본 사람들이 크게 감탄을 내뱉으면서 우리 사이에 맴돌던 미묘한 침묵이 깨져 버렸다. 내게 무언가 더 말하려는 듯한 그의 입술도 달싹임을 멈추었다. 우리는 그렇게 서로를 바라보고 서 있었다. 한강 위 뜨거운 불꽃들을 배경 삼아.

"예상은 대충 했지만……. 음, 어, 좀…… 변태 같네요. 입술에 꿀 발라 놓은 것도 아니고, 뭔 맛을 느껴요. 아, 뭐, 그땐 눈물이 묻어 있어서 좀 짜긴 했겠네요."

어색해진 상황을 마무리하기 위해 일부러 장난기 섞인 목소리로 농을 던졌다. 물론 그 안에 진심이 반은 담겨 있었다.

"그쪽이 키스를 아직 몰라서 그래. 제대로 된 키스를."

이준 또한 평소의 여유로운 표정으로 되돌아와 내 말을 맞받아쳤다.

제대로 된 키스라. 그러고 보니 그동안 만난 남자 친구들과 키스할 때, 나는 사람들이 흔히 말하는 '달다'라는 기분을 거의 느끼지 못했던 것 같다. 그와 조금 더 가까워졌다는 친밀감이나 애정은 충분히 느낄 수 있었지만, 키스 그 자체의 매력은 별로 느끼지 못했다. 매번, 호흡이 가빠 힘들다는 생각이 더 강했으니까.

"키스가 키스지, 뭐 별거 있나요."

키스란 그저 사랑하는 사람들끼리 애정을 표현하기 위해 행하는 스킨십의 하나일 뿐. 나는 성관계에 있어서 상당히 보수적인 편이라 내 또래에게선 찾아보기 드물게도 순결을 유지하고 있었다. 하지만 그렇다 해서 키스나 스킨십에 마냥 거부감을 느끼는 건 아니었다. 만약 자그마한 스킨십에도 까무러치는 성격이었다면 내게 다짜고짜 키스를 퍼부은 이준의 제안을 순순히 받아들이거나 그와 따로 만나는 일 따위는 죽어도 없었을 테다.

나의 말에 눈썹을 살짝 치켜뜬 그가 이내 눈꼬리를 휘며 입을 열었다.

"그럼 이제부터 천천히 가르쳐 줄게. 그 달콤함을."

이유 모를 열기를 품고 있는, 강렬한 그의 눈동자와 마주쳤다. 나는 애써 태연한 척 대꾸했다.

"누가 멋대로 키스해도 괜찮대요?"

그리고 이제 막바지에 이른 밤하늘의 불꽃 축제로 시선을 돌렸다. 팡팡, 예쁘게 터지고 있는 불꽃들은 확실히 시선 집중의 효과를 지니고 있었지만,

"그럼 어떻게 해야 허락받을 수 있는데?"

내 머리카락 끝을 만지작거리며 나지막하게 속삭이는 이 남자의 목소리만큼은 아니었다.

다짜고짜 키스할 때부터 알아봤어야 했는데 이 남자, 우현보다 더한 선수 아냐? 허락은 무슨! 그런 일은 우리 거래가 끝날 때까지 없을 겁니다, 아마.

"변태."

"처음 들어 보는데, 그런 소리."

"주변 사람들이 어지간히 안전지향적인 삶을 추구했나 봐요."

네 지위가 있는데 어떻게 함부로 입을 놀리겠냐는 뉘앙스가 섞인 말에 그의 눈썹이 소소하게 꿈틀거렸다. 그러고 보면 신우현, 그 빌어먹을 놈도 스킨십 하는 걸 꽤 좋아하는 듯했다. 부잣집 놈들은 원래 다 그런가.

이런 말도 안 되는 생각을 하고 있을 때, 볼에 따뜻한 감촉이 와 닿았다가 사라졌다. 고개를 옆으로 돌리니 평소처럼 무덤덤한 그의 모습이 보였다. 아니, 이 남자가 정말! 내가 가만히 있으니까 가마니로 보이나.

"뭐 하는 짓이에요, 이 변태!"

"어차피 변태 소리 듣는 거, 행동으로 옮기고 들어야 덜 억울하지. 볼도 꽤 달콤하네."

"그러다가 손목에 찰캉찰캉 하는 수가 있어요. 이거 이러다가 뉴스에도 나오는 거 아냐? 신원그룹 송이준, 성추행 혐의로……."

"시끄러워."

이 남자가 어째 점점 더 뻔뻔해지는 것 같다. 나는 날렵한 그의 턱 선을 바라보며 가볍게 혀를 찼다.

한강을 돌며 약 90분간의 운항을 순조롭게 마친 유람선이 선착장으로 되돌아왔다. 그는 기사 아저씨에게 인근 주차장에 차를 세워 달라고 부탁했다면서 운전기사와 잠시 연락을 취하더니 나를 이끌고 주차장으로 향했다. 북적북적한 인파 때문에 길을 걷기 힘들었다. 주차장 역시 불꽃 축제 관람을 마친 사람들이 한꺼번에 움직이면서 다소 혼란스러운 상황을 띠고 있었다.

때문에 우리 둘은 차에 올라타서 사람들이 좀 빠질 때까지 기다리기로 했다. 어차피 지금 이곳을 빠져 나가봤자 도로도 상당히 막혀 있을 테니까.

오늘도 그의 차 안에서는 전에 맡았던 향이 상큼하게 맴돌고 있었다. 나도 재료를 사다가 디퓨저 한번 만들어 볼까.

"사람이 진짜 개미떼처럼 바글바글하네요."

"그러게."

그리 답하는 이준의 얼굴은 왠지 지쳐 보였다. 하긴, 그의 사회적 위치상 이렇게 많은 사람들 틈바구니에서 움직일 일이 별로 없었을 테다. 어딘가로 이동할 때면 기사가 딸린 개인 자가용을 이용하고, 그가 지닌 막대한 돈의 힘을 이용해서 쾌적하고 조용한 환경만을 조성했을 테니까.

'그래도 이 사람도 사람인데, 초·중·고등학교에서는 단체 생활을 물리도록 겪었겠지. 중세 시대의 귀족도 아니고, 난 가정교사를 통해 수업받았다 뭐 이런 건 아니겠지?'

우유 당번을 맡은 송이준. 반 단체 기합을 받는 송이준. 방과 후 교실 청소를 하는 송이준. 학교생활을 하는 송이준을 떠올리니

나도 모르게 웃음이 입가를 비집고 튀어나왔다.

"풋……. 아, 조금은 귀여울지도."

"대체 뭔 생각을 하고 있는 거야?"

"아무것도 아니에요. 음, 한 가지 궁금한 게 있는데요, 초등학교나 중학교는 어디 나왔어요?"

"그건 왜?"

그의 눈동자에 이유 모를 이채가 감돌았다. 에이, 설마. 내가 한 생각들을 눈치챈 건 아니겠지?

"그냥, 궁금해서요."

"영광초등학교."

응? 뭐라고? 나는 뜻밖의 대답에 깜짝 놀라 그의 얼굴을 뚫어져라 쳐다보았다. 영광초등학교는 내가 다닌 초등학교이기도 했다. 그렇다는 건 그와 내가 초등학교 동, 동창이라는 이야기? 기억도 잘 안 나는 과거의 어느 날, 어느 시간에 그와 내가 복도에서 우연히 부딪혔을 수도 있다고 생각하니 기분이 참 묘했다.

"그러는 그쪽은?"

내가 한 질문을 되물은 이준이 나를 흘끔흘끔 쳐다보고 있었다.

"신기하네요, 정말. 나도 영광초등학교 나왔어요."

"……단지 그것뿐?"

"네? 그럼 뭐가 더 있어요?"

이준은 입술을 굳게 다문 채 더 이상 아무 말도 하지 않았다. 사람들이 어느 정도 빠져나갔다 싶었는지 침묵하던 그가 운전을 시작했다.

나는 괜스레 찜찜한 기분이 되어 머리를 긁적였다. 뭐지, 나도 모르는 사이 무슨 말실수라도 한 건가. 사람 기분이 어떻게 하면 저리 갑자기 다운될 수 있지?

머쓱해진 나는 차창을 깨뜨릴 기세로 어두운 바깥 풍경을 응시했다. 그리고 오늘 있었던 일들을 차근차근 되새겨 보았다. 가장 먼저, 아침에 꿨던 개꿈이 떠올랐다. 제법 귀여운 얼굴로 이상한 질문을 던졌던 남자아이.

어, 어라? 그러고 보니 누군가를 많이 닮은 얼굴이던데. 흐음, 누군가 기억에 안개를 덧씌운 것처럼 생각이 날 듯 말 듯하다.

나는 습관대로 머리카락 끝을 돌돌 말아댔다. 십 년도 훨씬 더 넘은 일이라 기억이 잘 나지 않았다. 어휴, 저질 체력에 이어 저질 기억력이 원망스럽지 않을 때가 없다니까, 정말.

그때, 신호에 걸려 차가 멈춰 섰고 나는 이준 쪽으로 시선을 슬쩍 돌렸다. 뭔가 뾰로통해 보이는 그의 모습이 어딘지 모르게 아련히 느껴지는 것은,

"……송이준?"

나는 벼락 맞은 사람처럼 불현듯 한 가지 사실을 깨달았다. 호들갑 섞인 나의 목소리에 이준도 이쪽을 쳐다보았다.

"왜, 뭐?"

그의 퉁명스러운 목소리 따위가 중요한 게 아니었다, 지금! 아주 아주 중요한 사실이 떠올랐으니까.

"영광초등학교 4학년 2반인가, 3반인가. 어쨌든 송이준, 너 맞지?"

아침에 꾸었던 꿈이 개꿈이 아니라 오래된 기억을 끄집어내는 단서가 될 줄이야. 아니, 그것보다도 귀여운 남자아이에 불과했던 그가 위험한 느낌을 물씬 풍기는 미청년으로 내 앞에 다시 나타날 줄이야. 지금 이 순간에도 너무 당황한 나머지 말이 자꾸 꼬이려고 했다.

이준은 이렇다 저렇다 말이 없이 내 얼굴만 빤히 응시해 왔다. 나는 침을 꼴깍 삼키며 그의 대답을 기다렸다.

3. 오랜만에 만난 친구를 대하는 올바른 자세란?

"자신이 몇 반이었는지도 제대로 기억 못하나."

한숨 섞인 음성에는 '자신은 몇 반이었는지 정확하게 기억하고 있다'는 묘한 뉘앙스가 가득 담겨 있었다. 나의 확신은 이제 절정에 다다랐다. 저 녀석은 분명 초등학교 시절 나와 같은 반이었던 송이준, 그 자식이 틀림없다고.

대한민국 사람들 대부분이 앓고 있다는 건망증과 약간의 안면 인식 장애를 지니고 있는 덕분에 오랜 세월이 흐른 지금, 너무도 달라져 버린 녀석의 모습을 바로 캐치해 내지는 못했지만 나는 오늘 꿨던 개꿈에서 신의 한 수처럼 힌트를 얻었다.

아, 개꿈도 때로는 쓸모가 있구나.

나는 인상을 찌푸리며 이준의 얼굴을 이리 보고 저리 살펴보았다. 그나저나 그 이후 대체 어떤 인생을 살아왔기에 마냥 귀엽고 얌전한 성격을 지녔던 남자아이가 요로코롬 변했을까. 위험한 느낌을 물씬 풍기는 미청년이 되다니! 세상은 정말이지 오래 살고 볼 일이다.

"뭘 그렇게 봐."

신호에서 벗어난 그가 핸들을 꺾으며 말해 왔다.

"아니, 너 참 많이 변했다 싶어서."

그가 초등학교 동창이라는 생각이 들자 나도 모르게 말이 편하게 나갔다. 어느새 반말로 바뀐 내 말투에 대해 이준도 그리 신경 쓰는 것 같진 않았다.

"제대로 기억도 못하면서, 무슨."

"초중고 다니면서 반이 열두 번이나 바뀌는데 그까짓 반 번호, 기억 못할 수도 있지."

"영광초등학교 4학년 3반."

나지막한 그의 목소리가 울려 퍼졌다. 그래, 가만히 생각해 보니 3반이었던 것도 같고. 기억력 좋은 너님, 참 잘났다……가 아니라.

"잠깐만, 너! 우리가 초등학교 동창이라는 사실을 알고 있었다면 진즉 말해 줄 수도 있었잖아. 왜 그렇게 처음 만난 사람처럼 굴었어?"

"그쪽 기억에 내가 없는데, 당연히 처음 만난 사람이지."

"아, 진짜. 무슨 남자가 그렇게 속이 좁아? 어? 너, 예전에도 이랬어?"

"글쎄."

정말이지 그가 운전하고 있는 중만 아니라면 당장 멱살이라도 잡아 짤짤 흔들어 버리고 싶은 심정이었다. 나는 반쯤 일으켰던 몸을 다시 털썩 주저앉혔다.

"뭔가 어이없기도 하고, 신기하기도 하고."

내게 계약 연애를 제안한 놈이 알고 봤더니 초등학교 동창이었습니다. 그것도 깜쪽하게 나를 속이고 있었지요, 하하하. 혼잣말처럼 중얼거린 내 말에 흘끔 쳐다보는 이준의 시선이 느껴졌다. 뭘 봐, 이 자식아.

"어이없을 건 또 뭐야."

"……몰라."

"그나저나 이제는 말 편하게 하네."

"넌 동창한테도 존댓말 써?"

"훨씬 듣기 좋아. 그러니까 편하게 말 놓으라고 전부터 몇 번이나 그랬잖아."

그러면서 피식 웃는 모습이 조금만 덜 멋졌다면 좋았을 텐데. 이놈도 주아처럼 잘난 얼굴로 세상 꽤 편하게 살 수 있겠다는 생각이 들었다.

차 안에 침묵이 잠시 흘렀다. 나는 기억의 한 자락을 천천히 더듬어 나가고 있었다. 대부분의 사람들이 나와 비슷한지 어떤지 잘 모르겠지만, 내게 초등학교 시절의 기억은 너무도 흐릿했다. 마치 기억상실증에 걸린 사람처럼.

그때는 주아를 만나기 전이었고, 내 인생에서 내가 유일하게 다른 사람들의 주목을 한 몸에 받은 시기이기도 했다. 그러면 오히려 다른 시절보다 기억이 더 또랑또랑할 법도 한데, 전혀 그렇지 않았다. 풀리지 않는 미스터리, 여기 하나 추가요.

"······이상하게도 초등학교 시절의 기억은 잘 떠오르지 않아. 나이를 먹어서 그런가."

"우리 아직 삼십도 안 됐는데? 그리고 난, 기억 완전 멀쩡해."

"가만히 생각해 보면 그때 더 좋은 추억들, 더 재미있는 기억들이 많았을 텐데. 왜 그럴까."

"뭔가 커다란 사고라도 겪었어? 왜, 그 아침 드라마에서 나오는 기억상실증에 걸린 걸 수도 있겠네."

무표정한 얼굴 그대로 농 섞인 말을 내뱉는 그의 모습에 나는 옅게 웃어 보였다.

"기억상실증에 걸린 거라면, 근 십오 년간의 기억이나 싹 지워졌으면 좋겠는데."

그럼 이 모든 악연에서 벗어날 수 있지 않을까.

"······신우현을 만난 건 요 근래 아니었나."

이준은 방금 전 내 말이 우현과의 관계에 대한 짙은 후회에서 비롯된 것이라고 생각했나 보다. 그는 그들의 결혼식 날 이후 처음으로 우현의 이름을 입에 담았다. 그러다가 멈칫하는 모습이 내 표정을 살피는 눈치였다.

나는 무어라 형용할 수 없는 복잡한 감정들이 가슴 깊은 곳에서부터 불쑥 치밀어 오르는 것을 느끼며 시선을 차 천장 쪽으로 돌렸다. 우현과의 관계는 분명 가장 먼저 지우고 싶은 기억이며 타인에게 말하기조차 남부끄러울 과거지만, 나는 할 수만 있다면 주아와 관련된 기억들도 전부 지우고 싶었다. 완벽한 그녀 옆에만 서 있으면 초라해지고 작아지는 내 모습이 너무 보기 싫었다. 내 존재가 우주 안의 먼지처럼 정말 보잘것없이 느껴진달까.

부잣집에서 누릴 것 다 누리며 곱게 자라온 그녀가 단짝이라는 이름하에 내 옆에 붙어 있으면서 아무 생각 없이 던진 말들 중에는 내 가슴을 송곳으로 후벼 파는 내용들이 꽤 많았다.

"아, 넌 이런 것 안 해 봐서 잘 모르겠구나. 이게 뭐냐면……."
"넌 그 폰 안 불편해? 완전 옛날 거잖아. 다들 스마트폰으로 바꿨는데. 요즘엔 성능은 조금 낮은 대신 싸게 나온 폰들도 많아."

누구는 이런저런 경험을 안 해 보고 싶어서 안 하나. 누구는 최신 핸드폰 안 갖고 싶어서 옛날 폰 들고 다니나.
아아, 됐다. 그만 생각하자.
그렇게 차곡차곡 쌓인 주아에 대한 야속함과 얄미움은 열등감과 분노가 되어 내 안을 맴돌았다. 주아는 별 악의 없이 말한 것뿐이라고 스스로를 다독여 봐도 어떤 때는 참 서러웠다. '뭐, 저런 애가 내 단짝이지?' 하는 생각이 들 때가 한두 번이 아니었다.
서로 잘 안 맞는 것 같다는 생각이 들어 그 애와 멀어지려고 노력하기도 했다. 같은 중학교에서 같은 고등학교에 진학했지만, 반이 항상 같지는 않았다. 고등학교 1학년 때, 반에서 다른 단짝 친구를 만들어 보려고 시도한 적이 있었다. 나는 그 당시 내 뒷자리에 앉았던 소민이와 빠른 속도로 친해졌다. 그만큼 주아와는 멀어졌고, 모든 것이 다시 괜찮아졌다고 생각했다.

하지만 어느 날부터 반 친구들이 나를 대하는 태도가 미묘하게 달라졌다. 처음에는 몇몇 아이들의 악의 섞인 수군거림으로 시작되었다.

"쟤, 중학교 때 3반 김주아 시녀였대."
"성적도 주아가 이것저것 도와줘서 잘 나오는 거래. 김주아, 걔 전교 1등이잖아."
"소민이랑 노는 것도 공부를 잘해서 그러는 거 아냐? 올해도 편하게 지내려고."

그 수군거림을 종합해 보면, 주아에게서 온갖 혜택을 받아 온 내가 단물을 다 빨아먹자 그녀를 버렸다는 것이었다. 나는 순식간에 나쁜 년, 이기적인 년으로 낙인찍혀 일 년 내내 거지 같은 소문에 시달렸고, 소민이를 비롯하여 친하게 지냈던 반 친구들과도 자연스레 멀어졌다. 나는 반에서 철저하게 고립되었다. 그리고 주아는 등하교 시간이나 쉬는 시간에 나를 종종 찾아와 말을 붙이곤 했다. 마치 자신의 너그러움과 우정을 과시하듯이.

2학년 때는 주아와 같은 반이 되면서 반강제적으로 그녀와 친하게 지낼 수밖에 없었다. 그러자 놀랍게도 악의적인 소문들이 차츰 수그러들었다.

온몸에 소름이 돋는다는 느낌이 뭔지 그때, 처음 알았다. 주아가 내 곁에 도사리고 있는 한 나는 그녀와 연관되지 않은 새 친구를 사귀기 힘들었고, 그렇게 중·고등학교 학창 시절이 지나갔다. 고3 수험 기간이 끝나고 대입 원서를 작성할 무렵이 되어서야 잘난 그 애는 곧 유학을 떠날 테니 우리의 관계는 여기서 끝나겠구나 싶었다.

그러나 주아는 웬일인지 계획을 바꿔 내가 지원한 국내 대학에 원서를 냈고, 우리 둘은 같은 대학에 나란히 합격했다. 주변에서는 바늘 가는 데 실 간다고 우리들 사이가 완전 끈끈하다며 부럽다는 시선을 보내왔지만, 나는 전혀 기쁘지 않았다. 오히려 두려움에 가까운 감정으로 숨통이 콱 막히는 기분이었다.

"있잖아."

이준은 무어라 대답하진 않았지만, 내 쪽으로 시선을 슬쩍 던졌다. 그 태도가 왠지 '운전하고 있어도 지금부터 네가 하는 이야기 잘 듣고 있을 테니까, 어디 한번 말해 봐.' 이런 식으로 느껴져서 마음이 조금이나마 안정되었다.

"곰곰이 생각해 보면 난 신우현을 사랑했지만, 그것이 100% 순수한 감정은 아니었던 것 같아. 우습게도 그 사랑이란 감정 중엔 분명히 주아에 대한 우월감도 포함되어 있었을 거야. 주아의 약혼자가 그녀보다 나를 더 사랑하고 있다는 사실에서 오는 더러운 우월감."

내 친구들은 곧 주아의 친구들이기도 했기에 그녀들에게는 솔직하게 털어놓을 수 없었던 이야기를 그들과의 접점이 거의 없는 초등학교 동창, 이준에게는 사실대로 말할 수 있었다. 왠지 모르게 후련한 기분이 들었다. 먼 옛날, 신라 시대에 깊은 대나무 숲에 들어가 '임금님 귀는 당나귀 귀!'라고 외치던 이발사의 마음이 이러했을까.

"……주아라는 그 여자가 더럽게 맘에 안 들었나 봐?"

"모르겠어, 나도 내 마음을. 그 애의 별것 아닌 말이나 행동들이 내겐 날카로운 비수처럼 다가와 알게 모르게 상처를 많이 입었거든. 주변 사람들도 전부 개만 좋아하는 것도 있고. 내가 착한 사람이었다면 그나마 괜찮았을 텐데, 그것도 아니고……. 그래서 한 번쯤은 주아를 꼭 눌러보고 싶었달까. 근데 그게, 정말 나쁜 방향으로 나타난 거지. 친구 약혼자와 놀아나는 걸로."

어쩌면 주아가 학창시절, 나에 대해 악의적인 소문을 퍼뜨렸을지도 모른다는 말은 입 밖에 내지 않았다. 심증만 있을 뿐이지, 명확한 증거는 없었으니까.

술을 마신 것도 아닌데 말이 횡설수설 내뱉어졌다. 내가 지금 애 앞에서 뭐라 지껄이는 거지. 너의 모든 죄를 함구하겠노라 선언하신 신부님 앞에서 죄를 고하는 죄인이 된 듯한 기분이었다.

이준은 한동안 말이 없었다. 하긴, 스스로도 내가 미친년이지 싶은데 타인이 볼 때는 오죽할까. 나는 가슴이 꽉 막히는 듯한 답답함을 이겨내려고 애꿎은 입술만 잘근잘근 깨물었다.

우리 사이의 어색한 기류와 상관없이 차는 도로 위를 매끄럽게 달리고 있었다.

"……있잖아."

마침내 이준이 천천히 입을 열었다.

"너, 삶의 에너지 도둑이라고 들어 봤어?"

뭐? 무슨 도둑?

뜻밖의 단어에 고개가 절로 갸웃거렸다. 이곳이 유독 막히는 구간인지 차가 몰려 있었다. 도로를 무덤덤하게 응시하고 있는 이준은 높지도, 낮지도 않은 음성으로 말을 이어 나갔다.

"쉽게 말해, 주변 사람들을 잘 살펴보면 함께 있을 때 힘이 되는 사람이 있는 반면 함께 있으면 괜히 피곤해지고 우울해지는 사람도 있지?"

"어, 어."

"다른 사람들 앞에서 너를 은근슬쩍 깎아내린다거나 네 자존심이나 감정을 무시함으로써 같이 있는 것만으로도 널 피곤하게 하고 우울하게 만드는 사람. 그 사람이 네 에너지를 빼앗아 가는 에너지 도둑인 거야. 주아란 여자가 네게 그런 존재인 거지. 에너지 도둑들 중에는 자신이 의식하지 못하는 사이 남에게 피해를 주는 경우도 있지만, 대다수는 의식적으로 그렇게 행동해. 자신이 좀 더 우월하고 잘났다는 사실을 만끽하려고. 그들은 타인보다 앞서 나가고 타인을 짓밟을 때 자신이 더 행복해질 수 있다고 생각하거든."

나는 잔뜩 경직된 얼굴로 입만 벙긋거렸다. 길 한복판에서 갑자기 벼락을 얻어맞은 느낌이었다. 이준의 말을 듣고 나니 그동안 내가 주아에게 느꼈던 불편함, 불쾌감 등의 원인이 무엇인지 알 것 같았다.

주아는 상냥하게 웃는 얼굴과 교묘한 말솜씨로 자신보다 못한 나의 가정 형편을 깎아내렸고, 나의 노력이나 열정 등을 가볍게 무시해 왔다. 겉으로 봤을 때는 별 악의 없는 행동이라 생각될 만큼 아주 교묘한 방식으로 말이다. 그럴 때마다 기분이 조금씩 상하긴 했지만, 거기에 대해 무어라 할 수 없었다. 그래서 그녀를 향한 불편하고 싫은 감정이 높은 산꼭대기에서 시작된 눈덩이처럼 나의 마음속에서 점점 더 크게 불려지고 있었던 것일까. 세간에서 말하는 단짝 친구지만 '무슨 일이든 져서는 절대 안 될 라이벌'이라는 복잡 미묘한 정의를 내린 것은 그러한 무의식의 반영 결과일지도 모르겠다.

"……그렇구나."

"형식적이든 뭐든 친구의 약혼자와 불륜 관계에 놓여 있던 넌, 분명 착한 여자는 아니야."

잘 알고 있었다. 내가 못돼먹은 여자란 건. 단호하게 내뱉어진 이준의 말에 심장이 한 번 쿵덕, 그다음 이어지는 그의 말에 심장이 두 번 쿵덕했다.

"하지만 네가 얼마나 많은 스트레스를 받았을지, 얼마나 많은 상처를 입었을지 생각해 보면 왜 그랬는지 이해할 수 있어."

이해할 수 있다, 라. 얼핏 보면 별것 아닌 말이었지만, 내가 타인에게서 가장 듣고 싶은 말이기도 했다. 신부님이든 뭐든 누군가에게 면죄부를 받는 사람의 심정이 아마 이렇겠지.

그래, 내가 못된 년인 건 스스로도 인정한다. 하지만 괜히 심술을 내고 날뛴 것은 아니었다. 악녀에게도 사정이 있다고, 내게도 나름의 이유는 존재했다.

이상하게도 눈가가 따끔거리면서 눈물이 나오려고 했다. 울지 않기 위해서 입술을 꾹 깨물어도 보고, 차창 너머로 시선을 돌리기도 하고, 손바닥도 꽉 움켜쥐어 봤는데 아무런 소용이 없었다. 결국, 볼을 타고 흐르는 눈물을 이준에게 들키고 말았다.

천장에서 툭 떨어진 바퀴벌레를 보는 것처럼 놀란 얼굴을 한 그가 차를 도로 가장자리에 급하게 세웠다.

아씨, 이게 뭐야. 쪽팔리게. 그러고 보니 주아와 우현의 결혼식 날에도 울고 있는 상태에서 이준을 만났었지. 이놈에게는 정말 못 볼 꼴만 골라서 보이고 있구나. 옛날 말로 표현하자면 시집은 다 간 것 같다. 그래, 그냥 평생 솔로로 살아야겠어.

"······울지 마."

내 의지와 상관없이 흘러나오는 눈물을 손등으로 비적비적 닦고 있을 때, 나지막한 목소리로 중얼거린 그가 나를 천천히 끌어안았다. 엉겁결에 그의 품에 안기게 되었지만, 생각보다 편한 느낌이 들었다. 야속한 눈물이 '기회는 이때다.' 싶었는지 더더욱 쏟아져 내렸다.

아아, 나는 이제 애 얼굴 다 봤다. 도망칠 쥐구멍이 절실히 필요했다.

"다 끝났잖아. 이젠 괜찮아."

내 등을 끌어안은 그의 손에는 강한 힘이 담겨 있었다. 뭐가 다 끝난 건지, 뭐가 괜찮은 건지는 몰라도 일상에서 흔히 쓰는 그 평범한 단어들이 마법에 걸린 봄비처럼 심장에 고요히 스며

들었다. 세상이 순간 멈춰 버린 듯한 느낌이었다.

* * *

"하아……."

어느 정도 진정한 내 입술에서 옅은 한숨이 흘러나왔다. 잠시 외출했던 제정신이 뇌로 슬슬 되돌아올 때쯤에는 부끄러움을 자각하고 이준의 품에서 빠르게 벗어났으나 그렇다 해서 조금 전의 추태가 그의 기억에서 사라지는 것은 아니었다. 나도, 그도 아까부터 줄곧 침묵을 유지하고 있었다.

이준이 현재 어떤 표정을 짓고 있을지 궁금하기도 했지만, 차마 그와 시선을 마주할 용기가 나지 않았다. 내가 양손으로 얼굴을 감싸 쥐고 한숨만 푹푹 내쉬는 사이, 차는 우리 동네 어귀에 도착했다.

이제 차에서 내릴 시간이다. 참 다행이다 싶으면서도 앞으로 얘 얼굴을 어떻게 보나 싶었다.

그래, 인생 뭐 별거 있나. 앞으로 안 보면 그만이야. 영원히 안 보면 돼. 핸드폰에서 즉시 그의 번호를 지우고 혹여 그가 문자나 전화를 하더라도 전부 수신 차단하면 돼.

"이희연."

이준의 목소리에 차 문을 열려던 내 손가락이 멈칫했다. 뒤를 슬쩍 돌아보니, 좀 전의 진지하고 우수에 가득 차 있던 표정은 대체 어디다 팔아먹은 것인지 결혼식장에서 마주쳤던 위험천만

한 시선으로 나를 바라보고 있는 그가 있었다. 그와 마주하자 호흡이 조금 가빠져 왔다.

"혹시나 해서 말해두는 건데, 쪽팔린다거나 쪽팔린다거나 쪽팔린다는 이유로 연락을 피한다면……."

"그, 그러면 네가 어쩔 건데."

"웬만하면 그러지 않는 걸 추천하고 싶은데, 정 하고 싶다면 한번 해 봐."

"뭘 어쩌려고!"

"내일부터 회사 끝나고 이곳으로 출근 도장 찍어야지. 산책하듯 이 근처를 어슬렁거리다 보면 언젠가 한 번은 마주치겠지. 그리고……."

"야, 그만해! 이 미친놈아."

허허, 것 참. 내가 이준을 피하기 전에 그가 먼저 나를 미친년으로 여기고 피하는 것이 정상 아닌가. 진지한 이준의 말투에 긴장감도 두려움도 맥도 탁 풀려 버린 내가 그와 시선을 마주한 채 물었다.

"솔직히, 넌 그런 이야기 듣고도 나란 여자를 마주하고 싶어? 이해하는 것과는 별개로 참 못돼 먹었다 싶어서 끔찍하지 않아?"

"미안하지만……."

그가 나지막하게 웃으며 입을 열었다. 지금 이 순간만큼은 평소 차분하다 생각됐던 디퓨저 향조차 아찔하게 느껴졌다.

"우리 거래, 아직 안 끝났어. 내 여자가 돼서 우현이 자존심에 스크래치 꽉꽉 내주는 것. 시작도 제대로 안 했잖아."

내 여자라니! 어머, 어머. 저놈이 제대로 미쳤나.

기분이 굉장히 묘해지는 단어다. 저 자식은 대체 얼굴에 철판을 몇 센티 두께로 깐 거지?

갑자기 궁금증이 확 치밀어 올랐다. 그와 우현 사이에 무슨 일이 있었기에 무엇 하나 아쉬울 것 없어 보이는 송이준, 저놈이 계약에 이리도 목을 매는 것인지.

"신우현한테 갚을 게 진짜 많나 보구나."

"좀 있지. 하지만 그건 너도 마찬가지 아냐? 네 행동은 주아에 한정해 나빴던 거지. 이유야 어찌 됐건 신우현은 널 가지고 노는 것이 맞고."

"그렇게 콕 집어서 말해 주지 않아도 돼."

그의 말에 딱히 틀린 구석이 없기에 나는 더 툴툴거리며 대꾸했다. 그가 초등학교 동창이라는 사실을 깨닫고 큰 충격에 빠진 것도 잠시, 나는 그 사실에 빠르게 적응해 나가고 있었다. 그 앞에서 당한 극도의 쪽팔림과 개망신은 내가 교통사고를 당해 기억이라도 잃지 않는 한평생 짊어지고 가겠지만, 적어도 이전처럼 이준이 다른 세계의 사람으로 느껴질 것 같진 않다.

"이희연."

이 자식이 차 문을 열려고 할 때마다 이름을 한 번씩 부르네. 집에 가라는 거야, 가지 말라는 거야?

"왜! 왜 자꾸 불러? 아까운 내 이름 닳거든?"

데면데면하던 여자가 갑자기 예의고 내숭이고 다 던져 버리고 정말 친구 대하듯 하니 당혹스러운 것일까. 이준은 내 얼굴을 물끄러미 바라보다가 피식 웃어 버렸다.

"동창인 거 알게 된 기념으로 다음 데이트 코스 선택권은 네게 줄게. 하고 싶은 거 골라 봐."

"아주 자연스럽게 그냥 넘어가려고 하네. 것 참 대단한 인심 쓰셨어요."

"그러게. 내가 너한테는 좀 너그러워지는 듯."

두 번 너그러워졌다가는 사람을 아주 잡겠다. 나는 고개를 절레절레 흔들며 차에서 내렸다. 그러자 차창이 반쯤 열리며 녀석의 얼굴이 다시 보였다.

"그럼 그냥 내 마음대로 해?"

"그러든지 말든지. 있잖아, 나도 한 가지 물어보자."

"뭔데?"

"네가 신우현을 그렇게까지 싫어하는 이유가 뭐야? 잘 생각해 봐. 넌 내 사정 뻔히 다 알고 있는데 난 아무것도 모르고 너와 손잡는 게 말이 돼?"

나는 최대한 논리적인 말로 포장해 보고자 애썼다. 이준이 피식 웃으며 가소롭지도 않다는 표정을 지어 보였다. 그가 다소 건방진 태도로 손을 까딱까딱했다. 제게 좀 더 가까이 다가오라는 뜻 같았다.

내가 떨떠름한 표정으로 다가서자 이준 또한 운전석에서 조수석으로 넘어와 우리는 반쯤 열린 차창을 사이에 두고 서로 마주 보게 되었다.

그가 버튼을 누르자 남은 차창이 밑으로 쑥 내려갔다.

이준의 따뜻한 숨결이 귓가에 와 닿았다. 뭔가 간지럽고도 미묘한 느낌에 어깨가 저절로 움츠려졌다. 그의 목소리가 나지막하게 들려왔다.

"그가 내게서 가장 소중한 걸 허락도 없이 빌려 갔거든. 그러고도 아무 일 없다는 듯 가만있으면 등신 같잖아. 남자라면 눈에는 눈, 이에는 이의 방식으로 당연히 복수해야 하지 않겠어?"

영화나 드라마를 보면 저보다 더한 대사도 많이 나오던데, 그의 말에 어째서 소름이 돋는지 모르겠다. 목덜미 근처가 갑자기 서늘해지는 것을 느꼈다. 날카로운 이빨을 가진 맹수가 옆에서 으르렁거리는 듯한 기분이 들었다.

가장 소중한 것을 허락도 없이 빌려 갔다는 그의 말에 나는 어마어마한 금액의 부동산 계약서나 기업의 중요한 비밀문서 등을 가만히 떠올려 보았다. 확실히 그냥 넘어갈 일은 아니겠군. 우현이나 이놈이나 사회적 위치를 따져보면 돈 몇억, 아니 몇십, 몇백 억은 걸린 문제일 텐데.

'그런데 첫 만남에서는 무슨, 나를 위한 일인 것처럼 말을 완전 번지르르하게 늘어놓더라, 이 자식!'

"네네, 너님 참 잘나셨어요."

그 말에 아무렇지도 않게 고개를 끄덕이는 이준이 얄미웠다. 별것 아닌 이야기를 마친 그가 다시 차창을 반쯤 올렸다.

"집에 들어가면 전화해."

이건 또 무슨 신종 시비 수법인가.

"전화는 왜."

"너, 진짜 연애 한 번도 안 해 봤어?"

"그니까 지금 너한테 집에 잘 들어왔다 보고 전화 올리라고?"

"어젠 잘만 전화했잖아."

그의 말에 나는 얼굴을 붉힐 수밖에 없었다. 이 남자야, 어제는 어제고 오늘은 오늘이지. 어제는 주아와 우현의 공항 사진을 보고 제정신이 아닌 상태에서 전화했던 것이고.

내가 뭐라 변명해야 하나 우물쭈물하는 사이, 녀석의 차가 서서히 떠나갔다.

아, 어쩌지. 속에서 열불이 난다, 열불이 나.

"야, 이 빌어먹을 놈아!"

어째서인지 이준이 초등학교 동창이라는 사실을 안 후에도, 나는 소심하게 그의 등 뒤에서 욕지거리를 내뱉고 있었다.

* * *

"실수였을까."

희연을 바래다주고 돌아가는 길. 운전을 하는 이준의 심정은 무어라 말로 표현할 수 없을 만큼 복잡 미묘했다. 주변 사람들로부터 머리가 비상하다는 소리를 종종 듣곤 하는 그지만, 자신과 희연이 초등학교 동창이라는 사실을 그녀가 알게 된 것이 과연 득이 될지, 독이 될지 쉬이 짐작할 수 없었다.

송이준이라는 사람을 남자로 여기기보다는 친구로 바라보게 되지 않을까. 희연이 저를 단순히 친구로 생각하는 것은 초등학교 시절만으로도 충분했다.

그래도 그녀가 이전보다는 저를 특별한 존재로 생각하는 것 같아 가슴이 설렜다. 생각지도 못하게 희연의 눈물을 마주하게 된 것은 마음 아픈 일이지만, 그녀가 홀로 마음속에만 품고 있던 일을 제게 털어놨다고 생각하니 진짜 연인이라도 된 것 같아 심장이 두근거렸다.

오랜만에 다시 만난 희연은 여전히 매력적이었고, 비록 강압적인 거래 때문이라 할지라도 제 곁에 머무르게 된 그녀는 더더욱 사랑스러웠다. 이준은 우현이 죽이고 싶을 만큼 미우면서도 한편으로는 고마웠다. 우현은 그보다 먼저 희연을 제 곁에 두었고, 그녀에게 헤아리기 힘들 만큼 깊은 상처를 안겨 주었다. 하지만 지금은 희연이 제 곁에 머무를 수밖에 없는 중대한 이유가 되어 주고 있었다.

"그렇다고 그를 용서할 수 있는 건 아니지만."

이준에게 남은 시간은 그리 많지 않았다. 앞으로 기껏해야 일이 주일 뿐이다. 이후 희연이 우현과 다시 마주하기 전에 부평초처럼 이리저리 떠도는 그녀의 마음을 제 이름하에 꽉 붙잡아 둬야 했다. 다른 누구도 아닌, 송이준의 여자로.

그래서 지금은 '거래'라는 훌륭한 명분하에 함께하는 행동들을, 언젠가는 연인이라는 어여쁜 이름으로 자연스레 할 수 있기를 바랐다.

누군가 말했다. 첫사랑은 환상 같은 거라고. 있는 듯 없는 듯

하다가 결국 손에 잡히진 않으니까.

어릴 적 이준이 수줍게 품고 있던 마음은 중·고등학교 시절을 거치고 대학에 들어와 더 넓은 사회에 발을 디디면서 조금씩 사그라들고 잊혀 갔다. 희연은 그냥 막연한 이미지로만 떠오르는 어릴 적 추억에 불과했다. 이러다간 나이 삼십이 넘어서는 그 이미지마저도 물거품처럼 사라지지 않을까 싶었다. 그러던 어느 날.

"인사해. 이쪽은 내 약혼녀, 김주아. 그리고 이쪽은 주아의 절친한 친구, 희연. 나하고도 성격이 꽤 잘 맞아. 주아야, 희연아. 이쪽은 송이준. 무뚝뚝한데, 은근 재미있는 녀석이야."
"안녕하세요, 이준 씨."

비즈니스 관계상 알게 되어 나름 친분을 유지해 온 우현을 통해서 어릴 적 환상이 그의 앞에 다시 모습을 드러냈다. 이준은 그녀의 얼굴을 보자마자 귀엽고 당찼던 어렸을 적 희연의 모습을 바로 떠올렸는데, 희연에게 있어서 그는 오늘 처음 만난 사람, 그 이상도 이하도 아닌 듯했다.

서운한 감정을 내색하지 않으려고 노력했지만, 한편으로는 참을 수 없을 만큼 불쾌했다. 짝사랑했던 희연에게 자신은 아무것도 아닌 존재 같아서.

첫사랑에 대한 미련인지 무시당했다는 불쾌감 때문인지 희연이 자꾸만 신경 쓰였지만, 그 감정이 무엇인지 정확하게 확신할 순 없었다. 어느 날, 우현의 핸드폰에 희연의 이름이 뜨는 것을 보기 전까지는.

약혼녀의 친구에 불과할 뿐인 여자가 늦은 밤 그에게 전화할 일이 뭐가 있을까. 마침, 우현이 화장실을 가느라 자리를 비운 참이었다. 이준은 왠지 모르게 두근거리는 심정으로 전화를 받아 들었다.

─ 보고 싶어서 전화했어, 우현아.

그 한마디에 심장이 철렁 내려앉았다. 핸드폰을 귀에 갖다 댄 채 잠시 얼어 있다가 통화 종료 버튼을 눌렀다. 우현이 돌아와 잔뜩 굳어 있는 그의 얼굴을 보고 왜 그러냐고 물었다.

"……네 약혼녀 절친이라던 이희연이란 여자에게서 전화 왔더라. 이렇게 늦은 시각에 전화 오니까 급한 전화인 줄 알고 받았는데, '네가 보고 싶어서 전화했다'는 소리를 들었어. 대체 어떻게 된 거야."
"아, 그거? 그냥 유희야, 유희. 아직 결혼도 안 했는데 벌써부터 코 꿰이긴 그렇잖아. 내 약혼녀야 정말 재미없는 사람이지만, 걘 좀 재미있거든."

그냥 데리고 노는 거란다. 죄책감 따위 한 줌도 없이 장난스럽게 내뱉어진 그 말에 정신이 아득해졌다.

만약 이준이 다혈질에 가까운 성격이었다면, 우현의 멱살을 냉큼 붙잡아 버렸을지도 모른다. 이유는 잘 모르겠지만 화가 났다. 그것도 아주 많이. 심장이 롤러코스터에 올라탄 것처럼 요동쳤다.

하지만 불행인지 다행인지 이준의 수많은 장점 중에서 가장 빛을 발하는 것은 침착함이었다. 이곳이 만약 게임 속 세상이라면 특기, '냉정'이라 불릴 만한 차분한 이성과 태도를 갖춘 것이 그의 최대 장점이었다.

"그러다가 너, 나중에 큰코다친다. 여자가 한을 품으면 오뉴월에도 서리가 내린다는 말, 못 들어 봤어?"

물론 남자가 한을 품어도 그럴 수 있겠지만. 친구라는 가면을 쓰고 제법 점잖아 보이는 충고를 건넸다. 아니, 그건 이준만의 은밀한 선전 포고였다. 반드시 우현의 재수 없는 콧대를 꺾어 주겠다는 경고.

"괜찮아, 괜찮아. 희연이는 그래도 말귀가 통하는 여자라서 내가 누구인지, 주아가 어떤 위치인지 잘 알고 있으니까 함부로 나대지 않을걸?"

이후 우현과 나눈 대화는 귀에 잘 들어오지 않았다. 핸드폰에서 들려온 희연의 목소리와 우현이 아무렇지도 않게 내뱉은 말들이 이준의 뇌리를 복잡하게 헝클어놓았다.

도대체 뭐야, 너 왜 이래? 자신은 어째서 이 일에 핏대를 잔뜩 올리고 있는가. 어디선가 그를 비웃는 목소리가 들려오는 듯했다. 어린 시절의 환상에 아직까지 목을 매고 있는 거야? 송이준, 이 바보 같은 자식!

하지만 그날 저녁, 이준은 이상야릇한 꿈을 꾸었다. 우현의 곁에 서 있던 희연이 자신에게 은밀히 다가와서 도톰하고 붉은 입술로 속삭여 왔다. 그녀는 색정적으로 보이는 붉은색 드레스와 구두를 신고 있었다.

"사실, 신우현 따위 좋아한 적 없어. 내가 관심 있는 건 바로 너인걸."

그 달콤한 목소리에 저도 모르게 녹아내렸다. 요즘 욕구불만에 시달리고 있던 것도 아닌데, 이준은 희연의 유혹에 속수무책으로 넘어가 버렸다.

그녀의 드레스를 단숨에 벗기고 구두마저 벗겨내 작은 발에 입을 맞췄다. 열기를 품은 희연의 까만 눈동자와 그의 등을 야릇하게 쓰다듬는 요염한 손길이 이준의 움직임을 더욱 재촉해 왔다.

아찔해서 더더욱 정신없는 몸과 몸의 대화가 오고 갔다. 희연은 천상 요물이었다. 그의 마음을 제멋대로 농락하는 요물.

극한 사정감에 어깨와 허리를 마음껏 뒤틀다가 눈을 떴을 때, 이준은 제법 축축하게 젖어 있는 팬티의 감촉을 느끼며 비참함을 맛봤다. 작은 오피스텔에 혼자 사니 다행이지, 만약 곁에 룸메이트라도 있었다면 정말 죽고 싶었을 테다.

그가 양손으로 제 머리카락을 마구 헝클어뜨렸다. 이게 대체 뭐하는 짓인가. 철없는 사춘기 소년도 아니고, 꼴사납게.

물론, 건장한 성인 남성이라면 한 달에 2~3회 정도는 몽정을 할 수 있다는 사실은 잘 알고 있었다. 하지만 그의 꿈속에 등장한 대상이 문제다. 이준을 새까맣게 잊어버린 채, 그의 친구인 우현과 불륜 관계에 놓여 있는 첫사랑이자 옛 동창인 희연이라니! 오, 지저스. 오, 신이시여.

이른 새벽부터 차디찬 물로 몇 번이고 샤워를 하면서 생각했다. 안 되는데, 이러면 정말 안 되는데. 어쩌면 자신은 그녀를 다시 만난 순간, 새삼 반해 버린 건지도 모르겠다. 첫사랑 이후 두 번째 사랑으로 말이다.

그때부터 이준의 지독한 고민이 시작되었다. 그의 사회적 지위를 이용하면 희연의 전화번호 따위 알아내는 일은 간단했다. 하지만 그녀의 번호를 손에 넣었다고 해서 그가 대체 무엇을 할 수 있단 말인가. 다짜고짜 전화해서 '그 자식은 널 갖고 노는 것뿐이야. 당장 헤어져.' 이리 말할 수 있을까.

그는 희연에게 있어 아무것도 아닌 존재인데. 단지, 사랑하는 사람의 친구일 뿐인데.

이후 이준은 우현을 대동하고, 희연은 주아를 대동한 채 네 사람이 서너 번 정도 부딪힐 일이 있었다. 희연의 얼굴을 볼 때마다 그의 입술이 가만히 있지 못하고 달싹였다. 부탁이니까 우현과 제발 헤어져. 하지만 그 말을 끝내 내뱉지 못하고 집으로 돌아올 때마다 기분이 참 더러웠다.

우현을 볼 때마다 희연의 얼굴이 자동적으로 떠올랐고 그들이 함께 있는 모습마저 상상되면서 이준은 자신이 질투로 조금씩 미쳐 가는 것을 느꼈다. 일상생활에서 차분한 태도를 유지해 나가는 일이 점점 더 힘들어졌다.

마음 같아서는 우현을 죽도록 패고, 그들의 더러운 관계를 만천하에 공개해 버리고 싶었지만 꾹꾹 눌러 참았다. 이런 일이 세상에 드러나 봤자 피해를 가장 크게 입는 것은 결국 약하고, 돈 없고 빽 없는 희연이다. 차라리 결혼을 앞둔 우현이 그녀를 자연스레 정리하도록 만드는 편이 나았다.

끝없는 인내의 결과 우현은 희연에게 이별을 통보했고, 결국 이준과 희연은 결혼식장에서 비로소 서로의 얼굴을 똑바로 마주할 기회를 갖게 됐다. 그래, 예상대로였다. 이준에게는 처음이자 마지막으로 찾아온 기회였다. 그래서 남들이 보기에는 말도 안 되는 거래를 그녀에게 제안했다. 이번 기회에 희연을 숨 쉴 틈 없이 몰아붙여서,

"내 것으로, 내 여자로 만들어야지."

희연을 동네까지 데려다주고 되돌아오는 길, 밤공기가 제법 서늘하니 괜찮았다. 거주하는 오피스텔에 가까워질수록 복잡하던 그의 마음도 조금씩 정리되고 있었다. 매도 먼저 맞는 편이 낫다고, 차라리 초등학교 동창이었다는 사실이 일찍 밝혀지는 편이 나을지도 몰랐다.

"어떤 이유에서든 내 앞에서 두 번 도망치는 것은 사양하겠어, 이희연."

이준이 나지막하게 중얼거렸다. 맹수는 사냥감을 한 번 정하면 끝까지 쫓아간다. 사냥은 그의 생존과 절실하게 관련된 문제이기 때문이다.

이준도 그랬다. 첫사랑, 그리고 두 번째 사랑마저 모두 같은 여자가 가져갔다는 것은 그들이 운명이자 천생연분이라는 하늘의 계시가 아니겠는가.

"이번에는 절대 놓치지 않을 테니까."

* * *

지은 지 오래되어 겉모습이 상당히 후줄근한 아파트는 그래도 근처 건물들 중에서는 제법 높은 축에 속하는지라 눈에 잘 띄는 편이다. 그 아파트 가구 중 한 곳이 바로 우리 집이다. 대학 동창 수영에게서 모처럼 만에 연락이 와 메시지를 주고받으며 걸어왔더니, 집에 금세 도착했다.

수영은 서울 시내의 번듯한 호텔에 취직했다는 소식을 전해 왔다. 입사하기도 힘들었지만, 들어오자마자 쏟아지는 일거리에 적응하는 것이 더 죽겠다며 그녀가 징징거렸다. 어지간해서는 힘들다고 얘기하지 않는 수영이 이리 말할 정도니 남의 돈 받아 밥 먹고 사는 것이 새삼 어렵다는 생각이 들었다.

그래도 넌 직장인이지, 수영아. 나는 부모님으로부터 쏟아지는 눈칫밥이 나날이 늘어가는 백조다, 백조. 오죽하면 따로 밥을 안 먹어도 배가 부르겠어.

하지만 그러한 한숨은 속으로만 삼켰다. 아무리 생각해 봐도 내가 그녀를 위로할 처지는 아닌 것 같았지만, 그래도 친구 된 자로서의 도리는 해야 하지 않겠는가.

그나마 수영은 대학교에서 만나 친해진 친구라서 주아와의 연결 고리가 거의 없는 이였다. 내가 주아에게서 벗어나려면, 이준 외에도 나만의 편이 더 있어야 했다. 그처럼 내게 못됐다고 말하면서도 한편으로는 나를 이해할 수 있다고 말해 줄 이가 절실히 필요했다.

[조금만 더 지나면 익숙해져서 괜찮을 거야. 그때까지 홧팅!]

[아, 진짜 인턴이라면 때려치웠을 거야. 구두 신고 서 있느라 발 다 까지고 온몸이 안 쑤시는 데가 없어.]

[그래, 듣고만 있어도 완전 힘들어 보여. 너나 나나 운동화 족이었는데 구두가 하루아침에 적응되겠어?]

[내 말이. 아니, 회사는 대체 왜 운동화를 싫어하는 거야? 직원이 운동화 신고 빠릿빠릿하게 움직이는 게 훨씬 낫지. 아오, 진짜! 그래도 털어놓으니까 좀 낫다. 넌 요즘 어떻게 지내? 다니던 데 때려치운 지 꽤 되지 않았어?]

[한 마리의 우아한 백조로서 부모님의 눈칫밥 얻어먹고 살고 있지. 밥 따로 안 먹어도 배가 불러.]

[그 심정 내가 잘 알지!]

대강 씻고 침대에 드러누워서도 수영과의 연락은 계속되었다.

그녀에게 막 답장을 보내려고 하는데, 별안간 진동이 느껴지며 까만 액정 위로 전화가 왔다는 화면이 떴다.

여자 둘의 무지막지한 수다에 짱돌을 던진 것은 아, 그 이름도 대단하신 송이준 되시겠다. 이 집요한 자식!

이준의 앞에서는 꽤 비딱하게 굴었어도 정작 전화가 오면 받지 않을 용기는 없는 내가 한숨을 내쉬며 그의 전화를 받았다.

"……왜?"

- 잘 들어갔어?

별것 아닌 말인데, 생각보다 다정한 이준의 음성에 조금은 짜증스러웠던 마음이 눈 녹듯 사라져 버렸다. 아마 애니메이션 성우를 해도 될 만큼 그의 목소리가 좋아서 그런 걸 거야.

"응. 너는?"

- 나야, 뭐.

"솔직히 나보다는 네가 더 위험한 거 아냐? 난 빈털터리라 도둑이든 강도든 털어갈 게 아무것도 없지만, 넌 가진 게 많잖아."

- 넌…… 여자잖아.

이준이 당연하다는 듯 대꾸해 왔다. 오, 약한 자여, 그대 이름은 여자이던가. 여자! 겉모습은 어떨지 모르겠지만, 생물학적으로는 분명히 XX염색체를 지닌 내게도 해당되는 단어였다. 하지만,

'왠지 어색해. 그냥 어색해. 게다가 오그라들기까지 해.'

내가 여자라서 걱정된다는 이준의 말에 심장이 묘하게 두근거렸다. 어릴 적 귀엽고 풋풋했던 그의 모습과 냉정하면서도

아찔한 분위기를 풀풀 풍기는 그의 현재 모습이 교차되며 마음이 괜스레 복잡해졌다.

생각하면 할수록 커지는 괴리감! 대체 지난 18년간 네게 뭔일이 있었던 거니, 송이준.

"내가 주아처럼 예쁜 것도 아니고, 부티나 보이는 것도 아닌데 나 노릴 사람 하나도 없어."

나는 장난스럽게 대꾸했다. 하지만 그 후에 이어진 것은 의미 모를 침묵이었다. 내가 뭘 잘못 말했나 싶어서 앞서 나눈 대화 내용들을 천천히 곱씹어 보고 있는데, 이준의 음성이 들려왔다.

— 쓸데없이 비교하지 마. 넌 너야. 이 세상에 단 하나밖에 없는 이희연이라고.

나지막하나 또렷한 그의 말을 들으면서 깨달았다. 언제부터인가 나는 타인의 눈으로 나와 주아의 행동을 하나하나 비교하기에 여념이 없었다는 사실을. 누군가 내 머리에 찬물이라도 끼얹은 것처럼 정신이 번쩍 드는 깨달음이었다.

"알았어."

순한 양처럼 대답하는 내 모습이 웃겼던 것인지 이준의 옅은 웃음소리가 들려왔다.

— 그나저나 내일은 뭐 하면 좋을 것 같아?

"노래방 가자, 노래방! 나, 거기 가 본 지 꽤 됐어. 솔직히 혼자서 가기는 좀 그렇잖아."

뜬금없이 노래방이 왜 떠올랐는지 모르겠다. 통화를 하며 매력적인 그의 목소리를 듣고 있어서 그런 것일까. 문득, 그의 입술에서 흘러나오는 발라드는 어떤 느낌일지 궁금해졌다.

—둘이서 가는 것도 좀 그렇지 않아? 노래방은 여러 명이서 가야 재미있지.

"아, 몰라, 몰라. 그래도 홀로 가지 않는 게 어디야. 아까는 내게 선택권을 주겠다면서?"

—그리고 네가 포기한 선택권이 다시 내게 돌아왔지.

"야!"

—그래. 뭐, 정 소원이라면……. 노래에 자신이 아주 그냥 넘쳐나나 봐?

"내가 한 노래 해."

삑사리 안 내고 열심히 부르면 되는 거지, 뭐. 그러자 이준은 저번처럼 기대하겠다는 말로 내 속을 다시 한 번 긁어 놓고는 전화를 끊었다. 만약 수준급 외모와 달콤한 목소리를 가지고 있지 않았다면 그는 세상 살아가기 참 힘든 타입 중 하나였다.

그와의 통화를 끝내고 수영에게 답장을 보내기 위해서 SNS에 들어갔더니, 허허, 이런 젠장. 그리 생각하고 싶지 않은 인물인 주아에게서 새로운 메시지가 와 있었다.

[뭐 해? 나는 이제 자려고 침대에 누웠어. 설마 이준이랑 데이트?]

주아의 프로필 사진은 어느새 하와이에서 찍은 듯한 화보 같은 셀카로 바뀌어 있었다. 아니, 대체 신혼여행 떠난 사람이 남의 연애질에 왜 이리 관심이 많냐고요. 만약 내가 사귄다고 밝힌 남자가 누가 봐도 잘나고 멋진 남자, 이준이 아니라 별 볼 일 없는 평범한 남자였더라도 그녀가 이랬을까?

왠지 모르게 기분이 더러워져 나는 냉소를 한가득 지으며 답장을 보냈다. 지금 내 마음속 세계에서는 뿔 달린 악마 하나가 탭댄스를 신나게 추고 있었다.

[응, 이준이 티켓 미리 예약해 둬서 오늘은 유람선 타고 불꽃놀이 보고 왔어~ 풀밭에서 사람들한테 잔뜩 치이면서 보는 거랑 차원이 다르더라고.]

상당히 무뚝뚝해 보이는 이준이 겉보기와 다르게 티켓도 미리 예약해 둘 만큼 섬세하고 자상한 남자라는 사실을, 나는 신혼의 달콤함에 흠뻑 젖어 있어야 할 단짝 친구에게 마구 자랑했다. 내가 주아가 아닌 이상 100% 확신할 순 없지만, 이 답장을 보면 그녀의 속이 쓰리긴 좀 쓰릴 것이다. 내 남자 친구가 생각보다 훨씬 더 괜찮은 놈이라는 사실을 알게 됐으니. 내가 그들 때문에 마음고생을 심하게 하고 속이 바짝바짝 타 버린 만큼, 그녀도 조금쯤은 배 아파해 줘야 인생사 공평하지 않겠는가.

[주아가 내 성질 긁는 메시지 보내와서 네 이야기 좀 했어. 너님 잘나고 친절하다고. 그냥, 그런 줄 알고 있어. 나중에 당황하지 말고. 그럼 굿나잇!]

그리고 이준에게도 그 상황을 간단히 설명하는 메시지를 보내면서 고단한 오늘 하루를 마무리 지었다.

*　　*　　*

희연에게서 메시지가 도착했다. 꼴 보기 싫은 여자, 주아에게 한 방 먹이기 위해서 그가 잘나고 친절한 놈이라고 자랑하듯 이야기했나 보다. 입술을 앙다물며 SNS를 보냈을 희연의 모습을 상상하니 이준의 입가에 미소가 저절로 떠올랐다. 어쨌든 그로서는 기분이 나쁘지 않았다.

이준은 희연을 마주할 때마다 성깔 있지만 작고 귀여운 새끼 여우가 떠올랐다. 그러다가도 어느 순간 성숙하고 섹시한 자태로 자신의 심장을 유혹해 오는 모습을 보면 정말이지 구미호가 따로 없다는 생각이 든다.

샤워하면서 젖었던 이준의 머리카락은 어느새 거의 다 말라 있었다. 그는 침대에 드러누워 녹음 파일을 재생시켰다. 조금 전 희연과 나눴던 대화가 그의 귓가에 다시금 들려왔다.

- 노래방 가자, 노래방! 나, 거기 가 본 지 꽤 됐어. 솔직히 혼자서 가기는 좀 그렇잖아.

쾌활하면서도 어딘지 모르게 들뜬 목소리에 절로 웃게 된다. 그녀가 이준에게 처음 제안한 데이트는 노래방에 가는 것.

이 여자는 은근히 골 때리는 구석이 있다.

여태껏 이준이 만난 여자들은 그가 잘 사는 부잣집 도련님이라는 사실을 잘 알고 있기에 고급 레스토랑, 명품 숍 등에 그를 데려가지 못해서 안절부절못했는데 그녀는 참 다르다. 희연 또한 이준이 신원그룹의 후계자라는 사실을 잘 알고 있지만, 단 한 번도 무리한 요구를 해 온 적 없었고 그에게서 무언가를 받으면 부담스러워하며 자신이 할 수 있는 선에서 최대한 갚으려고 노력했다. 그런 희연이기에 자존심 강한 주아가 그녀를 깔아뭉개고자 애쓰고 우현이 쓸데없는 호기심이나 흥미를 가진 것일지도 몰랐다.

"……필요하다면 밟아 줘야겠지."

무서운 말을 아무렇지도 않게 중얼거리는 스스로의 모습에서 이준은 세월의 흐름을 인지했다. 그러자 얇은 흰 티 한 장만을 걸친 피부 위로 서늘한 기운이 느껴졌다.

살아남기 위해서, 사랑받기 위해서 몸부림치다 보니 현재의 위치에 서게 되었고 각종 명품들이 그의 몸 위에 걸쳐졌지만, 내부는 오히려 텅 비어 버렸다. 생명체 하나 없이 메말라 버린 동굴처럼.

살아 있는 꼭두각시 인형 같은 본인을 도저히 사랑할 수 없었다. 그래서 어렸을 적, 희연에게 시선이 간 건지도 모르겠다. 반에서 자기 자신이 제일 괜찮다고 말하는 그녀의 태도가 너무도 신기해서.

그리고 18년의 시간이 지나 희연을 다시 만났을 때, 이전과 달리 자신 없어 보이는 희연을 마주한 이준은 마치 제 모습을 거울에 비춰본 듯한 느낌이 들어 크게 당혹스러웠다. 소중하게 간직해 온 보물을 한순간에 잃어버린 기분이었다. 마침내 그 원인이 우현과 주아라는 사실을 알게 되었을 때, 그는 태어나 처음으로 강렬한 살의를 느꼈다.

사람들은 흔히 제 욕을 들을 때보다 부모나 그에 못지않게 소중한 사람의 욕을 들을 경우, 더 크게 분노한다고 한다. 때로는 본인이 고통을 받는 것보다 소중한 이의 고통스러운 모습을 지켜보는 것이 더 힘든 경우가 있다.

이준도 그랬다. 제게 쏟아지는 타인의 적의나 아니꼬운 시선들에는 이제 상당히 무덤덤해졌다고 생각했는데, 희연에게 쏟아지는 그들의 적의나 악의는 모래가 자글자글한 신발을 신고 달리기 시합에 나간 것처럼 몹시도 거슬렸다.

"차라리 잘된 걸지도."

우현과 주아가 결혼이라는 관계로 맺어진 이상, 한쪽을 짓밟으면 다른 한쪽도 자연스레 타격을 입을 수밖에 없다. 이준은 수년에 걸쳐 훈련된 감각으로 그 어느 쪽으로든 사냥의 시간이 점점 다가오고 있음을 깨달았다.

끝까지 버텨야 한다. 그리고 가능한 주도적으로 이 사냥에 참여해야 했다. 그의 입술에서 흘러나오는 짙은 한숨이 그 모든 복잡한 심경을 대변해 주는 듯했다.

고요한 분위기 속에서 생각을 정리하고 있을 때, 머리맡에 놓아둔 핸드폰이 진동음과 함께 전화가 왔다는 것을 알려 주었다.

낯선 번호지만 전해져 오는 느낌이 어딘지 모르게 익숙했다. 설마 하며 전화를 받아드니 낯익은 음성이 들려왔다.

― 준아, 엄마야.

"……."

더 이상 듣지 않아도 그다음 말이 충분히 예상되어서 이준은 입술을 꾹 깨물었다.

― 부탁 하나만 해도 될까, 아들. 요즘 엄마가 너무 힘들어서 그래. 일도 잘 안 풀리고. 준이가, 능력 있는 우리 아들, 준이가 엄마 좀 도와주라, 응?

"……어머니."

― 응, 아들.

"이 이상은 제 능력 밖의 일입니다."

아들이 내뱉기에는 상당히 잔인한 말을 꺼낼 수밖에 없었다. 왕년에 잘나가는 배우였던 그의 어머니는 이준이 아주 어렸을 때, 그의 집안 분위기가 너무 답답하다며 남편과 갈라섰다. 표면적으로는 극복하기 힘든 성격 차이가 그들 이혼의 주된 사유였으나, 뒤로는 그녀에게 연예계 쪽으로 숨겨둔 애인이 있다는 둥 온갖 소문들이 무성히 따라다녔다.

아버지는 곧 집안에서 정해준 여인을 후처로 맞아들였고, 이준은 어린 시절부터 아버지와 새어머니의 눈치를 살피기 바빴다. 그는 평범한 어린애처럼 애정을 갈구해 왔지만, 무심한 아버지와 그를 버리고 떠난 어머니를 비롯하여 그 누구도 어린 이준에게 따뜻한 온기를 건네주지 않았다.

신원그룹을 떠나며 여배우 선화로 되돌아간 그의 어머니는 유명한 감독이 맡은 영화의 주연으로 발탁되며 잠시 승승장구하는 듯했다. 그러나 이내 성 접대 추문에 휩싸이며 곤란한 처지에 놓였다. 게다가 못된 매니저가 서류를 위조하고 재산을 빼돌려서 해외로 튀는 바람에 그녀의 삶은 밑바닥까지 떨어지고 말았다. 그럼에도 불구하고 그녀는 여전히 화려한 전성기 때처럼 좋은 음식을 먹고 싶었고, 좋은 옷을 입고 싶었다.

선화의 빚은 점점 늘어났고, 그녀는 오랫동안 버려두었던 아들을 다시 찾았다. 어느새 어엿한 청년이 되어 신원그룹 경영기획실의 차장을 맡고 있는 이준은 구질구질해진 그녀의 삶에서 단 하나의 동아줄이나 다름없었다.

"이준아. 우리 아들, 그동안 잘 지냈어?"

타인의 심리를 읽는 데 능숙한 선화는 무표정한 얼굴을 하고 있지만 이준이 정에 굶주려 있다는 사실을 단숨에 알아차렸다. 오랜만에 만난 어머니 앞에서 흔들리는 이준의 마음을 파고들어 상당한 돈을 뜯어낼 수 있었다. 이 사실을 뒤늦게 알아차린 그의 아버지, 송 회장이 불같이 화를 내는 바람에 집안 및 회사에서 이준의 위치는 한동안 불안정했었다.

참 아이러니하게도 송 회장의 노여움을 거두게 한 이는 바로 송 회장의 후처였다. 새어머니는 이준을 썩 좋아하지 않았다. 하지만 아들을 낳지 못하고 남편과의 사이에서 딸 하나만을 둔 이상 이준과 굳이 척을 질 필요가 없다고 판단했다. 때문에 이준을 은근슬쩍 도와주면서 그에게 마음의 빚 하나를 남겨 두고자 했다. 어찌 될지 모르는 먼 훗날을 위해.

─ 이준아, 네가 도와주지 않으면 엄마가 힘한 꼴 당할지도 몰라. 그래도 좋아?

"제 전화번호는 또 어떻게 알아내서 연락하는 겁니까?"

─ 엄마가 아들 번호도 모르는 게 말이 되니?

"그러면 왜, 그때는 왜…… 이토록 간절히 찾지 않았습니까?"

─ 저번에 다 이야기했잖니. 그건 네 아버지가…….

"듣고 싶지 않습니다. 전화, 이만 끊겠습니다. 만약 어머니에게 저를 위하는 마음이 조금이라도 있었다면, 이처럼 또 전화하진 않았을 겁니다."

─ 이준아! 이준아! 얘, 끊지 말고 엄마 말 좀 들어 봐.

핸드폰을 새로 개통해야겠다고 생각하며 이준은 전화를 끊었다. 심장이 꽉 막힌 듯 답답해져 왔다. 숨 쉬는 것조차 힘들었다. 핸드폰을 뭉개버릴 것처럼 움켜쥐었다가 바닥에 힘없이 툭 떨구었다.

조금 전, 희연과 통화하면서 심장에 간질간질한 느낌이 퍼졌던 순간조차 한낱 꿈처럼 느껴졌다. 제게도 그런 설레는 일이 존재한다는 사실이 믿겨지지 않았다. 희연의 목소리가, 그녀의 얼굴이 갑자기 매우 그리워졌다.

지금 집을 나가 희연의 아파트를 찾아간다면 그녀가 잠시나마 바깥으로 나와 줄까. 아니, 아니다. 그런 일은 죽어도 없겠지.

혹시 그 반대의 경우라면 모를까.

머리가 지끈거렸다. 속이 메슥거리는 것 같기도 했다. 이준은 이불 끄트머리를 붙잡고 가쁜 숨을 몰아쉬었다.

늘 버거웠던 삶의 무게가 갑자기 더 크게 다가와서 고통스러웠다. 이대로 모든 것을 다 놓아 버리면 편해질 수 있을까. 이 삶에서 뭘 더 바랄 게 있다고 하루하루 버티는 스스로가 도저히 이해되지 않았다.

밤새 뜬 눈으로 침대 위에서 뒤척이던 이준은 아침이 되기 무섭게 집을 나섰다. 일에라도 매달리지 않으면, 제 마음이 산산조각으로 부서질 것 같아 두려웠다.

* * *

이준에게 메시지를 보내고 몇 분 안 되어 바로 잠들어 버린 것 같았다. 눈을 뜨자마자 습관적으로 핸드폰부터 켰다. 핸드폰을 확인해 보니 주아와 수영에게서 각각 답장이 와 있었다.

[우리 조만간 한번 보자. 나, 내일 출근해야 하니 이제 슬슬 자야지. 굿나잇!]

수영이 보내온 내용은 지극히 평범한 대화의 마무리에 불과했다. '화이팅!', 나는 그녀에게 짧은 답장을 보낸 후 묘하게 두근거리는 마음으로 주아의 메시지를 확인해 보았다.

[와. 생각보다 자상하네? 우현 말로는 무뚝뚝하고 재미없는 놈이라던데. 드디어 우리 희연이도 임자 만난 건가?]

겉으로 봐서는 전혀 흠잡을 데 없는 답장이었다. 하지만 나는 그녀의 말에서 왠지 모르게 부러워하는 기색을 느꼈고 기분이 괜스레 좋아져 피식 웃었다. 역시…… 나도 성격이 글러 먹었다.
확인할 것을 다 확인하고 나서 핸드폰을 내려놓았다가 어딘지 모르게 서운한 느낌이 들어 다시 살펴보았다. 이준과의 SNS 창이 그 허전함의 원인이었다. 그동안 그와 문자만 주고받다가 어제 처음으로 SNS를 보냈는데, 읽은 흔적만 있을 뿐 그 흔한 '응'이라는 답변조차 와 있지 않았다.
"어허, 이 자식. SNS의 기본 매너를 모르네. 읽었으면 대충이라도 답장을 해야지."
그러고 보니 어제 그와 통화하면서 노래방에 가자는 말만 툭 던져놨지 오늘은 언제 어디서 만날 것인지 아무도 말을 꺼내지 않았다. 뭐야, 이럴 땐 어떻게 해야 하지. 난감하다. 내가 먼저 물어봐야 하나.
"……그러고 보니 이 녀석이 마구잡이로 다가와서 우리 관계가 여기까지 이어진 거지."
그가 만약 우리의 관계에 흥미를 잃으면, 관심을 잃으면, 그래서 내게 더 이상 먼저 다가와 주지 않는다면 이준과 나는 여태껏 그래 왔던 것처럼 서로에게 완벽한 타인이 되어 살아가겠지. 그리 생각하자 애상감이라고 표현해야 하나, 무언가 허무한 느낌이 피부를 스치고 지나갔다.

오랜만에 재회한 초등학교 동창. 지금은 '신우현 타도'라는 목표 아래 함께 움직이고 있는 계약 관계상의 파트너. 우리가 엮인 카테고리는 이게 전부였다. 생각보다 별거 없었다.

그래도 이전과 달리 친구라는 카테고리가 하나 더 늘어난 탓일까. 나는 가능한 이준과 좋게 좋게 지내고 싶다는 생각을 품게 됐다.

그리 마음먹은 지 얼마나 됐다고. 상황이 이런 식으로 흘러가면 좀 곤란하지. 손가락 사이로 바람이 거침없이 빠져나가는 듯한 그 느낌이 싫어서 이준에게 곧장 전화를 걸었다.

기본적인 통화 연결음이 들려왔다. 그러더니 상대방이 전화를 받지 않아 음성 사서함으로 연결하겠다는 기계적인 안내가 이어졌다.

뭐야, 저녁에는 전화를 잘만 받더니 낮에는 왜 안 받는 건데. 아, 맞다. 이 남자는 나와 다르게 번듯한 직장인이지. 지금쯤 중요한 회의에 참석하고 있을지도 모르는 일이고.

거기까지 생각이 미친 나는 서둘러 전화를 끊었다. 그리고 조심스럽게 일하는데 방해되었다면 미안하다고 메시지를 보내 사과했다.

이후, 이상하게도 핸드폰에 시선이 자꾸 갔다. 평소처럼 인터넷 서핑을 하다가도 나도 모르게 핸드폰을 확인하게 되었다.

'어우 씨, 대체 얼마나 바쁘면 메시지 하나 확인할 시간도 없는 거야!'

나도 한때 직장인이었던 만큼 회사에서 한창 바쁠 때는 핸드폰 들여다볼 시간도 없다는 사실, 잘 알고 있는데도 괜스레 조바심이 났다. 마침내, 점심시간 무렵 그의 답장이 도착했다.

[당분간 못 만날 것 같아. 미안해.]

왠지 모르게 온몸에서 힘이 쫙 빠졌다. 어쭈, 이 남자 보소. 나는 자그마한 단서라도 놓치지 않기 위해 미간을 찌푸리며 문서를 들여다보는 탐정의 심정이 되어 핸드폰을 노려보았다.
빈말로라도 연애 고수라 할 순 없었지만, 몇 번의 연애 경험을 통해 쌓인 촉이 내게 속삭이고 있었다. 특별한 이유를 대지 않은 채 당분간 못 만날 것 같다고 말하는 이 남자는 지금 밀당을 시도하고 있거나 개인적으로 무슨 일이 생긴 것이 틀림없다고.
우리 사이가 밀당을 시도해도 괜찮을 진짜 연인 관계는 아니니 답은 자연스레 후자로 좁혀졌다. 개인적으로 큰일이 닥친 거라면 집안과 관련된 문제이거나 인간관계 문제일 텐데. 엄청 친한 사이도 아닌 내가 개입하거나 도와줄 수 있는 문제가 아닌 듯 보였다.

[알았어. 난 괜찮아. 일이 바쁘거나 무슨 큰일이 생긴 것 같은데, 잘 해결되길 바라.]

나름 고심한 끝에 저 문장들을 간신히 완성해서 답장을 보냈다. 그래, 저 정도가 딱 적당하겠지. 그와 나 사이에는.

그 이후 이준에게서는 아무런 연락도 오지 않았다. 나는 그에 대한 궁금증이나 쓸데없는 생각을 떨쳐내기 위해 부단히 노력했다.

달이 예쁘게 뜬 저녁이 되었을 때, 나는 하루 일과가 어그러진 듯한 미묘한 느낌을 받고 당혹스러워했다. 백수가 별일 없는 이상, 낮이고 밤이고 집 안에 처박혀 있는 것이 당연한데 어찌 된 일인지 지금 이 시각, 집에 있다는 사실이 상당히 어색하게 느껴졌다.

하하, 나도 참 웃기지. 저녁에 이준을 만나러 나간 지 며칠이나 됐다고. 고작 이틀, 단지 그뿐인데. 그 이틀에 익숙해져서 몇 달이고 반복해 온 일상이 어색하게 느껴지다니.

거래를 제안해 오는 이준을 봤을 때 위험하다고 느꼈던 나의 불길한 예감은 역시나 틀리지 않았다. 그는 예상보다 더 빨리 내 삶에 파고들었고, 나의 일상을 조금씩 뒤흔들고 있었다.

굳이 거울을 쳐다보지 않아도 내 표정이 일그러져 있다는 사실을 짐작할 수 있었다. 어마어마한 배경이나 대단한 기세를 지닌 누군가에게 휘둘리는 삶은 이제 그만 사양하고 싶다.

"괜찮아. 더 이상 신경 쓰지 않을 거야. 안부 메시지도 보냈으니 내 도리는 다 했어."

하지만 사람의 마음이란 게 본인 마음먹은 대로만 흐른다면 이 세상 살아가기가 얼마나 편할까.

내가 이유 모를 초조함과 불안감에 시달리는 사이, 이틀이라는 시간이 빠르게 지나갔다. 물론 당분간 못 만날 것 같다는 말 이후 그 어떠한 연락도 이준에게서 오지 않은 상태였다.

금요일 아침, 나는 평소보다 이른 시각에 눈을 떴다. 사방이 어슴푸레한 빛으로 물든 새벽에 핸드폰을 켜서 연락이 왔는지 확인하는 스스로의 모습을 발견하고 생각에 잠겼다.

나가 죽어라, 이년아. 나는 내가 대체 무엇 때문에 그에게 필요 이상으로 신경을 쓰고 있는지 알 수 없었다. 친구와 불편한 관계가 되면 들곤 하는 찝찝한 마음 때문인가.

안 그래도 어제저녁, 수영과 연락을 하면서 이에 대해 이야기를 나눠 봤다. 초등학교 동창생을 우연히 다시 만나 한번 보기로 약속을 잡았는데, 이 자식이 그 후 당분간 못 만날 것 같다는 메시지 하나만 달랑 보내왔다면 어떻게 대처해야 좋을지.

[썸이야?]

[아니거든요! 내 전 재산을 걸고는 아니고, 반만 걸어야겠다. 나 과자 사 먹을 돈은 남겨야지.]

[전 재산 반이면 나, 몇 달은 일 안 하고 놀아도 돼? 아싸, 신난다. 너님 돈 내가 찜! 초등학교 동창이라면 아주 친했던 사이 아니고는 보통 잘 안 만나잖아. 학창 시절에 둘이 엄청 친했어?]

[그냥 보통?]

[그럼 썸이네.]

[그렇게 단정 짓지 말라고!]

'썸이 아니라 거지 같은 계약 관계 파트너에 불과하다'는 말이 목 끝까지 차올랐지만, 나는 필사적인 인내심으로 참아냈다.

[어쨌든 답장이 없어서 답답한 거 아냐? 전화번호 말고 그놈이 어디 사는지 혹은 어느 회사 다니는지 알고 있어?]
[사는 곳은 모르겠고, 회사 위치는 알아.]
[자, 돌격이다.]
[얘가 대체 뭐래니. 어디로 돌격해?]
[그걸 몰라서 물어? 당연히 회사로 쳐들어가는 거지. 야, 인마. 너, 내 연락 왜 씹어? 터프하게 외쳐 봐!]

나는 수영의 제안이 말도 안 되고 어이없다 생각하면서도 한편으로는 그리 하고픈 기묘한 충동을 느꼈다. 이것은 상식에서 벗어난 지나친 오지랖일까. 아니면 계약 관계에 놓인 파트너로서 당연히 행사할 수 있는 권리일까. 아아, 잘 모르겠다.

한숨 푹 자고 나면 머리가 조금 맑아지거나 보다 나은 판단을 내릴 수 있지 않을까 기대했는데, 달라진 건 아무것도 없었다. 단지, 시간이 지남에 따라 약이 좀 더 올랐을 뿐이다.

"생각하면 생각할수록 좀 그러네. 제대로 된 이유도 안 알려주고 당분간 못 만나겠다는 말만 툭 던져놓고. 진짜, 회사 한번 찾아가 봐?"

예상 밖의 상황에 당황해서 어쩔 줄 몰라 하는 이준의 얼굴을 상상하자 왠지 온몸이 근질거렸다. 그런 얼빠진 상상을 하다가

나 혼자 피식피식 웃던 게 바로 몇 분 전의 일 같은데, 어째서 내가 지금 신원그룹 본사 건물 앞에 와 있는 것일까. 누구든 나한테 이 상황 좀 설명해 주실 분?

나는 혹시 내가 몽유병을 앓고 있는 것은 아닌지 진지하게 고민해야만 했다. 내가 회사로 쳐들어가면 이준의 얼굴이 어떻게 변할지 상상의 나래를 잔뜩 펼치면서 궁금해하긴 했지만, 그렇다고 진짜 여기까지 발걸음을 할 줄이야.

마음이 괜스레 심란해져 산책이나 나가자 한 것이 어느새 지하철을 타고 있었고, 신논현역에 도착했으니 기왕지사 신원그룹 본사 건물이 어떻게 생겼나 한번 보고 갈까 한 것이 현재의 상황에 이르렀다. 하하하, 이런 정신 나간 년을 보았나. 셀프 디스가 원래 내 취미는 아닌데, 주아나 우현, 이준처럼 대단한 인간들과 엮이다 보니 한탄이 안 나오려야 안 나올 수가 없었다.

나는 다시 한 번 내 눈앞의 건물을 살펴보았다. 외식업과 엔터테인먼트 분야를 기반으로 대기업 반열에 이름을 당당히 올려놓고 있는 신원그룹. 치켜든 고개가 아플 정도로 건물 한번 참 높았다. 이준과 내가 정말 다른 세계에 살고 있는 사람이란 사실을 새삼 깨닫게 될 정도로.

"어쩌지. 어떡하면 좋지."

뇌리 한구석에서 치열한 논쟁이 벌어지고 있었다.

여기까지 온 것, 그냥 돌격해 버려. 안 그러면 교통비도 아깝고, 시간도 아깝고 무엇보다도 그냥 헛수고한 셈이 되잖아. 수영의 목소리를 닮은 음성이 속삭여 왔다.

미쳤니? 아직 안 늦었어. 지금이라도 집으로 돌아가. 나를 빼닮은 목소리가 간곡히 말해 왔다.

으아악, 머리 아파. 이러다가 인격이 두 개로 나뉘는 거 아냐?

"……그래. 그냥 약속이 있어서 이곳까지 온 김에 얼굴이라도 한 번 볼까 싶어 들렀다고 하자. 음, 앞뒤도 맞고 완벽해."

그리고 본사 건물 안으로 들어가서 안내 데스크의 직원과 마주한 순간, 내가 얼마나 바보 같은 결정을 내렸는지 깨달을 수 있었다. 이준이 이 회사에서 차지하고 있는 직위도 모를뿐더러, 그가 신원그룹 후계자라 해도 반드시 이곳에서 근무하리란 보장은 없다는 사실이 아둔한 뇌리를 뒤늦게 스치고 지나갔기 때문이다.

"무슨 일로 오셨나요?"

친절함으로 무장한 안내 데스크 직원이 상냥한 음성으로 물어 왔지만 나는 아무런 대답도 할 수 없었다. 그런 나를 근처의 직원들이 수상하다는 눈빛으로 바라보기 시작한 것은 순식간의 일이었다.

"아, 저……. 사람을 찾아왔는데요. 송이준 씨에게 급하게 전할 말이 있는데, 연락이 되지 않아서요……."

결국, 주변에서 쏟아지는 시선들의 압박을 견뎌내지 못하고 나는 누가 들어도 의심쩍게 생각될 말만 내뱉고 말았다. 마주한 여직원의 눈동자가 조금 커다래졌다. 눈초리가 날카로워진 것 같기도 했다.

"어느 부서인지, 무슨 용건이신지도 말씀해 주셔야 하는데요."

"아, 그게……."

그때, 내 등 뒤로 검은 그림자가 졌다. 나는 혹시 영화나 소설에서처럼 본인이 직접 이 자리에 나타난 건가 싶어서 뒤를 돌아보았지만, 그런 운 좋은 일은 일어나지 않았다. 하긴, 불운한 내 인생에서 무슨 기적을 바라. 처음 보는 낯선 사내가 나를 탐색하는 시선으로 쳐다보다가 어색하게 웃으며 말을 건네 왔다.

"안녕하세요."

"아, 안녕하세요."

그 사람이 인사해 오길래 나도 황급히 고개를 숙이며 인사를 건넸다.

"저희 차장님의 지인분이신가요?"

"송이준 씨, 말씀하시는 거죠?"

"네. 친구, 아니 혹시……."

남자가 묘하게 말끝을 흐렸다. 나는 그 뒤에 이어질 단어를 왠지 모르게 추측할 수 있을 것 같았다. 얼굴이 괜스레 화끈거리기 시작했다.

'도대체 뭐라고 답해야 하지? 일단, 초등학교 동창이니까 친구는 맞는데. 하지만 남들 앞에서 연인인 척하기로 계약한 거니까 애인이라고 소개해야 하나.'

몹시 곤란해 하는 내 표정을 읽은 것일까. 다 이해한다는 듯 보살의 표정을 지어 보인 남자가 안내 데스크 쪽의 직원들에게 무어라 몇 마디 건네더니 나를 조심스레 한쪽 구석으로 끌고 갔다.

"생각해 보니 제가 괜한 걸 여쭤본 것 같아요. 말하기 곤란하실 텐데."

눈빛이나 태도를 보아하니 이 남자는 지금 내가 그의 비밀 연인쯤 된다고 생각하고 있는 듯했다. 뭐, 완전히 틀린 것은 아니니 멋대로 상상하게 내버려 둬도 괜찮을라나. 나야 이 남자를 통해 이준의 위치만 알아내면 소기의 목적은 충분히 달성하는 것이니까.

"아니요, 괜찮아요. 저, 차장님이라고 말씀하시는 모습 보니 같은 부서의 팀원 분 되시는 것 같은데, 이준 씨를 잠깐만 만나 볼 수 있을까요?"

"솔직히 말씀드리자면 그분을 빨리 데려가시는 게 저희 팀, 전체를 위해서 좋을 것 같은데요."

남자의 입에서 흘러나온 다소 엉뚱한 대답에 고개가 절로 갸웃거려졌다. 하지만 그는 친절한 설명을 늘어놓는 대신 엘리베이터 앞으로 빠르게 이동했고, 나는 이준을 찾을 단서를 놓칠세라 남자의 뒤를 쫓기 바빴다.

엘리베이터가 도착한 곳은 9층, 경영 기획실이었다. 오, 경영 기획실이라면 회사의 중추부서 아니던가.

나는 문득 이준 녀석이 어떤 모습으로 일하고 있을지 궁금해졌다. 때문에 안쪽으로 들어가 이준에게 내가 왔다는 사실을 알리려는 남자의 움직임을 재빠르게 저지하고, 살짝 열린 유리문 바깥쪽에 서서 그의 자리가 위치해 있다는 오른편 안쪽을 쳐다보기 위해 까치발을 디뎠다.

"여기서는 잘 안 보여요. 아무 소리 안 할 테니까 조용히, 아주 조용히 따라와요."

남자는 무슨 큰일이라도 벌이는 것처럼 결연한 표정으로 내게 따라오라는 손짓을 했다. 나는 고양이처럼 살금살금 걸음을 옮겼다. 같은 부서 내 직원들 몇몇이 낯선 외부인인 나를 보며 힐끔거렸다.

내가 살다 살다 별 경험을 다 해 본다, 정말. 이런 대기업의 경영 기획실 바닥도 디뎌보고. 역시 송이준, 그 자식처럼 위험한 느낌을 풍기는 남자와는 엮이는 게 아니었어.

부서 안으로 절반쯤 들어왔다고 생각했을 때 마침내 이준의 모습을 정면으로 훔쳐볼 수 있는 기회가 생겼다.

나는 그제야 남자 직원이 어째서 내부의 규칙이나 관습 등을 무시한 채 나를 이곳으로 데려왔는지 이해할 수 있었다. 꼼꼼한 이준의 성격을 반영하듯 비교적 깔끔하게 정리된 그의 책상 위에는 꽤 두터워 보이는 서류 뭉치들과 깨끗이 비워져 있는 일회용 종이컵 및 커피 캔이 상당수 존재하고 있었다.

이준은 평소처럼 단정하고 깔끔한 차림을 하고 있었지만, 잘 만들어진 피규어처럼 무표정한 얼굴로 서류를 넘기고 있었다. 마치 일하는 방법이 입력되어 있어서 자동으로 움직이고 있는 기계를 보는 듯했다. 그의 주변에는 눈에 보이지 않는 투명한 유리 벽이 몇 겹이나 쳐져 있었는데, 그걸 섣불리 깨려고 들었다간 큰 사달이 날 것 같은 분위기였다. 남자 직원이 내 귓가에 아주 작게 속삭여 왔다.

"수요일부터 오늘 아침까지, 벌써 삼 일째예요. 원래 본인이 맡은 일에 충실한 편이긴 하지만, 그래도 팀원들 배려해서 정시 출근과 정시 퇴근을 지키시던 분이거든요. 그런데 수요일부터는 점심시간도 반납하고, 야근도 자청하며 일에만 매달리시는 바람에 저희 팀 모두가 과부하 걸려서 죽게 생겼습니다. 차장님도 인간인데, 계속 저러시면 곧 쓰러지겠죠. 차장님이랑 저희 팀 좀 제발 도와주세요."

그의 말을 듣고 있자니 맥없는 웃음밖에 나오지 않았다.

하하하, 어머니. 아무래도 제가 제 무덤을 파는 삽질을 한 것 같습니다.

난 그냥 이준의 얼굴이나 한번 볼까 싶어 이곳에 왔을 뿐인데, 나를 그에게 안내해 준 이 남자를 비롯하여 내 존재를 알음알음 아는 듯한 부서의 팀원들은 나를 무슨 구세주 바라보듯 지켜보고 있었다.

이 몸이 새라면, 이 몸이 새라면 날아가리. 저 건너 보이는 작은 섬까지.

갑자기 이 동요가 떠오르는 것은 어째서일까. 날개만 있다면 지금 당장 이 자리에서 도망치고 싶다. 역시 쓸데없는 일은 벌이는 게 아니었어!

팀원들의 반응은 크게 두 가지였다. 젊디젊은 남자 팀원들은 나를 향해 파이팅 포즈를 취해 보였고, 여자 팀원들은 내가 어떤 존재인지 은근히 탐색하는 기색이 역력했다. 나는 짙은 한숨을 내쉬며 나를 이곳까지 안내해 준 남자에게 조용히 물어보았다.

"식사도 안 하고 잠도 안 잔 거예요, 저 사람?"

"그냥 인스턴트 음식으로 가볍게 때우거나 회사 근처 찜질방 같은 곳에서 서너 시간만 눈 붙였을 거예요, 요 이틀간."

폐인이 따로 없구나, 정말. 그래, 우리는 계약 관계 파트너이기 이전에 친구 사이인데 친구가 잘못된 길을 가고 있으면 한 번쯤 말려주는 게 인간의 도리겠지. 나는 결의를 꾹꾹 눌러 담아 고개를 끄덕였다.

복도에 있는 자판기에서 오렌지 주스를 하나 뽑아 이준의 뒤편으로 살금살금 다가섰다. 감각이 예민한 사람들은 보통 뒤쪽에서 누군가 다가오면 금방 눈치채곤 한다. 이준 또한 상당히 예민한 녀석인데, 며칠간 얼마나 무리했는지 감각이 많이 둔해져 있는 듯 보였다. 그는 내가 차가운 캔을 뺨에 들이밀 때까지 별 반응이 없었다.

"뭐……!"

차가운 감촉에 깜짝 놀라서 뒤를 돌아본 이준은 일부러 평소보다 더 해맑게 웃고 있는 나를 발견했다. 다소 퀭해 보이는 그의 눈동자가 동그랗게 커졌다.

"네가, 네가 여길 어떻게……?"

말까지 더듬는 모습으로 봐서 내가 이곳까지 찾아온 현 상황이 이준에겐 정말로 뜻밖이었나 보다. 당황해하는 그의 모습이 신기하게 느껴지면서도 한편으로는 귀여웠다. 조금 남아 있는 어릴 적 모습이 얼핏 엿보였다. 웹툰으로 치자면 오늘은 서비스 컷이 나온 셈이네, 후후.

주변을 둘러보니, 역시나 팀원들이 저들끼리 수군덕거리는 모습이 보였다. 각자 상상의 나래를 무한으로 펼치면서 우리의 관계를 유추하고 있는 거겠지? 이보세요. 그런데요, 우리 관계 생각보다 별거 없습니다.

"얼굴이나 한번 볼까 싶어 찾아왔지."

난 그저 사실대로 이야기했을 뿐인데, 주위의 반응이 뭔가 이상해졌다. 심지어 이준마저도 이상야릇한 표정으로 나를 쳐다보고 있는 것이 아닌가. 내가 인상을 슬쩍 찌푸리자 요 며칠 무리한 탓에 수척한 얼굴을 하고 있는 그가 피식 웃어 보였다. 그런데 그 모습조차 평상시와 달리 어딘지 모르게 힘이 없어 보여 마음이 상당히 심란해졌다.

그때, 나를 이곳까지 안내해 준 남자가 하얀 벽에 찰싹 들러붙어 있는 동그란 벽시계를 쳐다보면서 말했다.

"어, 시간이 벌써 이렇게 됐네요. 다들 점심 식사하러 가셔야지요."

타이밍 좋게도 시계는 딱 11시 50분을 가리키고 있었다. 남자는 내 생각보다 훨씬 더 싹싹하고 현대 사회에 잘 맞게 진화된 인간인 모양인지 이준을 향해서도 조심스럽게 이야기했다.

"차장님께서도 식사하러 가셔야죠? 손님도 찾아오셨는데 함께 드시고 돌아오세요."

그 남자를 잠깐 쳐다본 이준이 내게 시선을 돌렸다. '너님, 잘 걸렸다!' 뭔가 불안한 느낌이 가득 드는 표정을 짓고서는.

"잠깐만요, 유 대리. 본인에게 의사 좀 물어보고요. 어떻게 할래, 희연아. 근처 분식집에서 간단히 먹고 돌아와서 열심히 일할까. 아니면 반차라도 써서 좀 더 멀리 나가도 맛있는 레스토랑에 다녀올까."

아, 그래. 이거, 무슨 상황인지 잘 알겠다. 답은 이미 정해져 있으니 넌 대답만 하면 된다는 '답정녀' 유행어가 떠오르는 것은 어째서이지?

백조가 되어 현역의 감각이 많이 떨어진 나보다는 현재 직장에 몸담고 있는 팀원들의 반응이 훨씬 더 빠르게 나타났다. 유대리가 서둘러 답했다.

"요즘 야근하느라 힘드셨죠, 차장님. 제가 부장님께 차장님 오늘 반차 쓰신다고 말해 두겠습니다. 편히 다녀오세요."

"차장님, 이탈리안 레스토랑 좋은 곳 소개해 드릴까요?"

나는 팀원들의 말에서 금요일 정시 퇴근을 위한 처절한 몸부림을 읽어낼 수 있었다. 그래요, 똑같이 어려운 형편에 서로 돕고 살아야죠. 내 한 몸 희생해서 오늘 하루 이 녀석과 열심히 놀아 줄 테니, 다들 정시 퇴근해서 불금을 즐기세요.

갑자기 내가 날개 없는 천사라도 된 기분이었다. 오늘만큼은 '남에게 쓸데없이 주지도 말고 받지도 말자'는 금쪽같은 내 신조를 깨고 그들이 원하는 대로 움직여 주리라 마음먹었다.

"그동안 늘 얻어먹기만 했으니까 오늘은 내가 사 줄게. 맛있는 거 먹으러 가자. 반차, 쓸 수 있으면 더욱 좋고."

"……그거, 괜찮네."

내가 그렇게 맞받아치자 이준이 잠시 멈칫하는 모습이, 분명

4. 경계의 줄타기는 아찔하다

예상대로 안내데스크 쪽 직원들의 숙덕거림을 시작으로 로비를 지나다니던 사람들의 이목이 나와 이준에게 쏠렸다. 더불어 그와 맞잡은 손 위로 그들의 시선이 따갑게 내리꽂혔다.

나는 눈을 어디다 두면 좋을지 몰라 쩔쩔맸다. 내 손을 꽉 잡은 채 평소처럼 당당하게 걸음을 옮기는 이 남자와 달리 나는 이런 상황에 대한 대처 능력이 현저하게 떨어지는 일반인이었다.

"지금 이게 뭐 하는 시추에이션?"

"인증하는 시추에이션."

것 참, 대답 한번 잘한다. 나는 진심으로 집을 나올 때 굽 높은 구두를 신고 나오지 않은 것을 후회했다. 그랬다면 지금쯤 녀석의 발등을 무참히 내리찍어 줬을 텐데. 한 대 얻어맞아도 이런 상황에서는 아무 소리 못할 테지. 보는 눈들이 이렇게나 많은데.

불꽃놀이를 구경하러 나갔던 저녁, 수많은 인파 속에서 한 번 붙잡아 본 적 있는 그의 손이기에 그리 어색한 느낌은 들지 않았다. 다만, 사람들의 시선이 견딜 수 없이 쑥스러울 뿐이다.

이준의 위치가 위치인지라 사람들이 섣불리 다가오거나 호기심 어린 질문들을 막 던지지 못하고 저들끼리만 수군거리는 것을 다행이라고 생각해야 할까. 일 분이 한 시간 이상으로 길게 느껴졌다.

로비에서 빠져나와 선선한 바깥 공기를 쐬자 그제야 미칠 듯한 쑥스러움도, 양 볼의 화끈거림도 서서히 가라앉기 시작했다. 그의 손을 살며시 뿌리치며 외쳤다.

"너, 이래도 회사 생활에 지장 없어?"

"난 뭐든 확실하게 해 두는 편이 좋아서."

아, 그러세요. 그래. 너 잘났다, 인마.

어차피 내가 다니는 회사도 아니니 그리 상관없겠다는 생각이 들었다. 얼굴도 이름도 모르는 사람들이 나에 대해 이러쿵저러쿵 떠들어 대는 상황이 조금 짜증 나긴 하지만, 어차피 앞으로 볼 일 없을 사람들인데, 뭐.

"됐다, 됐어. 밥이나 먹으러 가자. 브런치 괜찮다고 했으니까 거기 어때? Amy Breakfast!"

그곳은 요즘 핫플레이스로 떠오르고 있는 브런치 가게 중 하나였다. 신논현역 지점을 처음 이용해 보았는데, 그때의 기억이 뇌리에 상당히 좋게 남아 있었다.

매장은 이 층 규모로 꽤 컸다. 그럼에도 불구하고 딱 점심시간 즈음이라 이 층은 물론이요, 일 층마저 자리마다 사람들로 붐볐다.

나도 모르게 이준의 눈치를 쓰윽 살피게 되었다. 안 그래도 피곤한 사람, 더 피곤하게 만들고 있는 것은 아닐까.

"저기, 자리 빈 것 같은데."

그가 귓가에 대고 속삭여 왔다. 일 층의 창가 자리에 앉아 있던 사람들이 막 일어나는 모습이 보였다. 나와 이준은 서둘러 걸음을 옮겼다. 자리마다 작은 메뉴판이 구비되어 있어 그것을 보고 카운터에서 주문한 후 셀프로 가져오는 방식이었다.

"뭐 먹을래? 기본 구성은 대체로 비슷하고, 메뉴명에 따라 메인 메뉴라고 해야 하나, 그런 게 조금씩 다르거든. 한 번 봐 봐."

이준은 프렌치토스트가 포함된 2인 브런치 메뉴를 골랐다. 오늘의 수프와 프렌치토스트, 감자 샐러드, 스크램블 에그, 소시지, 베이컨, 파인애플, 구운 토마토 등이 나오는 세트였다. 음료는 커피와 오렌지에이드로 주문했다.

"며칠 동안 잠도 제대로 못 잤다며? 커피는 아주 그냥 물처럼 마셨다며? 그런데 커피를 또 마시겠다고? 절대 안 돼. 다른 걸로 골라."

"……잔소리 대박이네. 누가 데려갈지 몰라도 참 걱정이다."

"그게 너님은 아니니 신경 끄시죠."

나를 따라 그도 아메리카노를 선택하려는 것을 뜯어말리느라 더 피곤해졌다. 우여곡절 끝에 주문을 마친 후 화장실에 잠시 들렀다가 자리로 돌아와 보니, 팔을 베개 삼아 차가운 테이블 위에 엎드려 있는 그의 모습이 보였다. 자식, 완전 피곤하면서 쓸데없이 고집을 부려.

이렇게 무방비한 그의 모습은 처음 보는지라 조금 놀랐다. 정말 많이 피곤한가 보다. 어쩌면 그를 이곳에 데려오는 것이 아니라 푹 자라고 집에 데려다줬어야 했나. 그리 후회하고 있을 때, 주문한 음식이 나왔다고 진동 벨이 울려서 받으러 갔다.

"허허, 이를 어쩌지."

음식은 날 어서 먹어 달라 유혹하고 있는데, 그가 아주 곤히 자고 있는지라 깨우는 일조차 미안하게 느껴졌다. 그래, 10분만 푹 자게 내버려 두자. 음식은 조금 식어도 괜찮잖아.

나는 푸짐한 음식 접시를 한 번, 잠든 녀석의 뒤통수를 한 번 번갈아 쳐다보며 오후의 한 때를 흘려보냈다. 햇볕이 기분 좋게 스며드는 창가 자리에서 바라볼 수 있는 것은 생각보다 많았다. 때로는 창 너머의 길가에서 바쁘게 오가는 사람들을, 때로는 카페 안에서 시끌벅적하게 이야기를 나누는 사람들을 쳐다보았다.

무척이나 한가롭고 평온했다. 우현에게서 일방적인 이별을 통보받고 가슴을 쥐어뜯으며 마음 아파하던 일이 엊그제 같은데, 나는 예상보다 훨씬 빨리 괜찮아졌다.

지금도 주아와 우현의 사진을 보면 가슴 한구석이 쿡쿡 쑤시긴 하지만 나를 놓아 버리고 싶을 만큼, 돌아 버릴 만큼 힘들지는 않았다. 더도 말고 덜도 말고 딱, 견딜 수 있을 만큼 아팠다.

그 배경에는 내 옆에서 곤히 잠든 이 녀석이 크게 한몫하고 있다는 사실 또한 잘 알고 있었다. 억지를 좀 부려도, 다소 제멋대로 굴어도 나는, 이준이 정말 고맙다.

부스럭거리는 소리가 들리기에 창밖을 바라보고 있던 나는 옆으로 시선을 돌렸다. 잠에서 깨긴 했지만, 여전히 졸음이 가득한 눈동자로 나를 응시하고 있는 이준의 얼굴이 보였다.

살짝 헝클어진 머리카락과 반쯤 감긴 눈이 나른하면서도 묘하게 섹시한 느낌을 자아냈다. 그에게 이런 미친 미모를 물려준 쪽은 어머니일까, 아니면 아버지일까. 문득, 쓸데없는 사실이 궁금해졌다.

"희연."

어? 어라? 내 이름을 나지막하게 부른 그가 긴가민가한 표정을 지은 채 나를 가만히 끌어안았다. 평소와 달리 서툴고 힘없는 몸짓이라서 마음이 약해진 것일까. 아니면 갑작스러운 그의 행동에 내가 너무 당황한 탓일까.

나는 아무런 말도 못하고 몇십 초 가량을 그의 품에 안겨 있었다. 그의 차 안에서 맡을 수 있었던 싱그러운 디퓨저와 비슷한 향이 코끝을 맴돌았다. 이 또한 그가 자급자족으로 생산해 낸 향일까. 이 세상에서 단 하나밖에 없을 향에 이 이상 익숙해지면 좋을 것, 하나도 없는데. 왠지 모르게 두려워졌다.

"……음, 잘 잤어?"

다소 묘해진 분위기를 깨뜨리기 위해서 꺼낸 말.

자세를 수습한 이준이 눈을 깜박이며 나를 쳐다보았다. 이어 그는 짙은 한숨을 내쉬었다.

오늘의 이준은 영문 모를 행동을 자주 했다. 나는 그렇게 센스 좋은 여자가 아니라서 말로 직접 표현하지 않으면 그의 의중을 헤아려 주지 못할 텐데. 아찔한 맹수를 품고 있는 그의 눈동자와 시선을 똑바로 맞추어 보아도 얻을 수 있는 정보가 별로 없었다.

"졸려서…… 내가 정신이 없네. 음식 나왔으면, 그냥 깨우지 그랬어."

어느새 평소의 단정한 모습으로 되돌아와 동요를 숨기듯 무뚝뚝하게 내뱉어진 그 말에 나는 어찌하면 좋을지 모르겠다. 당황했다는 표현이 적합하려나. 대체 무슨 대답을 바랐던 건지, 그 말에 김이 싹 빠져 버렸다.

세상에, 식은 음식이 좋은 사람이 어딨어! 난, 단지…….

"피곤하니까 잠깐이라도 눈 붙이라고 그냥 내버려 둔 거잖아. 이 바보야."

내가 생각해도 방금 내뱉은 말에는 투정이 다소 섞여 있었다. 그러자 이준이 메마른 입술을 살며시 깨물며 말했다.

"그렇게…… 말하지 마. 오해하면 어쩌려고 그래, 내가."

어째서일까. 단순한 단어들로 이루어진 말이 참 복잡하게 들려왔다.

사뭇 진지한 그의 태도에 나는 오후의 햇살조차 걸음을 잠시 멈춰 버린 것처럼 느껴졌다. 카페 안의 떠들썩한 공기가 우리 두 사람의 곁만 살며시 비켜가고 있는 듯했다.

"대체 뭘, 뭘 오해한다고."

"네가 나에게 정말 마음이 있는 것은 아닌지."

약자와 강자의 차이란 바로 이런 것인가. 너와 연락이 잘 안 되던 이틀간, 불안해하는 내 마음을 쿡쿡 쑤셔대던 의문들을 나는 애써 무시하고 짓누르고 있었다. 하지만 위험한 맹수인 너는 그 질문을, 한 치의 망설임도 없이 던져 버렸다.

* * *

흔들리는 희연의 눈동자를 바라보며 이준은 생각했다. 그녀가 본인을 찾아왔다는 사실을 알았을 때 놀랐던 제 모습이 과연 저랬을까.

애증이라는 간단한 단어로 설명하기엔 한참이나 부족한 사람, 어머니. 그립고 원망스럽고 거북한 그녀의 그림자가 너무 짙어서 이준은 그저 도망치고 싶었다.

몸이 피곤하고 노곤하면 잡생각이 확실히 덜 든다. 때문에 스스로에게 막대한 일거리를 안겨 주며 몰아붙였다. 차라리 아무것도 생각하지 말라고. 어차피 마음에 두고 곱씹으면서 상처받을 거라면 조금도 담아두지 말고 그냥 흘려버리라고.

희연과의 연락을 차단한 것 또한 두려워서였다. 이 세상에서 가장 따뜻하고 조건 없이 사랑을 베풀어 주는 울타리에서조차 외면당한 이가 바로 그였다. 하물며 아무런 연관 고리 없는 타인이 그를 밀어내는 것은 당연한 이치 아닐까.

태풍이 부는 것처럼 마음이 거세게 흔들리기 시작하자 이준은 이전처럼 아무렇지도 않은 얼굴로 희연에게 다가설 자신이 사라졌다. 그래서 그녀를 피하자 이상하게도 희연이 제 의지로, 제 발로 그에게 다가왔다.

어찌 된 일인가 싶었다. 상황이 제 예상에서 어긋나는 것을 끔찍이 싫어하는 성격 탓에 그 순간이 더더욱 낯설게 다가와 이준은 몹시 당혹스러운 한편 마음이 설레는 것을 느꼈다. 심장에 봄을 기다리는 나비 번데기 한 마리라도 숨어 있는 것처럼 근질근질거렸다.

희연을, 그녀를…… 더는 놓치고 싶지 않아.

이제는 대부분의 기억들이 상당히 흐릿해진 어린 시절의 그와 현재의 그가 마음속으로 답했다. 한 번, 용기를 내어 볼까. 깊숙이 감춰 뒀던 마음을, 거래란 이름으로 포장해 둔 마음을 내비쳐도 괜찮을까.

"그렇게…… 말하지 마. 오해하면 어쩌려고 그래, 내가."

그 말을 들은 희연이 눈을 빠르게 깜박였다.

"대체 뭘, 뭘 오해한다고."

"네가 나에게 정말 마음이 있는 것은 아닌지."

여자의 마음을 완벽하게 분석해서 정리해 놓은 책이 출간된다면 마케팅 비용을 어마어마하게 쏟아붓지 않고서도 단번에 서점가 베스트셀러로 진입할 수 있다는 데 이준은 제 재산의 반 정도는 걸 용의가 있었다.

입술을 달싹이는 그녀의 모습이 어떠한 의미를 담고 있는지 이준은 정말 궁금했다. 시간이 무척 느리게 흐르는 것처럼 느껴졌다.

"나는……."

그의 귓가에 와 닿는 희연의 목소리가 잘게 떨리고 있었다. 심장이 아주 빠르게, 혹은 느리게 쿵쾅거리며 이준의 입술을 말라붙게 만들었다. 어느 순간, 그의 입술에 미지근한 무언가가 와 닿았다. 약간 서늘하면서도 물컹하고 달달한 그것은…….

바로 감자샐러드였다. 희연이 포크를 들어 접시에서 감자샐러드를 한 움큼 뜬 후 이준의 입에 쓱 밀어 넣었던 것이다.

잠시 당황해하던 이준이 자동반사적으로 감자샐러드를 씹어 삼켰다. 희연은 그 모습을 멍하니 바라보다가 상당히 붉어진 얼굴로 더듬더듬 입을 열었다.

"잠, 잠 깼으면 밥이나 먹어."

희연과 그의 시선이 허공에서 찬찬히 맞부딪혔다. 그녀의 떨림이 공기를 타고 이준의 피부 위로 전해지는 듯했다.

동요하고 있는 건가. 그렇다는 건, 조금 전 내던진 말에 그녀도 어느 정도 흔들리고 있다는 거겠지. 그래, 이게 어디야.

가능성이 이 할은 있겠다는 생각에 다행이라 안도하면서도 한편으로는 아쉬웠다.

왠지 모를 허기와 갈증에 이준이 입술을 천천히 훑었다. 극심한 피로로 감각이 둔해진 그는 미처 눈치채지 못했지만, 묘하게 색기 넘치는 그에게 희연의 시선이 끈끈하게 들러붙어 왔다.

* * *

 이후 시간이 제법 흘렀는데도, 내 심장의 엇박자는 아직도 그칠 줄을 몰랐다. 주변의 떠들썩함이 고장 나 버린 심장의 고동 소리를 감춰 주는 것 같아 눈물 나도록 고마웠다. 이준이 억지로 쑤셔 넣어진 감자샐러드를 먹은 후 혀로 입술을 훑던 모습이 뇌리에 자꾸만 반복 재생되는 것이, 어째 수위 약한 야동이라도 한 편 본 듯한 기분이다.
 나도, 이준도 상당히 어색해진 분위기에서 식어 버린 음식들을 입에 묵묵히 밀어 넣었다. 이따금 접시 위에서 서로의 포크가 가볍게 부딪힐 때마다 우리들은 잠시 멈칫거렸다.
 이, 이게 다 이놈이 조금 전 쓸데없이 던진 말 때문에 그래! 이대로 가만있으면 안 되겠어. 이런 건 확실히 밝혀 둬야지, 김칫국 마시지 말라고. 나는, 널……!
 "야."
 베이컨 조각을 기계처럼 질근질근 씹고 있던 녀석이 내 얼굴을 빤히 쳐다보았다. 피곤함이 덕지덕지 도배되어 있는 새하얀 얼굴이 보였다. 그러자 진상을 명명백백하게 밝히려던 내 입은 마법에 걸린 것처럼 저절로 다물어지고, 대신 엉뚱한 이야기가 쏟아져 나왔다.
 "이거, 다 먹고 나면 뭐 할 거야? 내가 오늘 하루 특별히, 온몸 바쳐 놀아 주기로 했잖아."
 그 말에 녀석이 눈을 빛냈다. 뭐지, 휴전선 부근에 묻힌 지뢰를 밟은 듯한 이 느낌은. 나는 당혹스러운 심정을 애써 숨기며 그의 답을 기다렸다. 어쩌면 너무 피곤하니 오늘은 그냥 집에 돌아가서 자겠다고 답할 수도 있었다.

"노래방 가자."

하얀 얼굴 위, 유독 도드라지게 붉은 그의 입술에서 한 치의 망설임도 없이 떨어진 대답. 며칠간 연락은 안 했어도 노래방 가기로 했던 것을 마음속에 줄곧 두고 있었던 것일까. 그의 입술에서 나지막하게 흘러나온 말에 기분이 뭐라 표현하기 힘들 정도로 묘해졌다.

"난 상관없는데……. 음, 괜찮겠어? 배부르면 분명 지금보다 더 졸릴걸. 차라리 한잠 자고 움직여."

조금이라도 쉰 다음에 움직이는 편이 낫겠지? 집에 들러 한잠 자고 나서 저녁에 다시 만나자고 말하자. 나는 다 식은 아메리카노를 홀짝홀짝 들이키며 그의 답을 기다렸다.

"……좋아. 그나저나 한 입으로 두 말 하는 성격은 아니지?"

무언가 꿍꿍이를 지닌 듯한 이준의 질문. 나는 하얀 머그컵에서 입술을 조심스레 뗐다. 인상을 찌푸리자 미간에 짙은 주름이 잡히는 것을 곧바로 느낄 수 있었다.

아, 안 돼! 이제는 주름에 슬슬 신경 써야 하는 나이인데. 하지만 스마일, 스마일만 하고 살기에는 이 세상과 내 눈앞에 펼쳐진 상황들이 너무 각박하다.

"갑자기 웬 동문서답이야."

"집에 다른 사람을 초대하는 건 딱 질색이지만, 네가 오늘

하루 종일 놀아 주겠다고 선심 썼으니 나도 선심 좀 쓸게."

"어?"

이준의 말이 무슨 의미를 지녔는지 인지하기까지는 약간의 시간이 필요했다. 내가 생각해도 참 덜 떨어진 목소리로 그에게 되물었다.

"그러니까 집에, 나를 초대하겠다고?"

"어. 난 자고 있을 테니 컴퓨터를 하든 티비를 보든 책을 읽든 네 맘대로 해. 그리고 이따가 네가 깨워서 함께 나가면 되잖아."

뭐야, 이 녀석. 평소에도 조금 이상했지만, 오늘은 더 이상해. 며칠간 잠을 제대로 못 잔 부작용인가. 나는 녀석의 얼굴을 요리조리 살피며 생각했다.

신이시여, 아무리 생각해 봐도 제가 대학에서 전공을 잘못 택한 것 같습니다. 이 알 수 없는 놈의 속을 조금이라도 파악해 내기 위해서는 심리학을 공부하거나 뇌 해부학을 택해야 했나 봐요. 저는 이 녀석의 의도를 제대로 파악해 내지 못하겠어요. 저 뇌로 대체 뭘 생각하고 있는지 모르겠단 말입니다.

비록 '친구'라는 전제를 깔고 있다고 해도 일단은 야릇한 계약 관계에 놓인 상대방이 저런 말을 꺼내면 어떤 방향으로 해석하는 게 옳은 걸까요?

"무슨 생각을 하시길래 얼굴색이 카멜레온처럼 변하실까?"

나와 시선을 바로 맞춰 오는 녀석의 입꼬리가 살짝 올라가 있는 모습이 꽤 얄미웠다. 있잖아, 난 그쪽이야말로 대체 무슨 생각에서 그런 말을 꺼냈는지, 그게 더 궁금하거든! '오빠, 믿지?'

요 위험한 말이 쓸데없이 연상되잖아.

"내가 뭣 하러 불편하게 너희 집에서 컴퓨터를 하고, 티비를 봐? 그런 건 우리 집에서도 충분히 할 수 있거든?"

"그럼 나 깨워 줄 사람이 없잖아. 밀린 잠을 보충하는 거라서 알람 소리 못 듣고 못 일어날 수도 있는데?"

아하, 그런 거였……. 나도 모르게 고개를 끄덕이다 말고 정신을 차려 이준을 휙 노려보았다. 아니, 그럼 쓸데없는 오해하지 않도록 처음부터 그렇게 말했으면 됐잖아.

이 자식이 지금 나 놀려 먹으려고 일부러 이러는 거지. 이거, 왜 이러셔. 나도 한 말발 하거든? 어렸을 때부터 말발 하면, 다들 날 알아줬다고.

"그럼 그냥 그대로 푹 주무셔. 내일 아침까지 푸욱 자면 몸도 마음도 아주 개운해지겠네."

"안 되지. 네가 모처럼 만에 의욕적으로 거래에 임하는 모습이 아주 보기 좋은데, 내가 그걸 방해하면 쓰나."

의미 없는 실랑이가 제법 한참 동안 이어졌다. 하지만 결국, '힘들게 반찬까지 냈는데, 그걸 전부 잠으로 날리면 얼마나 의미 없겠느냐'는 개뿔 같은 논리에 밀린 내가 졌다.

하아. 바보, 이희연. 국문과를 전공했는데도 입시의 기로에서 경영학과나 선택했을 놈에게 말발에서 밀리다니, 넌 정말 답이 없다.

간단한 식사를 마치고 나서 이준은 집까지 차로 움직이려고

경계의 줄타기는 아찔하다 151

했다. 하지만 내가 단호박처럼 단호하게 저지했다.

"음주운전만큼 위험한 게 뭔지 알아? 바로 졸음운전이야! 난 너랑 나란히 황천길 가는 거, 절대 사양이거든."

때문에 우리는 택시를 잡아탔다. 약 이십 분 후, 그가 살고 있는 동네 앞에 도착할 수 있었다. 낡은 아파트 단지만 가득한 우리 동네와 달리 그곳에는 지은 지 얼마 안 되어 세련된 외양을 자랑하고 있는 오피스텔이 줄지어 있었다.

오피스텔 입구에서 보안 카드를 찍고 현관문에 설치된 디지털 락의 비밀번호를 누른 후에야 그의 은밀하고 사적인 공간, 6층 2호에 들어설 수 있었다. 혼자 사는 남자 집이라 하기에는 내 방구석보다 훨씬 더 깨끗한 모습에 기가 질렸다. 아니, 아니지. 그는 상당히 잘사는 편이니 본인이 직접 청소했다기보다는 가사도우미가 성심성의껏 도와준 덕분이겠지.

서재로 쓰는 방 하나, 침실 하나, 마지막으로 비교적 널따란 거실이 존재하고 있는 오피스텔. 옅은 베이지색 벽지와 무채색 위주의 깔끔한 가구 배치 덕분인지 실제 평수보다 더 넓어 보였다.

"집 좋다. 그런데 왠지 먼지 한 톨 용납 안 하겠다는 분위기인데?"

"가정부 아주머니가 도와주기도 하고, 기본적으로 매일 청소하고 있으니까."

"일하면서 방 청소하거나 집 관리하는 거 쉽지 않은데."

"더러운 곳에서 쉴 수 없으니 그냥 하는 거지, 뭐."

이준이 정장 재킷을 벗어서 옷걸이에 말끔히 걸어 놓았다. 나라면 그냥 소파나 의자에 대충 걸쳐 놓았을 텐데.

사소하다면 사소한 그의 행동 하나하나가 내게는 꽤 신기하게 다가왔다. 가만히 지켜보고 있노라면 남자인 주제에 그가 나보다 살림을 더 잘하게 생겼다.

"거실에서 티비를 봐도 좋고 서재에서 컴퓨터를 하거나 책을 읽어도 괜찮아. 이쪽 선반 위에 커피나 차 티백도 종류별로 있으니까 목마르면 타 마셔. 냉장고에는 아마 과일도 들어 있을 거야."

외출하는 어머니가 자식 챙기는 모습이 과연 이러할까. 이것저것 설명을 늘어놓는 이준을 바라보며 나는 그가 나중에 꽤 자상한 남편이나 아버지가 되겠다 싶은 생각이 들었다.

한 십 년 후, 미용실에서 여성 잡지를 뒤적거리다 보면 팔불출 아버지인 그의 인터뷰가 떡하니 실려 있는 것은 아닐까. 유명 인사 특집이란 이름하에.

"내가 알아서 할 테니까 빨리 들어가서 자."

"그럼 미안한데, 나 두 시간만 잘게. 두 시간 후에 깨워 줘."

정말 피곤했던 모양인지 그는 침대가 있는 방 안으로 들어가서 곧장 누워 버렸다. 아니, 이럴 때는 '기절했다'라는 표현이 더 적합하지 않을까.

"그럼 나는 집 구경이나 좀 해 볼까."

먼저, 서재에 조심스레 발을 디뎠다. 이 방 또한 블랙 앤 화이트로 인테리어되어 있었다. 고급스러운 느낌의 원목 책상과 폭신해 보이는 검정색 의자, 새하얀 책장의 조화가 썩 마음에 들었다. 책장은 무려 다섯 줄이나 되었는데 칸마다 책들이 그득 꽂혀 있었다.

인문 사회 및 심리 분야의 책이 공간의 절반가량을 차지하고 있었지만 경영이나 과학 분야를 다룬 책들도 몇 권 있었다. 한 가지, 다소 의외다 싶었던 점은 문학 책이 많다는 것이다. 톨스토이, 도스토옙스키 등 전통적이고 고전적인 작품들부터 최근 쏟아져 나오는 현대 작품까지 있는 것으로 보아 그가 문학에 관심이 많다는 사실을 어느 정도 짐작할 수 있었다.

"우와, 시집까지. 이건 나도 아직 안 읽어본 건데. 이 녀석, 생각보다 더 섬세하네."

책장을 쭉 살펴본 나는 이제 책상 쪽으로 시선을 돌렸다. 스탠드와 컴퓨터, 약간의 필기구를 담은 통만 덩그러니 놓여 있는 심플한 책상.

아니, 잠깐만. 뭔가 더 있었다. 필기구를 담은 통 앞에 수줍게 서 있는 작은 액자 하나가 눈에 들어 왔다.

보통은 개인 독사진이나 가족, 혹은 아주 친한 친구와 찍은 사진 등이 놓여 있기 마련인데, 그의 액자 속에는 단체 사진이 들어가 있었다. 그것도 어린아이들이 바글바글한.

"흐음, 뭔가 익숙한데. 가만있어 보자. 이거……."

기억났다. 초등학교 4학년 때, 가을 소풍 가서 단체로 찍은 사진. 얼마 전 이준이 내 초등학교 동창이라는 사실을 확인한 후, 먼지가 겹겹이 쌓인 졸업 앨범을 찾아서 이리저리 훑어보았기 때문에 이번에는 바로 기억해낼 수 있었다.

"뭐야, 이 사진을 왜……."

집중해서 쳐다보니 곧 뒷줄에 서 있는 그의 얼굴을 발견할 수 있었다. 그와 상당히 떨어진 앞줄에서 활짝 웃은 채 사진 포즈를 취하고 있는 내 모습 역시 찾아볼 수 있었다. 이유는 잘 모르겠지만, 왜인지 아련한 느낌이 들었다.

서재를 구경하고 나니, 딱히 할 게 없었다. 티비를 잠깐 켜 봤지만, 상당수 사람들이 학교와 직장에 처박혀 있는 오후 시간이라 그런지 재미있는 프로그램을 방영하지 않았다. 그래, 더 심심해져서 아무 생각도 없어지기 전에 내 사랑 컴퓨터님을 영접해야겠다.

이후 약 삼십 분 정도 지났다. 나는 기지개를 쭈욱 켜며 의자에서 일어났다.

역시 남의 집이라서 불편한 탓일까. 내 책상 위의 똥컴과는 감히 비교조차 불가능한 최신형 컴퓨터가 빠른 속도로 굴러가고 있는데도, 평소 즐겨 하던 인터넷 서핑이 지루하게 느껴졌다. 차라리 그의 서재를 둘러볼 때가 훨씬 더 재미있었다.

"아, 그래. 녀석의 방이나 한번 구경해 볼까."

나는 발소리를 최대한 줄인 채 살금살금 녀석의 방 안으로 들어갔다. 아까 문틈으로 슬쩍 쳐다보긴 했지만, 직접 들어와서 자세히 살펴봐도 침실은 참 심플한 구조였다. 하얀 옷장과 침대, 작은 서랍장 하나가 전부였다. 심심한 벽을 꾸미는 최고의 소품인 액자는 물론, 소소한 장식품조차 없었다. 그 안에서 이준은 마치 죽은 사람처럼 곤히 잠들어 있었다.

새삼스레 그의 얼굴이 예쁘다는 생각이 들었다. 이불이라도 덮어 줄까 싶어서 침대 옆으로 다가서던 나는 발끝에 무언가가 걸리는 것을 느꼈다. 허리를 굽혀 확인해 보니 그것은 액정이 심하게 망가진 그의 핸드폰이었다.

살얼음이 깨져 버린 호수의 표면처럼 금이 쫙쫙 간 액정을 바라보고 있자니 이상하게도 실수로 깨뜨린 것 같지 않았다. 그가 제 감정을 못 이기고 집어 던진 듯한 느낌이 든다. 내가 요새 소설이나 영화를 너무 많이 본 탓일까.

이준이 요 며칠 간 힘들어한 이유를 어쩌면 이 핸드폰에서 찾을 수 있을지도 모르겠다. 나는 전원을 한 번 켜 볼까 하다가 멈칫했다.

이건 엄연히 그의 사생활을 침해하는 행동이잖아. 비교적 허물이 없다는 애인이나 부부 사이에서도 '상대방의 핸드폰 엿보기'는 큰 갈등을 일으키는 문제이거늘. 옛말에 나 하기 싫은 건 남에게도 하지 말라고 했다. 나는 치솟아 오르는 호기심을 꾹꾹 억누르며 침대 옆 작은 서랍장 위에 핸드폰을 가만히 올려놓았다.

"그나저나 무슨 남자 피부가 이렇게 좋아? 나보다 더 좋은 것 같은데."

무방비 상태에 놓인 녀석의 얼굴을 찬찬히 감상하는 일은 서재 구경 못지않게 재미있었다. 가느다란 속눈썹도, 얄팍하면서 맵시 있는 입술도 그저 부럽기만 했다.

나도 이렇게 예쁜 얼굴로 태어났으면 좋았을 텐데. 그러면 나 좋다고 쫓아다니는 남자들이 줄을 섰겠지?

볼 때마다 잘 어울린다는 생각이 드는 그의 옅은 갈색 머리카락 또한 조심스레 만져 보았다. 염색을 해서 뻣뻣할 거라는 예상과 달리 까칠하면서도 부드러운 느낌이 손바닥에 착착 감겨들었다.

"이 녀석은 혹시 전생에 만화 속 주인공이 아니었을라나."

그게 아니라면, 인간이 어쩜 이렇게 완벽할 수 있어. 내가 말해 놓고도 어이가 없어 피식 웃다가 눈을 뜬 그와 시선이 정면으로 마주쳤다.

큰, 큰일 났다! 아무래도 그의 머리카락을 만진 게 실수였나 보다. 아니면 자는 사람 옆에서 혼잣말로 너무 시끄럽게 떠든 탓이거나.

"……뭐야."

갑자기 들려온 그의 목소리에, 정면으로 마주쳐 버린 시선에 몹시 당황한 나는 원맨쇼를 하는 것처럼 그대로 나자빠질 뻔했다. 이준이 빠른 순발력으로 내 손목을 낚아챈 덕분에 뒤로 넘어지는 것만은 면했지만 강한 반동 탓에 상체가 앞으로 쏠렸다.

으아아, 내가 못 살아! 이희연, 넌 왜 애 앞에서 바보 같은 행동만 저지르는 거야?

그와 나의 얼굴은 아주 가까운 거리를 유지하고 있었다. 약간 뜨거운 그의 숨결마저 느껴질 정도였다. 심장이 금방이라도 터질 것처럼 마구 두근거렸다. 그런 내 귓가로 이제 막 일어난

경계의 줄타기는 아찔하다 157

탓인지 끝이 살짝 갈라진, 허스키한 음성이 들려왔다.

"이런 행동은 대체 어떤 의미로 해석해야 되지? 지금 나, 유혹하는 거야?"

자다 일어난 남자의 목소리가 이렇게 섹시할 수 있다는 사실을, 이준 이 녀석을 통해 처음 알았다. 귓가 부근의 솜털이 쭈뼛 곤두서는 것을 느꼈다. 하도 심심해서 잘생긴 얼굴이나 감상하고 있었던 거라고, 그냥 장난스럽게 대꾸하면 되는데 어찌 된 일인지 입술이 얼어붙은 것처럼 떨어지지 않았다.

이렇게 가까운 거리에서 상대방을 마주 보게 되면, 여자들은 본능적으로 안다. 지금 이 남자가 육체적으로 마음이 동했는지 아닌지.

친구라는 이름하에 그와 내가 묶여 있다 해도 우리는 기본적으로 나이 서른을 바라보는 성숙한 성인들이었다. 학생 때와 달리 성에 대한 이야기를 아무렇지도 않게 나눌 수 있고, 마음이 동하면 매력적인 상대와 하룻밤을 보낼 수도 있는 나이.

흔히 남자와 여자는 친구가 될 수 없다고 말한다. 나는 그 말 역시, 이준을 통해 새삼스레 깨닫고 있었다. 마냥 허물없는 친구로 대하기엔 그는 지나치게 자극적인 남자다.

방 안의 공기마저 끈적거리고 무겁게 깔리는 느낌이 들었다. 지금 이 자리를 어떻게든 벗어나야 한다. 그러지 못하면 그동안 소중하게 지켰던 신념을 단번에 깨버릴 것 같았다.

그 순간, 나를 위한 하늘의 도움인지 타이밍 좋게도 인터폰이 울렸다. 둘만 있던 이 공간에 누군가 찾아왔다는 의미였다. 그

소리를 계기로 나는 이준의 곁에서 자연스레 떨어졌다.

"······누가 찾아왔나 봐. 나가 봐야 하지 않아?"

이준이 여전히 나를 뜨거운 눈길로 쳐다보는 것을, 애써 무시했다. 결국, 그는 옅은 한숨을 내쉬며 자리에서 일어나 거실로 비적비적 걸어 나갔다. 나 또한 뒤늦게 뒤따라 나왔다가 그가 인터폰 앞에서 석상처럼 멈춰 있는 모습을 보았다.

도대체 무슨 일이지? 혹시 꿈에서라도 마주치고 싶지 않은 사람이 찾아온 건가.

나는 그의 등 뒤쪽으로 살금살금 다가갔다. 인터폰 화면에 한 중년 여인의 모습이 나타났다.

'어라? 왠지 익숙한 얼굴인데. 맞다! 저 사람, 배우 선화 아냐? 둘이 무슨 관계지?'

— 준아, 엄마를 언제까지 밖에 세워 둘 거니? 적어도 문은 열고 대화해야지. 엄마가 아들 집도 못 찾아와?

중년의 나이에도 불구하고 젊은 여인 같은 음성에 심장이 한 번 놀랐고, 그보다 더 믿기 힘든 내용에 두 번 놀랐다. 엄마와 아들, 한마디로 둘은 모자관계였다. 축 내려앉은 그의 어깨만 보더라도 남들에게는 차마 말 못할 사연이 숨겨져 있음을 눈치 챌 수 있었다.

"그냥 돌아가세요. 더 이상은 할 말 없으니까."

단호하고 냉정하게 끊는 그 말투에는 타인 앞에서 비치지 못할 물기가 어려 있었다.

— 준아! 준아! 너, 나중에 얼마나 후회하려고 그러니. 엄마가

먼저 찾아왔을 때 그냥 못 이기는 척…….

"제발! 이제 그만 좀 하시라고요."

단단한 쇠사슬에 묶인 맹수처럼 소리 지르는 그의 모습이 낯설었다. 내게 그는 항상 여유만만하고 단정했으며 무뚝뚝한 한편 능글맞은 구석도 있는 완벽한 남자였는데, 무언가에 몹시 아파하고 있는 지금은 보통 사람과 별다를 바 없었다. 아니, 오히려 평상시의 모습과 어마어마한 괴리감이 생겨서 더욱 안타깝게 느껴졌다.

이준이 인터폰의 전원을 꺼 버리자 현관문을 두드리는 소리와 한층 뾰족해진 여인의 음성이 직접적으로 들려왔다.

"이준아! 송이준! 너, 정말!"

이 집안 사정을 전혀 모르는 내가 봐도 선화, 그녀의 행동은 다소 비정상적이었다. 뒤돌아선 이준과 어찌할 바 모르며 어정쩡하게 서 있던 나의 시선이 마주쳤다.

잔뜩 긴장해서인지 발이 조금씩 저려 왔다. 어설프게 아는 척, 섣부르게 위로하는 것이야말로 그의 마음에 어떠한 상처를 남기게 될지 몰랐기 때문에 나는 단 한마디도 입 밖으로 내뱉을 수 없었다.

"잠깐, 잠깐만 안에 들어가 있자."

나는 재빨리 고개를 끄덕였고, 내 손목을 다소 강하게 붙잡은 그가 현관 쪽에서 가까운 침실로 성큼성큼 걸어 들어갔다. 그의 심정을 대변하듯 문이 쾅 소리를 내며 닫혔다.

시끄럽고 껄끄러웠던 바깥의 소리가 더는 들리지 않았다. 간혹 들리더라도 멀리 떨어져 있는 길가에서 사람들이 아주 작게 웅성대는 느낌이었다.

"미안해."

침대 위에 힘없이 털썩 주저앉은 그가 고개를 숙인 채 말했다. 나는 무어라 답하면 좋을지 알 수 없었다.

"아, 아냐. 오히려 내가······."

"불편하겠지만 이대로 잠시만 있어 줘. 삼십 분 정도 지나면 제풀에 지쳐서 돌아갈 거야, 아마도."

그리 말하는 이준의 목소리가 퍽 먹먹했다. 짙은 안개에 그가 통째로 집어 삼켜진 기분이었다. 그는 앉아 있고, 나는 뻘쭘하게 서 있고. 어색한 대치 상태가 십여 분 정도 지났을 때, 어느 정도 정신을 수습한 듯한 그가 옆자리를 가리키며 손짓했다.

"다리 아프니까 앉아 있어. 가만히 있을게."

나는 요조숙녀 저리 가라 할 정도로 얌전히 침대 끝에 걸터앉았다. 그와 대화를 나누는 것도, 얼굴을 마주하는 것도 어색했기에 앉으면서 생긴 침대보의 잔주름이나 뚫어져라 쳐다보고 있는데, 이준의 목소리가 들려왔다.

"보통 초등학교 동창은 잘 기억 못하잖아."

"아, 아무래도 그렇지."

"내가 널 비교적 선명하게 기억했던 것은······ 어머니 때문이라 말해도 과언이 아닐 거야, 아마."

뭐야, 그게. 의미를 짐작하기 힘든 그의 말이 일단은 썩 기분 좋게 다가오진 않았다. 제삼자가 봐도 문제가 있어 보이는 어머니 때문에 나를 기억하게 됐다니 그게 말이야, 막걸리야?

"부모님이 갈라선 후 새어머니 될 분이 집에 들어오고……. 나는 어떻게 하면 좋을지 몰랐어. 현명하게 대처하기에는 너무, 어렸거든."

과거를 회상하는 듯 느릿느릿하게, 나지막하게 내뱉는 말이 내게 건네는 이야기인지, 아니면 그의 씁쓸한 혼잣말인지 알 수 없었다. 그저 잠자코 듣고 있었다. 이 상황에서는 그것이 최선의 선택임을 본능적으로 알았다.

"그러다 보니 이 사람, 저 사람 눈치만 살피게 되고 타인의 시선에 내가 어떻게 비춰지고 있을까 고민만 늘었지. 네가 아직까지 기억하고 있는지 모르겠지만, 네게 언젠가 물어본 적 있잖아. 우리 반에서 누가 제일 괜찮다고 생각하는지."

"응. 기억해."

며칠 전 꾼 꿈이 바로 그 장면이었는데 기억 못할 리가 있나. 고개 숙이고 있던 그가 피식 웃는 소리가 들렸다.

"만약 내가 누군가에게 그런 질문을 받았다면, 난 절대…… 너처럼 대답하지 못했을 거야. 그래서 네가 정말 신기했어. 궁금해졌고, 너에 대해서 좀 더 알고 싶었어."

그때의 나는 분명 별생각 없이 그 답을 던졌을 테다. 그게 누군가에게는 상당히 의미 있는 말이 되었고, 내게 관심을 가지는 계기가 되었다니.

'어디서든 제발 말조심, 입조심 하라'고 귀에 못이 박히도록 이야기하던 어머니의 충고가 뼛속 깊이 새겨지려고 했다. 이래서 사람들이 좋은 말은 황금과 같다고 떠드는 거구나.

지나간 시간의 끝에서 그 순간을 돌이켜 보면 그저 웃음만 나왔다. 나 참, 그때는 도대체 무슨 생각, 무슨 배짱으로 그랬던 거지.

"물론, 난 지금도 그렇게 답할 수 없어. 아무런 조건 없이 사랑을 베풀어 주는 가족에게조차 외면받은 내가 괜찮은 사람일 리……."

없잖아. 말에 어린 물기가 더욱 짙어졌다. 나는 아까부터 그가 고개를 푹 숙이고 있는 이유를 어렵지 않게 짐작할 수 있었다.

그만, 그만해! 대체 무슨 소리를 하고 싶은 거야? 순간적으로 그의 멱살을 붙잡고 싶은 충동이 손끝까지 치솟아 올랐다.

나는 그의 갈색 뒤통수를 빤히 쳐다보았다. 그래, 가을. 그는 서늘하면서도 고독한 느낌의 가을과 많이 닮은 남자였다.

있잖아, 솔직히 말할게. 나, 어렸을 적의 일은 잘 기억나지 않아. 네가 귀엽고 예쁘장한 얼굴을 지녔던 남자애라는 사실밖에 안 떠오른다고.

하지만 다시 만난 너는 호텔 화장실 앞에서 추하게 울고 있던 내게 손수건을 건네줄 만큼 자상했고, 말도 안 되는 제안으로 나를 놀라게 할 만큼 능청맞았으며, 언제 어디서 만나도 흐트러짐 없는 모습으로 완벽하게 다가왔지. 나는 네가 생각보다 좋은 사람이고 괜찮은 남자라고 생각해. 그러니까…….

나는 그의 어깨를 가볍게 툭툭 두드렸다. 이준이 고개를 들어 나를 바라보았다. 남자랍시고 차마 떨궈 내지 못한 채 눈가에만

경계의 줄타기는 아찔하다

맺혀 있는 눈물이 퍽 안쓰럽게 느껴졌다.

지금으로부터 딱 6일 전, 이와 비슷한 상황이 존재했다. 그와 나의 입장이 다소 뒤바뀌었다는 점만 제외하면 꽤 흡사하게. 한 사람은 남들에게 비밀로 하고 있는 치부를 들킨 채 울고 있었고, 다른 한 사람은······.

나는 그의 어깨 위에 조심스레 손을 올렸다. 그리고 시스템 종료 1분 전, 점수가 20% 이상 들어가는 과제를 제출하는 사람처럼 다급하게 그의 입술을 덮쳤다.

송이준, 괜찮아. 그러니까 정신 좀 차려.

누군가에게 먼저 키스하는 것은 이번이 처음이기에 그저 입술만 살짝 맞대는 정도에 불과했지만, 내게는 천지가 개벽할 만큼 어마어마한 일이었다.

5. 사랑이란 늪에 빠지다

 며칠간 무리한 탓인지 까칠해진 그의 입술은 따뜻함을 넘어 뜨거웠다. 어쩌면 입술에 덴 자국이 남을지도 모르겠다는 착각이 일었다. 잠깐의 정적 동안 입술은 상대방의 온기에 의해 발갛게 달아올랐다. 입술도 간질간질, 심장도 간질간질한 것이 이제까지의 키스와는 다른 기묘한 기분이었다.
 마주한 그의 눈동자가 놀람과 당황으로 1.5배는 커진 듯했다. 복잡한 감정들이 어지러이 일렁이던 것도 잠시, 마음을 깨끗이 정리한 듯한 그가 적극적으로 키스를 리드해 나가기 시작했다. 이준이 각도를 조금 바꾸며 체중을 실어 오는 바람에 그에게 떠밀린 나는 침대 위에 자연스레 눕게 되었다.
 그가 나의 윗입술, 아랫입술을 한 번씩 가볍게 깨물어 왔다. 마치 어린아이가 장난을 치듯.

개화하는 꽃봉오리처럼 수줍게 벌어진 입술 사이로 이준이 더 깊숙이 침범해 왔다. 뜨겁게 달아오르는 얼굴과 아주 가까이서 느껴지는 그의 숨결, 가빠지는 호흡에 아무런 생각도 할 수 없을 만큼 뇌가 정지해 버렸다.

여기까지는 그동안 해 왔던 키스들과 별다를 바 없었는데. 정말, 아주 정말 조심스럽게 나의 입술을 감싸 오는 그의 입술이, 나의 볼을 매만지는 그의 손끝이 어느 순간 진한 다크 초콜릿처럼 느껴졌다. 입에 막 집어넣었을 때는 별맛을 느끼지 못하다가 반쯤 녹았을 때야 단맛이 사알짝 느껴지는 다크 초콜릿.

사람들이, 이준이, 그래서 키스가 달다고 말한 것일까. 으아아, 모르겠다. 지금은 얼굴 부근이 녹아내릴 것처럼 뜨거워서 무언가를 생각하기 힘들었다.

그동안 물컹하다고 생각해 온 타인의 혀가 윗니 뒤쪽을 살살 건드려 오자 한겨울에 흔히 접할 수 있는 정전기처럼 찌릿한 감각이 느껴졌다. 볼을 쓰다듬던 그의 손이 서서히 밑으로 내려왔다. 심장이 미친 듯이 쿵쾅쿵쾅 뛰어댔다. 뭐지, 이런 상황에서는 대체 어떻게 반응해야 하는 거야?

옷 위라고는 하지만 그의 하얀 손가락이 대한민국 평균 사이즈라 굳게 믿고 있는 가슴 부근을 스치자 소름 돋는 것과 비슷하지만 느낌이 확연히 다른 기묘한 감각이 뒷목에서부터 치고 올라왔다. 아니지, 평균 사이즈보다는 조금 작을까나. 그의 한 손에 가슴이 오롯이 들어가는 걸 보면.

살짝 주무르는 손길이 제법 능숙해 보이는 게 이 자식, 선수인가 보다. 기분이 너무 이상해.

우현과도 이와 비슷한 상황까지 간 적이 있지만, 그때와는 사뭇 다른 느낌이었다. 그때는 흥분 반 두려움 반의 심정이었다면 지금은 긴장과 흥분감 쪽이 더더욱 컸다.

여태까지 고이 지켜 온 신념을 한순간에 버리게 될지도 몰라서 기분이 찜찜했지만, 진짜 애인과의 스킨십보다 더 야릇한 느낌에 어찌하면 좋을지 모르겠다. 친구의 꼬드김에 넘어가 포르노라 해도 무방할 야동을 처음 접했을 때처럼 기분이 싱숭생숭했다.

가느다란 은사(銀絲)를 떨구며 이준의 입술이 천천히 떨어져 나갔다. 시원한 바깥 공기가 유입됐지만 입술에서는 여전히 뜨거운 숨결이 흘러나왔다. 심장이 쿵 내려앉을 정도로 이글이글 타오르는 그의 눈동자가 나를 바라보고 있었다.

"너는…… 나를 자꾸 이상하게 만들어."

"그건 내가 하고 싶은 소리거든."

"희연아."

내 이름이 이렇게 부드러운 어감을 지녔던가. 아니면 누군가 그의 성대에 꿀이라도 발라놓은 것일까.

나는 멍하니 그의 입술만 바라보았다. 조금 전의 키스 탓인지 그의 입술도 조금 부풀어 있는 듯했다. 바알갛게, 그냥 한 번 깨물어 주고 싶을 만큼.

"좋아해. 계약 관계 말고, 우리 진짜 연인 할까?"

"……!"

갑작스러운 그의 고백에 머리가 완전히 멍해졌다. 이준은 누가 봐도 매력적인 남자다. 잘생긴 외모나 능력뿐만 아니라 그의 집안 및 배경도 평범한 사람과는 궤도를 전혀 달리하고 있다. 그리고 난 주아와 우현에게 시달리면서 다시는 이런 특별한 사람들과 얽히지 않겠다고 다짐에 다짐을 거듭해 왔다.

"넌 내게 첫사랑이자 두 번째 사랑이야. 나는 널, 항상 첫 번째로 생각할 수 있어."

내 결심의 성은 모래로 이루어졌는지 파도 같은 이준의 말 한마디에 사정없이 흔들려 버리고 만다.

주아는 태양, 나는 달. 가족을 제외한 주변 사람들은 나와 주아를 곧잘 비교하면서 나보다 예쁘고, 성적도 좋고, 집안도 좋고 여성스러운 성격을 가진 그녀를 더 좋아했다. 그들에게 나는 항상 두 번째였고, 그 탓인지 언제부터인가 나는 내 존재나 가치에 대해 조금씩 회의감을 품게 되었다.

이준은 나의 마음을 정확하게 짚으며 고백해 왔다. 적어도 그에게만큼은 내가 찬란한 태양이 될 수 있을 거라고.

이상하게도 눈물이 찔끔 흘러나왔다. 그의 손가락이 내 눈가를 조심스레 훔쳤다.

"진짜 내 여자가 돼서 신우현에게 엿 먹여 주고, 나도 행복하게 해 줘. 난 네가 보다 아름답고 찬란하게 빛날 수 있도록 지켜 줄 테니까."

뭐야, 이 말은 거의 프러포즈 수준 같은데. 이제껏 사귄 남자들 중에서 이준만큼 제 마음을 간절히 말해 온 이는 단 한 명도 없었다. 그가 누구보다도 좋은 사람이고, 괜찮은 남자라는 사실을 알게 될수록 이후에 다가올 일들이 매우 두려워졌다.

우현에게 일방적인 이별 통보를 받았을 때, 나는 너무너무 힘들었다. 그를 원망하기도 하고, 스스로를 심하게 자책하기도 했다. 그럼에도 불구하고 상처를 어느 정도 극복해낼 수 있었던 것은 나와 그의 관계가 처음부터 떳떳하지 못했다는 사실을 자각하고 있으며, 그들의 결혼식 이후 이준을 만나서 새로운 관계를 정립해 나가는데 정신이 팔렸기 때문이다. 이준은 너무도 빠르게 내 마음을 비집고 들어왔다. 연애계의 LTE급이라 볼 수 있었다.

능글맞으면서도 알게 모르게 자상한 구석이 있는 그와 사귀게 되면, 연애할 때는 아마 죽도록 행복하겠지. 우현처럼 불륜 관계에 놓인 것도 아니니 남들에게 떳떳하게 말하거나 자랑하고 다닐 수도 있고.

하지만 그 이후에는? 나와 이준은 너무도 다른 세계에 살고 있는 사람이라서 언젠가는 서글픈 이별을 맞이하게 될 테다. 그때도 내 심장이 아픔과 절망을 견뎌낼 수 있을까. 내가 조금 아파하고 앓는 것으로 끝낼 수 있을까. 나는 그 점을 도저히 확신할 수 없었다.

"희연아."

이준이 다시 한 번 내 이름을 불렀다. 나는 가까스로 입을 열어 대꾸할 수 있었다.

"난…… 네게 부족해."

"전혀. 아까 우리 어머니 봤지? 난 그런 사람의 자식이고, 가족에게조차 외면당한 사람이야. 오히려 내가 부족해서…… 이 말을 꺼내기까지 많은 시간이 걸렸어. 하지만 포기할 수도 없었어. 네가 너무 갖고 싶었으니까. 내 옆에 두고 싶어서 미칠 지경이었으니까. 좋아해, 이희연."

나는 대답 대신 고개를 살짝 들어 그의 입술을 다시 한 번 훔쳤다. 이렇게까지 말하는데, 정말이지 어쩔 수 없잖아. 나중 일은 나중에 생각하겠어. 후회도 나중으로 미뤄두겠어. 나는 내 빛을 태양으로 만들어 주겠다는 그의 말을 믿고 다시 한 번, 사랑이라는 이름의 늪에 빠져 보기로 했다.

내가 언제부터 이렇게 적극적인 성격이 되었더라? 외간 남자의 입술을 두 번이나 먼저 훔치다니!

첫 번째 키스처럼 두 번째 키스도 시작은 내가 했건만, 리드는 이준이 해 나갔다. 당황해하면서도 금방 중심을 잡고 몰입하는 게, 아무리 봐도 선수 같아.

이준의 키스에서는 따뜻함을 넘어 양 볼이 녹아내릴 것 같은 뜨거움이 느껴졌다. 때문에 이런 쪽에 별 관심 없는 나조차 덩달아 달아오르게 되는 것 같다.

아, 그런데 잠깐만. 나, 호흡이 슬슬 곤란해지고 있어.

그의 탄탄한 가슴팍을 한두 번 가볍게 두드리자 이준이 천천히 떨어져 나갔다. 아쉽다는 듯 살짝 부푼 입술을 핥는 그의 모습이 꽤 선정적이었다.

우리나라 잡지사들은 눈이 죄다 삐었나. 이런 놈을 표지 모델로 쾅 박아 넣으면 판매량이 수직 상승할 텐데. 왜, 그걸 몰라.

"······긍정의 의미로 받아들여도 되겠지?"

"연애 한 번 못해 본 초짜처럼 왜 그래. 아마추어같이."

얼마 전, 이준이 문자로 보냈던 말을 그대로 되돌려 주자 잘난 그의 미간이 살며시 찌푸려졌다. 그 모습조차 잘생겨 보이는 것은 원판의 위대함일까, 아니면 내 눈에 이제 막 장착된 콩깍지 때문일까.

"너무 쉽게 풀리니까 이거, 꿈처럼 느껴지는데."

"그럼 정신 차리게 볼 한 번 꼬집어 줄까."

장난삼아 던진 말에 의외로 순순히 고개를 끄덕이는 그의 모습이 사랑스러웠다. 때문에 약간의 힘을 실어 이준의 말랑말랑한 볼을 잡아당겼다.

"아."

"현실적인 느낌이 팍팍 나지?"

"네가 평소 가진 감정이 느껴진다, 감정이."

시선을 똑바로 마주한 우리는 누가 먼저라 할 것도 없이, 그냥 웃어 버렸다. 이준이 자리에서 일어났다.

"나가자. 좀 일찍 나가서 저녁도 먹고, 노래방도 가고."

"진짜 조금 잤는데 괜찮겠어?"

"지금은 나가는 편이 더 나아."

묘한 미소를 띤 그가 내 귓가에 작게 속삭여 왔다.

"이제는 진짜 연인이겠다, 유일무이한 브레이크가 없어진 거거든. 여기서 더 있다가 무슨 일 생기면, 난 정말 몰라."

귀 부분이 간질간질하면서 확 뜨거워졌다. 아오, 이 자식이 정말! 내가 가자미 같은 눈으로 흘겨보자 그가 피식 웃으면서 방문을 열고 나갔다.

그의 어머니, 선화는 진즉에 사라진 듯 거실과 바깥이 매우 고요했다. 참 다행이었다. 만약 그녀가 아직까지 있었다면, 상처받고 힘들어하는 이준의 모습을 다시 보게 됐을 테니까.

조금 전 흘린 눈물 자국을 감추려는 요량인지 그가 씻고 오겠다며 욕실로 들어갔다. 작게 울려 퍼지는 물소리를 들으며 나는 SNS 프로필을 화사하게 바꾸었다. 연애 초보자가 연애하는 티를 팍팍 내듯이.

* * *

여유롭지만 그만큼 무료한 시간들이 흘러갔다. 하루가 가고, 이틀이 가고. 그런 식으로 오 일이 지나갔다. 대체 무슨 생각으로 일주일이라는 여행 기간을 설정했는지 모르겠다고 우현은 생각했다.

하와이에서는 생각보다 할 게 없었다. 주아는 수영이라도 하겠다면서 호텔 내 야외 수영장으로 향했지만, 우현은 한잔하고 싶다는 핑계로 옥상 정원의 벤치에 앉아 맥주를 마셔댔다.

햇빛 좋고 바람 좋고, 몸도 편하고 여유로운데. 마음 한구석이 왜 이리 불편할까. 자유롭게 지내 오던 그에게 이제 결혼이라는 빼도 박도 못할 족쇄가 채워졌다 생각하니 몹시도 갑갑해져서일까.

"아, 짜증 난다."

신혼의 달콤함에 한창 취해 있을 새신랑이 할 만한 소리가 아니었지만, 우현의 입에서 내뱉어지는 말에는 망설임이 전혀 없었다. 며칠 전부터, 아니 정확히 말하자면 주아와 첫날밤을 보내던 순간부터 그의 뇌리를 빙빙 맴도는 인물이 하나 있어서 그런지 마음이 상당히 심란했다.

이희연. 그저 가볍게 만나는 연애 상대였기 때문에 결혼을 앞두고서 깔끔하게 정리한 여자. 그런 여자가 어째서 눈에 자꾸 밟히는지 모를 일이다. 신혼여행을 온 지 삼 일째 되는 밤에는 저도 모르게 주아를 안으면서 희연을 안는 상상을 했으니 말 다 하지 않았는가.

헤어지기 무섭게 제 친구인 이준과 사귄다는 소식을 접해서일까. 우현의 자존심상 이준에게 메시지를 보내 전후 사정을 물어보지는 못했다. 하지만 이상하게도 제 결혼식장에서 그 둘이 키스하던 모습을 떠올리면 떠올릴수록 마음 한구석이 싸해지면서 이유 모를 분노가 은은하게 들끓어 올랐다.

'생각보다 정이 더 많이 든 건가, 그 여자에게.'

우현은 남은 맥주를 입에 톡 털어 넣었다. 하와이는 차갑게 보관한 맥주의 떫고 쌉싸름한 맛을 즐기기에 딱 좋은 날씨였다. 그는 벌써 세 캔 째 내용물을 비워 내고 있었다.

'그러고 보니 희연은 내게 키스 이상은 좀처럼 허용하지 않는

여자였는데, 이준과는 과연…… 잤을까?'

 아니, 아닐 거야. 사리분별이 의외로 뛰어난 여자니까 이준 앞에서도 뺄 건 다 뺐겠지. 현대 사회에서도 신분 차이는 눈에 보이지 않을 뿐 여전히 존재했고, 그 차이를 잘 아는 희연이 결혼하지도 못할 이준에게 몸을 내줬을 리 없었다. 그리 생각하자 조금 안심되었다.

 '어차피 이준과도 연애만 잠깐 하다 말겠지. 그놈도 미치지 않고서는 희연을 택할 리 없으니까.'

 이준 또한 언젠가는 그처럼 집안에서 정해 준 여자와 결혼할 테다. 여태까지 누려 오던 풍족한 생활, 남부러울 것 없는 집안을 버리고 뛰쳐나오지 않는 이상 그리될 수밖에 없었다. 그렇다면 희연은 다시 한 번 버려지겠지.

 가만 생각해 보니 이 여자, 바보 아냐? 이왕 누군가를 사귄다면 평범한 집안의 괜찮은 남자나 골라서 사귈 것이지, 왜 하필이면 저와 비슷한 남자를 골라.

 "아, 맥주 한 번 더럽게 맛없네."

 여태까지 실컷 잘 마셔 놓고 괜스레 불평을 내뱉으며 우현은 핸드폰을 확인했다. 몇십 개씩 쌓인 SNS메시지 중 중요한 사람에게만 대충 답을 해 주고 있는데, 이런저런 이유로 지우지 않아서 친구 목록에 남아 있던 희연의 달라진 프로필이 눈에 띄었다.

 [다크 초콜릿 같은 너]

그녀의 프로필 사진도 하트 모양의 초콜릿이 가득 담겨 있는 달달한 사진으로 바뀌었다. 희연에게 이준은 다크 초콜릿 같다는 의미일까. 생각보다 이준을 많이 좋아하고 잘 지내는 것 같다는 생각에 우현의 기분이 바닥을 치기 시작했다. 하지만 우현은 그 이유를 아직 정확하게 인지하지는 못했다.

그 시각, 수영을 가볍게 즐기고 샤워까지 마친 주아 역시 시원한 과일에이드 한 잔을 마시며 핸드폰을 만지작거리고 있었다. SNS에 등록된 수많은 친구들 중에서도 삽시간에 달라진 희연의 프로필이 그녀의 시선을 강하게 사로잡았다.

"생각보다 둘이 잘되어 가고 있나 보네? 신기하다."

주아는 궁금했다. 솔직히 말해 그녀의 남편보다 잘났으면 잘났지 결코 부족하지는 않은 남자, 이준이 어째서 희연 같은 여자와 사귀고 있는 것인지.

친구인 희연은 예쁘장한 얼굴에 꽤 괜찮은 능력을 지니고 있지만, 그뿐이었다. 뭇 남성들을 단번에 홀릴 수 있을 만큼 빼어나게 아름다운 얼굴을 지닌 것도 아니었고 이성에게 강렬히 섹스어필되는 타입도 아니었다. 또한 그녀의 집안도 평범하면 평범했지, 결코 잘나거나 특별하지 않았다. 이것저것 다 따져 봐도 이준은 희연에게 너무 과분한 상대다.

"이 남자가 부모님이 만들어 주신 선 자리에 순순히 응했다면, 지금쯤 내 남편이 됐을지도 모르는데. 안타깝네."

어차피 주아에게는 우현이든 이준이든 모두 똑같았다. 다만 세간이 측정하는 그들의 스펙은 다소 달랐다. 둘 다 마음을 진솔하게 주고받을 수 없는 상대라는 점은 같으니 '이왕이면 다홍치마'라는 말처럼 스펙이나 조건이 조금이라도 더 좋은 쪽이 낫지 않은가.

하지만 이준은 이것저것 핑계를 대며 그에게 쏟아지는 모든 선 자리를 거부해 왔고, 주아는 그를 만나 볼 기회도 없이 집안 어른들의 뜻에 따라 우현과 결혼하게 됐다. 외모 빼고 집안 빼면 별것 아니면서 괜히 비싼 척 도도하게 구는 이준과 마찬가지로 별것 아니면서 태연한 척, 괜찮은 척하는 희연의 모습이 얼핏 겹쳐 보여 조금은 고깝게 느껴졌다.

"돌아가서 식사라도 함께 하게 되면, 둘이 얼마나 안 어울리는 커플인지 조금 가르쳐 줘 볼까? 어차피 나중에 버림받고 상처받을 희연이를 위해서라도 그편이 더 좋을 테고."

그리 중얼거린 주아가 남은 에이드를 들이켰다. 그 끝 맛이 평소보다 조금 더 단 느낌이었다.

* * *

한 시간 전의 나와 지금의 나는 똑같은 여자인데. 한 시간 전의 이준과 지금의 그 또한 같은 남자인데. 고백과 '연인'이라는 단어에 생각보다 많은 것이 달라질 줄이야.

타인에게 들킬까 봐 전전긍긍하지 않아도 되고, 헤어지기 전까지는 마음껏 사랑할 수 있는 건전한 애인이 생겼다는 사실이 사람 마음을 왜 이리 들뜨게 하는지. 나도 모르게 입가에 자꾸만 그려지는 미소를 어찌하면 좋을지 모르겠다.

지나간 내 연애사를 찬찬히 살펴보자면 보통은 고백을 받은 후 열렬한 사랑에 빠지기까지 시간이 다소 걸리는 편이었다. 하지만 송이준 이 녀석은 워낙 특이한 놈이라서 그런지, 매력이 넘치는 놈이라서 그런지 고백과 사랑이 동시에 성립된 느낌이었다. 여러 가지 이유로 기분이 참 묘하다.

해가 지면서 다소 서늘해진 거리를 둘이 찰싹 붙어서 걸었다. 잠깐 망설이던 이준이 매가 병아리를 낚아채듯 손을 꽉 잡아 오자 마음이 은근히 설렜다. 어색해하면서, 수줍어하면서 할 건 다 하는 너. 나도 그의 손을 꽉 붙잡았다.

"저녁, 뭐 먹고 싶은데?"

"왜, 연인된 기념으로 쏘시게?"

"못 쏠 것도 없지."

여유롭게 대꾸하는 그의 모습에 없던 장난기가 그득 돌았다. 이 남자, 매운 것 잘 먹으려나? 왠지 싫어할 듯한 필이 오는데.

"아주 매운……."

아주 매운 짬뽕을 먹으러 가자고 말할 생각이었는데, 파리해진 그의 옆얼굴을 본 순간 쓸데없는 장난은 치지 말아야겠다는 생각이 들었다.

"어?"

"입 안도 깔깔한데, 죽이나 먹자!"

나는 요리를 정말 못 하는 여자다. 하지만 며칠간 무리한 탓에 속이 망가진 그가 죽을 먹도록 자연스레 유도할 순 있었다. 이를테면, 난 네게 죽을 만들어 줄 수는 없지만 네가 죽을 먹도록 만들어 줄 순 있어! 랄까.

"죽을 먹자니, 어디 아파?"

그 말을 듣자마자 이준이 놀라서 내 얼굴을 살펴댔다. 나는 아무렇지도 않다는 듯 입가에 미소를 띤 채 고개를 저었다.

"입맛이 좀 없어서 부드럽고 담백한 게 좋을 것 같거든."

"그러자, 그럼."

선뜻 대답하는 녀석의 모습이 예뻤다. 그래, 애인 말을 잘 들으면 자다가도 떡이 생긴다고, 넌 좋은 선택 한 거야.

사실, 나는 죽을 썩 좋아하는 편이 아니다. 지금은 많이 건강해졌지만, 어렸을 때는 굉장히 허약했고 잔병치레도 자주 해서 흰 죽을 입에 달고 살다시피 했기 때문에 죽이라면 학을 뗄 정도로 질렸다.

어떤 사람은 죽을 별미라고 표현하지만, 내게 죽이란 그 안에 뭘 집어넣든지 아플 때나 먹는 음식이다. 하지만 애인을 위해서라면 굳이 아플 때가 아니더라도 한 번쯤 먹어주는 센스 정돈 겸비하고 있지.

이준에게 저녁으로 죽 한 그릇을 먹이고 나니 마음이 조금이나마 가벼워졌다. 우리는 근처 편의점에서 음료수를 산 후 노래방으로 향했다. 안으로 들어서자마자 시끄러운 음악 소리와 목청껏 지르는 음성들이 귓가가 따가울 정도로 와 닿았다.

"여기 오자고 한 사람부터 한 곡 뽑아야지."

이준이 그리 말하며 두꺼운 노래 책자를 건네주었다. 나는 음료수 캔을 따서 조금씩 들이키며 책자를 휙휙 넘겨댔다. 대체 뭘 불러야 내 차례를 적당히 넘길 수 있을지 고민하면서.

나는 과거에 잘나가는 드라마 OST로 이름을 떨친 바 있는 지니의 '자유로와'를 선택해서 불렀다. 고음을 낼 필요도 없이 그간 쌓인 스트레스를 풀어 주겠다는 마음가짐으로 시원시원하게 부르기 좋은 곡이었다. 다리를 꼬고 앉은 이준이 심사 위원처럼 건방진 포즈로 내가 노래 부르는 모습을 지켜보고 있었다.

열창 끝에 나온 점수는 75점. 요새 노래방에 발걸음이 뜸했더니 실력이 많이 죽은 모양이었다.

"처음이라 목이 안 풀려서 그런가."

변명처럼 작게 중얼거린 나의 말에 이준의 입꼬리가 비웃듯 비죽 올라갔다. 그래, 네놈은 얼마나 잘 부르는지 어디 한 번 두고 보자.

책자를 뒤적이던 그가 선택한 곡은 신인 그룹 MAX의 노래였다. 곡명은 '너에게'. 이준에게 어울릴 듯 어울리지 않은, 다소 캐주얼한 느낌의 발라드였다.

있잖아, 길을 걷다가 문득 생각이 났어.
봄의 햇살보다 밝았던 네가.
눈을 감고 그 시간으로 되돌아가면
환하게 웃고 있는 네 모습이 보여.

기억나, 따스하고 나른한 어느 오후
창가를 바라보고 있던 네가.
눈을 감고 그 시간으로 되돌아가면
꽁꽁 감춰 두었던 마음 꺼낼 수 있을까.

이제는 지나가 버린 시간의 끝에서
너에게 꼭 하고 싶은 말이 있었어.
솜사탕보다 부드럽고
햇살을 닮은 그 웃음이 좋았어.
이 세상 그 누구보다
네가 사랑스러워 견딜 수 없었어.

미안해, 용기가 없던 난
널 좋아한다고 말할 수 없었어.
미안해, 바보 같았던 난
널 사랑한다고 말할 수 없었어.
지나가 버린 시간의 끝에서
이제야 외치고 있어.
너무 늦게.

이준은 평소처럼 무표정한 얼굴로 노래를 불렀지만, 뜨겁게 타오르는 그의 시선만큼은 내게 고정되어 있었다. 그리 유명하지 않은 신인 그룹의 노래기에 상당히 낯선 가락들이 귓가를 맴돌았다. 하지만 이 곡이 생각보다 낯설지 않게 느껴지는 것은 너와 나, 우리의 상황과 어딘지 모르게 닮은 가사 때문이겠지.

드라마나 영화에서 남자 주인공 혹은 서브 남주가 여자 주인공에게 제 심정과 비슷한 가사의 노래를 불러 주는 모습을 보면서 멋있긴 해도 오글거린다고 생각하던 게 바로 엊그제 일 같은데, 내가 실제로 그 입장이 되어 보다니……. 역시 세상은 오래 살고 볼 일이다.

노래를 부른 사람도, 듣는 사람도 묘한 여운에 잠겨서 룸 안에 침묵이 내려앉은 것도 잠시. 나의 열창보다 낮게 나온 70점이라는 점수를 보자마자 웃음이 팡 터져 버렸다.

"와아, 대단하다."

전혀 예측하지 못한 결과에 인상을 찌푸리던 이준 또한 그냥 피식 웃어 버렸다.

"기계가 고장 났나 보네."

목이 안 풀렸다는 핑계보다 더한 말을 중얼거리면서.

"그래도 내겐 100점짜리 노래인걸."

립 서비스처럼 던진 말에 하얀 얼굴이 다소 붉어지는 모습을 보는 게 즐거웠다. 기계가 무어라 판단을 내렸건, 내게는 한없이 감미롭고 아름다운 목소리로 들렸으니 괜찮다. 아마도 오늘 이후, 누군가 내게 가장 좋아하는 노래를 한 곡 말하라면 MAX의 '너에게'를 선택하지 않을까.

"아, 그리고 너무 늦은 거 아니니까 걱정하지 마."

그 말이 끝나자마자 아주 능숙한 태도로 입술을 덮쳐오는 녀석 때문에 노래에 계속 집중할 수가 없었다.

"……여우 같아, 꼬리 아홉 개 달린 구미호."

입술을 뗀 이준이 쓸데없는 소리를 지껄이기에 평소 현모양처 뺨치도록 얌전했던 내가 소소한 폭력을 휘두를 수밖에 없었다.

"구미호 같은 소리 하고 있네, 이 변태!"

"아까는 그쪽에서 두 번이나 먼저 시작했다? 난 이제 겨우 한 번."

어허, 그러면서 입술 핥지 마. 유혹하지 마.

웃지도 울지도 못하는 기묘한 표정으로 그를 바라보면서 인상을 찌푸렸다. 가볍게 한 대 때리면 기억까지 깨끗이 지워 주는 몽둥이가 어디 없으려나.

짧지만 여러 면에서 참 인상 깊었던 노래방 데이트가 끝나고 이준이 나를 집까지 바래다주었다.

"……큰일 났어."

"뭐가?"

"너 때문에 입술 완전 부은 것 같아! 엄마한테 들키면 어떡해?"

"어쩌긴. 어린애도 아니고, 연애한다고 사실대로 말하면 되지."

그래, 이제는 예전처럼 타인에게 꽁꽁 숨기는 연애를 하는 것도 아니니 상관없는데, '나 연애한다.'고 동네방네 떠들고 다니는 것은 왠지 모르게 부끄럽잖아!

뻔뻔스럽게 대꾸하는 이준의 얼굴을 빤히 쳐다보고 있자니 얄밉기도 하고 사랑스럽기도 한 것이 아, 내 마음을 나도 잘 모르겠다. 나이 서른이 다 되어도 사람의 감정이란, 그중에서도 특히 사랑이란 감정은 복잡할뿐더러 다루기도 무진장 어려웠다.
"집에 도착하면 도착했다고 문자 해!"
조금씩 멀어져 가는 이준의 뒤통수에 대고 소리치자 그가 말 잘 듣는 강아지처럼 고개를 끄덕이는 모습이 보였다. 그래, 네가 가는 길이 이토록 걱정되는 걸 보니 내가 풍당 뛰어든 사랑이란 늪이 생각보다 크고 깊은가 보다.

다행히도 드라마를 보고 있던 우리 엄마는 딸의 입술 상태에 별다른 신경을 기울이지 않았다. 씻고 나서 핸드폰을 살펴보니 평소에는 얌전하던 SNS에 메시지가 여러 개 도착해 있었다. 특별한 표시 없이도 이준과의 대화방은 눈에 확 띄었다. 누군가 하이라이트라도 쫙 그어놓은 것처럼.

[구미호! 나, 집에 잘 도착했으니 걱정 붙들어 매.]
[아까부터 나를 왜 자꾸 구미호라 부르는데!]
[사람을 잘 홀리니까? 나도 확 홀려 버리고. 나 홀리는 것까진 괜찮은데, 다른 사람 앞에서는 자제 좀 부탁할게.]

이게, 이게 못 하는 말이 없어. 욕인지 칭찬인지 모를 그의 말에 빠른 손놀림으로 답장을 보내는 내 표정이 미묘하게 일그러져 갔다.

[너도 곧 멋진 별칭 하나 만들어 줄 테니 각오해.]

[응, 기대할게.]

관계는 연인으로 한 단계 업그레이드되었을망정 문자는 여전히, 만나기만 하면 투닥거리는 친구 같은 내용에서 벗어나지 못하고 있는 그와 나. 하긴, 이런 게 친구에서 시작된 연인 관계의 장점이려나. 연인인 듯 연인 아닌 연인 같은 너. 그저 달달하기만 했으면 우리 둘 다 닭이 되어 멀리멀리 날아갔을지도 모르지, 처음부터.

이준과 SNS를 주고받으면서 시간 가는 줄 모르고 침대에 누워 있는데, 그리 반갑지 않은 이로부터 메시지가 도착했다.

[여긴 시설도 괜찮고 날씨도 맑고 다 좋은데, 너무 무료해!]

그 문자를 보는 순간, 가슴 한구석이 답답해져 왔다. 그녀의 약혼자인 우현과 바람을 피웠던 내가 할 소리는 아니지만, 깨가 쏟아지고 시간 가는 줄 모를 신혼에 지루함을 느끼는 신부라니. 이준과 이제 막 사귀기 시작한 나의 경우, 그와 함께 있을 때는 시간이 빨리빨리 지나가던데. 개인적으로 그녀가 무척 안타깝게 느껴졌다.

그러고 보니 주아는 이전부터 '무료해', '지루해' 등의 말을 입에 달고 살았다. 외모, 능력, 배경 등 모든 것을 완벽하게 갖추고 있는 그녀에겐 매 순간 치열해질 이유도, 적당한 자극거리도 없어서일까. 아니면 혹시 우현과의 사이에 무슨 문제라도 생긴 것일까. 조금이나마 남아 있는 일말의 양심 때문인지 나는 주아를 꺼림칙하게 여기는 것과는 별개로 그녀의 결혼 생활이 행복하기를 바랐다. 어차피 우현도 나보다는 그녀를 더 사랑했으니 결혼을 결심했겠지.

 둘이 잘 먹고 잘 산다 해서 내가 저지른 잘못이 영영 사라지는 것은 아니다. 나는 주아에게 평생 일말의 죄책감을 지니고 살아가겠지만 이미 이루어진 그들의 가정이 불행해지지 않기를 바랐다. 적어도 그 마음만큼은 진심이었다.

 [그이와 휴양 왔다고 생각해. 막상 서울로 돌아오면, 여유로웠던 그곳 생각이 간절할걸?]

 [그거야 그렇지만. 참, 다음 주 수요일쯤 시간 괜찮아? 일요일 저녁에 한국 돌아오면, 시댁에 인사 잠깐 다녀오고 나서 그때쯤 짬이 날 것 같거든. 너랑 이준 씨랑 넷이서 얼굴 한 번 봐야지.]

 [난 괜찮은데, 걘 시간이 어떨지 잘 모르겠네. 물어보고 나서 연락 줄게.]

 [그래~ 이따 연락해. 난 우현이가 불러서 이만. 굿나잇!]

 그래도 마지막 문장을 보니 우현과 주아가 그럭저럭 잘 지내고 있는 것 같아서 안도의 한숨이 흘러나왔다.

 그들과의 만남. 두렵지만, 언젠가 한 번은 부딪혀야 할 일이었다. 핸드폰을 내려놓고 두 손을 똑바로 모은 채 드러누운 나는 앞으로의 일을 감히 예상해 보았다.

'……괜찮을까? 괜찮겠지? 그래, 이준도 옆에 있어 줄 텐데.'

이준은 잔뜩 비틀린 내 모습을 똑바로 마주하고서도 괜찮다며, 그런 내 모습마저도 포용한 채 좋아한다며 고백해 온 이였다. 내 인생에서 이런 남자는 아마 두 번 다시 만날 수 없겠지. 그의 모습을 떠올리자 잔뜩 경직된 몸과 마음이 조금이나마 풀어졌다.

'내일 이준을 만나서 그들과 만나는 게 두렵다고, 당혹스럽다고 징징거리면 핀잔 좀 주면서도 토닥토닥 해 주겠지?'

나를 위해 주고 좋아해 주는 진짜 애인이 생기니까 이렇게 생각하는 것도 가능해진 거다. 그 사실 하나만으로도 오늘의 나는 분명히 어제의 나보다 훨씬 더 나아지고 행복해졌다. 내일의 나는 오늘의 나보다 한 발자국 더 나아질 거야. 그리 믿고, 편안한 마음으로 잠들기 위해 노력했다.

* * *

나도, 이준도 주말이니까 푹 자고 난 후 어느 한적한 카페에서 느긋하게 만났다. 나처럼 쓰디쓴 아메리카노를 홀짝홀짝 들이키던 그가 조심스레 물어 왔다.

"넌 뭐가 더 싫은 거야? 네 스트레스의 주원인인 주아를 만나는 게 힘든 거야, 아니면 그 옆의 우현을 마주해야 한다는 사실이 더 힘든 거야?"

"둘 다……이지 않을까. 사실, 다음 주 수요일이 이대로 영영 안 왔으면 좋겠어."

"주아와 앞으로 계속 만날 거야?"

"아아니! 가능하다면 아무렇지 않게, 최대한 빨리 멀어지고 싶어."

"……그럼 신우현에게 아직 미련이 남았어?"

"네버, 그건 절대 아냐!"

인상을 잔뜩 찌푸리며 고개까지 적극적으로 휙휙 내젓자 미묘하게 안심한 표정을 지어 보이는 이준의 모습이 꽤 귀여웠다. 너 이 자식, 누나가 걔한테 아직 미련이 남았다고 말할까 봐 두려웠구나? 그렇구나?

햇빛이 잘게 부서지고 있는 이준의 갈색 머리카락은 금발 못지않게 아름답게 빛나고 있었다.

"그럼 답은 분명하게 나왔네. 다음 주에 우리 잘 먹고 잘 사는 모습 확실하게 보여 주고 걔네들 더 이상 만나지 마. 앞으로 그 여자가 약속 잡아서 만나자고 하면 바쁘다고 핑계 대. 데이트 있다는 핑계도 좋겠네. 이준이라는 녀석이 생각보다 훨씬 더 또라이 같고 집착과 소유욕이 장난 아니어서 이성이든 동성이든 네가 다른 사람 만나는 꼴을 절대 못 본다고 말해."

뭐, 뭐지, 이 녀석? 방금 본인의 성격과 관련해서 진실된 이야기가 마구 쏟아져 나온 듯한 기분이 드는데? 그가 조금 전 내뱉은 말, 되감기 기능으로 다시 한 번 찬찬히 들어 봐야 하는 거 아냐?

"네가 여자들 세계를 잘 몰라서 그러는데, 주아와의 관계가 험악하게 틀어지면 내 학창 시절 인맥이 싹 날아가게 되거든?"

 농담인 듯 진담 같은 그의 말에 피식 웃은 것도 잠시, 나의 입술에서는 곧 짙은 한숨이 쏟아져 나왔다. 그래, 내 삶의 에너지 도둑인 주아를 무시하고 되도록 그녀와 엮이지 않은 채 살아가고 싶어도 주변 상황을 이것저것 따져 보면 포기해야 하는 것들이 너무도 많아지니까 그녀의 손을 냉정히 뿌리치기 힘들었다.

 나와 주아를 동시에 알고 있던 친구들, 선생님들, 온갖 지인들 사이에서 나는 순식간에 나쁜 년으로 둔갑하게 될 테고 그들과의 사이마저 서먹해질 것까지 각오해야만 했다. 주아와의 관계를 정리하는 일은 마치 도미노처럼 나의 인간관계 전반에 어마어마한 연쇄 작용을 일으킬 것이 분명했다.

 투정과 고뇌, 한숨 섞인 내 말을 가만히 듣고 있던 이준이 단호하게 말했다. 평상시처럼 그리 낮지도 높지도 않은 목소리였건만, 거기에는 잘 벼린 칼날 같은 서늘함이 깃들어 있었다.

 "그 정도로 관계가 틀어질 사람들이라면, 앞으로 네 인생에서 영영 필요 없어. 지금 주아와 함께 정리해 버리는 편이 나아."

6. 흔들린다 말하는 남자

 맞다. 이준의 말이 논리적으로, 이성적으로 살펴보면 백 번 옳은 소리라는 것을 잘 아는데 현실은 그리 쉽지도, 녹록하지도 않았다.
 "이대로 지내면 네가 힘들어져. 스트레스는 스트레스대로 받고 에너지는 에너지대로 뺏기고, 너는 걔를 미워하게 되는 악순환의 고리가 반복될 뿐이야."
 그게 내뱉어지는 말처럼 간단하고 명료한 일이라면 얼마나 좋을까. 감정이 복받쳐서인지 눈가에 눈물이 아슬아슬하게 고여 왔다. 커피 잔을 잡고 있는, 떨리는 손등 위로 이준의 단단한 손바닥이 천천히 겹쳐졌다.
 "두려운 거 알아. 힘든 것도 알아. 나도 그렇게 해 봐서 아니까 네게 방법을 제시할 수는 있어도 반드시 그리하라고 강요는 안 해. 아니, 못 해."

"······정말 잘라냈어?"

"온전히는 못 잘라냈어. 그래서 어제 찾아온 걸, 그냥 바라만 봤잖아."

나는 하얀 머그컵에서 시선을 떼고 그를 바라보았다. 이준이 말하는 사람이 누구인지 알 것 같았다. 처음에는 그가 남의 사정도 모르고 속 편하게 말하는구나 싶어 다소 서운했던 마음이 어느 순간부터 조금씩 아려 왔다. 내가 잘라내야 하는 건 연을 끊으면 그만인 타인이지만, 그가 잘라내야 했던 건 연을 잇고 살아도, 끊고 살아도 고통스러운 가족이었다.

"나는······."

네 상처까지 헤집어 놓을 생각은 없었어. 그 말을 꺼내기도 전에 이준이 이야기를 마저 이어 나갔다.

"네가 겁이 나고 두려워서 당분간 주아와 지금의 관계를 유지할 수밖에 없더라도 네가 무너지지 않도록 뒤에서 받쳐 줄게. 걱정 마. 나, 그 정도 능력은 충분히 있으······."

"아씨, 이 바보야! 지금 누가 누구를 걱정하는 거야!"

이준의 말을 끝까지 들어 보지도 않고 서럽다고 생각한 몇 분 전의 내가 부끄럽기도 하고, 바보 같을 정도로 맹목적인 그의 말에 화가 나기도 해서 나는 옆에 놓여 있던 두툼한 하늘색 방석을 치켜들고 그의 머리와 어깨를 마구 때려 주었다. 예상치 못한 돌발 행동이라서 그런지 처음에는 얌전히 몇 대 맞아 주다가 나중에는 방석을 손으로 휙 잡아채는 그의 모습이 어딘지 모르게 얄밉기도 하고, 안쓰럽기도 해서 정말로 울고 싶었다.

"야, 여자들은 보통 이렇게 말해 주면 좋아하는 거 아냐? 자기편 확실하게 들어주기를 원하잖아."

"내가 보통이 아니라서 그런다, 이 웬수야!"

"본인이 보통은 아니라는 자각을 갖고 있다니, 훌륭하네."

"뭐래, 이 변태가."

"그 변태 소리, 정말 자주 하는 거 알아? 진짜 변태가 뭔지 보여 줘?"

어느 순간, 옆으로 쓰윽 다가온 녀석을 보자 머릿속에서 위험하다는 빨간 경보가 울리기 시작했다. 안 돼, 이 자식아! 이번엔 대체 뭔 짓을 하려는 거야? 여기는 카페고, 주변에 다른 사람들도 많고…….

"도대체 뭘 생각하고 있길래 얼굴이 그리 붉어지실까."

이준이 악마처럼 귓가에 달짝지근한 숨결을 불어 넣으며 나긋나긋하게 속삭여 왔다. 아씨, 내가 메뉴 선택을 정말 잘못했다. 커피와 곁들이는 사이드 메뉴로 초콜릿 따위를 시키는 게 아니라 케이크 같은 것을 시켜서 날카로운 포크가 딸려 나오면 그걸로 이 자식 허벅지를 인정사정없이 찔렀어야 했는데!

"야, 비, 비켜! 나, 물 가지러 갈 거야."

"그래. 재주껏 가지러 가 봐."

내 옆에 찰싹 들러붙어서는 뒤쪽으로 슬그머니 손을 뻗어 어디로도 도망 못 가게 허리를 단단히 붙잡고 있는 녀석. 이거, 손등을 콱 꼬집을 수도 없고.

흔들린다 말하는 남자 191

"사람 몸의 70%가 수분으로 구성되어 있는데, 물은 먹게 해 줘야지!"

"내가 뭐, 못 마시게 했나."

"……변태라는 말 취소."

"아니, 듣다 보니 그것도 나름 정겹고 괜찮은 거 같아. 근데 사람이 이름대로, 별칭대로 행동해야 일관성이 있어 보이잖아?"

"그런 개소리는 태어나서 단 한 번도 못 들어 봤거든!"

아, 항상 이런 식이야. 머릿속이 암울한 생각으로 가득 차서 죽을 지경일 때마다 이 자식과 얽히게 되면 신경이 온통 녀석에게로 쏠리게 돼서 다른 생각을 할 틈이 사라져 버린다. 이걸 좋다고 표현해야 할지, 아니면 나쁘다고 말해야 할지.

결국 이따 헤어질 때, 내 쪽에서 먼저 작별 키스를 건네기로 합의 보고 찬물을 가지러 카운터 쪽으로 갈 수 있었다. 이 자식 때문에 진이 다 빠져서 어느새 주아와 우현에 대한 생각은 뇌리 한구석에 처박혀 버렸다.

학생과 직장인이라면 월요일 생각에 한없이 우울해지는 일요일 저녁. 오늘만큼은 백수인 내 기분도 그들 못지않게 꿀꿀했다. 단체채팅방에 계속 떠오르는 빨간불을 보자니 주아가 한국에 되돌아온다는 사실을 애써 무시하고자 해도 무시할 수가 없었다.

'괜찮아. 괜찮아. 마음 편히 먹자. 이준, 그 빌어먹을 놈도 내 편이고.'

나는 아무렇지도 않은 듯 주아와 SNS를 주고받으면서 내심 그녀에게 뭔가 바쁜 일이 생겨 약속이 뒤로 미루어지기를 바랐다. 하지만 신은 그런 내 모습을 비웃기라도 하듯 단 10개의 메시지로 구체적인 시간과 약속 장소까지 잡게 만들었다.

그리고 마침내 사형 날짜처럼 성큼 다가온 수요일. 학교 선생님처럼 핵심을 콕콕 찌르는 말만 던지던 이준은 내가 과도하게 불안해하는 모습을 보이자 평소보다 조금 일찍 퇴근해서 곁에 함께 있어 주었다. 역시 무뚝뚝한 척해도 챙겨 줄건 다 챙겨 주는 상냥한 남자다.

넷이서 보기로 한 장소는 디너 타임에는 코스 요리만 제공되는, 서울 시내의 화려한 레스토랑 중 하나였다. 주아와의 약속 시간은 일곱 시 반. 더도 말고 덜도 말고, 앞으로 딱 십오 분 남았다. 남은 시간에 비례하여, 이준이 불안 해소용으로 사다 준 다디단 초콜릿 음료의 맛도 뚝뚝 떨어져 나갔다.

"어쩌지. 생각보다 더 미칠 것 같아."

"아무 생각 말고, 나만 바라봐. 그리고 내 목소리만 들어."

"그게 내 뜻대로 되는 게 아니잖아."

"자동으로 안 되면 수동으로라도 되게 해야지."

"어, 어떻게?"

"바로 이렇게?"

다소 장난스러운 미소를 지어 보인 그가 살며시 입을 맞춰 왔다. 키스라고 하기에는 가볍고 뽀뽀라고 하기에는 다소 농밀한 입맞춤.

"야!"

"아, 오늘따라 더 달다. 초콜릿 맛이 나."

"초코 음료를 먹고 있었는데, 당연한 거 아냐?"

"먹고 싶은 맛이 떠오를 때마다 너한테 음료를 사 주고 잡아먹으면 되겠네."

"어째서 결론이 그렇게 나는 건데!"

내가 진짜 못 살아! 이준과 내가 만나기 시작한 지 이제 고작 열흘이 됐건만, 스킨십 진도만큼은 여태껏 사귀어 온 그 어떠한 놈들보다 몇 배는 빠르게, 몇 배는 많이 진행된 것 같다.

그와 쓸데없는 일로 아옹다옹하는 사이 시간은 빠르게 흘러갔다. 우리가 자리 잡은 레스토랑 테이블 쪽으로 한 쌍의 커플이 우아하게 걸어오고 있었다. 블랙 앤 화이트 원피스를 멋지게 차려입은 주아와 나와 데이트를 할 때 종종 차려입곤 했던 캐주얼한 스타일의 옷을 입고 나온 우현의 모습이 똑똑하게 보였다.

* * *

그들이 등장한 순간부터 심장 박동이 너무 느려져서 희연은 숨조차 제대로 들이쉬기 힘들었다. 만약 이준이 그녀의 곁에 없었다면, 뒷일은 생각 않고 그 자리에서 도망쳤을지도 모르는 일이다.

"아, 왔어?"

정신이 반쯤 나간 상태에서 희연은 아무 말이나 내뱉었다. 화사하게 웃고 있는 주아의 모습이 꼭, 그런 저를 비웃는 것처럼 느껴졌다. 이준에게 들은 말을 토대로 그녀에 대한 본인의 감정을 확실하게 자각하고 나니, 이제야 알겠다.

희연은 주아가 너무, 너무 부담스럽다.

"응. 일주일 조금 지났는데 진짜 오랜만에 보는 것 같다."

단기간 떨어져 있었는데도, 긴 기간으로 느껴진다.

얼핏 들으면 친한 사이를 팍팍 티 내는 말이었지만, 실상은 전혀 그렇지 않았다. 서로 간에 어느 정도 심리적 거리감이 존재하기에 조금이라도 떨어져 있다가 마주하게 되면 상당히 어색하게 느껴지는 것이다.

"여행을 완전 잘 다녀왔나 보네. 얼굴에 살이 좀 더 붙었는걸."

그들의 결혼식장에서 희연에게 키스한 후 변명을 늘어놨을 때처럼 쾌활한 목소리로 이준이 우현에게 말을 건넸다. 희연은 그 음성 덕분에 그럭저럭 정신을 차릴 수 있었다.

평상시보다 시큰둥한 얼굴로 주아의 옆에 붙어 있는 우현의 얼굴에 복잡 미묘한 빛이 떠올랐다. 그는 본인과 희연이 사귀었다는 사실을 잘 알고 있는 이준이 쾌활히 말을 걸어온다는 사실에 놀랐으며, 생각보다 희연과 이준의 사이가 가까워 보이는 것에 짙은 불쾌감을 느꼈다. 매사에 건성건성 임해 왔던 제가 갑자기 까다롭고 예민한 사람으로 탈바꿈한 것 같아 우현의 마음이 몹시 심란해졌다.

"오늘 와 줘서 고마워요, 이준 씨. 저랑 희연이랑 단짝인데, 우현이랑 이준 씨도 사이가 좋다고 들어서 넷이 모여서 식사나

한 번 하면 어떨까 생각했거든요."

"좋네요. 뭐, 사랑스러운 우리 희연이랑 단둘이 있는 것만은 못하지만, 가끔은 친구도 만나 줘야죠."

이준이 희연의 머리카락을 가만가만 쓰다듬으며 대꾸했다. 그녀가 몹시도 사랑스러워 견딜 수 없다는 듯한 모습이었다. 주아와 우현이 그의 앞에 나란히 앉았지만, 이준의 시선은 줄곧 희연을 향해 있었다. 그 태도가 주아의 마음을 불편하게 만들었다.

'뭐야. 사람을 보는 둥 마는 둥 하고. 이희연, 쟤가 그렇게나 좋다는 거야?'

남자들은 시각적 자극에 상당히 약한 존재다. 여자 친구가 있든 없든, 대부분의 남자들은 아름다운 얼굴과 몸매를 지닌 주아와 마주하게 되면 그녀를 곁눈질로나마 흘끔 쳐다보곤 했다. 하지만 이준은 자신의 시야에서 그녀를 철저히 배제시키고 있었다. 주아가 지니고 있던, 아름다운 여자로서의 자존심과 자신감이 미묘하게 상했다.

"앞으로 자주 보게 될 것 같은데, 동갑이기도 하고……. 서로 말 편하게 놓죠."

"그러지."

주아의 말이 떨어지기 무섭게 곧장 반말로 바뀌는 이준의 말투. 그 모습조차 왠지 모르게 얄미웠다.

네 사람이 모두 테이블에 착석하자 말끔한 유니폼을 갖춰 입은 종업원이 하드커버로 구성된 하얀 메뉴판을 가져다주었다.

"C세트가 맛있어 보이네. 어때? 희연이랑 이준은 괜찮아?"

"난 상관없어. 준이, 너는?"

"나야 너만 괜찮다면 다 괜찮지."

'준이? 사귄 지 얼마나 됐다고 벌써 애칭을 불러?'

사소한 것에도 쿵짝이 잘 맞는 두 사람의 모습을 보며 은근슬쩍 기분이 나빠진 주아가 미간을 찌푸렸다. 물론, 눈 깜짝할 사이 표정을 다시 예쁘게 가다듬었지만.

"근데 우리 두 사람보다는 남편부터 먼저 챙겨야지. 우현이 삐치겠다."

이준이 피식 웃으며 덧붙여 왔다. 주아의 얼굴이 조금 붉어졌다. 송이준, 그녀의 눈앞에 존재하는 이 남자는 평범한 대화 속에서 칼날을 교묘하게 휘둘러 사람을 당혹스럽게 만드는 재주를 지니고 있었다.

'뭐야, 이 남자. 나한테 왜 괜히 공격적으로 나오는 건데? 희연이가 나에 대해 뭐라고 미리 말해 놓았나 보지?'

"상관없어. 우리 주아 마음대로 해."

자기주장이 강한 주아의 태도도 마음에 안 들지만, 희연을 알뜰살뜰 챙기는 이준의 행동은 더더욱 마음에 안 들었다. 때문에 우현은 애써 장난스러운 미소를 지으며 주아의 편을 들어 대꾸했다. 희연이 걱정스럽다는 눈빛으로 이준을 바라보는 모습이 보였다. 그것이 우현의 마음에 더욱 짙은 얼룩을 만들어 냈다.

코스요리답게 예쁘게 장식된 지중해식 참치 애피타이저와 대게 살 튀김이 먼저 나왔다. 이어 고소한 크루아상과 양송이크림수프, 상큼한 훈제연어와 치즈를 곁들인 샐러드 접시, 독특한 소스를 곁들인 전복 라자냐 등이 테이블 위에 차례차례 올려졌다.

음식의 장식은 더할 나위 없이 훌륭했고 한 입 넣자마자 입에서 살살 녹아내릴 만큼 맛도 꽤 있었지만, 희연의 얼굴과 몸은 잔뜩 경직되어 있었다. 주아나 우현, 이준과 달리 평범한 가정에서 자라 온 그녀로서는 이런 식사 자리나 분위기가 익숙하지 않을뿐더러 어느 순간, 상당히 많은 포크와 나이프의 사용 순서를 헷갈려서 창피를 당하게 될까 봐 두려웠다. 희연은 가시방석에 앉아 있는 기분이 어떤 것인지 절절히 깨달을 수 있었다.

이준은 희연이 굉장히 긴장하고 있다는 사실을 눈치챘다. 그녀는 제 몫의 스테이크는 물론, 그의 스테이크마저 한두 입 뺏어 먹을 정도로 먹성이 좋은 여자였다. 그런 사람이 맛있는 음식을 제대로 먹지도 못하고, 긴장감과 두려움에 쩔쩔매는 모습을 보고 있자니 참 안타까웠다. 희연이 긴장감이나 부담감을 내려놓을 만한 특단의 조치가 필요했다.

때문에 그는 일부러 애피타이저가 마무리되고 메인 메뉴의 첫 스타트로 라구 알라 볼로네제 파스타가 나오자 애피타이저 때 쓰던 포크를 그대로 사용했다. 그 기회를 놓치지 않겠다는 듯 주아가 상냥한 미소를 띤 채 나지막하게 말해 왔다.

"파스타 맛을 제대로 느끼려면 포크를 바꾸는 편이 좋지 않을까."

어디까지나 그를 배려하는 마음에서 가볍게 던진 말처럼. 이준이 여유 있는 동작으로 포크에 파스타 면을 돌돌 말며 대꾸했다.

"아, 난 크게 상관없는데? 어른들 계시는 자리라면 모를까 친구나 애인 있는 자리에서까지 격식 따지는 것 별로 안 좋아하고. 난 아까 그쪽이 말 놓고 편하게 대하자고 해서 친구 앞에서처럼 행동했을 뿐인데, 기분 나빴나 봐. 미안해. 역시 딱딱하더라도 예절은 완벽하게 지키는 편이 좋을까?"

주아의 눈동자가 거세게 흔들렸다. 만만치 않은 남자라고 생각은 했지만, 이건 그녀의 예상보다 더한 수준이었다. 그는 필요하다면 주아가 한 말까지 끌어들여 제 입장을 변호하고 자신의 주장을 보다 강하게 피력했다. 겉으로는 미안하다 말하고 있었지만, 이면에 숨겨진 그의 뜻은 조금 달랐다.

난 서로 편하게 대하자고 해서 편하게 행동한 것뿐인데, 너무하네. 그럼 먼저 말 놓자고 말하지를 말았어야지. 뭐, 그렇게 꼬우면 지금이라도 다시 말 높이고 예의 갖출까? 격식 너무 따지지 말자, 귀찮아 죽겠는데.

입가에 옅은 미소를 띤 이준의 눈빛이 그리 말하고 있었다. 주아가 고개를 살며시 내저으며 말했다.

"어머, 그렇게까지 말할 필요는 없잖아. 난 네가 파스타를 좀 더 맛있게 즐기길 바랐을 뿐인데. 친구가 생각보다 까칠하다, 자기야."

도움을 청하듯 주아가 우현의 얼굴을 바라보며 장난스레 말했다.

그래도 주아보다 더 오랫동안 이준을 옆에서 지켜봐 온 우현은 그가 주아를 은근히 도발하고 있다는 사실을 눈치챘다. 이준이 주아에게 딱히 악감정을 가질 이유가 없을 텐데. 그리 생각하던 우현의 시선이 잔뜩 긴장한 상태의 희연에게 향했다.

'이희연 때문인 거야, 송이준? 그것참 웃기네. 그럼 지금 나를 보면서는 무슨 생각을 하고 있는 건데, 너.'

이제는 심란함을 넘어 기분이 상당히 나빠졌다. 무어라 딱 정의내리기 힘든 미묘한 감정들이 우현의 심장에서 몽글몽글 피어올랐다. 제가 버린 그 여자가 대체 어떤 매력을 감추고 있었기에 송이준, 그가 홀딱 빠져서 만만치 않은 타인을 아무렇지도 않게 적으로 돌릴 생각을 했는지 우현은 매우 궁금해졌다.

"송이준, 쟤가 은근 까칠해. 취향도 좀 독특하고."

우현이 던진 말은 이준보다 희연에게 더 날카로운 칼날로 다가왔다. 이준의 취향이 독특하기에 너와 사귀고 있는 거다, 이 말 아닌가. 한때는 멋있다고 생각했던 우현의 미소가 희연의 눈에 드라마 속 나쁜 남자처럼 잔인해 보였다. 포크를 쥔 그녀의 손이 잘게 떨려 왔다.

맛있는 음식이 가득한 테이블 위에서는 소리 없는 전쟁이 벌어지고 있었다. 누구의 손에도 무기나 날카로운 흉기 따위는 들려 있지 않았지만, 입에 돋쳐 있는 날카로운 가시들은 마주한 상대방의 가슴에 충분히 생채기를 내고도 남았다.

"나보다 더 독특한 취향을 가진 사람에게 그런 말 들으면 섭섭한데."

주아, 저 여자처럼 속 시꺼먼 꽃뱀과 결혼할 생각도 다 하고.
물론, 뒷말은 속으로만 중얼거렸을 뿐이다.

이준은 결코 발끈하지 않았다. 초조해하는 희연과 달리 그의 뇌리와 심장은 차갑게 식어 있는 상태였다. 사냥을 앞두고서는 쓸데없이 흥분하지 않고 마음을 최대한 차분하게 가지고자 노력한 덕분이다.

"그나저나 하와이는 어땠어? 날씨도 좋고 푹 쉬기 좋았겠다."

흔들림 없는 이준의 태도를 보면서 마음을 다잡은 희연 또한 아무렇지도 않은 척 대화를 이어가려고 노력했다.

"날씨도 좋고 시설도 그리 나쁘진 않은데, SNS에서 말했다시피 좀 무료해서……. 차라리 볼거리나 관광지가 많은 나라로 가는 게 낫지 않았나 싶었어."

무언의 휴전 선언처럼 잠시간 단조롭지만 평화로운 대화들이 오고 갔다. 그때서야 희연은 파스타와 안심 및 부챗살 스테이크의 맛을 제대로 느낄 수 있었다. 스테이크가 나왔을 때 이준이 당연하다는 듯 희연의 접시 위 고기를 잘게 썰어 건네주었는데, 무어라 말은 안 했지만 주아가 부럽다는 듯한 표정으로 희연을 잠시 쳐다보았다.

'……뭐야, 진짜.'

희연의 애인인 이준과 그녀의 남편인 우현의 태도를 비교하면 비교할수록 하늘과 땅 차이였다. 겉으로는 제게 상냥히 대하지만 실제로는 전혀 관심 없는 듯한 우현. 그리고 희연을 바라보는 것만으로도 입가에 미소가 가득한 이준.

남자들 속성이 이미 잡은 물고기에게는 밥을 주지 않는 것이라 해도 이건 너무했다. 그 누구보다도 완벽한 자신이 남자 때문에 희연에게 밀리는 느낌이 드는 것 같아 주아의 기분이 급속도로 나빠졌다.

"그나저나 희연이 너는 언제 이런 멋진 애인을 만난 거야? 까칠한 구석은 좀 있지만 내 여자에게는 다정한 남자, 여자들의 로망이잖아."

"아, 그게……."

주아의 질문에 희연의 얼굴이 다소 붉게 물들었다. 강렬했던 이준과의 첫 만남이 뇌리에 떠오른 탓이다. 하지만 그것을 사실대로 말하기도 곤란해서 뭐라고 둘러 이야기해야 할까 고민하고 있을 때 이준의 음성이 들려왔다.

"내가 죽도록 쫓아다닌 결과지. 제발 한 번만 만나 달라고."

"어머. 이준은 우리 희연이의 어떤 점이 그리 마음에 들었을까나."

제법 흥미로운 질문이었는지 우현조차 이준을 뚫어져라 쳐다보았다. 이준의 하얀 손가락이 희연의 머리카락을 부드럽게 매만졌다. 희연의 좋은 점이라. 너무 많은데, 뭐부터 말해서 저 사람들 속을 박박 긁어놓을까나.

"너무 많아서 뭐부터 말하면 좋을지 모르겠네. 이 세상에서 제일 예쁘지, 똑똑하지, 능력 있지, 새끼 고양이보다도 더 사랑스럽지, 매사에 열정적이지, 나랑 취향도 비슷하지……. 우리 희연이만 오케이 해 준다면 너희들처럼 당장 결혼식을 올리고 싶은데 가드가 단단해서 큰일이야. 내가 좀 더 노력해야겠지?"

"무슨 버, 벌써부터 결혼식 타령이야! 아오, 진짜!"

예상하지도 못한 결혼식 발언에 깜짝 놀란 희연이 얼굴을 붉히며 소리쳤다. 그녀가 오른손으로 이준을 툭툭 밀어내는 모습에서 아옹다옹하면서도 사이좋은 커플의 느낌이 폴폴 묻어 나왔다. 그것은 마음 없이 정략결혼으로 맺어진 주아와 우현 커플이 아무리 노력해도 결코 흉내 낼 수 없는 것이었다.

'나도 이전 애인들과는 쟤네들 못지않게 잘 지냈다고! 하지만 연애와 결혼은 엄연히 다른 문제잖아.'

눈에 콩깍지가 제대로 쓰인 얼마간은 희연이 없으면 못 살 것처럼 굴어도, 집안에서 정해 준 여자와 결혼하지 않으면 내쫓겠다는 말이 나오면 이준도 별수 없으리라. 주아는 애써 그리 생각하며 마음을 차분하게 만들기 위해 노력했다.

"만난 지 얼마 안 됐다면서, 결혼 이야기는 너무 이른 거 아냐? 물론, 우리 나이가 내일모레면 삼십이 되니 한 번쯤 생각해볼만 하지만. 양가 부모님이 한 번에 서로 오케이 하겠어?"

주아가 옅은 미소를 띤 채 말을 이어 나갔다. 딱히 무어라 흠잡기 힘든 그녀의 말 속에는 '이준의 집안이 희연을 절대 받아들일 리 없다'는 이야기가 내포되어 있었다.

주아의 말이 끝나기 무섭게 이준이 희연을 뜨거운 시선으로 바라보았다. 이 남자가 또 무슨 기상천외한 이야기를 꺼낼지 몰라. 희연의 심장이 빠르게 뛰었다.

있잖아, 이준. 주아랑 기 싸움하는 것은 좋은데 내 심장도 좀 생각해 달라고! 당황스럽고 놀라서 심장이 빠르게 뛰다 갑작스레 심장마비라도 오면 어떡할 거야.

"희연아, 둘이서 먼 나라로 도피할까? 난 너만 있으면 다 버릴 수 있는데."

이준의 목소리는 다크 초콜릿이라도 듬뿍 발라 놓은 것처럼 달콤 쌉쌀했다.

"너님이나 다른 나라로 썩 꺼지세요. 난 외국어 공포증이 있어서 설사 로또에 당첨되더라도 한국에 짱 박혀 살 거거든!"

당사자인 희연은 매우 어이없어했지만, 확고한 결심이 서려 있는 이준의 답변을 들은 주아와 우현의 표정은 미묘하게 굳어 버렸다.

이준이 지금 제정신을 가지고 진심으로 내뱉는 소리일까? 신원그룹의 유일무이한 후계자라는 그 자리를, 남들은 모두 부러워하고 그 위에 올라서지 못해 안달복달하는 그 자리를 고작 평범한 여자 하나 때문에 걷어차 버리겠다고? 말도 안 된다.

"우, 우와. 대단하네. 우리 희연이는 좋겠다. 저렇게 말해 주는 남자가 애인이라서."

"그야 뭐……."

희연은 주아의 말끝이 살짝 떨리는 것을 눈치챘다. 난생처음 들어 보는 결혼식이니 도피니 날벼락 같은 단어들에 깜짝 놀라서 그것들을 부정하는 대답만 하고 말았지만, 곰곰이 곱씹어 볼수록 이준의 발언이 얼마나 대단한 내용이었는지 그녀도 충분히 알 수 있었다.

'나만 있으면 다 버릴 수 있다고? 정말?'

희연도 바보가 아니기에 주아와 우현만큼은 아니지만 이준의 사회적 위치나 집안 등에 대해서 어느 정도는 알고 있다. 그녀의 뇌리에서도 그의 답이 말도 안 되는 이야기라는 결론이 튀어나왔다.

'그렇지만 빈말이라 해도 섣불리 꺼내기 어려운 이야기인데, 음……. 내 남자, 좀 멋있긴 한 듯?'

그만큼 저를 사랑하고 있다는 반증이겠거니 생각하자 희연의 얼굴이 이번에는 수줍음으로 붉게 물들었다.

"응, 내 남자 좀 대단한 듯."

그리 말하는 희연의 얼굴에는 그 어느 때보다도 밝고 아름다운 미소가 걸려 있었다.

"그거 알아, 희연아? 대단한 사람 곁에 대단한 사람이 모여드는 거야."

그에 맞장구치듯 이준이 대꾸했다. 결국 이준, 그가 희연을 택한 것은 저 못지않게 그녀가 대단한 인물이기 때문이라는 소리였다.

충분히 사랑받고 그 사랑을 확신하는 여자의 미소는 무척이나 아름다웠다. 어렸을 적 희연의 모습을 조금이나마 되찾은 것 같아서 이준의 입가에도 부드러운 미소가 저절로 걸렸.

메인 메뉴의 접시가 비워지자 테이블 위가 깨끗이 정리되고 달콤한 후식들이 나왔다. 뉴욕치즈 케이크와 티라미수 케이크가 예쁜 장식과 함께 앙증맞은 접시에 한 조각씩 담겨 나왔고,

상큼한 딸기 셔벗 및 오렌지 셔벗이 제공되었다.

이준의 대답에 따른 여파인지 테이블 위에서는 조금 전처럼 대화가 활발히 오가지 않았다. 희연이 딸기 셔벗을 조금씩 떠먹고 있는데 테이블 밑으로 이준이 은근슬쩍 손을 잡아 왔다. 그 손이 참 따뜻해서 웃음이 살며시 흘러나왔다.

디저트 접시도 거의 다 비워갈 무렵, 이준이 희연에게 말을 건네듯 이야기를 꺼냈다.

"그럼 친구들 만나는 시간은 여기까지 하자."

"어?"

"우리 둘만의 시간도 필요하잖아. 너, 초콜릿 디저트 좋아하니까 내가 알고 있는 초콜릿 전문 카페에 자리 예약도 미리 해두었다고."

"뭐?"

처음 듣는 소리에 깜짝 놀란 희연이 반문하자 이준이 핸드폰을 꺼내서 예약 알림 메시지를 보여주었다.

[pm 10 : 00시, 송이준 님 외 1명, 예약되었습니다. - Sweet Choco House -]

"……."

이 남자, 대체 어디까지가 진심이고 어디까지가 눈앞의 적들에게 보여 주기 위한 연극인지 잘 모르겠다. 평범하던 희연의 연애사에서 이처럼 어디로 튈지 모르는 남자는 처음이라 몹시 당혹스러운 한편 가슴이 두근두근 설렜다. 이거 좋은 건지, 나쁜 건지 당최 알 수가 있나.

"그런 고로 우리는 그만 일어날게. 다음에 시간 내서 또 보자고."

희연의 디저트 접시가 깨끗이 비워진 것을 확인한 이준이 그들에게 짧은 작별인사를 남긴 채 그녀의 손을 잡고 자리에서 일어났다.

"그럼 주아야, 나중에 보자. 오늘 정말 즐거웠어."

희연이 이준을 따라나서며 말했다. 주아와 우현은 간신히 표정을 구기지 않고, 아무렇지도 않은 척 고개를 끄덕여 줄 수 있었다.

* * *

"야, 진짜 카페 가는 거야?"

레스토랑에서 충분히 멀어졌다는 판단이 들자 나는 운전대를 잡고 있는 이준에게 조심스레 물었다.

"응, 진짠데. 걔네들 만나고 나서 집에 바로 들어가면 뭔가 찝찝할 거 아냐. 기분 전환하고 들어가야지."

"이건 또 언제 예약했대?"

"원래 내가 한 준비하잖아."

그의 옆모습을 빤히 쳐다보고 있자니 '아낌없이 주는 나무'라는 동화책 내용이 떠올랐다. 내 편을 들어 그가 주아와 우현을 괜히 적으로 돌리게 된 게 미안했고, 그 와중에 내 기분까지 세심하게 신경 써 주는 그의 마음 씀씀이가 참 고마워서 어떻게 보답하면 좋을지 잘 모르겠다.

"진짜 너님 좀 대단한 듯."

"아까 레스토랑에서 들었던 표현이 훨씬 더 좋은 것 같은데."

나지막한 그의 음성에 양 볼이 화끈 달아올랐다. 그가 원하는 말이 무엇인지 알 것 같았기 때문이다.

"음, 내 남자 좀 대단한 듯."

몇 글자 차이인데, 바꿔서 다시 말하니 이준이 피식 웃었다. 입꼬리만 살짝 들어서 웃는 저 웃음에 곧 중독될 것 같다. 아니, 이미 중독되었나.

"상은 없어?"

"무슨 상?"

"그거야 주는 사람이 센스 있게 정해서 줘야지."

으이구, 이 자식이! 하나를 해 줬더니 둘을 바라네. 뭐, 어쩔 수 없지. 오늘 저녁 내내 걔네들 앞에서 내 입장 변호하고 기분 맞춰 주느라 애썼으니까, 나도 서비스해 줘야지.

부끄러운 기분을 꾹 참고 이준의 하얀 볼에 입술을 살며시 갖다 댔다. 아, 피부 좋네. 이런 생각을 하고 있을 때, 차가 도로변에 천천히 멈춰 섰다.

"이왕 하는 거, 볼보다는 입술이 훨씬 더 좋지."

늑대 같은 말을 중얼거리면서 그가 입술을 덮쳐 왔다. 내가 초코 음료를 마셨을 때 진득한 초코 맛을 느꼈다는 이준의 말처럼 이번에는 그가 후식으로 먹었던 오렌지 셔벗의 향이 느껴지는 듯했다.

그나저나 우리, 오늘 안에 그 카페 갈 수 있는 거야? 이럴 거면 뭐 하러 귀찮게 예약까지 했어!

다행히도 그는 자신이 도로변에 차를 세워뒀다는 사실을 충분히 인지하고 있었던 듯 평소보다 짧게 키스를 마무리했다. 저돌적인 맹수 같다가도 종종 마주하게 되는 그런 이성적인 면모가 이준의 이미지를 한층 더 신비롭게 포장해 주는 듯한 느낌이다.

"왜, 짧아서 아쉬워?"
"아, 아니거든! 절대 아니거든!"

내가 발끈해서 소리치자 그가 작게 키득거리며 대꾸했다.

"아쉬우면 언제든 말해. 이쪽은 항상 준비되어 있으니까."
"변태!"
"계속 듣다 보니까 이제는 애칭 같아서 정겨워."

하긴, 주아나 우현도 말로 누르는 그를 내가 무슨 수로 이기랴. 나는 입술을 몇 번 비쭉거리는 것으로 이번 말다툼을 마무리 지었다.

우리는 아슬아슬하게 9시 58분쯤 해당 카페에 도착했다. 안쪽으로 발을 내딛자마자 달콤한 냄새가 온몸을 휘감아 왔다. 예쁘게 포장된 초콜릿들이 곳곳에 배치되어 있는 모습을 보니 주아와 우현을 만나 피폐해졌던 마음이 순식간에 회복되는 느낌이 들었다.

나와 이준은 네모난 다크 초콜릿과 밀크 초콜릿 다섯 개, 쌉쌀한 아메리카노 두 잔을 주문하고 나서 핸드폰으로 사진을 찍으며 시간을 보냈다. 이준이 곱디고운 하얀 손가락으로 다크 초콜릿 하나를 집어 들었을 때, 나는 빠른 동작으로 그를 저지했다.

"야, 넌 이거 먹지 마."

심술기가 살짝 감도는 나의 말에 이준이 영문을 모르겠다는 듯 눈을 깜박였다.

"혼자 다 먹으려고? 그럼 살 엄청 찔 텐데."

"그런 소소한 이유가 아니거든. 다크 초콜릿 같은 애가 다크 초콜릿을 먹으면 어떡해! 동족상잔이 따로 없잖아. 어우, 이 얼마나 잔인한 일이야."

"너는, 말로 꼭 키스를 벌어."

그가 큭큭 웃으며 어깨를 붙잡고 천천히 다가왔다. 나른하면서도 섹시한 음성이 귓가를 몹시 어지럽혔다.

"그럼 너도 먹지 마. 세상에서 제일 큰 다크 초콜릿이 네 눈앞에 있는데, 왜 쓸데없는 걸 먹어?"

어머, 어머. 본인보고 다크 초콜릿이래!

귓불을 중심으로 소름이 우수수 돋으면서도 심장은 미친 듯이 뛰어댔다. 그의 모습을 바라보는 시각과 그의 목소리를 듣는 청각 외 모든 감각이 일순간 마비되어 버린 느낌. 그러고 보니 어디선가 옛날에 초콜릿은 최음제로도 사용했다는 말을 들은 기억이 떠올랐다. 음, 내가 그를 보면서 다크 초콜릿을 연상한 것은 다 이유가 있었구나.

이준은 마치 포르노 속 요염한 여배우처럼 '자, 어서 날 먹어 봐.'라는 눈빛으로 나를 바라보고 있었다.

어허, 이거 왜 이러세요. 나는 혼전 순결주의자라고!

"그러니까 책임지지도 못할, 자극적인 말은 함부로 하는 게 아냐."

금방이라도 나를 잡아먹을 것처럼 이글이글 타오르는 눈동자를 하고 있던 그가 피식 웃으며 이마에 살짝 입을 맞추고는 떨어졌다.

아, 놀라라. 순간, 심장 멎는 줄 알았다. 그를 제대로 상대하기 위해서는 내 말발과 배짱을 두둑이 키울 필요가 있었다.

주아와의 약속을 떠올리며 불편한 마음으로 나섰던 외출은 이준의 다정한 배려 덕분에 산뜻하게 마무리되었다. 그의 배웅을 받으며 집까지 무사히 돌아왔다. 잘 준비를 마치고 그와 시답잖은 농담을 주고받으며 SNS를 하고 있는데, 문자메시지 하나가 도착했다.

[010-4578-****]

어두운 방 한구석에서 총각 귀신이라도 마주한 사람처럼 가슴이 철렁 내려앉았다.

연락처에 저장되어 있지 않은 번호였지만, 그간 숱하게 봐 왔던 터라 발신인이 누군지 알 수 있었다. 얼마 전 전화번호부에서 목록을 지운 전 남자 친구, 우현이 틀림없었다.

"뭐야, 이 자식."

아까 레스토랑 안에서 두어 시간 마주한 것만 해도 충분히 마음 심란하고 괴로웠는데, 따로 문자까지 보내다니. 이 자식, 하와이에 가서 사람 불안하게 만드는 자격증이라도 따 가지고 돌아왔나.

[만나서 이야기 좀 해. 언제 시간 괜찮아?]

문자를 보냈다는 사실 자체도 웃겼지만, 내용이 더욱 가관이었다. 나는 인상을 찌푸리며 그 즉시, 삭제 버튼을 눌렀다. 하도 기가 막히고 마음도 심란해서 엄마를 찾는 어린아이처럼 이준에게 우현의 행동을 고대로 일러바치려고 핸드폰 자판을 두드리다가 그만두었다. 그에게 너무 많은 부담을 안겨 주는 것 같았기 때문이다.

하지만 약 한 시간 후, 우현에게서 두 번째 문자가 날아왔다.

[만나서 이야기 좀 해. 언제 시간 괜찮아?]

첫 번째 문자와 토씨 하나 달라지지 않은 내용이었다. 이 인간이 정말 미쳤나. 설마 내가 문자를 못 봐서 지금까지 답장을 안 했겠어?

설사 내가 이준과 사귀고 있지 않다 하더라도 결혼까지 한 유부남의 연락에 답을 할 생각은 전혀 없었다. 아무리 속이 비고, 골이 비었다 해도 그 정도 판단은 내릴 줄 알았다.

"……미친놈. 레스토랑에서 뭘 잘못 처먹었나."

들을 사람 없는 욕이나 한마디 지껄여 주고 오늘은 핸드폰 전원을 꺼 둬야겠다고 생각했다. 전원 버튼을 꾹 누르려는 순간, 액정 화면에 전화가 왔다는 표시가 떴다. 어김없이 떠오르는 번호, 010-4578-****.

어이없는 것을 넘어 이제는 조금 두렵기까지 했다. 주아와 신혼여행까지 잘 다녀온 그가 어째서 별 볼 일 없는 내게 연락을 해 대는지 그 이유를 도통 알 수 없었다. 더군다나 지금은 주아가 그의 곁에 찰싹 들러붙어 있을 텐데, 무모하게 전화까지 하다니!

어떻게 대처하면 좋을지 몰랐다. 고민 끝에 통화 거절 버튼을 누르고 악마를 봉인하는 것처럼 재빨리 핸드폰을 껐다. 찝찝함과 두려움이 뒤섞여 가슴이 콩닥콩닥 뛰었다.

불을 끄고 자리에 누웠지만 좀처럼 잠을 이룰 수 없었다. 우현의 미친 행동에 대해 분석하고 생각하면 생각할수록 뇌신경들이 마구 헝클어 놓은 실타래처럼 엉키는 듯했다.

'설마 주아가 예전에 우리 둘이 사귀었다는 사실을 눈치채서 말을 맞추기 위해 만나자고 하는 것일까?'

그리 생각하자 기도에 커다란 조개라도 걸린 것처럼 꽉 막힌 느낌이 몰려들었다. 아니야, 아닐 거야. 나도 나지만, 신우현도 주아에게는 그 사실을 들키기 싫어하는 눈치라 항상 여러모로 조심했고 티 날 만한 일은 하나도 저지르지 않았는걸. 더군다나 그 자식이 바보나 사이코패스가 아니라면, 결혼하기 전 나와 주고받았던 문자나 아주 드물게 둘이 찍은 사진 같은 건 전부 지웠을 거 아냐.

'하지만 만약…… 정말 그런 이유라면 어쩌지.'

내가 참 나쁜 년인 게, 일종의 피해자라고 볼 수 있는 주아에게 미안하다는 생각보다도 내 남자, 이준이 걱정되는 마음이 훨씬 더 컸다. 애써 아무렇지 않은 척, 강한 척해도 상당히 섬세한 녀석이라서 나와 우현의 사건이 세간에 널리 알려지면 큰 충격을 받을뿐더러 그의 대외 이미지 또한 현재 내 애인이라는 이유 하나만으로 심각한 손상을 입을 것이다.

'침착하자, 희연아. 주아가 그 사실을 알았다면 이리 조용할 리 없어. 우현보다도 주아에게 먼저 연락이 오지 않았을까?'

나는 쓸데없는 가정을 반복하면서 기나긴 밤을 꼴딱 새웠다. 결국, 창문으로 따가운 햇볕이 조금씩 스며들어 오는 아침이 되어서야 뇌도, 몸도 지쳐서 기절하듯 잠들었다.

* * *

"못된 년!"
"어떻게 친구 애인이랑 그럴 수 있어?"
주변은 나를 비난하는 목소리로 가득 차 있었다. 간혹 단단한 돌멩이 같은 것이 날아오기도 했다.

중세 시대에 공개 화형을 당하는 마녀가 된 기분으로 그 자리에 쭈그리고 앉아 있었다. 주위가 다소 잠잠해졌을 무렵, 저벅저벅 무거운 발걸음 소리가 들려오더니 내 앞에서 뚝 멈추어 섰다.

"이희연."

"준아."

현 상황에서 가장 보고 싶은 사람의 얼굴이었다. 하지만 이준은 그 어느 때보다도 서늘한 표정으로 나를 노려보고 있었다. 나는 꾸역꾸역 흘러나오려는 눈물을 간신히 참아 내었다.

"헤어지자."

"미안해. 내가 잘못했어! 하지만…… 알고 있었잖아. 우리, 알고 시작했잖아."

"굳이 네 문제가 아니더라도 우리 집안, 회사에서 내가 차지하고 있는 위치는 충분히 불안정해. 정말 나를 위한다면 이제 그만 놔 줘."

한 글자 한 글자 그의 입에서 나오는 말들은 구구절절 공감하고 이해할 수밖에 없는 내용이었다. 나는 이준을 더 이상 붙잡을 수 없었다. 행여 마음씨 여린 그가 일말의 죄책감을 느낄지도 몰라서 울 수조차 없었다.

손톱이 손바닥을 아프게 파고 들어갔다. 몇 번이고 깨물어진 입술은 살짝 터져서 피가 흘러나왔다. 저릿한 통증에 정신이 번쩍 들었다.

눈을 떠 보니 모든 것이 꿈이었다. 나는 눈가에 눈물이 그렁그렁 맺힌 채로 침대 위에 누워 있었다. 책상 위의 시계를 쳐다보니 오후 2시가 다 되어 있었다.

"……꿈이었네."

아무렇지도 않게 내뱉어지는 말과 달리 양어깨가 파르르 떨려 왔다. 현실처럼 생생한 느낌에 아직도 몸서리가 쳐졌.

꺼두었던 핸드폰을 켰다. 전원이 들어오자마자 SNS 메시지 세 개와 부재중 전화 두 통이 왔다는 표시가 떴다. 두려움에 덜덜 떨리는 손가락으로 SNS 및 전화의 발신인을 살펴보았다. 통신사에서 온 전화 한 통을 제외하면 전부 이준의 작품이었다.

안도의 한숨을 내쉬며 SNS 내용을 살펴보았다.

[벌써 잠들었어? 굿나잇.]
[지금쯤 자고 있으려나. 깨어나면 연락해. 회사에 있어도 답장 정도는 바로 할 테니까.]
[아, 진짜 잠꾸러기네. 지금 점심 먹을 시간이야.]

연락이 안 돼서 걱정했을 그의 모습이 눈에 선했다. 평상시의 나는 늦어도 12시 전에 일어나 메시지를 보내곤 했으니까.

마음 같아선 전화를 하고 싶었지만, 통화를 하다 보면 눈치 빠른 그가 내게 뭔가 고민이 있다는 사실을 알아챌지도 몰랐다. 때문에 어느 정도 감정을 숨기는 것이 가능한 SNS를 보냈다.

[미안해. 어제 잠이 하도 안 와서 드라마 보다가 늦게 잤거든. 지금 일어났어. 점심은 맛있는 거 먹었어?]

이 정도면 이상한 티, 하나도 안 났겠지? 깊은 잠을 못 잔 탓에 몸이 아직도 나른하고 머리가 띵했다. 나는 서둘러 욕실에 들어가 찬물로 세수를 했다. 아, 한결 낫다.

나와 달리 부지런한 엄마는 벌써 점심을 차려 먹고 역 근처 대형 할인마트에 간 모양이었다. 오늘부터 대대적인 세일에 들어간다고 했나. 덕분에 엄마의 등짝 스매시를 맞지 않고 이 시간까지 침대에 누워 있을 수 있었으니 하느님이 보우하사 우리나라 만세!

"일단 뭐라도 좀 먹자."

쓸모없는 것만 가득한 냉장고를 뒤적이고 있을 때, 신경을 거스르는 날카로운 초인종 소리가 들려왔다.

어? 엄마가 벌써 돌아왔나? 마침, 잘됐다. 마트를 다녀왔으면 장바구니에 뭐라도 들어 있겠지? 나는 기대에 부푼 마음으로 현관문을 열어젖혔다. 장바구니에 대한 기대로 들뜬 탓에 평상시처럼 '누구세요? 엄마야?'라고 한 번 물어보는 것을 잊어버린 채.

반쯤 문을 열었을 때 보인 건 전혀 예상하지 못한 이의 얼굴이었다.

"……뭐야."

거리를 지나가다 위에서 툭 떨어진 간판에 머리를 강하게 얻어맞은 기분이라서 이 말 한마디만 간신히 내뱉을 수 있었다.

신우현, 그의 얼굴을 보자마자 긴장과 불안감으로 심장이 미친 듯이 뛰기 시작했다. 누가 이 모습을 보고 있으면 어쩌나. 주변 시선들이 지나치게 의식되면서 머릿속이 점점 하얗게 변해갔다.

"안녕."

안녕이라니. 지금 이 상황에서는 절대 어울리지 않는 말이다.

"미쳤어? 여긴 대체 어떻게 알고 찾아온 거야?"

"나 같은 사람에게 주소 하나 알아내는 건 일도 아니라는 것, 잘 알잖아."

비웃듯 올라간 그의 입꼬리가 한 대 쥐어 패고 싶을 만큼 얄미웠다. 나는 한때나마 이준이 이놈과 비슷한 부류라고 생각한 게 정말 미안해졌다. 정식으로 사귀기 이전에도 이준은 내 핸드폰번호나 집 주소 등등의 개인 정보를 뒷조사로 알아내진 않았다.

"너랑 할 이야기, 손톱만큼도 없으니까 당장 돌아가."

"넌 없어도 난 있어. 여기서 이야기할래, 아니면 카페 가서 이야기할래?"

"네가 끝내자고 해서 헤어진 지가 언젠데 대체 왜 이래! 추태 부리지 마!"

화난 음성으로 새되게 외쳤지만, 우현은 그 자리에서 한 발자국도 꿈쩍하지 않았다. 그래, 누가 이기나 해 보자 이거지.

쾅, 나는 뻣뻣하게 굳은 손으로 현관문을 거세게 닫았다. 차가운 문에 몸을 기대니 뇌리로 오만 가지 생각이 몰려들었다.

'저 미친놈, 문 앞에 언제까지 서 있을 생각인 거야? 집으로

돌아오는 엄마랑 저놈이 마주치면 어떡하지? 어차피 엄마 때문이라도 한 번은 문을 열게 되어 있잖아.'

막막한 상황에서 간절히 생각나는 사람은 역시 남자 친구인 이준이었다. 하지만 그는 지금 회사에서 한창 일하고 있을 터였다. 내 일이 아니어도 머리가 터질 것 같은 사람에게, 나 때문에 어제 하루 종일 고생한 사람에게 다시 도움을 청해야 한다는 점이 미안하다는 감정을 넘어서 무척 죄스러웠다.

'……내 잘못이야. 그를 정말 사랑해서가 아니라 주아를 엿 먹이기 위해 만나서 이런 일이 벌어진 거야. 진짜 미치겠다.'

처음부터 불순한 의도를 가지고 이루어진 만남이었다. 쓰레기통에서 아름다운 장미꽃이 피어나지 못하는 것처럼 그 과정도, 끝도 좋을 리 만무했다.

자책의 늪에서 허우적거리는 동안 적어도 십 분은 지난 것 같았다. 하지만 나는 여전히 안심할 수 없었다. 숨을 고르고 바깥을 향해 조용히 귀 기울이고 있노라면 문 너머에서 미약한 인기척이 느껴졌기 때문이다. 본격적인 호러 시즌도 아닌, 어느 따스한 봄날에 정말이지 공포 영화가 따로 없었다.

'누가 저 자식 좀 여기서 끌어내 줘!'

차라리 이곳이 단독주택이었다면 방이나 거실의 창문을 통해 바깥으로 탈출하려는 시도라도 해 봤을 것이다. 하지만 이곳은 아파트. 게다가 십 층을 훌쩍 뛰어넘는 고층이었다. 신우현 피하려다가 이거 그대로 저승가게 생겼다.

'경찰 부르고 싶다, 할 수만 있다면.'

일반적인 스토커와 대치하는 상황이라면 진즉 112버튼을 눌렀겠지만, 현 상황에서 경찰을 불렀다간 수상한 과거 관계까지 모조리 밝혀질 게 분명했다. 도망칠 곳은 그 어디에도 없었다.
"어머, 누구세요? 희연이 친구?"
불길한 예감은 항상 맞아떨어지더라니, 이런 제기랄. 복도 쪽으로 난 작은 창과 문 너머로 익숙한 엄마의 음성이 희미하게 들려왔다.
심장마비로 사망하는 사람들의 기분이 어떠한지 체험해 볼 수 있을 정도로 심장이 순간 멈춰 버린 느낌을 받았다. 엄마의 말을 가만히 듣고 있자니 목과 등 뒤에 소름이 우수수 돋아났다. 그 말인즉슨, 우현이 아직까지 그 자리에 서 있다는 의미였으니까.
딩동. 사신의 선고 같은 초인종이 다시 울려댔다. 내겐 더 이상 선택의 여지가 없었다. 세수와 양치만 간신히 마친 상태라서 밖에 나가기 부적절한 모습이었음에도 불구하고 나는 모자를 폭 눌러쓰고 잠바만 대충 걸친 채 문을 열어젖혔다.
장바구니를 양손 가득 든 엄마와 착한 아이처럼 그 짐의 일부를 들어 주고 있는 우현의 모습이 보였다. 한순간 구토감을 느낄 만큼 보기 역겨웠다.
"얘는, 문 좀 빨리 열지. 아니, 근데 너 지금 어디 나가려는 거야? 여기, 친구가 찾아왔는데."
"친구 아니거든!"
나는 그 말을 짧게 내뱉고 엄마와 우현 사이를 빠르게 빠져나갔다. 양말도 신지 못하고 신발만 걸친 발끝이 꽤 차갑게 느껴졌다.

엘리베이터 따위를 기다리다간 그에게 붙잡힐 것이 뻔했다. 때문에 계단을 미친 듯이 밟아 내려갔다. 이어 누군가 뒤따라오는 소리가 들려왔다. 미스터리나 스릴러 영화 속 여주인공들이나 마주할 법한 상황이 내 눈앞에서 펼쳐지고 있었다.

"악!"

빨리 내려가야 한다는 다급한 마음이 결국 화를 불렀다. 발을 삐끗하여 중심을 잃어버리고 앞으로 고꾸라지려는 순간, 누군가가 내 손목을 거칠게 붙잡아 왔다.

"괜찮아?"

우현이 도망치는 나를 기어코 쫓아와서 넘어질 뻔한 것을 막아 줬지만, 내겐 이보다 더 최악의 상황은 존재할 수 없었다.

하나도 안 괜찮아. 차라리 계단에서 구르는 편이 훨씬 더 나았어.

"이게 다 너 때문이잖아, 미친놈아! 나를 왜 쫓아와? 대체 무슨 생각이야? 너, 미쳤어? 제정신이야?"

슬슬 악에 받친 나는 이곳이 목소리가 시끄럽게 울리는 아파트 복도라는 사실도 완전히 잊어버린 채 소리를 질러댔다. 소매에 바퀴벌레라도 앉은 것처럼 인상을 잔뜩 찌푸리며 그의 팔을 있는 힘껏 뿌리쳤다.

"……나도 잘 몰라. 내가 왜 이곳까지 찾아왔는지. 너와 대화하다 보면 알 수 있을 거라 생각했어."

"난 너와 어떤 말도 섞고 싶지 않거든. 가! 제발 좀 가 버려!"
"남들 시선이 두려운 거야? 아니면 나와 대화하는 그 자체가 싫은 거야?"
"후자니까 썩 꺼져 버려, 멍청아!"
"너무한다, 그래도 전 애인인데."
"그건 내 인생 최대 최악의 실수야."

정말이야. 만약 시간을 되돌릴 수 있는 단 한 번의 기회가 주어진다면, 네가 내게 유혹의 손길을 뻗어오던 그 순간으로 되돌아가 깨끗이 거절할 거야. 나는 너 따위에게 손톱만큼도 관심 없다고, 약혼녀 친구한테 무슨 개수작을 부리는 거냐고, 그렇게 말했어야 했어. 하지만 그때의 난 너무 어리석어서 앞뒤 분간 못 하고 독배를 들이켜 버렸지.

"근데 그거 알아, 이희연? 하와이에서 난, 줄곧 널 떠올렸어."

다시 도망치려는 내 귓가에 와 닿은 우현의 목소리가 악마 같다는 생각이 들었다. 찰거머리 속성을 지닌 악마. 그는 미친 것처럼 보이는 게 아니라 정말로 미친 것이 분명했다.

* * *

사실이었다. 주아를 신부로 맞아 떠나게 된 신혼 여행지에서 우현은 그 어느 때보다도 희연을 자주 떠올렸다. 주아의 얼굴에 희연의 얼굴을 겹치면서 키스를 나눴고, 종국에는 희연과 관계를 맺는 발칙한 상상을 하며 주아와 몸을 섞었다. 하지만 그의 말에 희연은 놀란 동시에 혐오감을 느끼는 듯했다.

"그래서, 어쩌라고?"

끊어서 말하는 그 말에는 가시 달린 장미처럼 표독스러움이 그득 묻어 나오고 있었다. 참 이상하지. 희연은 그를 피해 도망쳐 나오느라 얼굴에 아무것도 바르지 않았고 옷도 대충 걸친 상태인데, 평상시와 다를 바 없이 예뻤다.

아니, 아닌가. 평소에도 민얼굴과 캐주얼 차림으로 돌아다니는 여자라서 별 차이를 못 느끼는 것일까.

솔직히 말하자면 희연에게 이야기한 대로 우현도 본인이 왜 이곳까지 찾아왔는지 알 수 없었다. 처음에는 제 연락을 씹는 희연의 태도가 짜증 나서 그런 것이라 생각했는데, 그녀의 얼굴을 마주한 순간 이상하게도 반갑다는 느낌이 먼저 들었다. 한창때의 연인을 오랜만에 만나는 것처럼.

희연의 말대로 자신은 미쳐 버린 것일까. 가벼운 유희라고 생각했던 여자가 이토록 신경 쓰이는 걸 보면 뇌의 어느 한 부분이 다쳤거나 고장 난 건지도 모른다.

하지만 희연은 더 이상 예전처럼 반짝이는 눈동자로 그를 쳐다보고 있지 않았다. 그녀의 눈동자에 담긴 감정은 분명 짜증과 두려움, 그리고 약간의 경멸이었다.

어제저녁, 그녀가 레스토랑에서 이준을 바라볼 때의 시선을 떠올리자 우현의 입 안이 더더욱 쓰디썼다.

"……송이준 때문이야? 둘이 언제부터 만났던 건데?"

자존심 때문에라도 제일 언급하고 싶지 않았던 자의 이름이 우현의 입에서 불쑥 튀어나왔다.

"무슨 개소리를 하는 거야! 너와 난 이미 끝났어! 그나마 내가 너한테 감사하는 일이 하나 있다면, 결혼식 전에 깔끔하게 헤어지자고 말해 준 거야."

희연이 악을 쓰듯 외쳤을 때 그녀의 잠바 주머니에서 진동이 느껴졌다. 그녀는 떨리는 손으로 핸드폰을 꺼내 들었다.

[이준♡]

까만 액정 위로 그의 이름이 선명하게 떠올랐다. 이준에게 이이상 폐 끼치지 말자고 결심했던 그녀지만 지금의 전화는 도저히 받지 않을 수 없었다.

"여보세요."

- 어디야?

잘게 떨리던 그녀의 목소리는 이준의 음성을 듣자마자 울음 섞인 흐느낌으로 바뀌었다.

"준아. 나, 지금 밖이야. 신우현이 갑자기 찾아와서 도망치고 있는데……."

말이 끝나기도 전에 우현이 그녀의 손에서 핸드폰을 낚아챘다.

"일하고 있었냐? 나는 전 애인이랑 할 이야기가 좀 있어서 찾아왔어."

- 당장, 희연이 바꿔.

"워워, 진정하라고. 손끝 하나 안 건드렸을뿐더러 오히려 계단에서 넘어질 뻔한 것 구해 줬구만, 뭐."

"핸드폰 내놔, 이 미친놈아!"

희연이 그의 손에서 핸드폰을 낚아채려고 했지만 우현은 그녀보다 힘도, 반사 신경도 훨씬 뛰어났다.

- 당장 바꾸라고!

"집 근처 카페에서 둘이 이야기 나누고 있을 테니까 일 마치고 천천히 찾아와라. 끊자."

항상 무덤덤하던 이준의 음성이 불안하게 흔들리고 있었다. 우현은 묘한 쾌감과 승리감을 느끼며 통화를 종료했다.

일생일대의 원수라도 마주한 듯 그를 매섭게 노려보고 있는 희연의 입술이 잘근잘근 깨물어졌다.

"대체 무슨 심보야! 나한테 왜 이러는 거야?"

"그걸 알면 내가 이러겠어?"

옅게 웃어 보인 우현이 능글맞게 말했다. 그가 배터리를 분리시킨 희연의 핸드폰을 어서 가져가라는 듯 눈앞에 들이밀었다.

"여기서 이러지 말고 자리 옮겨서 네 왕자님을 느긋하게 기다려 보자고. 있잖아, 나는 아무리 생각해도 잘 모르겠더라. 나한테 크게 한 번 데인 네가 어째서 이준을 선택했는지. 차라리 조건 평범하고 성실한 남자를 만났다면……."

더 좋았을 거 아냐.

희연에게 그 말을 내뱉자마자 우현은 커다란 프로젝트라도 끝마친 사람처럼 마음이 한결 가벼워지는 것을 느꼈다. 그래, 자신은 전 애인이었던 여자가 지푸라기를 짊어지고 불 속으로 뛰어드는 꼴이 너무 안타까워서 견딜 수 없었던 게다.

"하, 웃겨 진짜. 네가 뭔데 이래라 마라 상관이야? 넌 이제 나와 아무 상관 없는 타인이거든!"

적의를 드러내는 고양이처럼 카랑카랑한 희연의 음성이 우현의 귓가에 와 닿았다. 아무런 상관없는 타인. 그 단어에 심장이 거세게 출렁였다. 그들의 관계를 명백하게 나타내는 말이 이상하게도 날카로운 송곳처럼 다가왔다.

"그래도 전 애인인데 보고 있기 딱해서 그렇지. 너도 잘 알잖아. 우리 같은 사람들에게 결혼은 그저 집안과 집안 간의 결합이라니까. 개인의 의사 따윈 필요 없다고. 네 나이도 있는데, 장난은 이제 그만하고 현실을 직시해야 할 거 아냐."

우현은 자신이 도대체 무엇을 바라고 이런 말을 계속 늘어놓는지 몰랐다. 조금 전의 날카롭던 기세는 어디로 사라졌는지 희연이 아무런 말도 못하고 입술만 달싹이고 있었다.

하얗게 질린 그녀의 얼굴에선 창백한 아름다움이 흘러내렸다. 우현은 불현듯 희연의 입술에 입을 맞추고 싶다는 충동을 느꼈다. 그녀의 입술은 변한 것 없이 달콤하겠지.

더군다나 만약 이준이 그 모습을 보게 된다면 어떨까. 자신이 희연의 앞에 나타났다는 사실만으로도 잔뜩 긴장하고 있는데, 눈앞에서 그 충격적인 광경을 보면 그의 속이 얼마나 새까맣게 타들어 갈까.

부드러운 달콤함과 가슴을 벅차게 만드는 승리감. 실행에 옮긴다면, 그 어떤 유희보다도 짜릿할 것 같다.

"이준이 네게 뭐라 속삭였는지, 무슨 약속을 했는지는 잘 모르겠지만 그거, 어차피 못 지켜. 그냥 헤어지고 다른 좋은 사람 만나."

하지만 우현은 바보가 아니었다. 그는 마른 들판의 불길처럼 거세게 끓어오르는 충동을 가까스로 억누르고 말을 이어 나갔다.

그래, 그럴 것까진 없다. 그냥 희연이 이준과 헤어져서 제 앞에 나타나지만 않는다면 더 이상 마음이 심란해지는 일도, 그녀가 신경 쓰이는 일도 없겠지. 모든 것이 제자리를 되찾아 갈 테다. 쓸데없이 흔들리는 마음도, 그로 인해 위태로워지고 있는 본인의 일상도.

"……꺼져!"

눈가에 눈물을 그렁그렁 매단 희연이 그의 어깨를 툭 치면서 지나갔다. 그녀가 분노와 슬픔을 에너지로 삼고서 계단을 빠르게 올라간 탓인지 우현은 집 쪽으로 향하는 희연을 이번에는 따라잡지 못했다. 간발의 차로 그녀가 들어간 현관문이 쾅 소리를 내며 닫혔다.

* * *

우현을 피해 집 안으로 들어오자마자 나를 의아하게 바라보는 엄마의 시선이 따라붙었다. 마트에서 사 가지고 온 물건들을 정리하고 있던 그녀가 내 쪽으로 빠르게 다가왔다.

"희연아, 아까 그 남자는 뭐니? 설마 스토커?"

"그거랑 비슷한 놈이야. 그러니까 초인종 울려도 절대 문 열어 주지 마."

"도대체 어쩌다가 그런 놈이랑 엮이게 된 거야?"

나는 마음이 조금 진정되고 나면 사정을 설명해 주겠다면서 방 안으로 들어갔다. 먼저 핸드폰에 여분의 배터리부터 끼워 넣었다. 전원이 들어오기까지 걸린 시간이 정말로 길게 느껴졌다. 핸드폰이 작동되자마자 이준의 번호를 꾹 눌렀다.

"준아!"

- 거의 다 도착했어. 조금만, 조금만 참아.

몹시도 듣고 싶던 이의 목소리에는 화난 맹수처럼 으르렁거림이 섞여 있었다. 아, 내 남자 박력 있다. 무섭다기보다는 오히려 안심이 되었다.

"나, 다시 집 안으로 들어왔어."

- 그 미친놈은?

"모르겠어. 안으로 들어오자마자 문 잠그고 핸드폰 켜는 거라서. 아까 그 자식이 배터리를 빼 버렸거든."

- 연락이 안 돼서, 미치는 줄 알았어.

"미안. 걱정 끼쳐서 미안해."

- 아냐, 내가 좀 더 일찍 찾아갈 걸 그랬어.

"응?"

이준은 우현과 통화하기 전부터 우리 집을 향해 출발한 상태였다고 말했다. 아침에 연락이 늦은 것이 왠지 모르게 신경 쓰였다나 뭐라나. 아무래도 이 녀석은 불길함을 감지하는 안테나라도 탑재하고 있나 보다.

"회사는 어떻게 하고?"

– 지금 그게 중요한 게 아니잖아.

"……너한테 여러모로 피해 줘서 미안해."

죄인이 된 기분으로 나는 그 말을 힘없이 읊조렸다. 내가 남자의 입장이 되어 생각해 봐도 그리 깨끗하지 못한 과거에 자꾸만 얽매이게 되는 여자는 정말 싫을 것 같다.

잠깐의 달콤함 끝에 다가온 태풍 앞에서 나는 아무것도 걸치지 않은 맨몸으로 맞서고 있는 기분이었다. 자격도 되지 않는 내가 이준의 고백을 너무 성급하게 받아들인 것은 아닐까, 후회마저 들었다.

– 그러지 마. 나, 정말 화낼지도 몰라.

핸드폰 너머로 짙은 한숨이 뒤섞인 그의 음성이 들려왔다.

"준아."

– 네가 잘못한 일도 아닌 걸로 왜 미안해? 지금 움직이고 있는 것도 따지고 보면 다 나를 위해서인걸. 너한테 무슨 일이 생기면 내가…… 멀쩡할 리 없잖아. 절대 못 견딜 테니까.

이준의 말에 눈물이 핑 돌았다. 금방이라도 눈물이 쏟아질 것처럼 눈가가 따끔거리고 내부에서부터 뜨거운 기운이 치밀어 올라와 입술을 꾹 깨물 수밖에 없었다.

나는 그에게 몇 동 몇 호인지 상세한 주소를 말해준 후 나지막한 목소리로 속삭였다.

"응, 기다릴게. 조심히, 빨리 와서 나 좀 도와줘."

– 어.

그제야 조금이나마 마음의 안정을 되찾은 듯 그가 피식 웃었다.

통화를 마친 후 나는 거실로 나왔다. 딩동. 울려대는 초인종 소리를 듣고 있던 엄마가 식탁 의자에 앉아 인상을 가만히 찌푸리고 있었다.

"저거, 아까 그놈이 누르는 거지? 이거 경찰에 신고해야 하는 거 아니냐."

"엄마, 이게 어떻게 된 일이냐면……."

엄마에게 모든 사실을 100% 털어놓기에는 용기가 조금 부족했다. 때문에 나는 우현이 식·음료계에서 세 손가락 안에 드는 기업의 자제며, 잠시 사귀었지만 그쪽에서 먼저 이별을 고해 왔기에 헤어졌다고만 이야기했다.

"걔네 집안이 장난 아니라서……. 경찰에 신고해 봤자 해결도 안 되고 일만 더 커질지도 몰라."

결과적으로 엄마에게 거짓말을 한 것은 아니었다. 다만, 그가 주아의 약혼자였으며 지금은 그녀와 결혼한 남자라는 사실을 차마 말하지 못했을 뿐.

"어머, 어머! 세상에, 이게 대체 무슨 일이라니! 지가 먼저 헤어지자고 했으면서 낯짝도 두껍게 어딜 찾아와?"

잔뜩 흥분한 탓인지 엄마가 랩을 하듯 말을 빠르게 이어 나갔다. 그리고 나를 향해서도 핀잔 섞인 말을 잔뜩 내던졌다.

'어쩜 그렇게 남자 보는 눈이 없어서 머저리 같은 놈을 사귀었냐.'부터 시작해서 '사귀는 동안 어떻게 한마디 언질도 없었냐.', '그럼 이제 어떡할 거냐.', '너희 아버지 집에 계실 때 저놈이 다시 찾아와서 난리 피우면 나는 그 뒷감당 못 한다.'라는 말까지 일 년 치 분량의 잔소리 및 꾸중을 오늘 이 자리에서 한꺼번에 몰아 들은 것 같다.

하하하. 그러게 말입니다, 어머니. 그러니 저를 좀 더 현명하게 만들어 주시지 그러셨어요. 배 속에 태아로 있었을 때, 지혜 옵션을 최대치로 찍으셨어야죠.

물론, 이 말은 속으로만 했다. 나는 졸지에 대형 사고를 친 불효녀가 되어 엄마의 말을 얌전히 듣고만 있었다.

우현이 헤어지자고 통보한 이후, 나는 그저 서럽게 울었을 뿐 그에게 매달린다거나 끊임없이 연락을 취하는 행동 등은 전혀 하지 않았다. 아니, 내겐 그리할 자격 자체가 없다고 생각했다. 시작부터 잘못된 관계. 그가 원망스럽고, 죽을 만큼 힘들고, 미련이 남더라도 그건 스스로 삭여야 할 문제라고 생각했다.

때문에 나는 우현의 행동을 더더욱 이해할 수 없었다. 그쪽에서 나를 먼저 차 버렸고 거기다 예쁘고 집안 좋은 아내까지 맞아들였으면서 도대체 왜 이런 추태를 보이는 것일까.

'자기가 갖기는 싫고 남 주기는 아깝다 이거야? 어떻게 이런 놈과 이준이 친구가 됐지? 흔히 말하는 비즈니스 관계 때문인가.'

십여 분간 지속되던 엄마의 말을 멈춘 것은 현관문 밖에서 들리는 소음이었다. 말소리가 들리더니 이어 뭔가가 문에 탁 부딪히는 소리도 들려왔다.

두 사람이 다투는 소리 같았다.
"이준이 온 건지도 모르겠어."
"이준? 그건 또 어떤 놈이야, 어?"
"아까 말한 놈과는 차원이 달라도 한참 다른 멋진 녀석. 내가 그놈이 집 앞에서 난동 피우고 있다니까 걱정됐는지 여기까지 찾아왔어."
"애가 무슨 양파도 아니고, 까도 까도 뭐가 자꾸 나와. 너, 진짜 아빠 앞에다 불러 놓고 진지한 대화를 좀 해 봐야겠다?"
"나중에. 상황이 좀 진정되면. 응, 엄마?"
"저놈의 기집애! 회사 일 힘들다고, 적성에 안 맞는다고 그만두더니 사고나 치고 돌아다니고 있어! 안 되겠다. 너, 그냥 아무 회사라도 들어가."
그래, 현재 백조 신세다 보니 모든 잔소리의 끝은 결국 취업으로 귀결되곤 했다. 나는 그 말을 못 들은 척 잠바를 다시 챙겨 입고 현관으로 도도도 달려 나갔다.
현관문을 열자 신음 섞인 음성과 둔탁하게 부딪히는 살 소리가 동시에 들려왔다. 누군가 문을 가로막고 있는 듯한 느낌이 들어서 끝까지 열어젖힐 수 없었다.
반쯤 열린 문틈 사이로 고개를 내밀자 이준과 시선이 마주쳤다. 곱디고운 그의 얼굴이 험악하게 일그러져 있었다.
"준아!"
"가만있어. 나오지 마!"
"아, 진짜. 여친 한번 더럽게 챙기네."

고운 내 님의 목소리와 달리 짜증스러울 뿐인 우현의 음성도 함께 들려왔다. 문을 가로막고 있는 것이 아무래도 이 미친놈인가 보다.

문 손잡이에 조금 더 힘을 주어 밀치자 우현이 옆으로 물러나면서 문을 완전히 열 수 있었다. 이 더러운 꼴을 엄마에게 보여 줄 필요는 없었기에 나는 바깥으로 몸을 빼내자마자 현관문을 재빨리 닫았다.

"얘가 더 이상 네 얼굴 마주하기 싫고, 말 섞기 싫다는데 왜 껌 딱지처럼 여기 붙어 있어?"

새끼를 보호하는 어미 곰처럼 이준이 나를 제 쪽으로 끌어당기며 쏘아붙였다. 얄밉도록 여유만만한 얼굴로 나를 열 받게 하던 모습은 어디로 다 사라져 버린 것인지 우현이 딱딱하게 굳은 표정으로 나와 이준을 노려보았다.

"나도 한 가지 물어보자. 넌 내가 재랑 한때 사귀었다는 사실 알고 있으면서도 이러는 이유가 대체 뭐야? 자존심 안 상해? 기분 안 더러워? 어제 레스토랑에서 한 말 진심이야? 제발 한 번만 만나 달라고 얘를 쫓아다녔다고? 여자에 별로 관심도 없는 네가?"

우현이 폭포수처럼 쏟아내는 말은 하나하나 날카로운 비수가 되어서 심장에 와 박혔다. 새로운 남자 친구 앞에서 전 남자 친구에게 모욕적인 말을 듣는 상황, 정말 최악이다.

"맞아. 난 평범한 여자들에겐 관심 없어. 이희연이라서 관심 있는 거야. 얘가 과거에 누굴 사귀었든 상관없거든. 현재 얘 옆에 있는 남자가 나라는 사실이 중요하니까. 듣고 싶은 답 다 들었으면 이제 그만 가라."

그 대답을 납득하지 못하겠다는 뜻일까. 아니면 뭔가 더 할 말이 남아 있었던 것일까. 입술을 잠시 씰룩이던 우현이 나를 빤히 쳐다보더니 이준의 어깨를 툭 치면서 지나갔다.

"언제까지 잘 지내는지 두고 볼게. 네가 말한 대로 현실에 꺾이지 않길 바라."

소름 끼치는 말을 남겨 두고선.

우현의 모습이 보이지 않게 되자 긴장이 완전히 풀려 버린 나는 그 자리에 그대로 주저앉을 뻔했다. 이준이 내 어깨를 조심스레 붙잡아 쓰러지지 않도록 지탱해 주었다.

"와 줘서 고마워."

회사를 내팽개치고 여기까지 달려와 준 사람에게 건네는 말이 고작 그거였다. 못난 내 입술이 정말 원망스러웠지만 우현의 등장과 그의 가시 박힌 말로 머릿속이 눈 내린 벌판처럼 새하얗게 변해 버려서 어쩔 수 없었다.

"괜찮아? 많이 놀랐지?"

"뭐가 어떻게 된 건지 잘 모르겠어."

"……그놈이 미쳐서 그래. 따뜻한 커피라도 마시러 갈까? 정신 좀 돌아오게."

도저히 밖에 나갈 기분이 아니었지만, 이대로 집에 들어가서 엄마의 얼굴을 마주하는 것도 곤욕이었다. 때문에 나는 그의 제안을 못 이기는 척 엘리베이터에 올라탔다.

나와 그 사이에 내려앉은 침묵이 소름 끼치도록 서늘한 감각을 피부에 안겨 주었다. 나는 부끄러움 및 수치심 반, 미안함 반의 복잡 미묘한 기분이 되어서 입을 쉬이 열 수 없었고, 그는 내게 어떤 말을 건네야 할지 몰라 조심하고 있는 듯 보였다. 그래서 용기 내어 내가 먼저 입을 열었다.

"근무 시간인데, 정말 괜찮아?"

나도 잠시나마 직장 생활을 해 봐서 안다. 근무 도중 제멋대로 자리를 이탈하는 것이 그 사람의 근무평가에 얼마나 마이너스 요인이 되는지. 물론 이준은 평범한 회사원들과 달리 신원그룹의 후계자라는 강력한 뒷배경이 존재하긴 하지만, 그럴수록 자기 위치를 믿고 함부로 행동한다는 평가와 구설수에 시달릴 것이 분명했다.

"핫팩, 효과 좋더라."

뜬금없는 대답을 내놓는 그의 얼굴을 빤히 쳐다보았다. 이준이 시선을 먼 곳으로 던지며 말을 이어 나갔다.

"심한 열 감기에 걸린 것처럼 보이니까 부서 팀원들이 먼저 조퇴하고 병원 가 보라고 하더라고."

응? 지금 뭐라고 말했어?

나는 눈을 깜박이며 새하얀 그의 얼굴을 쳐다보았다.

"그러니까 지금 네가 학생들처럼 꾀병을 부려서 조퇴를 했다는 말?"

"한 번도 해 본 적 없어서 잘 먹힐까 걱정스러웠는데, 생각보다 잘 통하던걸."

나, 회사 그만두면 배우나 할까.

아무렇지도 않은 무표정한 얼굴로 농담을 던지는 녀석을 보면서 나는 웃어야 할지, 울어야 할지 알 수 없었다.

엄마, 내가 성실하고 일 잘하던 놈을 타락의 길로 이끌고 있는 것 같아요. 이를 어떡하면 좋죠?

"야, 배우는 아무나 하는 줄 알아? 얼굴 되고 몸 되고……."

이준의 얼굴을 바라보면 바라볼수록 내 목소리는 땅굴을 파고 기어들어 가다시피 작아졌다. 될 놈은 뭘 해도 다 된다더니, 정말 그렇구나. 얼굴도, 몸도. 연기 실력만 조금 갖춰진다면 단번에 인기스타로 발돋움할 수도 있겠지.

그런 내 생각을 눈치챘는지 이준이 입꼬리를 비죽 들어 올렸다. 여하튼 생각지도 못한 그의 답변 덕에 무겁고 답답하던 분위기가 한결 나아졌다.

아파트 입구의 계단을 조르르 내려가자 햇살이 밝게 쏟아지고 있었다. 언젠가 어느 애니메이션에서 봤던 장면이 눈앞을 스치고 지나갔다.

큰 죄를 지은 후 어두운 방 안에서 참회하는 여인에게 한 줄기 빛이 쏟아져 내리는 모습을 보며 전율을 느낀 적이 있었지. 어린 나이에도 불구하고 까만색과 백색이 어지러이 뒤섞이며 선과 악이 동시에 공존하고 있는 듯한 그 장면을 인상 깊게 받아들인 탓일까. 지금도 꽤 선명하게 떠오르는 것을 보면. 어쩐지 내가 처한 상황과 조금 비슷하다는 생각이 들었다.

"……잘못한 것 후회하고 뭔가 잘해 보고 싶은데, 오래 놔둔

실타래처럼 자꾸만 뒤엉키는 기분이야."

이준의 손이 정수리 위에 천천히 와 닿았다. 그가 작지도 크지도 않은 목소리로 속삭였다.

"사람은 바뀌려고 결심한 순간, 바뀐다는 말이 있어. 괜찮아."

그리 화려하지 않은 위로가 지금 이 순간에는 더없이 멋지게 다가왔다.

* * *

우현은 아파트 근처의 주차장에 대충 세워놨던 차에 올라탔다. 무어라 정의내리기 힘든 분노가 그의 가슴을 들끓게 했다.

'송이준, 그 자식이 근무 시간을 재끼고 여길 왔다고?'

조금 전 마주한 이준은 평소 그가 알고 지내던 사람이 아닌 것 같았다. 이준이 어떤 놈이던가. 그는 재계 내에서 규칙이나 규율을 엄격히 준수하고, 고지식하기로 평판이 자자한 인물이었다.

후계자 수업을 받거나 신분을 숨긴 채 평범한 일반 직원으로 일하고 있는 다른 기업 및 그룹의 자제들이 종종 여러 가지 이유나 핑계를 대고서 느슨해지는 것과 달리 이준, 그는 자신의 현 위치에 어긋나는 행동을 단 한 번도 행한 적이 없었다. 그녀, 희연을 만나기 전까지는.

그녀가 대체 뭐길래. 희연과 몇 개월이나 열렬히 사귀어 우현 역시 그녀가 웬만한 여자보다 괜찮다는 사실은 잘 알고 있지만,

설령 이준이 그녀를 진심으로 사랑하게 된다 해도 냉혹한 현실 앞에서는 어쩔 수 없다고 생각했는데.

"레스토랑에서 꺼냈던 말, 정말 진심이었나."

그것이 저와 이준의 가장 큰 차이점일까. 그리 순종적이진 않으나 매사에 적당히 임하고 마는 자신과 평소에는 비교적 조용하고 순종적이나 한 번 마음먹으면 기존의 틀이든 주변 상황이든 전부 부수어 버리는 행동력을 지닌 그.

우현은 스스로 생각해도 재물 운은 타고난 모양인지 남들이 부러워할 만한 금수저를 물고 태어났다. 식·음료계에서 세 손가락 안에 드는 세신기업의 후계자로 태어나 공부도 그럭저럭 했고 대인관계도 넓은 편이었으며 특히 여자들과는 셀 수도 없이 수많은 연애를 해 왔다. 무엇 하나 부족한 것 없던 삶이지만 본인의 처지가 문득 답답하게 느껴질 때는 있었다.

특히 주아와의 결혼을 눈앞에 두었을 때, 우현은 스스로가 꼭 두각시 인형 같다고 생각했다. 하지만 마음속으로만 불만을 품었을 뿐, 실제로는 아무것도 하지 않았다. 그리고 자신이 여태까지 누려 왔던 것들을 그대로 유지하기 위해 결혼이라는 일을 대충 치러 냈다.

태어난 이후 쭉 그리 살아왔으니 이번에도 괜찮을 것이라 믿었다. 결혼과 이혼을 반복하지 않는 이상 일생에 단 한 번 가는 신혼여행, 하와이에서 희연의 얼굴이 떠오를 때마다 일시적인 변덕 혹은 쓸데없는 미련이라 여기고 스스로를 한심하게 생각했다. 하지만 사실은,

"걔한테 흔들리고 있는 것이 아닐까."

어째서일까. 자꾸만 어긋나는 감정을 어떻게 하면 좋을지 모르겠다. 이런 기분, 이런 감정 전부 처음 경험해 보니까. 우현은 인상을 찌푸린 채 입술을 잘근잘근 깨물며 차의 속도를 높였다. 그리고 지나치게 높은 속력으로 달리기 시작했다.

7. 몰랐던 사실을 마주할 때

　드라이브라도 하면 더럽고 찝찝한 이 기분이 좀 나아질까. 우현은 남산 타워 쪽으로 방향을 틀었다. 빡빡한 서울 도심에서 드라이브할 만한 공간은 몇 군데 없었는데, 그곳은 출퇴근 시간을 제외하면 비교적 한산한 편이기 때문이다.
　그곳에 도착하고 나서야 그는 예전에 희연과 함께 이곳에 놀러 왔다는 사실을 떠올렸다. 그때는 낙엽이 곱게 물든 가을이었고, 달콤한 키스를 나누던 그들의 어깨 위로 메마른 낙엽이 떨어져 내렸다.
　사람은 소중한 것이 제 곁에서 사라지고 나서야 그 진가를 깨닫는다고 하지만, 그래도…… 이건 아니잖아.
　우현의 입술이 씰룩거렸다. 마음을 식히기 위해 찾아온 길 위에서 지나간 시간을 더듬어 보며 알 수 없는 회한에 잠겼다.

"넌, 내 어떤 점이 마음에 들었는데?"
"생기 넘치는 점?"

 살포시 웃던 그녀의 모습이 흐릿하게 떠올랐다. 그 외에도 희연의 장점은 많았다. 몰랐던 건 아니다. 다만, 모르고 싶었다. 희연과 함께 있으면 재밌었고, 언제나 건성건성 대해 오던 삶에 대한 깊이 있는 성찰이 가능했다. 무엇보다도 그녀와 함께 있는 순간만큼은 본인이 꼭두각시 인형 같다는 느낌이 들지 않았다.
 겨울과 봄의 경계선. 조금 늦게 내린 겨울눈이 아스팔트에 검은 눈물 자국을 잔뜩 남겼던 날.
 그녀에게 헤어지자고 말한 그 순간에는 적어도 이제껏 누려 온 삶에 대한 순응이 더 가치 있다고 여겼다. 집안의 의지를 거스르는 순간, 세신이란 이름을 버리는 순간 참 우습게도 본인은 아무것도 아니었으니까.
 '내'가 없는데 그녀가 옆에 있어 봤자 무슨 소용이야? 주아란 여자가 어떤 여자인지 잘 모르겠다고? 걔가 과연 희연이보다 더 좋을까? 괜찮아. 원래 연애하는 여자와 결혼하는 여자는 다른 거랬어.
 우현은 그런 속삭임에 충실했다. 하지만 그리한 결과가 대체 무엇인가.
 신혼여행지에서 다른 여자를 생각하며 아내를 안는 것? 무어라 정의내리기 힘든 감정에 휘둘려 옛 연인의 집을 꼴사납게 방문하는 것?

터질 것 같은 머리를 식히는데 드라이브는 조금도 도움이 되지 않았다. 우현은 스마트폰 검색을 통해서 근처의 갈 만한 바를 물색했다.

보통 인터넷 블로그나 카페 등에 소개되는 가게는 캐주얼한 분위기를 띠고 있거나 사람들의 방문이 활발한 시끄러운 곳들이 대부분이었다. 하지만 별다른 소개글 없이 바 내부와 칵테일을 포함한 주류의 사진만 가지런하게 올라온 어느 블로그 글을 보고 나서 우현은 그곳에 가기로 결정했다.

<Nostalgia>

향수라는 의미를 지닌 가게의 간판은 여느 삼류 바처럼 멋없게 화려하지 않았다. 그게 우현의 마음에 그럭저럭 들었다. 1인용 바 자리에서 맞아 주는 바텐더들 또한 막 달라붙지 않았고, 그렇다 해서 무뚝뚝하지도 않은 차분한 모습을 보이는 것이 썩 괜찮았다.

"마티니 한 잔."

기본적인 주류부터 시작했다. 한 잔, 한 잔 잔을 비울 때마다 마구 뒤섞여 그 형체를 알 수 없는 감정들이 용암처럼 불쑥 치밀어 올랐다가 가라앉곤 했다.

주아와 희연을 처음 만났던 순간, 희연과 함께 했던 시간들, 희연에게 헤어지자 이별의 말을 꺼낸 순간, 희연을 떠올리며 주아를 안았던 시간. 무엇이 정답이고, 무엇이 잘못된 것일까.

"한심하네. 진짜 X같아."

대상이 누군지도 모를 욕을 중얼거리던 그가 기세 좋게 외쳤다.

"여기, 발렌타인으로 한 잔 더."

"취하셨습니다."

여태까지 그에게 묵묵히 술을 건네주던 중년의 바텐더가 나지막하게 대꾸했다. 우현이 밑으로 내려앉는 눈꺼풀을 애써 치켜뜨며 인상을 찌푸렸다.

"내가 내 돈 내고 마시겠다는데, 뭔 상관이야. 이쪽은 많이 팔면 그만 아냐? 시끄럽고, 한 잔 더 가져와."

"술에 취한 손님에게는 더 이상 술을 권하지도, 판매하지도 않는 것이 노스탤지어의 룰(Rule)입니다."

"룰? 됐고, 그냥 가져오라고. 얼마면 되는데."

"죄송합니다만, 손님께는 더 이상 술을 판매하지 않겠습니다. 대리를 불러 드릴 테니, 댁으로 돌아가시는 게 좋겠군요."

만약 그가 앉은 자리가 바 테이블이 아니라 일반 테이블이었다면 슬슬 오르고 있는 취기의 핑계를 대며 그대로 뒤엎었을지도 모르겠다.

다행히도 그의 이성이 아직 완전히 끊긴 것은 아니라서 그리하면 일이 커진다는 사실쯤은 인지하고 있었다. 빈틈없이 단호한 바텐더의 태도에 씩씩거리던 우현은 비틀거리는 걸음으로 그곳을 빠져나왔다. 대리를 불러 주겠다는 종업원의 손길도 싸늘하게 뿌리친 채.

"하, 별로 취하지도 않았는데 X랄이야. 장사하기 싫은가 보지, X새끼들."

우현은 근방에 세워둔 차에 올라탔다. 조금 어지러운 느낌이 들긴 했지만, 괜찮았다.

봐. 이렇게 운전할 정도로 멀쩡한데, 대체 누가 술에 취했다는 거야.

우현이 운전하는 차는 도로를 불안하게 질주했고, 얼마 지나지 않아 차 사이의 거리 간격이 좁아지는 복잡한 사거리에 도착했다.

"앞차, 진짜 뭐하는 거래."

옆으로 살짝 빠질 만한 공간이 있는데도 어정쩡한 거리를 유지하고 있는 앞차를 보자니 우현의 속이 부글부글 끓어올랐다. 클랙슨을 몇 번이나 울려도 상대가 요지부동이자 그는 그냥 앞차를 추월하기로 마음먹었다.

평소에도 주변 상황을 봐 가며 가끔 시도했던 일이라서 그런지 그리 위험하다는 생각은 들지 않았다. 마치 사고(事故)의 신이 그의 뇌리를 조종하고 있는 것처럼.

"어? 어!"

빠져나올 시간이나 거리를 잘못 계산한 탓일까. 아니면 핸들의 방향을 너무 많이 튼 탓일까. 위치가 조금 어긋나는가 싶더니 우현의 차는 그대로 옆 차선의 앞차에 박혀 버렸다. 전혀 생각지도 못한 앞쪽의 추돌사고에 뒤따라오던 차 두 대도 연이어 추돌하면서 사고는 걷잡을 수 없이 커져만 갔다.

"뭐야?"

"사고 났나 봐!"

도로의 일부가 마비되면서 주변이 급속도로 소란스러워졌다.

안전벨트도 제대로 착용하고 있지 않던 탓에 차가 부딪히면서 머리를 세게 들이박은 우현의 의식이 차츰 흐려지고 있었다.

"넌 운전할 때, 다혈질 성격을 죽일 필요가 있어. 진짜, 조심 좀 해. 걱정된다고."

어째서 지금 이 순간에도 과거, 희연이 했던 말이 물안개처럼 떠오르는 것인지. 아아, 정말 징글징글하다. 이 쓸데없는 감정이란 것.
마침내 완전히 감긴 우현의 눈꺼풀 밑으로 눈물 한 방울이 섞인 붉은 핏줄기가 흘러내렸다.

* * *

신혼여행을 다녀 온 후 희연과 이준 커플을 만나는 게 이리 기분 나쁜 일이 되리라곤 주아는 꿈에도 짐작하지 못했다. 그녀의 생각보다 둘의 관계는 두터웠고, 무엇보다도 희연에 대한 이준의 애정이 굳건했다. 생각하면 생각할수록 기분이 불쾌해졌다. 저보다 여러 면에서 뒤떨어지는 희연에게 그녀의 남편보다 훨씬 잘난 이준이라는 남자 친구가 생겼다는 사실 자체가 마음을 몹시 불편하게 만들었고, 고고한 그녀의 자존심에 치명적인 상처를 입혔다.
자고로 스트레스를 풀 때는 달콤한 음식을 섭취하거나 쇼핑을 하러 나가는 것이 제일 좋은 방법이었다. 결혼을 핑계로 우현이 최근 후계자 수업에서 한발 물러나 쉬고 있었기에 그에게 어떤 핑계를 대고 외출해야 할지 고민하고 있었는데 마침, 우현이 친구와 약속이 있다면서 먼저 외출했다. 때문에 주아는 여유로운 마음으로 밖에 나가서 쇼핑도 하고, 근처에 사는 친구를 불러내어 맛있는 음식도 먹은 후 집에 돌아왔다.

하지만 이게 대체 무슨 소리람. 잘 놀고 들어와서 기분이 한결 가벼워진 주아에게 날벼락 같은 소식이 찾아왔다. 그녀의 남편 우현이 음주 운전으로 교통사고를 냈으며, 현재 병원으로 실려 갔단다.

밤 아홉 시가 넘은 늦은 시각. 깜짝 놀란 주아는 황급히 차를 몰아 해당 병원에 도착했다. 우현의 어머니, 정 여사가 아들의 사고 소식에 놀란 탓인지 평소와 달리 정신없는 모습으로 병원에 이미 도착해 있었다.

"아니, 아가. 이게 대체 어떻게 된 일이니. 응?"

"저도 막 소식 듣고 달려오는 길이에요. 일단 진정하세요, 어머니. 별일 아닐 거예요."

불행 중 다행으로 우현은 목숨이 위험할 정도로 크게 다치진 않았다. 이마가 조금 길게 찢어지고 가벼운 뇌진탕 증상, 팔 부상 등으로 전치 3주라는 진단 결과가 나왔다.

정 여사는 그래도 사람이 무사하니 다행이라며 한숨 돌리는 눈치였지만, 주아는 아내 된 입장으로서 전혀 그럴 수 없었다. 그녀에게는 배우자의 사고를 뒷수습해야 하는 의무가 존재했다.

부상으로 병원에 실려 올 당시 우현의 혈중 알콜 농도는 음주 측정 시 면허 취소에 해당되는 0.2% 이상이었다. 면허 취소는 물론이요, 타인을 다치게 하고 차도 여러 대 파손시켰으니 형사상의 처벌도 절대 피해 갈 수 없었다.

아니, 신혼여행에서 돌아온 지 얼마나 됐다고 이런 대형 사고를 쳐?

주아는 기가 막히고 우현이 몹시 원망스러웠지만, 억울한 감정을 꾹꾹 억누른 채 사고를 조금씩 수습해 나갔다. 그녀는 똑똑했고, 일을 원만하게 처리할 만한 능력도 충분히 지니고 있었다. 우현의 집안에서는 그녀가 일을 보다 수월하게 처리할 수 있도록 믿음직스럽고 유능한 남자 비서 한 명을 붙여 주었다.

뒷수습을 하려면 우선 사고에 대한 정확한 정보가 필요했다. 때문에 주아는 제일 먼저 강 비서와 함께 우현의 차량에 있던 블랙박스를 살펴보았다. 블랙박스는 앞차와 부딪힌 충격으로 일부 망가져 있었지만, 사설 업체에 맡겼더니 영상을 90% 이상 복구해 낼 수 있었다.

"이 사람은 대체 어디를 갔다가 술을 진탕 마시고 운전해서 이런 대형 사고를 낸 거야?"

그녀가 의무적으로 살펴본 블랙박스에는 사고가 일어났던 그날, 우현이 어디에 갔었는지 그가 차 안에서 어떤 상태로 있었는지 보여 주는 모습들이 차례차례 담겨 있었다.

"여긴……?"

주아는 우현이 사고 당일 첫 번째로 주차한 주차장이 굉장히 낯익다는 느낌을 받았다. 기억을 이리저리 뒤져 보던 그녀의 얼굴 표정이 곧 일그러졌다.

"······희연이네 집 근처 주차장인데."

희연과는 중학교 때부터 단짝처럼 지내 왔다. 당연히 서로의 집에 방문하는 일도 잦았다. 주아는 대학에 입학하면서부터 웬만한 거리는 차를 끌고 다녔고 희연의 집을 방문할 때도 차를 이용했다. 하지만 작은 단지인 희연네 아파트 안에는 외부인이 편하게 주차할 만한 공간이 없어서 그녀는 그때마다 근처의 사설 주차장을 이용하곤 했다. 놀랍게도 우현의 블랙박스에는 그 주차장의 모습 일부가 담겨 있었던 것이다.

타고난 여자의 감으로 주아는 뭔가 불길한 예감을 느꼈다. 그녀는 강 비서에게 적당한 심부름을 시켜서 그를 바깥으로 내보내고 영상의 뒷부분을 홀로 보기 시작했다.

"이 사람이 그 시각에 그곳은 왜 갔대? 도대체 무슨 이유로?"

한동안 비어 있던 차 안에 우현이 다시 올라탔을 때, 그의 표정은 무슨 일 때문인지 몰라도 심각하게 일그러져 있는 상태였다. 거친 손길로 운전을 하던 그가 중얼거렸다.

- 레스토랑에서 꺼냈던 말, 정말 진심이었나.

"레스토랑? 설마 삼 일 전에 넷이서 함께 식사하던 때를 말하는 거야?"

남편이 친구와 약속이 있다고 말하면서 발걸음을 옮긴 곳은 아내의 친구, 희연의 아파트 근처. 심각한 표정으로 이준이 내뱉었던 말을 되뇌는 우현의 모습을 보면서 주아의 가슴은 속도를 최대치까지 높인 롤러코스터에 올라탄 사람처럼 쿵쿵 뛰어 댔다.

'설마, 설마……. 이 사람도 제 친구와 희연이 어울리지 않는 다고 생각하니까 그녀에게 몇 마디 충고나 해 주려고 움직인 거겠지.'

주아는 저도 모르게 영상을 중지시켜 버렸다. 정지된 화면을 바라보는 그녀의 손바닥에는 땀이 살짝 맺혀 있었다. 주아의 마음 한구석에서 '우현의 블랙박스 영상 조사는 이만하면 됐다'는 목소리가 들려왔다.

'여기서 그만 멈추는 게 좋을걸?'

마치 그녀를 비웃는 악마처럼 간드러진 음성이었다. 그때, 내면의 또 다른 목소리가 쏘아붙이듯 외쳤다.

'버젓이 존재하는 사실을 덮어 버린다고 그것이 수증기처럼 사라져? 진실은 끝까지 확인해 봐야 할 거 아냐? 만약 네가 생각하는 게 맞으면 어떡할래? 남편이라는 작자가 오래전부터 너를 속이고 기만해 온 거라면?'

주아의 입술이 파르르 떨렸다. 입술을 깨물며 갈등하던 그녀가 떨리는 손가락으로 영상 재생 버튼을 다시 눌렀다. 손가락 끝에 와 닿는 기기의 감촉이 너무도 차가웠다.

— 걔한테 흔들리고 있는 것이 아닐까.

영상을 재생한 지 얼마 안 되어 들려온 우현의 말은 주아의 의심에 튼튼한 쐐기를 박아 넣고 그것에 강렬한 확신을 심어 주었다. 어쩐지 신혼 여행지에서 그녀를 바라보는 우현의 시선에 아무런 감흥도 없다 싶었다. 뭇 남자들이 손 한 번 잡아 보고 입 한 번 맞춰 보길 원하는 아름다운 그녀를 눈앞에 두고도 그의 정신은 종종 다른 곳에 가 있는 듯했다.

이제야 그 이유를 알았다. 우현의 마음속에 이미 다른 여자가 자리를 잡고 있기 때문이었다. 그것도 남들이 자신과 제일 친하다고 생각하는 친구, 희연이 그 대상이었다.

이 사실을 인지하는 순간, 주아의 목덜미에 소름이 오싹 돋았다. 그녀의 손끝과 발끝은 그 위에 서리라도 내린 것처럼 차가워졌고, 속은 거세게 흔들리는 배에 올라탄 것처럼 울렁거렸다.

주아는 저도 모르게 책상 위의 마우스를 집어 던졌다. 그것이 바닥에 툭 떨어지며 나는 소리에는 현실감이 하나도 없었다.

잘나가던 그녀의 인생에서 이렇게 말도 안 되는 상황은 처음 등장하는지라 무얼 어떻게 하면 좋을지 몰랐다. 남편의 배신 아닌 배신으로 밀려온 서러움 및 분노, 별것 아닌 친구에게 졌다는 패배감 등이 그녀의 뇌리를 한꺼번에 뒤흔들었다. 그때, 정중한 노크 소리가 들리더니 방문이 열렸다.

"사모님, 다녀왔습니다. 영상에 뭐, 특별한 점이 있던가요?"

심부름을 마치고 돌아온 강 비서가 물어 왔다. 주아는 애써 얼굴 표정을 수습하고 대답했다.

"제가 살펴본 부분까지는 별문제 없었어요."

배신감과 분노로 인해 가만히 있어도 손가락이 파르르 떨릴 정도였지만, 그녀의 입술은 태연하게 이야기를 이어 나가고 있었다. 그녀의 뇌만 별도의 공간에서 부유하고 있는 듯했다.

주아는 아무렇지도 않은 척 강 비서와 함께 영상의 뒷부분을 살펴보았다. 그들은 우현이 용산구의 어느 바에 들러서 주차하는 장면, 술에 취해 발개진 얼굴로 욕을 내뱉으며 차에 올라타는 장면, 앞차를 추월하기 위해 끼어들기 한 장면 등을 추가로 확인할 수 있었다.

"일단 이쪽에서 방어할 패가 전혀 없다는 점이 문제입니다. 피해자들과 최대한 원만하게 합의하는 것이 현재로서는 최선일 듯합니다. 면허 취소와 벌금형 정도로 끝날 수 있도록 노력해야죠."

"저도 그렇게 생각해요."

강 비서는 신 회장이 인정한 유능한 인재답게 이미 피해자들의 인적사항을 조사해서 엑셀 파일로 보기 좋게 정리해 둔 상태였다. 그는 주아의 의견과 일정을 참고하여 피해자들과 각자 약속을 잡았다.

"여러모로 도와주셔서 감사해요."

상냥한 미소를 입가에 가득 머금은 주아의 말에 그가 쑥스럽다는 듯 얼굴을 살짝 붉혔다. 무표정할 때가 많은 강 비서의 평상시 모습을 떠올려보면, 상당히 이례적인 모습이었다.

"제가 당연히 해야 할 일인걸요."

삼십 대 후반의 강 비서는 신 회장 일가의 일을 살피는 비서진 중에서는 비교적 젊은 편에 속했다. 외모도, 직업도 번듯했지만 일에 대한 욕심이 많은 탓에 그는 아직 솔로로 지내고 있었다. 그런 그조차도 제게 호감을 지니고 있는데, 정작 그 누구보다도 사이가 가까워야 할 남편에게서 외면받고 있다는 사실이 주아를 더더욱 비참하게 만들었다.

강 비서마저 떠나자 신혼집에는 주아 혼자만 덩그러니 남아 있었다. 집안일을 봐 주는 도우미 아주머니가 있었지만, 그녀는 속 깊은 대화를 나눌 수 있는 상대가 아니니 혼자 있는 것과 다름없었다.

'희연이를 만나서 슬쩍 한 번 떠볼까. 아냐, 지금은 걔를 마주하는 것만으로도 짜증 나서 미칠 거야.'

차라리 우현이 주아, 저보다 더 잘난 사람을 마음에 두고 있었다면 이토록 기분이 상하진 않았을 테다. 같은 값이면 다홍치마라고 좀 더 멋진 사람, 좀 더 잘난 이상형을 추구하는 것은 인간의 당연한 본능이니까.

'하지만 희연은 아니잖아. 내가 걔보다 부족한 게 뭔데? 외모도, 능력도 내가 몇 배는 나아. 집안 빼면 아무것도 아닌 주제에 신우현, 네가 나를 이렇게 비참하게 만들어?'

생각하면 할수록 분노가 치솟았다. 주아의 마음속에서 우현은 이미 여러 번 갈가리 찢겨졌다. 마음 같아서는 이대로 그를 감방에 보내 버리고 싶었다. 그 꼴 보기 싫은 얼굴을 다신 마주하지 않도록.

하지만 남편인 그가 감방에 들어가면 제 평판도 함께 떨어진다. 더군다나 결혼한 지 얼마 안 된 지금 그와 갈라선다면, 앞으로 그녀의 인생에 '이혼녀'라는 거추장스러운 꼬리표가 쭈욱 따라다닐 것이다. 세간에서 자신을 향해 무어라 말할지 눈에 뻔히 그려지는 것 같았다.

"김주아 그렇게 잘난 척하더니, 깨를 볶아도 모자를 신혼에 이혼했다더라."

"어머, 정말? 그래서 여자는 남자를 잘 만나야 한다니까. 걔는 다른 부분이 아무리 잘났어도 남자 보는 눈이 없어서 인생을 망쳤네."

주변 사람들 모두 자신을 깎아내리며 흉을 보겠지. 주아는 그런 치욕을 당하면서 남은 생을 살아갈 자신이 없었다.

'그럼 이 사실을 알고도 평생 모른 척하며 살아야 하는 거야?'

그것 역시 끔찍했다. 주아는 제게 상처를 준 사람을 용서할 만큼 너그러운 인품의 소유자가 아니었다. 만약 그랬다간 시름시름 앓다가 화병으로 죽고 말 것이다.

'침착하자. 일단 이번 사고를 최대한 빠르게 수습하는 게 중요해. 희연과 우현 문제는 아직 물증도 부족하고, 좀 더 알아볼 필요가 있어. 신우현, 그 개자식도 문제지만 이희연, 걔가 꼬리쳤을 수도 있잖아.'

희연 역시 저를 불편하게 생각하고 있다는 사실은 알았다. 하지만 겉으로 내색하지 않았던 건 그녀가 은연중에 저를 부러워하는 모습을 지켜보면서 즐겼기 때문이다.

게다가 외모, 능력도 어느 정도 갖추고 있지만 저보다 뒤떨어지는 희연이 곁에 있어서 본인이 더 반짝반짝 빛나는 것 같았다. 왜, 대비 효과라는 말도 있지 않은가. 제가 화려하고 강렬한 태양이라면, 희연은 그 빛을 반사해서 빛나는 달 같은 느낌이었다. 어쩌면 제게 열등감을 갖고 있던 희연이 복수할 요량으로 우현을 꼬드긴 걸지도 몰랐다.

'열 여자 마다하는 남잔 없으니까.'

그래도 남편이라고 팔이 안으로 굽는 것일까. 아니면 희연을 나쁜 년으로 몰아가야 제 마음이 조금이나마 편해지기 때문일까.

하긴, 지금 중요한 것은 그게 아니지. 주아가 입술을 바득바득 깨물었다.

'일방통행인 감정도 기분 나쁘지만, 만약 둘이 나 몰래 사귀기라도 했다면……'

절대 용서하지 않을 것이다. 무슨 짓을 해서라도 그 둘에게 제가 느낀 분노와 배신감을 몇 배는 증폭시켜 되갚아 주리라.

* * *

우현이 일으킨 교통사고는 일부 신문 기사에 실리면서 재벌가의 방탕한 사생활이나 도덕적 해이에 대한 논란을 불러왔지만, 신 회장과 세신기업의 발 빠른 대처 덕분에 크게 이슈화되지는 않았다. 하지만 나는 인터넷에서 'S기업 후계자, 방탕한 사생활과 음주 운전으로 물의!'라는 제목의 기사를 읽자마자 그것이 우현과 관련된 사건임을 단번에 눈치챘다.

'이틀 전? 사고가 일어난 날짜가 그 자식이 우리 집에 찾아온 날짜랑 같잖아……'

등 뒤에 귀신이라도 나타난 것처럼 뒤통수가 서늘해졌다. 이성적으로 생각해 보면 그의 방문과 교통사고 사이에는 아무런 연관 고리도 없었다. 하지만 마음 한구석이 묘하게 찝찝했다.

'뭐야. 하필이면 왜 그날, 교통사고가 발생한 거야?'

나와는 전혀 상관없는 일이다. 이리 되뇌어 봐도 찝찝한 기분이 쉬이 사라지지 않았다. 때문에 이준에게 조심스레 SNS를 보냈다.

[있잖아. ㅇ월 ㅇㅇ일에 사고 난 것, 신우현 맞아? 그 자식이 우리 집까지 쫓아온 날이지? 왠지 소름 끼쳐…….]

그에게서 아주 빠른 답변이 도착했다.

[너와 전혀 상관없는 일이야. 신경 쓰지 마. 앞으로 내 앞에서 다른 남자 이야기 꺼내면, 화낼 거야.]

단호한 말투였다. 그래, 그의 말이 맞다. 나는 이성적이고 냉철한 그의 말을 신뢰했다.

[오해하지 마! 걔, 걱정하는 거 아냐. 그냥 날짜가 겹치니까 뭔가 기분 나쁘고 찝찝해서 그래.]
[그래도 하지 마. 나만 생각해.]

뭐래, 이 자식이. 오늘따라 묘하게 강압적인 말투였지만, 진득한 소유욕을 보이는 그의 모습이 신선해서 좋았다.

[그런 거까지 질투하면 어떡해?]
　[연인 사이에 주장할 수 있는 권리니까 괜찮아. 어쨌든 한눈팔면 알아서 해.]

　그가 입에서 불을 내뿜는 분노 모양의 이모티콘을 연달아 다섯 개나 보내왔다. 아, 정말. 이 남자, 은근 유치하다니까. 잔뜩 굳은 표정으로 저 이모티콘을 눌렀을 그의 모습을 상상하니 입가에 미소가 절로 그려졌다.

　[어떻게 한 눈만 팔 수 있어? 팔면 두 눈 다 팔게 되지. 하지만 난 착하니까 시선 고정해 둘게. 송이준 채널로.]

　이 정도면 애교 만점의 답이 되었으려나. 왠지 모르게 불길한 느낌이 머리부터 발끝까지 온몸을 휘감아 왔지만, 나는 이준에게 온 신경을 집중함으로써 그것을 떨쳐내고자 애썼다. 부디 지금의 예감이 쓸데없는 기우이길 바라면서.

*　*　*

　희연의 SNS를 읽은 이준의 입가에 미소가 피식 맺혔다. 탱탱볼처럼 어디로 튈지 예측이 불가능한 존재. 그녀의 말과 행동은 늘 신선했다.
　'언론에 작게나마 보도될 정도로 큰 사고가 났다. 날씨도 괜찮은데 서울 한복판에서 연쇄 추돌사고가 일어났고, 게다가 그 주인공이 세신의 후계자라면 기자들이 달려들어 물어뜯을 만하지. 세신에서는 이번 사건을 어떻게든 축소하려고 애쓰고 있어. 그런데 만약 그, 주아라는 여자가 사건 조사 과정에서 우현이 희연에게 들렀다는 사실을 알게 되면 어떻게 될까.'

희연에겐 그녀와 전혀 상관없는 일이라며 신경 쓰지 말라고 했지만, 이준은 본능에 가까운 감으로 이번 사고가 그녀에게 어떤 식으로든 영향을 미치리라 생각했다. 이대로 가만히 앉아만 있을 수 없었다.

이준은 붙잡고 있던 서류를 그럭저럭 끝낸 후, 핸드폰을 들고 바깥으로 나왔다. 화장실의 아무 칸이나 들어간 그는 낯선 채팅 앱을 이용해서 누군가에게 메시지를 보냈다.

[도와줘.]

초조하게 답장을 기다린 지 오 분 정도 지났을까. 그 못지않게 심플한 답변이 도착했다.

[오랜만. 뭔데?]
[어떤 여자 핸드폰 좀 감시해 줘.]
[최근에 작업 거는 여자? 예쁨?]
[그런 거 아냐. 대상은 김주아. 세신 신우현의 아내. 그 여자가 '희연'이란 인물에게 무슨 짓을 하려고 계획하면 알려 줘.]

[그 정도야 어렵지 않지. 얼마?]
[1. 선 50%.]

 총 1억, 선불 오천이라. 이준의 답변을 받은 사내, 현오가 혀로 제 입술을 쓰윽 핥았다. 구부정한 자세로 의자에 앉아 있는 그의 주변은 돼지우리를 연상케 할 만큼 어지럽혀져 있었다. 책상 가운데 놓여 있는 데스크톱 컴퓨터와 노트북 두 대만 새것처럼 반짝반짝 빛이 났다. 그가 담배 한 개비를 입에 문 채 문자를 쳐 보냈다.

[걸리면?]
[계획부터 실행까지 전부 내가 한 거지.]

"진짜 재미있는 친구라니까."
 현오가 장난기 어린 음성으로 중얼거렸다. 물론 제 실력으로 누군가에게 바보같이 걸릴 일도 없겠지만, 거짓이든 진심이든 의뢰자가 저리 대답할 수 있다는 사실이 그는 참 신기했다.
 송이준, 알면 알수록 흥미로운 남자. 자신이 여자라면 진즉 작업 들어갔을 텐데, 그 점이 참 아쉽다.
 이준과 짧게 주고받은 문자만으로도 어느 정도 그림이 나왔다. 그가 마음에 두고 있는 여자는 아마도 희연. 제 여자를 지키기 위해 남의 여자 사생활을 알고 싶어한다라. 꽤 재밌게 됐어.
 "일단 주아라는 그 여자 성향 파악하고, 걔 핸드폰에 내 눈과

귀만 깔아 두면 게임 끝이지, 뭐. 크큭."

현오는 앉은 자리에서 자판을 몇 번 두드리는 것으로 우현이 입원한 병원을 알아냈다. 담배를 재떨이에 눌러 끄고 본격적인 작업에 들어갔다. 그 병원의 전산망을 가볍게 흔들어 주는 것만으로도 제법 많은 정보를 알아낼 수 있었다. 그중에는 우현의 보호자로 등록된 '김주아'의 핸드폰 번호와 자택 주소도 존재했다.

"빨리 만나고 싶은 울 아가들이 있으니까 이번에는 작업 좀 성실히 해야겠다."

현오는 얼마 전 해외의 한 사이트에 평소 구하고 싶어 했던 기계 부품이 올라와 있는 것을 봤다. 가지고 있던 돈에 이준의 착수금을 더하면, 그럭저럭 구입할 수 있을 것 같다.

"주안가 뭔가 그 여자 핸드폰에 희연의 사진도 있으려나. 어떻게 생긴 여자인지 굉장히 궁금하네. 송이준을 꼬실 정도면 천하의 절색이려나. 아니면 완전 그 반대?"

방 안에 나지막한 그의 웃음소리가 울려 퍼졌다. 데스크톱 화면에 노트북 화면, 별도의 모니터까지 총 세 대의 스크린이 쉴 틈 없이 돌아가고 있었다.

* * *

사고 상황을 어느 정도 파악하고 피해자들과 개별 약속도 잡은 주아는 우현의 병실을 방문했다. 그가 다친 것에 대해 별다른 감정은 없었지만, 주변 사람들의 시선을 의식한 탓인지 아름다운 그녀의 얼굴에는 수심이 드리워져 있었다. 주아가 도착하자 간병인 아주머니가 재빨리 자리를 비켜 주었다.

"몸은 좀 어때? 괜찮아?"

아직은 이전과 별다를 바 없는 예쁘고 천사 같은 아내를 연기할 때였다. 다른 사람들 앞에서 제 감정을 숨기는 건 주아에게 그리 어려운 일이 아니었다. 오른팔에 깁스를 한 우현이 고개를 끄덕였다.

"미안해. 강 비서에게 이야기 들었어. 네가 이번 사고 때문에 많이 애쓰고 있다고."

"괜찮아. 힘들어도 내가 할 수밖에 없는 일이잖아."

주아가 흐릿한 미소를 지으며 미니 냉장고에 들어 있던 음료수를 두 개 꺼내 그중 하나를 우현에게 건네주었다.

"어쨌든 크게 다치지 않아 다행이야. 피해자들과는 이번 주 내로 만나서 합의 볼 수 있을 것 같아."

"……어."

"그나저나 도대체 무슨 일 때문에 술을 그렇게 많이 마신 거야?"

아무것도 모른다는 얼굴로 그 질문을 던졌을 때, 주아는 우현의 시선이 불안하게 흔들리는 모습을 보았다. 분명 뭔가 찔리는 부분이 있어서 그런 것이리라.

"아니, 그냥 뭐……."

"말하기 곤란한가 봐. 흐음, 그날 약속 있다던 친구랑 다투기라도 했어?"

주아가 가벼운 농담을 던지듯 말했다. 우현이 다소 떨떠름한 표정으로 고개를 저었다.

"그, 그런 거 아냐. 그냥 가볍게 한잔하려고 바에 들렀는데, 바텐더 태도가 좀 짜증 나서……. 아, 그나저나 내 핸드폰 어디 있어?"

"아, 핸드폰? 그거 액정도 깨지고, 전원도 잘 안 들어오던데? 고장 났나 봐. 내가 강 비서에게 폰 하나 새로 개통하라고 말해 둘게."

"고장 나서 버렸어?"

"사건 조사 때문에 아마 강 비서가 가지고 있을걸."

"아, 그래."

'맞아, 내가 그 생각을 왜 미처 못 했지?'

주아의 머릿속에서 전구가 번쩍 켜졌다. 우현에게 어설픈 추궁이나 유도신문 따위 할 필요 없이 그의 핸드폰만 손에 넣어 살펴보면 보다 많은 정보를 얻을 수 있을 것이다.

주아는 이후 삼십 분이나 더 그와 별 영양가 없는 대화를 나누고 나서 병실을 빠져나왔다. 그녀는 곧장 강 비서에게 전화를 걸었다.

"강 비서님, 저예요. 지금 많이 바쁘세요?"

— 아닙니다, 사모님. 말씀하세요.

"지금 우현 씨 보러 왔는데, 자기 핸드폰은 어디 있냐 묻더라고요. 그런데 그 폰, 액정도 깨지고 고장 난 상태잖아요."

— 아, 네. 어차피 상황 파악은 블랙박스로도 충분하니까 이건

폐기시키고, 새 폰 개통시켜 놓겠습니다.

"잠깐만요. 그와 이야기를 나눴는데, 그 핸드폰에 여러 가지 중요한 데이터가 있나 봐요. 지인 전화번호나 사진 같은 것들이요. 그래서 말인데, 새 폰 개통하는 것과 별개로 사설 업체에 데이터 복구를 한 번 의뢰해 보려고요. 저번에 블랙박스 영상 복구 부탁한 곳에 그 핸드폰 좀 맡겨 주시겠어요?"

– 네, 알겠습니다. 오늘 내로 맡겨 놓겠습니다. 그리고 새 핸드폰은 제가 내일 병원으로 가서 전달해 드리겠습니다.

"그럼 수고하세요."

통화를 마친 주아의 입가에 서늘한 미소가 맺혔다. 유명하고 실력 있는 변호사를 어머니로 둔 그녀는 간접적으로나마 바람을 피운 배우자의 이혼 소송 등을 지켜봐 왔고, 그런 상황에서 제게 필요한 정보나 유리한 입장을 점할 수 있는 증거를 얻는 방법을 충분히 인지하고 있었다.

"중요한 건 문자와 SNS 내용이니까. 그쪽 업체 팀장 정도만 잘 구슬려도 되겠지."

돈이 만능은 아니지만, 이 세상에 돈으로 안 되는 일은 거의 없었다. 필요한 정보를 얻거나 사람을 매수할 때는 더더욱.

평범한 사람들은 그 사실을 알면서도 현실적인 문제에 부딪혀 쉬이 실행하지 못 하겠지만, 주아는 달랐다. 이제는 오히려 거추장스러워진 '세신'이라는 꼬리표를 떼어내도 그녀에겐, 아니 정확히 말해 그녀의 집안에는 충분한 재력이 있었다.

주아는 다소 가벼워진 기분으로 차를 몰아 예약해 둔 마사지

샵으로 향했다. 최근 우현의 사고를 수습하느라 신경을 많이 썼더니 온몸이 찌뿌둥한 게 전문 마사지사의 손길이 절실했다.

친절한 직원의 안내를 받아 옷을 갈아입고 나서 허브향이 기분 좋게 풍기는 물로 족욕을 하며 발의 피로부터 풀었다. 그 상태에서 따뜻한 중국 전통차를 조금씩 들이키자 내부마저 스르르 녹아내리며 몸이 가벼워지는 듯한 느낌이 들었다.

"아, 한결 낫네."

고등학교 때부터 몸이 피곤하다 싶으면 방문해서 꾸준히 관리를 받아 온 곳이라 제집처럼 편했을뿐더러 VIP고객을 모시는 데 익숙한 직원들이 그녀를 마치 공주 모시듯 대해 줬기 때문에 꽤 만족스러웠다.

주아는 2시간 가까이 집중 관리를 받고 나서 한결 개운해진 몸 상태로 집에 돌아왔다. 옷을 갈아입고 핸드폰을 확인해 보니, 뜻밖의 문자 한 통이 도착해 있었다.

[이번 용산 교통사고에 대한 진실! 세신의 계획된 노이즈 마케팅! 핫 클릭!]

"……뭐야, 이게."

1004. 누가 봐도 수상한 번호로 보내진 이 문자는 분명 우현이 일으킨 용산 교통사고를 언급하고 있었다. 스팸 형식을 취하고 있는 이 메시지는 어쩌다 우연히 자신에게 발송된 것일까 아니면 누군가의 계획에 의해 작정하고 보내진 것일까.

몹시 꺼림칙한 기분이 들었다. 주아는 삭제 버튼을 누르려다 말고 잠시 망설였다.

'만약 누군가의 계획에 의해 보내진 거라면 상대방이 무엇을 얼마나 알고 있는지 확인해야 하는데…….'

그녀는 떨리는 손으로 문자에 첨부된 링크를 클릭했다. 곧바로 뜬 인터넷 창을 확인한 주아의 입술에서 기막히다는 한숨이 흘러나왔다.

"……아무것도 아니잖아."

그 링크는 보는 순간 눈살을 찌푸리게 하는 어느 야동 사이트에 연결되어 있었다. 주아는 인상을 찌푸리면서 핸드폰 내 백신 앱을 한 번 돌린 후 신경을 껐다.

* * *

"됐다. 생각보다 미끼를 쉽게 무네."

현오의 입가에 악동 같은 미소가 맺혔다. 이번 교통사고를 미끼 삼아 그는 주아가 해킹 기능이 포함된 악성 코드가 깔려 있는 링크를 클릭하도록 유도했다. 이것으로 그녀의 핸드폰은 좀비 컴퓨터처럼 변해 현오의 손아귀에 떨어졌다.

"그럼 사진부터 슬슬 구경해볼까."

주아의 갤러리 앱에 접근하니 사진 수백 장이 떠올랐다. 셀카로 보이는 사진 몇 장을 통해서 주아란 인물의 생김새를 대략적으로 파악할 수 있었다. 콧대 높아 보이는 화려한 스타일의 미인. 남자라면 지나가다 한 번쯤 뒤돌아볼 법한 예쁜 여자였다.

"그런데 희연이란 여자는 누군지 잘 모르겠네."

주아와 함께 사진을 찍은 여자들의 숫자가 열 명이 넘었기에 그중 누가 희연인지 분간하기가 어려웠다. 하지만 이 정도는 채팅 앱의 프로필 사진을 비교, 대조해 보면 금방 밝혀낼 수 있었다.

"흐음, 이 여자인가."

제법 야무져 보이면서 단아한 이미지를 지닌 여자. 주아처럼 눈에 띄는 화려한 미인은 아니지만, 또래보다 앳되어 보이는 얼굴이나 부드러운 인상이 보면 볼수록 매력적인 스타일이었다.

"신원그룹 도련님의 타입은 이런 여자였구나, 크큭."

앞으로 남은 일은 간단했다. 이대로 주아란 여자의 핸드폰을 가끔 들여다보면서 이준이 원하는 정보를 넘겨만 주면 되는 것이다. 물론 계약 기간이 끝난 후, 꼬리가 밟히지 않도록 제 흔적을 깨끗이 지우기 전까지는 마음을 완전히 놓을 수 없었지만.

* * *

희연의 집 근처에 위치한 카페 'Luna'.

다른 카페보다 조금 어두운 분위기에 천장을 비롯하여 창틀, 선반 등 내부 여기저기가 형광색으로 빛나는 별 모양 소품으로 장식되어 상당히 특이한 인테리어를 뽐내고 있는 곳이다.

그곳에서 이준은 순조롭게 주아의 핸드폰을 접수했다는 현오의 메시지를 받았다. 그제야 아주 조금 안심이 됐다.

주아란 여자를 몇 번 만나보진 않았지만, 이준은 그런 부류의 인간들에 대해 아주 잘 알고 있었다. 희연과 우현이 한때 사귀었다는 사실을 알게 되면, 그녀의 칼날은 쉽게 정리할 수 없는 남편 우현이 아니라 보다 만만한 희연에게 일방적으로 향할 것이다. 그는 희연이 그들로부터 더 이상 상처받지 않기를 바랐다.

희연이 주아에게 제 잘못을 사과하거나 혹은 절교당하는 선에서 그 사건이 마무리되면 참 좋겠지만, 만약 그 이상의 위협이나 보복이 가해진다면 이준은 그냥 지켜만 보지 않을 것이다. 세상 사람 모두가 희연에게 비난을 퍼붓고 손가락질한다 해도 저만은 그녀에게 든든한 버팀목이 되어 줄 것이다.

"어여쁜 나님을 앞에 두고서 무슨 생각을 그리하실까."

아이스크림과 생과일이 골고루 놓인 와플을 신나게 먹고 있던 희연이 이준을 바라보며 물어 왔다. 그가 피식 웃으며 대답했다.

"잘 먹어서 예쁘다는 생각."

"하여간 넌 참 특이해. 내가 이렇게 막 먹다가 살찔까 봐 걱정되지도 않아?"

"통통해도 예쁠 것 같은데."

"어우, 야. 팔에 방금 닭살 돋았어."

희연은 장난스럽게 대꾸하면서도 그 말에 기분이 살짝 좋아졌는지 얼굴을 붉혔다. 그녀가 웃으니 이준의 기분도 덩달아 좋아졌다.

"아, 맞다. 나, 출판사 쪽에 이력서 집어넣었어."

"언제?"

"너 만나기 조금 전에 메일 보내고 왔지. 신원그룹의 후계자 애인이 만년 백수인 건 그림이 영 안 좋잖아."

매사에 의욕 없던 희연이 이력서를 쓰게 된 것은 이준 때문이었다. 그녀를 이 세상에서 가장 소중한 존재로 대해 주는 그 때문에라도 본인이 더더욱 노력해야겠다는 생각이 들었다. 그에게 사랑받아 마땅한 여자가 되기 위해.

"너무 조급하게 마음먹지 마. 지금 이 시간을 휴식기라 생각하고 충분히 쉬면서 네 적성이나 진로 등을 꼼꼼히 따져 보고 정말 이거다 싶은 자리가 있을 때 지원해. 눈앞의 현실에 연연해서 입사하면 나중에 또 힘들어지잖아."

"이야, 부모보다 남친이 훨씬 낫네. 우리 엄마는 내가 방에서 뒹굴거리는 모습을 보면 속 터져 죽으려고 하던데."

"난 언제든 네 편이니까. 이희연의 절대적인 아군."

"와, 든든하다."

희연이 엄지손가락을 척 내세웠다. 이준은 왠지 모르게 뿌듯한 느낌이 들었다.

그래, 그녀에게 최고인 남자면 됐다. 마녀처럼 자신을 웃게 하다가도 초조하게 만드는 이 여자가, 봄비처럼 메마른 제 심장을 촉촉하게 적셔오는 이 여자가 이 세상에서 제일 사랑스러우니까. 본인에 대한 다른 사람들의 수군거림이나 평가는 그리 중요하지 않았다. 겉만 번지르르하지 언제 숙청당할지 모르는 신원그룹의 후계자, 기반이 약한 후계자 등의 말 따위가 무슨 상관이람.

"우리 이거 다 먹고 나면, 타로나 한 번 볼까?"

접시가 거의 비워질 때쯤, 희연이 초롱초롱한 눈동자로 물어 왔다. 이 카페의 한쪽 구석에는 타로 점을 봐 주는 점술가 세 명이 자리 잡고 있었다. 질문 하나당 오천 원. 신비한 카페 분위기와 타로 점이라는 아이템이 잘 어울려서인지, 아니면 쓸데없는 호기심 때문인지 손님이 제법 있었다.

"그거, 그냥 미신……."

"뭐, 어때? 재미로 보는 건데. 좋게 나오면 액면 그대로 좋게 받아들이고, 나쁘게 나오면 반대라 생각하면 되지. 나, 이번에 이력서 낸 거 결과가 궁금하단 말이야."

본래 이준은 점이나 타로, 사주 등을 믿지 않았다. 지금까지 본 적도 없었다. 그는 만약 나쁜 점괘가 나오면 기분만 상할 것이라며 썩 내키지 않아 했다. 하지만 약 십 분 후, 이준은 희연의 강력 주장을 꺾지 못하고 그녀와 함께 점술사 앞에 앉아 있었다.

"어서 오세요. 무슨 일 때문에 찾으셨나요?"

인상이 푸근해 보이는 중년 여인이 카드를 뒤섞으며 말했다.

"일을 잠깐 쉬다가 이력서를 하나 제출했는데요, 그 결과가 궁금해요. 그리고 남은 이번 년도의 운세가 어떨지 궁금하고요."

"먼저 이력서의 결과부터 살펴보도록 하죠. 여기서 카드 한 장을 선택해 주세요."

희연이 떨리는 마음으로 카드 한 장을 빼내었다. 천진난만해 보이는 광대가 한 손에는 장미, 한 손에는 가방을 들고 있는 'The Fool' 카드가 선택되었다.

"아, 바보라니……. 이런."

울상을 짓는 희연에게 점술사가 친절히 설명을 이어 나갔다.

"카드가 정방향이네요. 카드를 자세히 보시면 어릿광대가 여행을 떠나는 것처럼 걷고 있지요? 이는 여행의 시작이나 새 출발을 의미합니다. 낙천주의와 열정, 잠재력이 당신의 이력서가 통과되는데 도움을 줄 것 같네요. 하지만 광대의 행동에서 신중하지 못한 모습도 다소 보입니다. 이력서를 쓸 때 확실한 동기부여를 가지고 있지 않은 점이 큰 마이너스 요인이 될 것 같네요."

"맞아요! 사실, 이력서를 쓸 때 '될 대로 되라.'라는 심정으로 냈어요. 그래서 지원 동기와 미래 비전을 쓸 때 좀 애먹었는데."

희연은 족집게 같다며 신기해했다. 그녀는 두 번째 질문의 답을 듣기 위해 다시 카드 세 장을 골랐다.

"제일 왼쪽의 카드는 과거 혹은 현재나 미래에 발생하는 사건의 원인 등을 나타내 줍니다. 가운데 카드는 현재의 상황이나 감정 상태를 나타내고요, 마지막으로 오른쪽 카드는 앞으로 나아갈 방향을 제시해줍니다. 그럼 왼쪽 카드부터 한 번 뒤집어 볼까요?"

희연의 심장이 두근거렸다. 첫 번째로 뒤집어진 카드는 다섯 개의 지팡이가 대립하듯 존재하는, 정방향의 'Five of Wands'였다.

"강력한 라이벌이 쭉 곁에 있었군요."

"네? 네!"

"그 라이벌 때문에 당신은 모든 분야에서 고군분투하고, 엄청난 스트레스를 받아 왔던 것 같네요. 인간관계에 있어서도 불화가 종종 있었고요. 이런 점이 당신의 현재와 미래에 영향을 주고 있습니다."

점술사는 마치 그녀의 과거를 바로 옆에서 지켜본 듯했다. 희연은 저도 모르게 양 손바닥으로 팔을 쓱쓱 문질렀다. 이제는 그녀뿐만 아니라 타로점을 마냥 미신으로 치부했던 이준마저도 흥미롭다는 얼굴로 풀이를 듣고 있었다.

두 번째로 뒤집어진 카드는 8개의 지팡이가 하늘에서부터 땅으로 떨어져 내리는 모습을 띠고 있었다. 역방향의 'Eight of Wands'.

"반대 방향으로 향해 있는 이 카드는 분쟁과 트러블을 의미합니다. 수많은 사람들이 각기 제 목소리를 내며 대립할 가능성이 있고, 내부에서 격렬한 분쟁이 일어날 수도 있습니다. 이 때문에 현재 상당한 고통을 받으며 괴로워하고 있겠군요. 누군가 당신을 질투하며 해할 가능성도 염두에 두어야 합니다."

그 말에 이준의 눈동자가 빠르게 깜박였다. 뭐지? 이 타로라는 거, 엉터리 점치고는 꽤 잘 맞아떨어지잖아.

"그, 그렇게나 안 좋은 의미의 카드예요?"

"너무 겁먹지 말아요. 점은 과거와 현재를 되짚어 보기보다는 미래에 나아가야 할 방향을 살펴보는데 더 큰 의의가 있으니까

요. 마지막 카드까지 한번 봅시다."

마지막 카드에는 한 사공이 두 사람이 탄 배를 몰고 어디론가 향하는 그림이 그려져 있었다. 정방향의 'Six of Swords'. 희연의 입에서 자그마한 한숨이 흘러나왔다. 막대기들만 잔뜩 있던 앞의 카드들보다는 좀 더 잔잔하고 희망차 보이는 그림이 나왔기 때문이다.

"이 카드의 오른쪽 밑을 보면 물결이 빠르게 나타나 있습니다. 반면 그 앞쪽의 물결은 잔잔해져 있죠. 큰 수난을 겪은 두 사람이 사공의 안내로 나쁜 상황에서 벗어나 좋은 상황으로 들어서는 시기입니다. 이처럼 당신도 한 차례 시련이 지나간 후 안정을 찾게 되거나 깊은 트라우마에서 벗어날 수 있을 것입니다. 고통스러운 상황에서 발견한 희망을 향해 한발 나아갈 수도 있겠군요. 그러니 지금의 상황이 고통스럽고 힘들더라도 잘 대처해서 좋은 기회로 바꾸어 보세요."

"네, 감사합니다."

방금 전까지만 해도 울상이던 희연의 표정이 조금 풀렸다. 사실, 마지막 카드마저 막대기나 죽음의 사신 등 그리 좋지 않은 그림이 나왔다면, 무슨 수를 써서라도 희연을 데리고 카페에서 나갔을 이준 또한 남몰래 안도의 한숨을 내쉬었다.

"그래도 마지막 카드가 괜찮게 나와서 다행이야. 그치?"

"그런 거 재미로 보지, 결과는 신경 안 쓴다며. 좋은 것만 새겨들어."

"그래. 고생 끝에 낙이 온다는 말만 기억하지, 뭐."

그리 말하는 희연의 손을 이준이 살며시 붙잡았다. 약간의 희망을 마음속에 품은 채, 그녀는 그와 함께 카페를 나섰다.

* * *

다음 날, 주아는 한 프랜차이즈 카페에서 우현의 핸드폰을 맡긴 데이터복구업체의 팀장과 은밀한 만남을 가졌다.
"용건만 간단히 이야기할게요."
구구절절한 사연을 이야기할 필요도 없었다. 그녀가 제시한 금액을 들은 남자는 그리 어려운 일도 아니라면서 그 핸드폰에 존재하는 사진과 문자 및 SNS 내용을 주아에게 따로 넘겨주기로 약속했다.
그녀의 핸드폰을 해킹하고 있던 현오는 이준에게 곧바로 주아가 데이터복구업체의 팀장과 사적인 약속을 잡았다는 사실을 일러 주었다. 머리 회전이 빠른 그는 주아가 뭔가 의심을 품고 우현의 사생활을 캐고 있다는 점을 눈치챘다.

[그녀가 그 사람과 어떤 대화를 주고받는지 확인해 볼 수 있는 방법이 없을까.]
[핸드폰으로 주고받는 대화도 아니고, 오프라인 상의 대화는 좀 힘들지.]
[그런 장애물 없는 해커 아닌가.]

이준의 도발적인 메시지를 받은 현오의 입꼬리가 슬쩍 위로 올라갔다.

[너무 조급해 마. 어차피 연락이 오가다 보면, 문자로든 메일로든 흔적이 남게 되어 있어. 그 핸드폰 안에.]

현오는 이미 주아의 메일 주소와 비밀번호마저 파악해 둔 상태였다. 그녀의 핸드폰에 악성 코드를 심어 놓은 이상 그 정도 정보를 알아내는 것은 누워서 떡 먹기였다. 얼마 지나지 않아 현오는 이준에게 새로운 정보를 전해 줄 수 있었다.

삼 일 후, 주아는 데이터복구업체의 팀장과 다시 한 번 만남을 가졌다. 테이블 위로 작은 파우치들이 빠르게 교환되었다. 그 안에는 각기 흰 봉투 하나와 작은 USB 한 개가 들어 있었다. 통장으로 돈이 오고 가거나 메일 및 핸드폰으로 파일이 오고 가는 것은 타인에게 들킬 위험이 있으므로 사양하겠다는 주아의 판단에 따른 거래 방식이었다.

물론 카페 안에 설치된 CCTV에 그들이 만나는 모습 정도는 찍혔겠지만, 그녀가 모자를 푹 눌러쓰고 옷차림도 평소와 다소 다르게 한 채 나온지라 한눈에 알아보기는 어려울 터였다. 또한 기록이 명명백백하고 뚜렷한 은행 전산이나 핸드폰 데이터와 달리 카페 안 CCTV는 다른 이들이 비교적 관심을 덜 갖는 부분이기도 했다.

"우리는 단 한 번도 만난 적이 없는 거예요. 제 말, 무슨 뜻인지 잘 아시겠죠?"

"그럼요. 살펴 가세요. 나중에 필요한 일 있으면 또 연락 주시고요."

팀장은 오늘이나 내일 사이 지인의 핸드폰 번호, 사진 등의 정보만 들어 있는 USB를 강 비서에게 건네줄 것이다. 거래를 성공적으로 끝낸 주아는 집으로 되돌아와 노트북을 켰다.

USB 안의 폴더는 '메시지', 'SNS', '사진', '전화번호부' 등으로 깔끔하게 정리되어 있었다. 주아는 그중에서 SNS 폴더를 클릭했다. 메모장 형식으로 된 파일이 여러 개 들어 있었다.

그 파일들을 한 시간 넘게 꼼꼼히 살펴보았다. 무언가 구린 구석이 있을 거라고 기대했던 SNS 내용은 생각보다 별거 없었다.

그다음으로 클릭한 항목은 '메시지'였다. 이 역시 메모장 형식의 파일로 이루어져 있었다. 주아는 그곳에서 최근 며칠 사이, 우현이 희연에게 보냈던 문자를 찾아낼 수 있었다.

[만나서 이야기 좀 해. 언제 시간 괜찮아?]

딱 봐도 아내의 친구에게 예의를 갖추고 보내는 문자라기보다는 이전부터 알고 지낸 지인에게 보내는 듯한 느낌의 문자다. 둘이 따로 만난 적이 단 한 번도 없다면, 어떻게 이런 내용의 문자를 보내는 것이 가능할까. 주아가 입술을 잘근잘근 깨물었다.

"하지만…… 뭔가 부족해."

서늘하게 내뱉어진 그 음성의 끝이 잘게 떨리고 있었다. 문자 내역을 처음부터 끝까지 다 살펴본 주아는 사진 폴더를 뒤지기 시작했다. 사진은 문자와 달리 스크롤을 빠르게 내리며 살펴볼 수 있었다. 마침내, 그녀는 결정적인 단서를 발견했다.

폴더 맨 끝 부분에 우현과 희연이 카페에서 찍은 것으로 추정되는 사진 한 장이 존재하고 있었다. 우현의 못된 손이 희연의 아담한 어깨 위에 살포시 올라가 있었다. 누가 봐도 다정한 연인으로 보이는 모습이었다.

사진이 찍힌 날짜는 작년 초가을쯤이었다. 주아와 우현이 약혼 관계를 맺고 있을 무렵.

마우스를 쥐고 있는 주아의 손바닥에서 땀이 나기 시작했다. 그녀의 입술에서 분노의 외침이나 욕설보다 기막힌 실소가 먼저 터져 나왔다.

"하, 진짜 웃긴다, 이것들."

머리가 띵하니 조금 어지러웠다. 이 세상에 영원한 비밀은 없다던데, 그 둘은 대체 무슨 생각으로 그녀의 근처에서 이런 역겨운 짓을 벌인 걸까. 그들이 밝히지 않는 한 아무도 모를 거라고, 그렇게 자신만만하게 생각한 것일까.

"이러고 한 놈은 아무렇지도 않다는 듯 결혼하고, 한 년은 다른 남자, 그것도 신원그룹의 후계자를 꼬여 내고? 와, 정말 재밌네."

분노 때문인지 그녀의 귀와 목덜미 부근이 확확 달아올랐다. 주아는 한 손으로 부채질을 하며 이성적인 판단을 내리기 위해 애썼다.

"설마 지금도 만나고 있나? 그래서 사고가 났던 날, 걔네 집을 찾아갔던 거고?"

주아의 입꼬리가 마구 일그러졌다. 그녀의 뇌리로 한 남자의 모습이 스쳐 지나갔다. 그래, 송이준! 그는 과연 이 사실을 알고 있을까.

아니, 불쌍하게도 그는 조금 전의 저처럼 아무런 사실도 모르고 있을 게 분명했다. 제 애인이 그런 여자임을 알면서도 사귈 만큼 어리석은 사람이라곤 생각되지 않으니까.

"네가 나를 아주 우습게 봤다 이거지, 이희연. 그러니까 친구 남편과 아무렇지도 않게 놀아나고 내 앞에서 그런 뻔뻔한 연기를 펼칠 수 있지. 두고 봐. 네가 내 마음 짓밟은 만큼, 나도 똑같이 되갚아 줄 테니까."

생각 같아선 그 뻔뻔한 년을 사회에서 완전히 매장시켜 버리고 싶었지만, 그리하다 보면 중간에 남편의 외도 사실이 다른 사람들에게 널리 알려지게 될 테다. 희연을 매장시키자고 저 또한 짜증 나는 오물을 뒤집어쓸 순 없었다.

최소한의 보복으로 최대한의 효과를 얻어야 했다. 그렇다면 현재 희연에게 있어 가장 소중한 사람은 누구일까. 깊이 생각해 볼 필요도 없이 답이 툭 튀어나왔다.

누구나 부러워할 만큼 멋진 그녀의 남자 친구, 송이준. 추악한 진실을 알게 된 그가 냉정히 뒤돌아선다면 희연 또한 저 못지않게 충격받고 상처를 입겠지.

주아는 마구 들끓어 오르는 마음을 다소 차분하게 가라앉힌

후 전화번호부에서 이준의 번호를 찾아냈다. 그리고 한 글자 한 글자 또박또박 문자를 써 보냈다.

[안녕. 사적인 문자를 보내는 건 처음이네. 다름이 아니라 희연이에 대해 이야기하고 싶은 게 있는데, 잠깐 시간 좀 내줄 수 있을까?]

*　*　*

현오는 이준에게 정황상 주아가 데이터복구업체의 팀장에게 우현의 핸드폰 데이터를 모두 넘겨받은 것이 분명하다고 일러 주었다. 때문에 그는 주아의 문자를 받았을 때, 평소처럼 침착함을 유지할 수 있었다.

그녀가 이야기하고 싶은 내용은 대충 짐작이 갔다. 우현과 희연이 깊은 관계였다는 사실을 알아내고선 제게 알려 그와 희연을 갈라서게 만드는 것이 그녀의 목적이겠지.

이 점만 보더라도 주아란 여자가 얼마나 교활하고 지혜로운 사람인지 알 수 있었다. 최소한의 행동으로 최대의 효과를 얻으려 한다. 제 손에는 먼지 한 줌, 피 한 방울 묻히지 않고서. 이 세계에 정말 잘 어울리는 약삭빠름이다. 세신기업의 회장이 사람 보는 눈은 비교적 좋은 듯하다.

"일단 레이디의 요청은 받아 줘야겠지."

그가 주아와의 만남을 피하려 들면 들수록 그녀는 더욱 집요하게 행동할 것이 분명했다. 이준은 곧 답장을 보냈다.

[일이 끝난 후, 잠깐 보는 정도라면 괜찮겠지. 내일 저녁 8시 어때? 강남역 근처에서 보지.]

강남역 부근은 낮이든, 밤이든 유동 인구가 많은 곳이다. 그곳은 꽤 혼잡해서 다른 사람들의 시선을 피하는 것이 은근히 쉬웠다. 하얀 모래사장에서 유리구슬을 찾는 것이 힘들 듯 말이다.

이준은 들고 있던 펜으로 책상의 유리를 가볍게 두드리며 생각에 잠겼다. 내일 있을 주아와의 만남에서 자신이 어떻게 행동하느냐에 따라 희연이 덜 상처받거나 더 상처받을 수도 있다고 생각하자 그의 신경이 몹시 날카롭게 곤두섰다.

8. 상관없는 남자와 상관있는 여자

 이준에게서 내일 저녁 8시에 보자는 답이 왔고, 얼마 지나지 않아 날이 밝았다. 영화나 드라마를 보면 엄청난 일을 당한 여주인공이 시간이 멈춰 버린 것 같다거나 시간의 흐름을 잘 느끼지 못하겠다는 말을 종종 하곤 하던데, 세상은 주아가 어떤 일을 당하든 말든 평소 굴러가던 대로 잘만 굴러갔다. 시간도 똑같이 흘러갔다.

 그런 흐름이 괜스레 야속하게 느껴져 주아는 아침부터 기분이 썩 좋지 않았다. 하긴 어제 그런 사실을 접했는데 기분이 좋다면, 정신 이상이나 성격 장애를 앓고 있는 사람임이 분명했다.

 시어머니인 정 여사가 저녁에 우현의 병실을 함께 들르지 않겠느냐고 물어 왔으나 주아는 정말 죄송하게도 중요한 약속이 있어서 다음 날 그리하면 안 되겠냐고 답했다. 이준과의 약속도 약속이지만, 감정 조절이 잘 되지 않는 지금 우현의 얼굴을 봤다간 그의 뺨을 세게 내려칠 것만 같았기 때문이다.

자꾸만 치솟아 오르는 울화와 서러움 등 부정적인 감정들을 억누르기 위해 주아는 오늘따라 스스로를 치장하는데 한껏 공을 들이고 있었다. 그녀는 이른 아침부터 집안 행사가 있을 때마다 방문하곤 하는 헤어숍에 들러 헤어스타일을 정돈하고 나서 백화점으로 발걸음을 옮겼다. 그곳에서 평소보다 더 깐깐한 눈썰미로 그녀의 마음에 그럭저럭 드는 블랙 원피스 한 벌과 그에 어울리는 백금 목걸이, 피치 색의 립스틱 하나를 구입했다.

일찍 일어나서 움직인 탓일까. 시간이 느리면서도 빠르게 지나갔다. 이준과의 약속을 한 시간 반 정도 앞두고서 주아는 오늘 구입한 블랙 원피스를 입은 채 화장대 앞에 차분히 앉아 있었다.

화장을 거의 다 마친 그녀가 마무리로 피치 색의 립스틱을 살짝 발랐다. 주아에겐 핑크나 레드 계열보다도 우아한 느낌을 지닌 피치 계열의 색이 훨씬 더 잘 어울렸다.

평소 잘 꾸미고 다니지 않는 보통 여자들도 오랜 시간 정성 들여 꾸미면 몰라보게 아름다워진다. 하물며 모두가 인정하는 미모를 가진 주아가 정성 들여 치장하자 그녀의 아름다움은 평소보다 배로 빛을 발했다. 어지간한 여자 연예인이나 모델들은 그녀의 앞에서 빛이 바래고 말 것이다.

집에서 나와 차에 올라타기까지의 몇 분, 차에서 내려 약속 장소인 강남의 한 바(Bar) 안으로 들어가기까지의 몇 분. 그 짧은 시간 동안 스쳐 지나가는 사람들마다 그녀의 아름다운 자태를 보며 놀라워했다. 남자들은 나이를 가리지 않고 그녀에게서 좀처럼 시선을 떼지 못하는 모습이었다.

바 안에 들어선 후에도 상황은 마찬가지였다. 홀로 혹은 여럿이서 술을 마시던 손님들이 주아를 뚫어져라 쳐다보았다. 손님과 이야기를 나누거나 칵테일을 만들고 있던 바텐더들 또한 그녀를 흘끔흘끔 바라보았다. 주아는 그들에게 시선 한 번 건네주지 않고, 가장 안쪽에 존재하는 테이블에서 우아한 포즈로 테킬라를 마시고 있던 이준의 맞은편에 앉았다.

"시간 맞춰 온다고 왔는데, 먼저 와 있을 줄 몰랐어."

"레이디를 기다리게 하면 쓰나."

그리 말하며 이준이 메뉴판을 그녀 앞으로 밀어주었다. 주아가 살포시 웃으며 메뉴판을 펼쳤다.

"주문하시겠습니까?"

말쑥한 차림을 한 바텐더가 다가와 물었다. 이십 대 중반 정도로 보이는 그는 주아의 모습을 보며 얼굴을 은근히 붉히고 있었다. 그녀는 아무것도 눈치채지 못한 척 상냥한 미소를 지으며 답했다.

"블루 하와이로 한 잔 부탁드릴게요."

주아와 이준, 두 사람 모두 평소와 별다를 바 없는 표정이었지만 오늘의 이 자리는 소리 없는 전장임을 서로 잘 알고 있었다.

"마른 목을 조금 축이고 나면, 본론으로 바로 들어가길 부탁하지."

"왜, 이 뒤에 데이트 약속이라도 있어?"

"글쎄……."

말꼬리를 흐리는 그를 향해 주아가 희미하게 웃어 보였다.

"너무 걱정하지 마. 대화가 끝났을 때, 의외로 시간이 여유로울 수도 있잖아."

그녀의 말에는 날카로운 가시가 그 모습을 살며시 감춘 채 존재하고 있었다. 달콤한 블루 하와이로 입술을 적신 주아가 입을 열었다.

"있잖아. 사실 희연이 문제도 문제지만, 고민 상담하고 싶은 게 있어 시간 좀 내 달라고 부탁했어."

"고민 상담?"

"응. 넌 '내 사람'의 과거를 어디까지 쿨하게 넘길 수 있다고 생각해?"

"술이 한 잔 들어가서 그런가. 질문의 요지를 잘 모르겠는걸."

"음, 가령…… 네 친구나 애인이 약혼자가 있는 이성과 사귄다면 어떻게 대처하겠어?"

간접적인 화법을 구사하는 것도 아니고, 그렇다 해서 본론을 바로 치고 들어오는 스타일도 아니다. 무엇이든 그 중간을 맞추는 게 참 어렵다는데, 이 여자는 잘 해내고 있었다. 정말이지 대단한 여자라고 이준은 생각했다.

"친구냐, 애인이냐에 따라 반응이 달라지겠지. 전후 사정도 다 들어봐야 할 것 같고."

우선은 누구나 말할 수 있는 두루뭉술한 답을 내놓았다.

"그렇겠지? 그러리라 생각했어."

그리 말하는 주아의 얼굴에 남심(男心)을 묘하게 자극하는 처연함이 드리워졌다. 그가 전후 사정을 잘 몰랐다면 조금은 안쓰럽게 여길 법도 한, 그런 낯빛이었다.

"얼마 전에 우현이 사고 난 거 알고 있지?"

"결혼한 지 얼마 안 됐는데, 뒷수습하느라 고생이 많았겠네."

"그거야 내가 당연히 감수해야 할 부분이지만……. 다른 문제는 전혀 생각도 못한 일이라서 정신이 없었지. 사실, 지금도 꽤 혼란스러워."

금방이라도 본론을 말할 듯 말 듯 미묘한 완급 조절. 이준은 그녀를 재촉하지 않고, 여유롭게 테킬라를 들이키며 이어질 말들을 기다렸다. 눈치 빠른 그녀 또한 이준이 제 말에 전혀 조바심내고 있지 않다는 사실을 알아차렸다.

'일단은 시각적으로 충격을 좀 주는 편이 나을까.'

역시 그 사진을 제 핸드폰에 담아 오길 잘했다. 주아는 표정 유지에 힘쓰며 핸드폰을 꺼내 갤러리 앱으로 들어갔다. 그리고 하나의 사진을 클릭한 후 이준 쪽으로 핸드폰을 조심스레 내밀었다.

"……그 사람 사고를 수습하려고 핸드폰 데이터를 복구하던 중에 이런 사진을 발견하게 됐어."

우현과 희연이 다정한 포즈로 함께 찍은 사진. 이준의 시선이 고정되었다. 주아는 이준의 표정을 유심히 살폈다. 순정만화 속에서 막 튀어나온 주인공처럼 하얗고 곱상한 그의 얼굴은 평상시와 별다를 바 없이 무덤덤했지만, 그 시선만큼은 불안하게 흔들리고 있는 것 같았다.

그래, 이준이 아무리 희연을 사랑한다고 해도 그 역시 사람인 이상 이런 사진 앞에선 흔들릴 수밖에 없겠지. 주아는 어제 그 사진을 접한 이후, 처음으로 제 마음에 안정이 깃드는 것을 느꼈다.

참 다행이었다. 이준은 그 방면에서 이름을 꽤 날리고 있는 해커, 현오를 고용한 것을 진심으로 다행이라 여겼다. 그가 마음속으로 막연히 그려 왔던 모습보다 훨씬 더 다정해 보이는 희연과 우현의 과거 사진. 현오를 통해 어제 한 번 봤던 사진인데, 가슴이 새로 철렁 내려앉는 것은 어째서일까.

제가 생각보다 더 많이 그녀를, 희연을 좋아하는 모양이다. 이미 지나가 버린 과거의 인연에, 흘러가 버린 시간 속 모습에도 질투를 느끼는 것을 보면.

제 머리가, 제 마음이 제가 아닌 것처럼 느껴지는 기분. 사랑은 인간 사회에서 인정하는 유일한 정신병이라는 말이 불현듯 떠올랐다.

이미 알고 있는 사실인데도 묘하게 씁쓸한 기분이 들어 잘 만들어진 인형처럼 무덤덤하던 이준의 표정이 잠시 흐트러지고 말았다. 영민한 주아라면 그 모습을 놓치지 않고 지켜보았겠지. 만약 같은 편이라면 그 누구보다도 든든한 조력자가 되어 줄 수 있겠지만, 그의 반대편에 서 있는 그녀는 정말 무서운 여자였다. 이준의 손바닥에 땀이 조금 맺혔다.

하얀 주아의 손가락이 제 핸드폰을 천천히 되찾아갔다. 잠깐의 침묵 끝에 그녀가 먼저 입을 열었다.

"충격…… 많이 받았지? 미안해. 하지만 확실한 증거를 보여 주지 않으면, 네가 믿지 않을 것 같아서. 나도 아무런 증거나 이유 없이 남편과 친구를 모함하는 여자로 오해받고 싶지도 않고."

이준이 아무 말 하지 않고 가만히 앉아 있자 주아가 말을 계속 이어 나갔다. 본디 대화라는 것이 그렇다. 한 사람이 침묵하고 있으면, 상대방은 무언의 압박감에 더더욱 떠들게 된다.

"게다가 차의 블랙박스 영상 확인 결과 사고가 난 그날 말이야, 그이가 희연이 사는 동네까지 찾아갔던 것 같아."

"좋아해, 이희연."

태어나 처음으로 있는 용기 없는 용기 다 쥐어짜 내어 한 고백. 그 고백에 제 입술을 부드럽게 덮어 오던 그녀의 입술 감촉이 이준의 뇌리에 떠올랐다. 주아의 음성이 서서히 멀어져갔다.

사람 마음이란 게 참 간사하지. 그때는 희연이 자신을 택해 준 것만으로도 정말 기뻤는데, 이제는 그녀의 과거, 현재, 미래조차 제가 다 차지하고 싶다는 욕심을 부리게 되니까.

"그것참 이상하지? 처음의 넌, 내게 굉장히 무례했잖아. 남의 입술도 멋대로 훔치고. 그런데도 그리 나쁜 사람이라는 생각은 안 들었어.

좀 지내다 보니 꽤 괜찮은 남자라 생각됐고."

꽤 괜찮은 남자.
어렸을 적의 그는 주변 사람들에게 그런 소리를 듣기 위해 굉장히 노력했었다. 정작 성인이 되어 그 소리를 지겹게 들을 무렵에는 아무런 감흥도 느끼지 못하게 됐지만.
하지만 희연의 입술에서 흘러나온 그 단어는 듣기 좋았다. 왠지 모르게 뿌듯한 기분이 들었다. 과거의 노력들을 한꺼번에 보상받는 느낌이었다.
그래서 그날 이후, 매일 아침 거울을 보면서 스스로에게 세뇌하듯 중얼거렸다. 오늘은 어제보다 조금 더 괜찮은 남자가 되자고.
정말 괜찮은 남자라면, 아무리 순간적이라 해도 이리 흔들리진 않았겠지. 이미 알고 있는 사실이니까. 애초 각오한 일이었으니까. 그런 점에서 저는 아직 멀었나 보다. 희연에게 잘 어울리는 남자가 되기엔. 반성해야겠다.
"……듣고 있니?"
"듣고 있지. 하지만 희연이와 지금 사귀고 있는 사람은 난데. 과거는, 상관없어."
그런 식으로 일일이 과거 따지면, 요즘 같은 시대에 연애 한 번 할 수 있겠어? 아니면 한 번 연애 경력 있는 사람은 한 번 연애 경력 있는 상대방만 만날 수 있는 등급제 같은 제도가 있어야겠네.

아무렇지도 않다는 듯, 장난스럽게 대꾸해 오는 이준의 반응에 주아는 몹시 당황스러웠다. 아침 일찍 일어난 부작용 탓인지 뇌리가 괜스레 멍해지는 느낌마저 들었다.

"둘이 아직도 만나고 있을지 모르는 일이고, 설사 지금은 헤어졌다 하더라도 이들이 이런 사진을 찍은 날짜가 언젠지 알아? 작년 가을이야. 나와 우현이 약혼을 맺었을 때라고. 엄연히 임자 있는 사람과 이러는 거, 정상 아니지."

이준의 태연한 반응에 주아는 잠시 발끈했지만, 그래도 조리 있게 제 할 말을 마쳤다. 그래, 아무리 남녀의 만남과 이별이 자유로운 시대라 해도 상식적으로 남의 약혼자와 몰래 사귄 여자를 감싸 줄 생각은 못하겠지. 그의 변호나 발악도 여기까지다.

"그렇구나."

하지만 주아의 예상과 다르게 이번에도 이준의 반응은 무척 무덤덤했다. 그녀의 입술이 괜스레 파르르 떨렸다. 머릿속이 새하얗게 변해 버렸다.

대체 뭘까, 이 남자는. 어째서 이런 무감한 반응을 보이는 것일까. 분명 중요한 내용은, 키포인트는 빠짐없이 들려줬는데. 보통 이쯤 되면 도저히 믿을 수 없다는 반응을 보이거나 깊은 배신감에 분노하거나 그러지 않나.

예상은 물론, 상식마저 훨씬 뛰어넘는 그의 반응에 주아는 어떻게 행동하면 좋을지 몰라 두 눈을 깜박였다.

"넌 지금 그러니까…… 친구 약혼자와 놀아났던 애인의 과거가 아무렇지도 않다고……."

"그 부분은 희연이 네게 실수한 거지, 내게 잘못한 것은 아니잖아. 그리고 난 희연이를 믿어. 적어도 나와 만나기 시작한 이후 걔는 네 남편과 아무 교류도 없었어. 뭐, 어쨌든 이 사실을 안 이상 팔짱 끼고 가만히 지켜만 볼 순 없지."

이준이 마지막으로 내뱉은 말에 주아의 귀가 잠시 쫑긋했다.

"과거, 그 부분에 대해서는 희연이에게 확실히 사과하라고 말해 둘게. 그걸로 네 마음이 조금이나마 풀렸으면 좋겠다."

희연의 잘못을 인정하고 있었지만, 이것은 주아가 원한 반응이 아니었다. 지금 이준이 내뱉고 있는 말뜻은 너무도 명확했다. 주아가 야심 차게 털어놓은 희연의 실수를 이준은 순순히 수용했고, 때문에 그들의 관계에는 아무런 변화도 없을 것이란 의미였다.

오히려 그는 주아에게 사과시키겠다는 말로 이후의 후폭풍마저 간단히 무마하려는 태도를 보여주었다. 이희연, 그녀를 위해.

"너, 우현이 최근 희연이네 동네까지 찾아갔다는 이야기 못 들었어? 그날 둘이 만나서 무얼 했을지, 어떤 이야기를 나눴을지 알아? 그런데도 믿는다고?"

주아가 끝내 이성을 잃고, 앙칼진 목소리로 외쳤다. 안 그래도 그녀와 이준의 아름다운 외모나 우아한 분위기에 매료된바 안의 몇몇 손님들이 이따금 그들의 테이블을 흘끔흘끔 쳐다보고 있었는데, 그녀의 그런 행동은 모든 손님들의 시선을 끌어모으기에 충분했다. 그것을 눈치챈 이준의 미간이 소소하게 찌푸려졌다.

"소리가 크네. 일단 입술 좀 축이면서 진정하는 게 어때?"

"이건 진정하고 말고의 문제가 아니잖아. 도대체 어째서? 어째서 그렇게 아무렇지도 않을 수 있어? 희연을 사랑한다면서!"

설사 미리 알고 있었다 해도 이런 반응을 보일 순 없었다. 희연을 사랑했다면 사랑했던 만큼, 그녀의 더러운 과거에 배신감도 더 크게 느껴야 하는 것 아닌가.

"……사랑하니까 이럴 수 있지. 나를 좋아한다는 그녀의 말을 믿으니까. 그러니 내 앞에서 내 애인 깎아내리는 말은 이제 그만해. 네가 어떤 말을 하고 싶은지 충분히 들었으니까."

정말이지 질린다는 생각이 들었다. 주아의 입술이 파르르 떨렸다.

"미리 알고 있었지? 희연이랑 우현이 놀아난 거, 언제부터 알았어?"

그녀는 대화의 방향을 바꿔서 이준을 추궁했다. 영민한 주아는 이준의 말투나 행동에서 그가 사전에 이 사실을 알고 있었으리란 느낌을 받은 것이다.

짧은 순간, 그는 생각에 잠겼다. 우현이 먼저 제안하고, 희연이 그를 수락해 버린 잘못된 그들의 관계. 이후 희연은 이준을 만나면서 마음을 깨끗이 정리했지만, 우현 측은 그렇지 못한 듯 보였다.

사고가 일어났던 날, 우현이 희연을 찾아와 시답잖은 소리를 늘어놓은 것을 비롯해 진실을 전부 밝히는 일은 그리 어렵지 않았다. 하지만 그 끝에 남는 건 한 가정의 완벽한 파괴다. 주아와 우현이 완전히 갈라서면, 희연의 성격상 그녀는 분명 본인 때문에 그들의 가정이 깨졌다고 자책할 테다.

죄책감이란 녀석이 사람의 마음을 얼마나 깊이 좀먹을 수 있는지 이준은 잘 알고 있다. 그런 희연의 모습은 절대 만들어 내고 싶지 않다.

하지만 본디 사람은 모르는 사실이 있으면 그것을 밝혀내고자 쓸데없이 애쓰거나 때에 따라선 불필요한 망상마저 스리슬쩍 덧붙이곤 한다. 주아처럼 본인이 매우 똑똑하다고 여기는 타입일수록 더욱 그렇다. 그리하여 진실은 어느새 잔뜩 왜곡되어 크게 부푼 몸집을 지니고 존재하는 것이다.

그걸 방지하기 위해선 차라리 사실을 최대한 담백하게 알려 주는 편이 나을지도 몰랐다. 우현을 너무 탓하지 않으면서도, 희연에게 불리하지 않게.

이준의 눈동자가 깊이 침전되었다. 마침내 그가 천천히 입을 열었다.

"알고 싶어서 안 건 아니야. 우현이 곁에 있다 보니 자연스레 알게 된 거지. 두 사람, 결혼식 두어 달 전에 헤어졌어. 우현이 그녀를 유희 삼아 만난 탓에 관계도 그리 깊지 않았고. 사고가 난 그날, 우현이 희연의 동네까지 찾아온 건 사실이야. 그 역시 모든 사실을 알고 있는 내가 그녀와 사귀는 걸 꽤 거슬려 했으니, 헤어지란 말을 하러 온 거겠지."

그들이 성적 관계를 맺은 적 없다는 사실은 이전에 희연이 스쳐 지나가듯 한 말이 있었기에 확신할 수 있었다. 그녀는 의외로 보수적인 성격이라 혼전 순결주의 사고를 지니고 있었다. 이준은 그가 알고 있는 선에서 주아의 성질을 더 돋우지 않을 말들을 골라내느라 애썼다.

"다 알고 있었으면서……. 어떻게 사람을……."

연기인지, 진심인지 그 의도를 쉬이 짐작하기 힘든 눈물이 주아의 눈가에 살짝 맺혔다. 이준은 품 안에서 어두운 남색 손수건을 꺼내 그녀에게 건네주었다.

물론, 주아는 그것을 앙칼지게 뿌리침으로써 그에 대한 거부감을 표현했다. 그녀는 바보가 아니었다. 이준의 말을 가만히 들어 보면, 그는 우현과 희연의 관계를 아무렇지도 않은 것처럼 표현하면서 희연의 실수를 감싸 주고 있었다.

서늘한 주아의 태도에도 이준의 표정이나 행동에는 별다른 변화가 없었다. 그 점이 그녀의 마음을 더욱 비참하게 만들었다.

'그렇게 희연이 중요해? 그녀의 잘못을 알면서도 사귀고, 자진해서 보호까지 할 정도로?'

자신과 비교하면 무엇 하나 잘난 점 없는 희연인데, 그녀는 대체 무슨 복을 타고 나서 이준처럼 멋진 남자가 진심으로 사랑해 주고, 저는 대체 어떤 악운을 타고났기에 우현 같은 남편을 만났나 싶었다. 우현이 자신을 진심으로 사랑하지 않는 것은 물론, 약혼 시절 바람마저 피웠다는 사실도 큰 충격이지만, 별것 아닌 희연에게 여러모로 밀렸다는 점이 그녀에겐 더 큰 충격으로 다가왔다. 콧대 높은 주아의 자존심에 와장창 금이 가 버렸다.

"네가 똑똑한 여자란 사실을 잘 알아. 그러니까 이를 눈치채자마자 곧장 날 찾아왔겠지. 아무 상관 없는 다른 사람들은 모르게 조용히 처리하고 싶었을 테니. 마찬가지야. 나도 조용히 끝내고 싶어."

"무슨 말이 하고 싶은 거야?"

"너라면 쓸데없는 일에 힘 빼지 않고도 우현의 마음을 되돌릴 수 있잖아. 예쁘고, 똑똑하니. 남자는 여자 하기 나름이란 말도 있고."

"……."

"둘이 잘 산다면, 너와 우현의 친구 된 도리로 나도 네게 선물을 줄게. 물론, 내가 할 수 있는 범위 내에서라면."

그의 말이 품고 있는 의미는 너무도 명백했다. 일을 크게 만들지 말고 조용히 있으면, 네가 원하는 바를 한 가지 들어주겠다.

하고 싶었던 제안까지 깔끔하게 내뱉고 난 후 이준은 자리에서 일어났다. 그는 부디 주아가 제 제안을 받아들이기 바랐다. 더는 아무도 다치지 않도록.

이준이 떠난 후에도 주아는 그 자리에서 한동안 움직이지 못했다. 머릿속이 멍하고, 온몸에 힘이 한 줌도 남아 있지 않았다. 잠시 후, 앙다물어진 그녀의 입술이 한껏 비틀렸다.

"하, 누가 얌전한 장기 말처럼 그 말에 따를 줄 알고!"

이성적으로 판단하면, 이준의 제안을 받아들이는 편이 더할 나위 없이 현명했다. 타인에게 제 치부를 들킬 일도 없고, 이준에게 꽤 괜찮은 입막음 대가를 요구할 수도 있으니까.

하지만 우현과 희연에 대한 분노가 마구 들끓고 여기에 질투심 및 난생처음 느껴 보는 열등감이 더해지면서 주아는 무슨 수를 써서라도 희연을 짓밟아야겠다는 결심을 굳혔다.

* * *

택시를 잡아탄 이준이 도착한 곳은 희연의 집 앞이었다. 왜인지 이유는 잘 모르겠지만 지금 이 순간, 그녀가 미치도록 보고 싶었다. 예전에도 이런 적이 한 번 있었다. 그때는 계약이란 이름으로 그녀 곁에 존재했기에 차마 전화를 할 수도, 바깥으로 불러낼 수도 없었지만 지금은 사정이 조금 달랐다.

택시에서 내린 이준은 최근 통화 목록에서 희연의 번호를 찾아내어 꾹 눌렀다. 잠깐의 통화 연결음 끝에 그리운 그녀의 목소리가 들려왔다.

- 여보세요.

"……보고 싶어."

그녀의 목소리를 듣자마자 다짜고짜 보고 싶다는 말이나 내뱉다니. 지금 시각이 몇 시인데. 밤 10시가 조금 넘은 늦은 시각. 이준은 제가 말하고도 이건 아니다 싶어 가볍게 혀를 찼다.

- 지금 어딘데?

"……어?"

- 보고 싶다며. 그냥 해 본 말이었어?

"너희 집 앞."

─ 지금 상태가 좀 엉망인데, 어떻게 할까. 아직 연애 초기니 신비감을 지켜야 할까, 아니면…….

"안 꾸며도 예뻐."

─ 어우, 야. 빨리 나오라는 아부야?

"아니. 평소에도 안 꾸미고 다니잖아."

─ 헐. 이건 부탁하는 사람의 자세가 아닌데?

웃음기를 머금은 희연의 목소리가 들려오자 이준은 어느 한적하고 평화로운 시골 마을로 요양을 떠난 것처럼 안정적인 기분이 들었다. 전화하길 잘했다. 더불어 그녀와 이런 통화가 얼마든지 가능한 진짜 연인 사이라는 사실에 미소가 절로 지어졌다.

─ 내가 보고 싶으면, 눈 감고 백만 세 봐.

그가 정확히 어디 있는 줄 알고, 무작정 눈 감고 백만 세 보라는 걸까. 하지만 이준은 순순히 그녀의 제안을 수용했다. 그는 멀뚱히 서서 눈을 감은 채 일부터 차근차근 숫자를 셌다. 희연이 그 시간 안에 제 앞에 도착할 수 있도록 아주 느리게.

'98, 99…….'

이대로 백을 세기가 왠지 꺼려져 한숨을 내쉰 채 숫자 세기를 잠시 멈추고 있는데, 근처로 다가오는 발자국 소리가 들렸다. 때문에 이준은 안도하며 마지막 숫자 100을 셀 수 있었다.

"……100."

포옥.

그 말이 끝나기 무섭게 그의 볼을 가벼이 누르는 손가락의 감촉이 느껴졌다. 이준이 눈을 뜨자 빙긋빙긋 웃고 있는 희연의 모습이 보였다.

"어때? 딱 맞춰 오지 않았어?"

그리 물어오는 희연의 모습이 너무도 사랑스러워 이준은 그녀를 꽉 끌어안았다. 희연은 물 바깥으로 끌려 나온 생선처럼 작게 발버둥 치다가 이내 그를 마주 끌어안았다.

"내가 그렇게 많이 보고 싶었어?"

"응."

"사실, 나도 그랬어. 물론 네가 여기까지 오리라곤 생각 못했지만."

평소에도 그리운 연인의 얼굴이 오늘은 애틋하게 느껴지기까지 한다. 방금 전, 김주아를 만나고 온 탓일까. 다 괜찮을 거라 되뇌면서도 저도 모르게 마음 한구석이 불안해져서 그런가. 지금 이 순간에도 이준의 뇌는 치열하게 돌아가고 있었다. 주아를 만난 것을 희연에게 말해야 하나, 마나.

희연이 당사자인 문제인데, 아무것도 모르는 척 숨기는 것이 마음에 걸렸다. 게다가 이준이 그녀와 헤어질 마음이 절대 없다는 점을 밝힌 이상 주아가 순순히 물러나지 않을 가능성이 더 컸다. 도대체 어떤 계획을 세워 희연에게 사나운 발톱을 휘두를지 현재로서는 쉬이 짐작하기 어려웠다. 그렇다면 차라리 희연도 돌아가는 상황을 아는 것이 주아의 협박이나 위협에 대처하기 쉬울 테다. 하지만 사실대로 이야기하고 난 후 그녀가 걱정스러운 표정을 짓는 모습을, 이준은 보고 싶지 않았다.

"뭔가 힘든 일 있었어?"

이준의 품 안에 안겨 있던 그녀가 그의 가슴팍에 제 얼굴을 더 바짝 기대며 물어 왔다. 이상하게도 이 여잔 이럴 때만 눈치가 비상하단 말이야. 이준의 입에서 옅은 한숨이 흘러나왔다.

희연은 희미한 알코올 향을 느끼며 제 짐작이 어느 정도 맞았음을 깨달았다. 술을 그리 좋아하지 않는 이준이 그것을 입에 댔다는 건, 머릿속이 그만큼 복잡하단 이야기일 테니까.

"……김주아를 만났어."

고민 끝에 꺼낸 그의 말에 희연의 호흡이 잠시 멈추었다. 그녀가 살짝 떨리는 음성으로 되물어 왔다.

"주, 주아는 어쩐 일로?"

"우현의 사고를 수습하다가 블랙박스 영상이랑 핸드폰을 보게 됐나 봐. 우현이 네가 사는 동네를 찾아온 점, 과거에 너와 그가 함께 찍은 사진 등을 접하고서 둘이 사귀었다는 사실을 알게 된 것 같아."

"……어째서 걘, 내가 아닌 널 찾아간 거야?"

충격이 컸는지 희연이 한참 만에야 입을 열었다. 이런 얼굴, 정말 보고 싶지 않았는데. 하지만 그녀가 아무것도 모르고 주아에게 당하는 것보다는 그 사실을 알고 있는 편이 여러모로 나으리란 생각에 이준은 스스로를 애써 위로했다.

"내가 그 사실을 알게 되면, 아마 너와 헤어질 거라고 생각했나 봐."

희연의 눈동자가 흔들렸다. 이준은 그 모습을 안타까운 시선으로 쳐다보았다. 모든 사실을 알게 된 주아가 가만히 있진 않을 거라고 그녀도 예상은 했겠지만, 그래도 현실로 직접 와 닿는 것은 느낌이 사뭇 다르겠지.

금방이라도 눈물이 뚝뚝 떨어질 것 같은 그녀의 얼굴이 사람을 미치게 만들었다. 그럼에도 불구하고 눈물을 흘리지 않으려 애쓰는 것은 자존심 때문일까, 아니면 자책감 때문일까.

이준은 희연의 얼굴을 조심스레 감싸 쥔 채 그녀의 입술에 키스했다. 메마른 저와 그녀의 입술을 뜨겁게 적시고 싶었다. 처음 키스했던 그 순간처럼 희연은 갑작스러운 키스에 놀란 듯 보였다. 그때와 다른 점이 있다면, 곧 정신을 차렸음인지 그녀도 함께 호응해 주었다는 것이다.

행동 하나가 때로는 수많은 말보다 더 훌륭하게 하고 싶은 말을 전해 주기도 한다. 입술과 입술이 뜨겁게 맞부딪히고 미끈한 혀와 혀가 얽혀 갔다. 이준이 위로하듯 그녀의 치아와 입천장을 혀로 툭툭 건들며 부드럽게 어루만졌다.

그는 희연의 입술을 마음껏 탐했다. 복잡 미묘하던 심장이 달콤함과 짜릿한 쾌락으로 서서히 물들어 간다. 그녀도 지금 저와 같은 심정이길 간절히 바라본다. 따뜻한 온기에, 혼자가 아니라는 생각에 잠시나마 위로받았기를.

희연의 입술이 떨어졌을 때, 얼굴에 와 닿는 밤의 공기가 평소와 달리 후덥지근했다. 그녀의 얼굴이 발그스름하게 물들어 있었다. 이준은 제 얼굴은 지금 어떤 빛을 띠고 있을지 문득 궁금해졌다.

"난 언제나 네 곁에 있어. 기억해 줘."
"고마워. 일단 진심으로 부딪혀 볼 거야. 제대로 사과도 하고……."

그 말끝에, 마침내 또르르 흘러내린 한 방울의 눈물이 그녀의 마음을 대변해 주는 듯했다. 괜찮아. 괜찮을 거야. 이준은 그녀를 끌어안고 그 말을 주문처럼 속삭였다.

* * *

아무래도 아무도 모르게, 희연에게 조용히 복수하기는 그른 것 같다. 하지만 괜찮다. 주아는 이제 겨우 한 가지 방법을 시도했을 뿐이고, 아직 여러 가지 방법이 남아 있었다.

그녀는 일전에 접촉했던 데이터복구업체의 팀장으로부터 한 사람을 소개받았다. 포토샵, 일러스트, 사진 변환 프로그램 등을 자유자재로 다루며 문서 위조에 능한 자였다. 움푹 들어간 눈이나 얄팍하게 마른 얼굴이 어딘지 모르게 생쥐를 연상케 하는 그 남자는 주아의 요구를 들은 후 히죽 웃음을 지어 보였다.

"천사처럼 예쁜 얼굴로 꽤 잔인하시군요."
"개인적인 감상은 됐고, 할 수 있는지 없는지만 말해요."
"돈으로 안 되는 게 있던가요?"

그 말에 주아가 빙긋 웃었다.

"대화가 잘 통해서 좋네요. 작업에 필요한 자료들은 여기 담아 왔어요."

그녀는 USB가 들어 있는 작은 케이스 하나를 건넸다.
"완성된 작업물은 다시 이곳에 담아 줘요."
"그렇게 하죠."

사내와의 짧은 만남을 마치고 뒤돌아선 주아의 입가에 옅은 미소가 떠올랐다. 그래, 제게도 약간의 타격이 발생하는 건 기꺼이 감수할 것이다. 그녀에게 엄청난 모욕감과 배신감을 안겨 준 희연을 응징하기 위해서라면. 덤으로 송이준, 그 남자의 고운 얼굴이 일그러지는 모습도 볼 수 있겠지.

며칠 사이, 부재중 전화가 여섯 통이나 걸려 왔다.

한 방 먹기만 한 이준과의 만남. 그와 만난 지 이틀쯤 됐을 때, 희연에게서 전화가 여러 번 왔지만 주아는 받지 않았다. 분명 이준이 그녀에게 저와 만난 일을 비롯하여 그날 나눴던 이야기마저 미주알고주알 일러바쳤을 게 뻔했다.

언제고 희연을 만나야겠지만, 아직은 때가 아니었다. 오히려 제 생각이나 감정만 섣불리 드러내게 될 것 같아서 주아는 그녀의 연락을 전부 무시했다.

[언제든 시간 괜찮으면 연락 줘. 만나서 정말 하고 싶은 이야기가 있어.]

마지막으로 도착한 문자. 그것을 읽는 순간, 주아의 입가가 한없이 비틀렸다.

"우리 희연 씨는 이 마당에 무슨 이야기가 하고 싶으신 걸까.

철없는 어린아이도 아니고, 설마 잘못했다 이 한마디면 모든 게 해결된다고 생각하는 것은 아니겠지?"

약혼자의 바람과 친구의 배신에 대해 생각하면 할수록 기가 막히고, 우현과 희연이 함께 찍은 사진을 떠올리면 떠올릴수록 화가 났다. 주아가 여태껏 알고 지내 온 사람들 중 그녀에게 이런 모욕과 배신감을 안겨 준 것은 이들이 처음이었다. 참 간이 부어도 단단히 부은 사람들이지. 자신이 누군데, 그녀가 어떤 사람인데!

"하, 그래도 이것저것 잘해 보려는 노력이 가상해서 친구로 쭉 지내 줬더니. 감히 네깟 게 내 뒤통수를 쳐?"

주아는 듣는 이 하나 없는 허공에 울화를 쏟아내며 마음을 다스렸다. 일단, 일을 맡긴 사내가 제게 연락을 취해 올 때까진 조급하게 생각하지 말고 기다려야 함을 잘 알고 있었다.

마침내 그날 저녁 무렵, 보안이 뛰어나다는 외국의 한 채팅 앱으로 사내의 메시지가 도착했다.

[일 끝났는데, 언제 볼까요?]
[내일 보죠. 사당에서 같은 장소, 같은 시각.]
[주기로 한 거, 잊지 마요. 거래 한 번에 안 끝나면 귀찮아지니까. 파일도 그냥 파기할 거고.]

최소한의 대화를 끝으로 주아는 채팅 앱을 종료했다. 이희연, 신우현 이 두 년놈 때문에 살다 살다 별짓을 다 해본다. 뛰어난 실력을 지녔지만 꿍꿍이를 짐작하기 힘든 이런 재수 없는 남자, 이상한 채팅 앱, 이런 위험한 거래가 제 인생 전면에 등장하리라곤 단 한 번도 생각해 본 적 없었는데.

"나를 귀찮게 한 대가까지 톡톡히 치르게 해 주겠어."

그리 되뇌며 주아는 잠자리에 들었다. 바빠질 내일을 위해 충분한 휴식을 취해야만 했으니까.

지난번 논현 근처에서 만났던 사내를 오늘은 사당에서 만났다. 같은 브랜드 카페에서 같은 시각에.

가볍게 이죽거리는 태도와 달리 사내의 실력은 꽤 수준급이었다. 그가 가지고 온 노트북에 USB를 꽂아 작업물을 확인해 본 주아의 입가에 만족스러워하는 미소가 맺혔다.

"자연스럽게 잘 만들어졌네요."

"아시잖습니까. 이게 다 돈의 위력이죠."

USB를 받아든 주아는 사내에게 유명 브랜드의 티 세트 쇼핑백을 건넸다. 티 세트라기에는 지나치게 무거운 무게. 이것은 사과 상자에 사과 대신 다른 게 들어 있는 것과 비슷한 이치였다. 남자가 거래의 지불 수단으로 무조건 현금을 요구해 왔기 때문이다.

조심스럽고 은밀한 거래를 끝마친 주아는 집으로 되돌아왔다. 자신이 원하던 결과물을 받자 요 며칠간 아주 날카롭게 곤두서 있던 신경이 조금 풀리는 것을 느꼈다. 그녀는 아로마 요법으로 족욕을 하고 샤워를 마친 후 물기 어린 머리카락으로 제 방에 들어섰다. 주아는 수건과 드라이기로 머리카락을 말리면서 핸드폰을 확인했다. 그녀와 희연을 포함해서 고등학교 동창 6명이 묶여 있는 단체채팅방에 메시지가 여러 개 쌓여 있었다.

친구 진영의 생일이 이번 주 금요일인지라 그날 저녁, 언제 어디서 만나 그녀의 생일 축하 자리를 마련하고 간만의 회포를 풀 것인지 대화가 오가고 있었다. 대화 내용을 쭉 살펴보니 희연은 아직 그에 대해 이렇다 저렇다 별말이 없었다.

'그럼 안 되지. 넌 그날 반드시 참석해야 하는걸. 내가 널 위해 준비한 것이 얼마나 많은데.'

어쩌면 희연이 그날 모임에 참석하지 않을 수도 있다고 생각하니 애가 조금 탔다. 주아는 입술을 앙다문 채 메시지를 꾹꾹 찍어 눌렀다.

[희연이는 많이 바쁜가 봐. 아무런 답이 없는 걸 보면.]

가볍게 한마디 던져 주자 단체채팅방에 있던 다른 친구들의 시선이 희연에게 전부 집중되었다. 이쯤 되면, 그녀도 무어라 한마디 안 할 수 없겠지. 십 분쯤 지났을 때, 희연이 대답을 해 왔다.

[미안. 핸드폰 지금 봤어.]
[우리끼리 먼저 얘기 나누고 있었는데, 너도 금요일 오후 7시 괜찮은 거지?]

[괜찮겠지. 직장 다녀도 금요일은 상대적으로 여유로운데, 희연인 지금 쉬고 있잖아.]

주아가 희연을 은근슬쩍 비꼬아도 그녀에게 조금이나마 양심이 있다면, 찍소리 못하고 가만있을 수밖에 없을 것이다. 선주와 주아의 메시지 옆에서 1이란 숫자가 한참 동안 사라지지 않았다. 이희연, 그녀가 이 자리를 어떻게 하면 피할 수 있을지 머리 굴리는 소리가 여기까지 들려와서 주아는 더더욱 짜증이 났다.
약 두 시간 후, 희연의 메시지가 도착했다.

[그래. 괜찮아. 그때 보자.]

아무렇지도 않다는 듯 담담하게 내뱉어진 그녀의 말투가 꽤 거슬렸지만, 괜찮았다. 어차피 이번 주 금요일이 돌아오면 그 뻔뻔한 낯짝이 무너지는 모습을 볼 수 있을 테니.

* * *

주아가 먼저 나를 무시하고, 여러모로 스트레스와 열등감을 안겨 줬어. 게다가 심증뿐이지만 고등학교 때 나에 대한 헛소문을 퍼뜨려서 나를 완전 이상한 애로 만들어 놨다고. 그녀에게 한 방 먹이고 싶어. 나도 한 번쯤은 그녀보다 앞서고 싶어. 다른 사람들에게 인정받고 사랑받고 싶다고!

그런 자기 합리화로 우현의 제안을 받아들였고, 그와 사귀었었다.

하지만 속사정이야 어찌 됐든 결과적으로는 친구를 속이고 배신한 것이었기에 마음이 늘 편치 않았다. 항상 두렵고, 조마조마했다. 언제 깨질지 모르는 살얼음판을 걷는 것 같았다.

그래도 이젠 달라져야 했다. 이 세상에서 그 누구보다 멋지고 매력적인 남자 친구, 이준의 앞에서 떳떳해지고 싶었다. 한순간의 양심으로 잘못된 선택을 해 버린 과거에서 그만 자유로워지고 싶었다.

이준과 만나고 나서 결심을 굳히고, 있는 용기 없는 용기 다 쥐어짜 내어 주아에게 전화를 걸었지만, 그녀는 받지 않았다. 규칙적인 연결음만이 귓가에 서늘하게 들려왔다. 예상 못한 반응은 아니다. 반대로 내가 그녀의 입장이 된다 해도 나 같은 친구와 더 이상 말을 섞고 싶지 않을 테다.

마지막으로 언제든 연락 달라는 문자를 보낸 후 깊은 생각에 잠겼다. 이제 어떻게 해야 하나. 주아의 집으로 직접 찾아가야 할까.

주아와 과거의 잘못에 대한 사과. 그에 대한 생각으로 머릿속이 꽉 차서 한동안 열중했던 구직 활동도 다시 시들시들해져 버렸다.

어떻게 하면 그녀와 만나 대화할 수 있을지 그것만 고민하고 있는데, 그 다음 날 나와 그녀를 포함해 6명이 묶여 있는 단체

채팅방에서 대화가 오고 가기 시작했다. 아, 맞다. 행사가 있었다. 친구 진영의 생일이 이번 주 금요일이라 다들 그에 대한 이야기를 나누는 듯했다.

'주아도 올까. 아마 참석하겠지. 나와 문제가 생긴 거지 진영과 틀어진 것은 아니니까. 그럼 금요일이 돼서야 주아와 마주할 수 있나? 그것도 다른 사람들도 여럿 존재하는 곳에서?'

결심이 흔들리는 것까진 아니었지만, 왠지 모르게 조금 두려워졌다. 나는 어떻게 대처해야 할지 몰라 미리보기로 뜨는 메시지들을 대충 읽으며 고민하고 있었다. 그리고 우리 사이에 마치 아무런 일도 없었던 것처럼 대화 내용을 입력한 주아의 메시지를 보고 나서는 심장이 쿵 뛰었다.

[희연이는 많이 바쁜가 봐. 아무런 답이 없는 걸 보면.]

나는 주아처럼 머리를 빠르게 회전하는 사람은 아니었지만, 거의 본능에 가까운 감각으로 목덜미에 소름이 돋는 것을 느꼈다. 그녀는 대체 무슨 생각으로 이 말을 적은 걸까.

진실된 친구 관계는 아니었다 해도 주아와 함께 다닌 지 십 년이 훨씬 넘었으니 그 성격을 어느 정도 안다. 그녀는 제게 모욕을 줬다 생각하는 사람을 결코 용서하지 않는 타입이었다.

고등학교 시절의 기억이 문득 떠올랐다. 주아는 예쁜 외모와 뛰어난 성적, 그리고 얌전해 보이는 성격으로 거의 모든 선생님들께 예쁨을 받았지만, 문학 선생님과는 사이가 그리 좋지 않았다.

봄에 있던 수행평가에서 엄청 고생한 주아가 조원들에 대해 불평하고 그들을 교묘하게 깎아내리는 말을 하는 것을 그 선생님이 화단에서 우연히 듣고 난 이후부터 그런 듯했다.

주아는 문학 기말고사에서 96점이라는 좋은 점수를 받았지만, 4점짜리 서술형 답안이 문젯거리가 되었다. 그녀는 참고서에 이런 의견도 적혀 있으니 맞는 거 아니냐며 항의했지만, 문학 선생님은 수업시간 및 교과서에 적혀 있는 내용과 다소 다르니 인정할 수 없다면서 그 답안을 0점 처리했고 그렇게 사건은 일단락되는 듯했다.

하지만 여름방학이 끝나고 학교로 되돌아왔을 때, 나름 정보통이라고 여겨지는 학생들 사이에서 요상한 소문이 돌았다. 문학 선생님이 교장과 교감에게 단단히 찍혀서 조만간 이 학교를 떠나게 될 것이라는 이야기였다. 결과적으로 그 선생님은 학교를 그만두고 어느 사설 학원의 강사로 들어갔다. 나는 그때, 그 일의 배후에 주아가 있는 것 같은 느낌을 받고 한동안 몹시 소름 끼쳐 했었다.

그런 아이인데, 이번 사건을 아무것도 없었던 일처럼 그냥 넘어갈 리 없었다. 아무렇지도 않아 보이는 저 모습에서 그녀가 무언가 꾸미고 있다는 느낌이 강하게 들었지만, 내겐 별다른 선택권이 없었다.

[미안. 핸드폰 지금 봤어.]

그 한마디를 간신히 입력하고 나서 나는 불안해진 마음을 끌어안고 친구, 수영에게 전화를 걸었다. 특별한 약속이 없는 이상 아마도 지금쯤은 퇴근해서 집에 있지 않으려나.

이준에게 연락하면 그가 여러모로 큰 힘이 되어 주겠지만, 나는 그에게 너무 많은 걱정을 끼치고 싶지 않았다. 하지만 누군가 내 이야기를 들어줄 상대가 절실히 필요했는데, 지금 이 순간 생각나는 사람이 바로 그녀였다.

어쩌면 욕을 잔뜩 먹을지도 모르겠다는 생각으로 수영에게 대략적인 사정을 털어놓았다. 주아라는 오래된 친구 때문에 느껴 온 스트레스와 열등감, 고등학교 때 겪은 헛소문 사건, 그녀의 약혼자였던 우현과 사귀었다가 헤어진 이야기, 그리고 최근에 사귄 남자 친구 덕분에 과거의 잘못을 사과할 용기를 얻었다는 이야기까지 전부.

고해성사를 하는 사람처럼 털어놓다 보니 감정이 많이 격해진 탓인지 어느새 철없는 눈물마저 찔끔찔끔 흘러나왔다. 하아, 정말 미치겠다. 내가 도대체 뭘 잘한 게 있다고 울까.

모든 이야기를 들은 수영은 한동안 아무 말이 없었다. 핸드폰을 든 손바닥에서 자꾸만 땀이 나기 시작했다.

어떡하지. 이제 어쩌지. 실수인 척 통화를 종료해야 하나. 그 순간, 잔뜩 고심한 듯한 그녀의 음성이 귓가에 들려왔다.

-……그동안 많이 힘들었겠다.

평범한 그 한마디에 한두 방울씩 흘러나오던 눈물이 고장 난 수도꼭지에서 물 흐르듯 넘쳐흘렀다. 입술을 깨물며 눈물을 그쳐 보려고 애썼지만, 오히려 바보처럼 훌쩍이는 소리만 났다. 핸드폰 너머의 수영도 분명 그 소리를 들었을 테다.

―울지 마.

특별하거나 구구절절한 위로의 말도 들려오지 않았고, 수영의 목소리 역시 조금 떨리는 것을 제외하면 평소와 별다를 바 없었지만 오히려 그 사실이 내 마음을 더욱 안심시켰다.

―그래서 넌 어떻게 하고 싶어?

"모르겠어. 솔직히 말하면…… 두려워. 금요일 날 주아를 만나는 게."

―그래도 언제고 한 번은 부딪혀야 할 일, 빨리 해결하는 게 너도 편하지 않겠어? 지금 상황으로 봐서는 기껏 해 봤자 네 고등학교 동창들 앞에서 그 일을 까발리는 게 전부일 것 같은데. 널 나쁜 년으로 몰아가고 친구들 사이에서 완전히 매장시키려고.

"그럴까나."

―넌 고등학교 친구들이 모두 주아 편을 들 거라고 말했지만, 혹시 모르지. 그들 중에서 널 이해하는 애가 있을지도 몰라.

수영은 이준과 달라 괜찮다고 그리 달콤하게 말해 주진 않았지만, 친언니처럼 침착하게 자신의 의견을 이야기해 주었다.

―반대로 그날 모임에 가면 어쩌면 네가 생각하는 것보다 더한, 최악의 상황이 펼쳐질 수도 있고. 그러니까 마음 단단히 먹고 가. 힘들게 간 거니 확실하게 사과하고 나서 이제 그만 편해지고.

"응. 여러모로 고마워."

- 조만간 만나서 맛있는 거나 먹자. 스테이크 가격 대비 괜찮은 곳 발견했어.

마지막에 오늘 마치 아무런 이야기도 못 들었다는 듯 곧 만나자고 말해 주는 그녀의 태도가 너무도 고마웠다. 주아와 절교하고 고등학교 동창들과 인연이 모조리 끊어져도 외톨이는 아니겠다는 생각에 몹시 안도하면서도 그렇게 생각하는 스스로가 참 이기적이라는 생각이 들었다.

나는 수영과의 통화를 마치고 나서 부재중 전화 목록을 살폈다. 통화 중에 뚜뚜거리는 소리가 몇 번 들렸는데, 아무래도 그 시각, 다른 이에게서 전화가 걸려온 듯해서다.

"이준……."

나는 망설이다가 그의 전화번호를 눌렀다. 그는 기다리고 있던 사람처럼 총알같이 전화를 받았다.

"무슨 일로 전화했어?"

- 아니, 그냥. 네 목소리가 듣고 싶어서.

내가 그리 눈치 빠른 여자라고는 할 수 없지만, 이준의 말이 거짓임을 쉬이 눈치챘다. 무어라 구체적인 이유나 증거를 댈 순 없지만, 왠지 모르게 촉이 왔다고나 할까.

"뭔가 아닌 것 같은데."

- 그럴 리가.

그리 대꾸하면서도 이준은 조심스럽게 주아와의 일을 물어보았다. 어허, 이 남자 보게. 여자 못지않은 촉을 지녔네.

나는 잠시 고민하다가 주아에게 연락을 했지만 그녀가 받지 않았던 것, 이후 단체채팅방에 그녀가 아무렇지도 않다는 듯 대화를 입력한 것 등을 그에게 털어놓았다. 이준이 신중한 태도로 말해 왔다.

- 뭔가 계획하고 있는 것 같은데. 한창 독이 오른 독사는 건드리는 게 아니랬어. 이번 자리는 살짝 피하는 것이 낫지 않을까.

"나도 고민 안 해 본 건 아닌데……. 피해 봤자 뾰족한 수가 있을까. 어차피 내가 피하면 피할수록 걔는 더 악착같이 달려들 거야. 주아는 물론이고, 만에 하나 이 사실을 알게 된 고등학교 동창들한테까지 잔뜩 욕먹을 각오하고 가는 거니까 너무 걱정하지 마. 어차피 한 번은 겪어야 할 일이야."

- 난 네가 다치는 게…… 정말 싫어.

내가 다치는 것보다 더 아플 것 같아.

나지막하게 속삭이는 그의 목소리가 듣기 좋았다. 그 음성에 나는 차가운 현실을 잊고 잠시나마 행복해졌다. 우현과의 잘못된 만남과 이별이 모두 이 남자, 송이준을 만나기 위해서 이루어진 것이라면, 나는 참 복 받은 여자였다. 유관순 언니처럼 전생에 나라라도 구한 것일까.

"괜찮아."

얼마 전, 이준이 내게 해 준 말을 그대로 돌려주었다. 그럼에도 불구하고 그의 음성에는 여전히 걱정스러운 기색이 가득했다. 내가 부득불 괜찮다고 고집을 부리는 바람에 더는 말리지 못했지만, 당사자인 나보다 그가 더 불안해하는 듯했다. 짙은 한숨 소리가 여기까지 크게 들려왔다.

- 정 그렇다면 한 가지만 약속해 줘.

"뭔데?"

- 무슨 일이 있어도, 어떤 상황이 닥쳐도 내 곁에 있겠다고.

"그런 건, 나보다 너님이 더 걱정입니다. 어휴."

그 순간에는 그의 말을 그저 장난스럽게 받아넘겼지만, 내가 정말 현명한 여자였다면 눈치챘어야 했다. 그가 아무 생각 없이 그런 말을 내뱉을 사람이 아니라는 사실을.

나는 이준과의 통화마저 끝나고 나서야 마음을 완전히 다잡고 단체채팅방에 대화를 입력할 수 있었다.

[그래. 괜찮아. 그때 보자.]

이준을 위해서라도 나는 이 모든 일을 빨리 마무리 짓고 싶었다.

* * *

마침내 삼 일 후, 결전의 날이 밝았다. 그날은 아침부터 마음이 심란해서 아무것도 할 수 없었다. 심지어 한 자리에 가만히 앉아 있는 것조차 힘들었다.

"정신 사납다. 좀 가만히 앉아 있든가 후딱 나가 버리든가 하나만 해라, 하나만."

엄마는 그런 나를 보며 똥 마려운 강아지처럼 뭐하는 짓이냐고 눈을 흘겼다. 나는 쏜살같이 방으로 도피했다. 마녀의 탑에 갇힌 라푼젤의 심정에 빙의되어 약속 시간이 다가오는 것을 아주 초조하게 기다렸다.

오후 3시가 넘어서자 하늘이 서서히 흐려지더니 급기야 비가 내리기 시작했다. 장마 때만큼 주룩주룩 쏟아져 내리진 않았지만 그래도 빗줄기가 제법 굵었다.

뉴스에서는 간만의 봄비로 봄 가뭄을 해소할 수 있겠다며 좋아하는데, 나는 하나도 기쁘지 않았다. 안 그래도 우울하고 불안한 마음에 불씨를 지피는 것처럼 부슬부슬 내리는 비가 야속하게만 느껴졌다.

6시쯤 우산을 들고 집을 나섰다. 오늘은 어떤 일이 생길지 몰라 차마 스커트를 입을 용기가 나지 않았다. 깔끔한 블랙진에 남방셔츠를 입고 약속 장소인 청담동의 한 레스토랑으로 향했다.

"희연아, 여기야!"

그곳에는 진영과 선주가 먼저 와 있었다. 나머지 두 친구와 주아는 아직 오지 않은 듯했다. 지금이라도 진영에게 선물만 건네주고 그냥 도망칠까 하는 유혹이 스멀스멀 치밀어 올랐지만, 꾹 참아내고 자리에 앉았다.

정말 오랜만에 방문한 고급 레스토랑. 메뉴판에 맛있는 음식들의 이름이 줄지어 존재했지만, 오늘은 입 안으로 음식을 넘기는 족족 날카로운 가시처럼 느껴질 터였다.

주아가 제일 늦게 도착했다. 누구보다 화려하고 아름다운 차림을 하고선. 종업원들을 비롯하여 레스토랑 안 손님들의 시선이 그녀에게 집중되었지만, 주아는 아무것도 모른다는 듯 입가에 옅은 미소를 띤 채 예약한 테이블로 걸어왔다.
"미안. 내가 좀 늦었네."
"아냐. 이제 다 모였으니 빨리 주문하자."
이 자리의 주인공은 엄연히 오늘 생일을 맞은 진영이었지만, 제삼자가 보면 틀림없이 주아를 주인공으로 생각할 테다. 하지만 그 누구도 그 점을 언급하거나 토를 달지 않았다.
주아는 나의 맞은편 자리에 앉았다. 시선이 마주치자 싱긋 웃어 보이는 그녀의 미소가 아름답다기보다는 몹시 소름 끼쳤다. 아주 사나운 맹수가 가소롭다는 듯 사냥감을 쳐다보고 있는 듯한 눈빛. 나는 입술을 깨물며 바르르 떨고 있다는 티를 내지 않기 위해 노력해야만 했다.
나와 주아를 제외한 나머지 친구들은 전부 직장에 다니는 사회인이었고, 주아는 원래 지갑이 풍족한 여자였다. 그녀에겐 돈을 아껴 쓴다는 개념 자체가 존재하지 않았다. 때문에 일행은 자연스럽게 디너 코스 요리를 주문했다. 백수인 내게 한 끼 식사에 10만 원 상당의 금액을 지불하는 것은 큰 부담이었지만, 어쩔 수 없었다.
"진영아, 생일 축하해."
"야, 우리가 벌써 서른을 코앞에 두고 있다."
"야야, 오늘은 네 20대 마지막 생일, 마음껏 즐겨라."
코스 요리가 나오기 전에 나를 비롯한 친구들은 진영에게 생일 선물로 각각 쇼핑백 하나씩을 안겨 주었다. 진영은 활짝 웃는 얼굴로 고맙다 말하며 그 선물들을 받았다. 행복해 보이는 그녀의 표정을 마주하자니, 나는 이후의 일이 더욱 걱정되면서 한편으론 상당히 미안해졌다.

입맛을 돋우는 애피타이저, 아뮤즈 부쉬부터 시작해서 해산물 라자냐, 그릴에 구운 전복, 감자 수프와 식전 빵, 로제 소스 파스타, 채끝 등심 스테이크 등이 차례차례 세팅되어 나왔다. 일상에서 쉬이 맛보기 힘든 맛있는 음식들이건만, 오늘은 집에서 마음 편히 비벼 먹는 비빔밥보다 훨씬 못한 느낌이 들었다.

"희연아, 너 다이어트 해? 왜 이렇게 조금 먹어?"

"그게 아니라……. 점심때 체했는지 속이 조금 안 좋아서."

"약은 먹었어?"

나는 괜찮다며 손사래를 쳤다. 약 한 시간 반에 걸친 식사를 하면서 친구들은 소소한 일상부터 시작해 직장 상사, 동료, 화장품 등등에 대해 대화를 나누었다. 이런 자리에 또 술이 빠질 수 없는지라 와인도 한 잔씩 곁들인 탓인지 시간이 지날수록 분위기는 조금씩 떠들썩해졌다.

그 분위기에 어울리지 못하는 사람은 나와 주아 뿐인 것 같았다. 어찌 됐든 주아는 세간에 널리 알려진 것처럼 세신기업의 후계자인 우현의 아내였고, 최근 '남편의 대형 교통사고'라는 불행한 일을 겪었다. 때문에 새색시가 된 지 얼마 안 된 그녀에게 짓궂은 질문이 여럿 쏟아질 법도 하건만, 친구들은 간단한 안부나 근황 정도만 물어 왔다.

[나, 화장실 갈 때 살짝 따라 나와. 할 이야기 있으니까.]

디저트가 나오기 직전, 주아가 보낸 문자가 도착했다. 드디어 올 것이 왔구나. 손이 잘게 떨려 와서 하마터면 바닥에 물컵을 떨어뜨릴 뻔했다. 그녀와 시선이 마주쳤을 때, 나는 알겠다는 의미로 고개를 작게 끄덕였다.

얼마 후, 주아는 화장실에 다녀오겠다며 자리에서 일어났고 약 일이 분 정도의 간격을 두고 나도 따라 일어났다. 주아는 화장실에서 팔짱을 낀 채 나를 기다리고 있었다.

"생각보다 우리 희연이 낯짝 두껍네. 아무렇지도 않은 척, 정말 잘하더라."

그녀의 하얀 손가락이 차가운 얼음처럼 한기를 품고 내 볼을 찬찬히 쓰다듬어 왔다. 나는 고양이 앞의 쥐가 된 심정으로 이 한마디만을 간신히 내뱉을 수 있었다.

"미, 미안해. 정말…… 미안해."

"어머. 그런 말로 해결될 사건이면, 진즉 끝났지."

그 순간, 오른쪽 뺨에서 불이 번쩍 났다. 주아는 상냥하게 웃으면서 내 뺨을 내리쳤다. 꽤 얼얼했다. 그녀의 손에 실린 힘이 상당해서 나는 잠시 중심을 잃을 뻔했다.

"붙어 놀아날 사람이 따로 있지, 어떻게 친구 약혼자를 꼬드길 생각을 다 했어?"

"……미안해. 내가 그땐 잠시 미쳤었나 봐."

나는 고개를 숙인 채 주아에게 연신 사과했다.

용서를 구하기엔 너무 뻔뻔하다 생각됐기에 내가 할 수 있는 말은 오직 '미안해', 그뿐이었다. 드라마에서 보면 이런 순간, 악녀들은 눈물을 참 잘도 흘리던데, 어찌 된 일인지 내 눈에서는 눈물 한 방울 흘러나오지 않았다.

"그게 진심으로 사과하는 사람 태도야?"

"그때부터 쭉 후회하고 있었어. 정말 미안해."

잠깐의 망설임이 있었지만, 나는 화장실 바닥에 그대로 무릎을 꿇었다. 그제야 주아의 입가에 설핏 만족스럽다는 미소가 떠올랐다. 그녀의 목소리가 한층 나긋나긋하게 변했다.

"그 마음, 진심이야?"

"응. 정말이야."

"말로는 무엇을 못할까. 진심이라면 당연히 그에 따른 행동을 보여 줘야 하는 거 아닌가."

"내가…… 뭘 어떻게 하길 원하는데?"

그러자 그녀가 천사처럼 상냥한 목소리로 내 귓가에 속삭여 왔다.

"송이준, 그 자식이랑 당장 헤어져. 그가 네게 완전히 질린 채 떠나게 만들어."

─ 정 그렇다면 한 가지만 약속해 줘.

"뭔데?"

─ 무슨 일이 있어도, 어떤 상황이 닥쳐도 내 곁에 있겠다고.

그 순간, 며칠 전 핸드폰 너머로 들려오던 이준의 말이 떠오른 것은 어째서일까. 그는 이런 상황을 미리 예측한 것일까.

"왜……?"

나는 이해할 수 없었다. 어째서 주아가 이번 일과 아무 관련 없는 이준의 마음마저 다치게 하려는 것인지. 그저 그가 내 남자 친구라는 이유만으로 그리한다면, 난 그녀를 정말 용서하지 못할 테다.

주아가 말한 내용이 하도 기가 막혀서인지 나도 모르게 그 자리에서 일어나 버렸다. 그녀와 시선이 똑바로 마주쳤다. 입꼬리를 삐딱하게 올린 주아가 말을 덧붙여 왔다.

"멀쩡한 남의 가정 파탄 내려고 했던 주제에, 넌 걔와 행복하게 잘 먹고 잘 살려고? 그럼 안 되지. 완전 불공평하잖아."

"이준과는 아무 상관 없는 일이야. 넌 걔한테 어떤 상처도 줄 권리 없어!"

무언가 울컥하는 감정이 치솟아 올랐다. 아무리 내가 죽을죄를 지었다지만, 이건 아니었다.

만약 지금 내 옆에 있는 사람이 이준이 아닌 다른 이였다면, 나는 주아에 대한 죄책감을 덜어 내고자 그와 헤어졌을지도 모르겠다. 한동안은 꽤 아프고 힘들겠지만, 시간이 지나면 차츰 괜찮아질 테니.

이준을 만나기 전까지 내게 사랑이란 감정은 모닥불과 같아서 세찬 바람이 불면 언제든 훅 꺼져 버릴 수 있었다. 이별을 두려워해도 상대를 붙잡을 만한 용기나 의지를 갖고 있진 못했다.

하지만 내 상처보다 상대방의 상처가 더 아프게 느껴지는, 이리도 격렬한 사랑은 이준이 처음이었다. 실수 많고 결점 많은 나를 포용하려는, 바라보기만 해도 애틋한 그를 상처 입힐 순 없었다.

찰싹.

다시 한 번 뺨에서 불이 일었다. 이번 것도 꽤 아팠다. 하지만 그보다 더 중요한 문제가 있었다. 나는 처음 맞았을 때와 달리 독기 어린 시선으로 그녀를 쳐다보았다. 주아가 이준에게까지 마수를 뻗는 것만큼은 절대 용납할 수 없었다.

"네가 뭘 잘했다고 그렇게 쳐다봐?"

"못 하겠다면! 그렇게 못 하겠다면 어쩔 건데!"

"그럼 다른, 적절한 대가를 치러야지. 안타깝네. 난 그래도 친하게 지내 온 친구여서 이번 일을 조용히 마무리 지을 기회를 준 건데."

주아가 자신의 핸드폰을 가리켰다. 그것이 의미하는 바가 무엇일까. 우현이 내게 보낸 문자나 둘이 함께 찍은 사진 등을 세간에 퍼뜨리겠다는 것일까.

얼핏 생각하면 그런 답이 튀어나왔지만, 나는 그것을 확신할 수 없었다. 주아는 바보가 아니었고, 아무리 분노에 사로잡혀 있다 해도 제 무덤을 함부로 팔 이도 아니었다.

분명 무언가 다른 수를 준비해 뒀을 테다. 내겐 치명타를 입히면서도 그녀는 은근슬쩍 빠져나갈 수 있는 방법을.

하지만 격렬한 분노 때문인지, 나는 주아가 뭘 준비했을지도 모르면서 언성을 높였다. 그녀 덕분에 이준이 내게 얼마나 소중한 존재인지 새삼스레 깨달았다. 나는 그를 정말 좋아했다, 아니 사랑했다. 이런 협박으로는 절대 헤어질 수 없을 만큼 간절하게.

"나한테만 화풀이한다면 얼마든지 받아줄 수 있어. 하지만 이준에게는 손대지 마. 절대로."

"와, 둘 다 진짜 눈물 나는 사랑이네. 뭐, 이준은 그렇다 쳐도, 희연이 네 사랑은 좀 의심스러워서 말이야. 설마 지금도 이준 외에 다른 놈을 만나고 있는 건 아니겠지?"

그럼 이준이 너무 불쌍하잖아.

주아가 깔깔 웃으며 비아냥거렸다. 입술이 파르르 떨렸다. 더 이상 그녀의 말을 얌전히 듣고 있어 줄 수 없었다.

나도 모르게 손이 나갔다. 찰싹, 서늘한 마찰음에 정신을 차리고 보니 두 눈이 휘둥그레진 주아의 고개가 옆으로 살짝 돌아가 있었다. 놀란 마음을 빠르게 수습한 주아가 어이없다는 시선으로 나를 노려보았다.

"너! 네가 날 쳤어?"

흥분한 주아가 나를 우악스럽게 세면대 쪽으로 밀어붙였다. 세면대 여기저기로 튄 물 때문에 남방셔츠의 끝이 살짝 젖어들었지만, 지금 그것이 문제가 아니었다.

간신히 유지하고 있던 이성의 끈을 놓아 버린 듯 내게 달려든 주아의 모습은 꽤 무서웠다. 주아의 가족과 친구들 중에서 이런 그녀의 모습을 접한 이가 대체 몇이나 될까. 만약 그 순간, 누군가 화장실에 들어오지 않았다면 어찌 됐을지 모르겠다.

"어머!"

이모뻘 되는 중년 여인의 목소리에 주아는 퍼뜩 정신을 차린 듯했다.

"두고 봐, 이희연. 후회할 테니."

그녀는 나를 있는 힘껏 노려보다가 팍 밀치며 뒤돌아섰다. 나는 다리에 힘이 풀려 도저히 움직일 수 없었다. 서늘한 벽에 몸을 살며시 기대는 게 전부였다.

"하아……."

정신이 하나도 없었다. 정말이지 나약하다. 며칠간 결심을 다진 게 무색할 정도로 나는 주아에게 끌려다니기만 할 뿐, 아무것도 하지 못했다.

어차피 이 모든 일은 과거에 저지른 나의 실수와 잘못으로부터 비롯된 것. 나는 다쳐도, 상처받아도 괜찮지만 이준만큼은 다치지도, 아프지도 않았으면 한다.

가까스로 마음을 추스르고 화장실에서 나와 친구들이 있는 테이블로 되돌아갔다. 어찌 된 일인지 친구들 중 몇 명은 자리에서 일어나 있었고, 주아는 그들의 한가운데서 비운의 여주인공처럼 훌쩍이고 있었다.

아, 애들한테 전부 털어놓았나 보구나. 대충 짐작 가는 바가 있어 몇 발자국을 남겨 두고선 그 자리에 멈춰서 버렸다.

인기척을 느꼈음일까. 주아의 등을 토닥이며 달래고 있던 선주가 나를 향해 소리쳤다. 그녀는 학창 시절부터 학생 주임 못지않은 쩌렁쩌렁한 목소리를 자랑해 왔다. 때문에 친구들뿐 아니라 근처 손님들의 시선마저 단번에 끌어모았다.

"야, 이희연! 너, 제정신이야? 네가 어떻게 그럴 수 있어? 주아랑 가장 친한 거 아니었어? 그런데 어떻게 친구 남편에게 그런 문자를 보내?"

"……."

선주가 대표로 소리를 지른 듯했지만, 나를 쳐다보는 친구들의 시선에는 경멸과 비난이 가득했다. 이미 예상했던 바지만, 그 눈빛들을 견뎌내기가 참 힘들었다.

"난 진짜 네가 그럴 줄 몰랐어. 뭐라고 변명이라도 좀 해 봐."

가까이 다가온 진영이 내 눈앞에 핸드폰을 들이밀면서 말했다. 어느새 그녀의 얼굴에서 밝고 행복해 보였던 미소가 싹 사라져 있었다. 나는 멍해지려는 정신을 애써 다잡으며 그녀가 내미는 화면을 쳐다보았다.

세상에! 거기에는 사건 당사자인 나 역시 처음 접하는 SNS 대화창 캡처 화면이 존재하고 있었다. 이것은 도대체 어떻게 생겨난 것일까.

[고백할 게 있어. 있잖아. 나, 주아에게 소개받았을 때부터 널 좋아했어.]

[뭔 소리야?]

[어차피 형식적인 정략결혼 아냐? 저번에 만났을 때부터 생각했던 거지만, 너도 내게 더 끌리고 있는 것 같은데.]

[넌 주아 친구잖아.]

[난 단 한 번도 걔를 친구라고 생각한 적 없는데. 너도 걔 성격 조금이나마 겪어 봤으니 나를 이해할 수 있지 않아? 잘난 척 심하고, 공주병에…….]

캡처 화면은 한두 개가 아니었다. 내가 우현에게 치근덕거리는 내용이 담긴 대화들이 날짜별로 존재하고 있었을뿐더러 나의 유혹에 흔들리는 그에게 속옷이나 비키니 차림 등 자극적이고 야한 사진을 보낸 대화창마저 존재했다.

아둔한 나는 그제야 주아가 내뱉은 '적절한 대가'와 '후회할 것'이란 말의 의미를 알아차릴 수 있었다. 그녀는 제게 오는 리스크를 최대한 줄이기 위해서 사실을 교묘하게 왜곡하는 길을 택했다. 그녀의 남편인 우현이 유혹의 손길을 내민 것이 아니라 내가 먼저 그를 유혹한 것으로 꾸며 나를 천하에 둘도 없는 나쁜 년으로 만들어 버렸다.

9. 기댈 곳은 그뿐이었다

제일 먼저 떠오른 단어는 '조작'이었다. 나는 그 어떤 말도 내뱉을 수 없었다.

SNS 대화창은 정말 완벽하게 꾸며져 있었다. 사건 당사자인 나조차 이런 대화들이 실제 오갔었나 싶을 정도인데, 다른 사람들 입장에서는 이 증거물들이 어떻게 받아들여지겠는가. 정말 기가 막힌 사람은 주아가 아니라 나였다.

어차피 무언가를 덧붙이거나 추가하지 않고 사실대로 말했어도 나는 나쁜 년이었다. 하지만 주아는 나를 완벽하게 매장하기 위해 준비마저 단단히 해 온 상태였다.

예전부터 느낀 거지만, 나무랄 데 없이 완벽한 그녀가 어째서 별것 아닌 나를 무시하거나 짓밟는데 이리도 정성을 기울이는지 모르겠다. 우현과의 잘못된 만남 외에도 내가 그녀의 비위를 거슬렀던 적이 또 있던가.

"애들아, 그만해. 여기 우리만 있는 것도 아니잖아."

눈물로 잔뜩 젖은 주아의 얼굴은 여전히 예뻤지만, 한편으로는 몹시 소름 끼쳤다. 애써 차분해지려고 노력하는 듯한 모습이나 가냘픈 음성은 뭇 사람들의 마음을 얻기에 충분해 보였다. 나 역시 사건 당사자만 아니었다면, 그녀의 곁에 붙어 정신없이 위로의 말을 건넸을지도 모르겠다. 아름다운 외모와 적절한 내숭은 생각보다 강력한 무기였다.

"그럼 저 여자, 불륜녀?"

"와, 대박. 여기서 이런 모습을 볼 줄이야."

아무것도 모르는 사람들이 생각 없이 떠드는 소리가 들려왔다.

- 반대로 그날 모임에 가면 어쩌면 네가 생각하는 것보다 더한, 최악의 상황이 펼쳐질 수도 있고. 그러니까 마음 단단히 먹고 가. 힘들게 간 거니 확실하게 사과하고 나서 이제 그만 편해지고.

심장이 팡 하고 터져버릴 것 같은 상황에서 수영이 해 준 충고가 어렴풋하게나마 떠올랐다. 나는 그녀의 말대로 예상치도 못한 최악의 상황에 직면했다. 이곳에서 내 편은 아무도 없었고, 적의가 가득한 시선 및 수군거림에 나의 감각과 육체는 인정사정없이 난도질당하고 있었다.

"뭐라고 말 좀 해 보라고!"

진영이 답답하다는 듯 소리를 질렀다. 화를 내는 그녀의 태도에서 얼핏 이 모든 끔찍한 증거들이 사실이 아니라고 부정해 주길 바라는 듯한 모습이 보여서 나는 간신히 입을 열 수 있었다.

"……아니야. 난 우현에게 이런 SNS 보낸 적 없어. 사진도 보낸 적 없어. 우현이 나를 좋아한다고 말해 오길래 그에 혹해서 약혼 시절 잠깐 사귀었던 건 맞아. 하지만 결혼을 앞두고서 헤어졌어. 그는 주아를 택했고, 나는 처음부터 잘못된 선택을 했으니까."

숨소리가 들릴 정도로 고요해진 레스토랑 안에서 내 목소리만이 나지막하게 울려 퍼졌다. 주아와 친구들은 물론, 모든 사람들이 나를 지켜보고 있었다. 그 시선들은 날카로운 창이나 비수와 같아 얼굴이 갈기갈기 찢기는 듯했고, 뒤통수가 견딜 수 없을 만큼 따끔거렸다. 이대로 산소나 물거품이 되어 이곳에서 사라져 버릴 수 있다면 얼마나 좋을까.

아니야, 그냥 도망쳐 버리면 아무것도 해결되지 않아. 제자리걸음일 뿐이야. 침착하자, 침착해. 수영의 충고를 떠올려 봐.

내가 좋아하는 책 중 하나인 초한지. 초나라와 한나라의 대립을 다룬 그 책에는 한의 대장군, 한신이 젊은 시절 시비를 걸어오는 무뢰배의 가랑이 밑을 태연히 기어나갔다는 일화가 등장한다. 그 덕분에 그는 수모를 당했지만, 화는 면했다.

지금 내 처지가 그와 비슷하지 않을까. 나는 모든 사람들이 보는 앞에서 가증스러운 주아에게 다시 한 번 고개를 숙이며 잘못을 빌고 사과했다. 지난 실수에 대해 사과하고자 하는 나의 의지를 전하고, 왜곡된 진실을 밝히기 위해서였다.

"미안해, 주아야. 네가 얼마나 상처받았으면, 내가 보낸 적도 없는 SNS나 사진까지 만들어 가면서 이랬겠어. 잘못했어. 내가 입이 열 개라도 할 말이 없어. 정말 미안해."

말을 하는 와중에 목소리가 계속해서 떨렸다. 감정이 격해진 탓인지 조금 전과 달리 눈가가 마구 따끔거리면서 눈물이 터져 나오려고 했다. 여기서 울면 안 된다. 나는 입술을 깨물며 눈물을 참아 보려 애썼다.

"……이희연."

사과를 마친 후 고개를 살며시 들어 앞을 바라보니, 선주는 여전히 나를 사나운 시선으로 노려보고 있었고 눈앞의 진영은 굉장히 혼란스럽다는 표정으로 나를 쳐다보고 있었다. 마지막으로 이 사건의 당사자이자 비운의 여주인공인 주아는 현 상황이 그녀의 예상과 조금 달라진 탓인지 안색이 그리 좋아 보이진 않았다.

그래, 됐다. 나는 할 수 있는 모든 것을 다 했다. 사과를 했고, 진실을 밝혔다.

비록 주아는 그 사과를 조금도 받아들이지 못했고, 나는 십 년 넘게 함께 해 온 친구들 사이에서 도저히 상종 못할 쓰레기로 낙인찍혀 버렸지만. 하긴, 이런 엄청난 잘못을 저지른 주제에 무슨 드라마나 소설처럼 해피엔딩을 기대하는 것 자체가 굉장히 뻔뻔한 일일 테다. 나는 후들거리는 다리를 간신히 움직여 지갑에서 십만 원을 꺼내 테이블 위에 올려놓고 가방을 챙겨 그곳을 빠져나왔다.

비가 여전히 내리고 있었지만, 그 자리를 빠져나오는 것에 급급하여 우산을 놓고 나와 버렸다. 그렇다고 레스토랑 안으로 다시 들어갈 수도 없기에 나는 그냥 빗속으로 한 발자국 내디뎠다.

비에 젖는 건 순식간이었다. 빗줄기는 그 어느 때보다도 서늘하고 매서웠다. 남방셔츠도, 바지도 금세 흠뻑 젖어 몸에 찰싹 달라붙었다. 비에 젖어드는 얼굴과 팔다리는 차츰 차가워지는데, 정신은 잠에 취한 듯, 술에 취한 듯 몽롱해졌다.

가방으로 머리나마 가릴 생각도 들지 않았고, 근처 편의점에 들러 우산을 사야겠다는 생각도 들지 않았다. 지금의 나는 그 누구하고도 마주하고 싶지 않았다. 눈앞에 존재하는 길을 따라 그저 걷고 걸었다. 호기심 혹은 황당함으로 얼룩진 다른 사람들의 시선도 더 이상 신경 쓰이지 않았다.

"흐흡……."

살짝 튀어나온 보도블록에 발이 걸려 넘어질 뻔했다. 다행히도 길바닥에 추하게 쓰러지진 않았지만, 나는 걸을 힘마저 완전히 상실해 버렸다. 그 자리에 그대로 쪼그리고 앉아 꾸역꾸역 치솟아 오르는 추한 눈물을 집어삼켰다.

그렇게 오 분쯤 넋을 놓고 앉아 있었을까. 머리 위로 검은 그림자가 살포시 드리워지더니, 어깨며 등 위에 따갑게 내려앉던 빗줄기의 느낌이 사라졌다.

무거운 엉덩이를 들고 일어나서 뒤를 돌아보았다. 지금 이 순간, 가장 그리워한 사람. 가장 보고 팠던 사람. 송이준, 그가 환상처럼 눈앞에 존재하고 있었다.

그 역시 나처럼 비에 흠뻑 젖은 채 내 머리 위로 파란 우산을 씌워 주고 있었다. 평소와 다름없이 다정하고 애틋한 시선으로 나를 바라보는 그의 모습에 나는 완전히 무너지고 말았다.

"준아……."

정말 보고 싶었다. 그의 따뜻한 품이 너무도 그리웠다. 온몸이 젖었다는 사실도 잊어버리고, 그에게 한발 바짝 다가서니 이준이 나를 꼭 끌어안아 왔다. 차갑게 식어 버린 몸에 온기가 조금씩 돌기 시작했다.

"늦어서 미안해."

나는 고개를 저었다. 눈물인지, 비인지 알 수 없는 물방울들이 함께 흔들렸다. 이준이 다른 사람들처럼 나를 경멸 어린 시선으로 쳐다보지 않는 것만으로도 충분했다. 그가 이곳까지 찾아와 그 고운 손을 내밀어 준 것이 정말 감사했다.

이준이 손바닥으로 축축하게 젖어든 내 머리카락을 쓰다듬었다. 그가 짙은 한숨을 내쉬며 말했다.

"너, 감기 걸리면 어떡하지?"

"……그러는 너는."

나는 갈라진 음성으로 간신히 대꾸했다. 누가 커플 아니랄까 봐 우리 둘은 사이좋게 젖어 있었다. 누가 더 젖어 있는지 구분하는 것은 아무런 의미도 없어 보였다. 이준은 내가 어디 있는지 찾느라 우산을 쓸 정신이 없었다고 아주 자그마한 목소리로 중얼거렸다.

그럼 안 된다고 혼내야 하는데, 그 말이 너무도 달콤해서 나는 침묵할 수밖에 없었다. 정말이지 그는 내게 너무 과분한 애인이다.

이미 다 젖어 버려 우산을 쓰나 마나였지만, 이준은 내 머리 위에 우산을 씌운 채 차 앞까지 데리고 갔다. 내가 차에 올라타자마자 그는 좌석 위에 두었던 자신의 재킷을 내 어깨에 걸쳐 주고, 서둘러 난방을 틀었다.

"이 모습으로 집에 들어가기는 곤란할 테니, 우선 우리 집으로 갈게."

나는 말없이 고개를 끄덕이는 것으로 그의 의견에 동의를 표했다. 체온이 조금씩 회복돼서인지 몽롱하고 아득한 느낌이 밀물처럼 밀려왔다. 아니면 이준이 나를 찾아와 준 것에 안도한 나머지 긴장이 한꺼번에 풀린 결과일 수도 있었다.

"······미안해."

눈꺼풀이 자꾸만 감겨들어서 나는 눈을 감은 채 그 말을 가만히 속삭였다. 이준이 오른손을 살짝 뻗어와 내 손을 그러쥐었다.

맞잡은 그의 손이 따뜻해서 눈물이 나왔다. 나 참, 눈물샘이 고장 나 버린 것인지 뇌에 문제가 생긴 것인지 감정과 감각들이 이성의 통제를 거부한 채 마구 날뛰고 있었다.

"괜찮아."

그 말이 아픈 상처에 바르는 연고처럼 귓가에 찬찬히 스며들었다. 그의 손을 잡은 채 나도 모르게 잠시 잠이 들었던 것 같다.

시간이 얼마나 지났을까.

"희연아, 도착했어."

이준의 부드러운 목소리에 눈을 떴다. 그가 난방을 튼 덕분인지 잔뜩 젖어 있던 옷이 조금이나마 말라 있었다.

나와 이준이 집 안으로 들어서자 깨끗하던 바닥에 물방울을 비롯하여 침입의 흔적들이 새겨졌다. 어째서인지 그 모습이 마치 나와 이준의 관계 같다는 생각이 들었다. 나는 완벽하고 흠 없는 그를 자꾸만 망가뜨리는 존재였다.

"먼저 씻어. 젖은 채로 오래 있으면 안 좋아."

이준이 욕실 앞에 젖은 옷을 벗어 놓을 연두색 플라스틱 바구니를 내려놓으며 말했다. 나는 다시 흘러내리려는 눈물을 감추기 위해 고개를 끄덕이고 욕실로 들어갔다.

* * *

희연에게 욕실을 양보한 이준은 다시 바삐 움직였다. 그는 우선 집안일을 도와주시는 도우미 아주머니에게 전화를 걸어 간단히 먹을 만한 음식과 20대 여자가 입을 만한 속옷 및 옷 한 벌을 준비해 이곳으로 와 달라고 부탁했다.

눈대중으로 짐작한 희연의 신체 사이즈를 말할 때 이준은 왠지 모르게 부끄러워서 입술이 쉬이 떨어지지 않았다. 다행히도 도우미 아주머니는 입이 무겁고 행동이 신중하여 이준이 신뢰하는 사람답게 자세한 이유나 사정을 캐묻지 않고 알겠다며 통화를 끝냈다.

　최대한 빨리 와 달라 말씀드렸지만, 도우미 아주머니가 언제 도착할지는 아무도 모를 일이었다. 때문에 이준은 옷을 대충 갈아입은 후 집 안 여기저기에 떨어진 물방울들을 치우고 나서 제 옷장을 열어 샤워를 마치고 나올 희연이 입을 만한 것은 없는지 살펴보았다.

　"뭔가 걸칠 만한 것을 찾아봤는데, 마땅한 게 없어서 우선 이거라도 문 앞에 갖다 놓을게. 도우미 아주머니에게 연락했으니, 그분이 오시면 제대로 된 옷을 입을 수 있을 거야."

　이준은 고심 끝에 예비용으로 사 둔 남성용 목욕 가운을 수건과 함께 욕실 문 앞에 내려놓았다. 희연은 이렇다 저렇다 대답이 없었다. 어쩌면 시끄러운 물소리에 그녀의 작은 목소리가 파묻힌 것일 수도 있었다. 문 너머로 들리는 야릇한 물소리에 이준은 마음이 괜스레 심란해지는 것을 느꼈다.

　'……나도 참 한심하다.'

　희연은 아마 꿈에도 모르겠지. 길에서 멍하니 넋을 놓고 울고 있던 그녀의 모습에 마음이 몹시 아리면서도 한편으론 잔뜩 젖은 그 입술에 키스하고 싶었던 비겁한 제 욕망을. 자신이 유독 이상한 것일까. 아니면 남자란 원래 다 그런 것일까.

　이준은 인상을 찌푸리며 잡생각들을 털어 내려고 애썼다. 일단, 오늘 하루 엄청 힘들었을 희연을 위로하는 게 우선이다. 그녀가 완전히 무너지지 않도록 제가 든든한 버팀목이 되어 줘야 했다. 그는 소파에 앉아 생각을 차분히 정리했다.

'그나저나 김주아, 네가 이렇게 나오겠다 이거지.'

이준은 이를 바득 갈면서도 냉철한 이성을 유지하기 위해 노력했다. 그가 고용한 해커, 현오는 이준에게 주아가 꾸민 계획을 미리 일러 주었다. 주아가 일을 시킨 사내와 외국의 채팅 앱을 통해서 연락하는 바람에 정보를 입수하기까지 시간이 다소 걸리긴 했지만, 적어도 희연과 통화를 하기 전에는 그 사실을 알게 되었다.

우현을 일종의 피해자로, 희연을 완벽한 가해자로 둔갑시키려는 그녀의 술수를 전해 듣고 나서 이준은 그 끔찍한 생각에 그만 할 말을 잃어버렸다. 아무리 친구 같지 않은 친구였다 해도 어떻게 이렇게까지 할 수 있을까 하는 생각이 들었다. 그래서 희연에게 그 자리를 피하는 것은 어떠냐고 권유해 보았다. 하지만 그녀는 여느 때와 달리 쉽게 물러서지 않고 자신의 주장을 강력하게 피력해 왔다. 어차피 언젠가 한 번은 겪어야 할 일이며, 여기서 도망치면 주아는 더 집요하게 그녀를 괴롭혀 올 거라고 덧붙이면서.

물론, 희연의 말에도 일리는 있었다. 주아는 영리한 데다 독하고 집요한 구석이 있는 여자였다. 희연이 그 자리를 피한다고 해서 모든 게 해결되진 않을 테다. 어쩌면 지금 고안한 방법보다 더 악랄한 수를 쓸지도 몰랐다. 때문에 이준은 정말 마지못해 희연의 뜻을 존중해 주었다.

"하아……."

하지만 희연이 이리 힘들어할 줄 알았다면, 이준은 비록 임시

방편이라 해도 그녀가 그 자리에 나가지 못하도록 강력하게 말렸을 것이다.

"기어이 세신이나 김명철 국회의원 쪽을 짓밟아 줘야 정신을 차리려나, 이 여자는."

김명철 국회의원은 주아의 아버지로 여당에서 상당한 힘을 지니고 있는 자였다. 이 자가 꺾이면 주아의 기세도 한층 수그러들 수밖에 없다. 때문에 최근 이준은 은밀히 사람을 시켜 김명철 의원의 비리나 잘못을 파헤치고 있었다.

"그래. 어디 한번 해 보자고."

한층 더 독기를 품은 이준이 앞으로 해야 할 일들을 머릿속에서 천천히 정리해 보고 있을 때 달칵, 욕실 문이 열리는 소리가 들렸다. 왠지 모르게 아찔한 기분이 들어 그는 두 눈을 감아 버렸다.

* * *

"뭔가 걸칠 만한 것을 찾아봤는데, 마땅한 게 없어서 우선 이거라도 문 앞에 갖다 놓을게. 도우미 아주머니에게 연락했으니, 그분이 오시면 제대로 된 옷을 입을 수 있을 거야."

흐르는 눈물을 내버려 둔 채 희연이 제 몸에 뜨거운 물을 마구 끼얹고 있는데, 이준의 음성이 바로 가까이서 들려왔다. 특별한 내용 없는 평범한 말인데, 그의 목소리에 이상하게도 기분이 야릇해지는 것을 느꼈다. 그러고 보니 남의 집에서 샤워를 하는 것은 난생처음이었다.

'잠, 잠깐만! 세상에! 그것도 남자 친구 집에서…….'

미처 의식하지 못하고 있던 당혹스러움과 부끄러움이 한꺼번에 밀려왔다. 샤워를 하면서 조금이나마 정신을 차리고 보니 그제야 이 상황이 얼마나 부끄러운 것인지 깨닫게 되었다. 쓸데없는 생각을 하지 않기 위해 애썼지만, 그런 보람도 없이 희연의 얼굴이 화르르 달아올랐다.

'……정말 이 남자 앞에서는 엄마에게도, 친구에게도 못 보일 꼴을 여럿 보이는구나.'

그러고 보니 화장실 앞에서 훌쩍훌쩍 울고 있던 모습으로 그와 마주했던 적도 있었지. 이준은 자신을 대체 어떤 여자로 생각하고 있을까. 이상한 여자, 못난 여자 등등 부정적인 단어를 잔뜩 떠올린 그녀의 얼굴에 짙은 그늘이 드리워졌다.

좋아하는 사람 앞에서 더 바보 같은 모습을 보이게 되는 것은 어째서일까. 아아, 이 바보!

희연은 샤워기의 수도꼭지를 휙 돌려 차가운 물을 틀었다. 냉수 먹고 속 차리라는 말도 있듯이 찬물 좀 맞고 정신을 차려 볼 생각이었다.

"아앗, 차가!"

물론, 이 분도 안 되어 온몸이 덜덜 떨려오는 바람에 포기했지만.

샤워를 다 마친 희연은 조심스럽게 문을 열어 앞에 놓여 있는 수건과 가운을 집어 들었다. 새하얀 수건으로 물기를 대충 닦은 그녀는 어색한 기분으로 남성용 목욕 가운을 걸쳤다. 이준이 우람한 체격은 아니었기에 가운이 많이 크진 않았지만, 전반적으로 헐렁한 느낌이 드는 것은 어쩔 수 없었다.

"마치 유카타를 입은 느낌이네."

마침내 희연은 수증기 가득한 욕실에서 빠져나올 수 있었다. 이준은 거실 소파에 눈을 감은 채 앉아 있었다.

"……자나?"

저처럼 비를 잔뜩 맞았는데, 이대로 깊이 잠들면 안 좋을 것 같아서 희연은 그를 깨울 요량으로 가까이 다가섰다.

"이준, 피곤해도 씻고 나서 자는 편이……."

이준의 눈이 천천히 뜨였다. 그저 짙디짙은 갈색 눈동자와 마주했을 뿐인데, 희연은 심장이 잠시 멈춰 버린 듯한 착각에 빠졌다. 왠지 모르게 지금 그들의 상황이 신혼부부의 모습을 연상케 했기 때문이다.

이준 역시 희연을 빤히 쳐다보고 있었다. 깨끗이 씻고 나와 약간 헐렁한 가운을 걸친 그녀의 모습은 그대로 넋을 놓고 바라볼 만큼 매혹적이었다. 목에서 쇄골까지 이어지는 단아한 선이, 살짝 보이는 가슴골이 그가 시선을 쉬이 떼지 못하도록 만들었다.

몸을 일으킨 이준과 희연의 얼굴이 점점 가까워졌다. 입술과 입술이 맞부딪혔다. 조심스럽게 시작된 키스는 정말이지 달콤했다.

희연은 주아의 독설과 친구들 및 레스토랑 손님들의 태도에 산산조각 나 버린 심장으로 따뜻한 온기가 흘러들어 오는 것을 느꼈다.

바짝 달라붙어 있는 그들 사이에 얇은 가운 한 장과 티셔츠 한 장만이 존재하고 있다는 사실도 긴장감을 더욱 고조시키는 듯했다. 평상시보다 상대방의 숨결이 더 짙고 뜨겁게 다가왔다. 상대방의 심장박동 소리 역시 더 크고 빠르게 들려왔다.

'이준. 이준. 이준.'

그의 뜨거운 입술에 집어삼켜 져 작은 신음소리만 흘릴 수 있을 뿐 무어라 말을 할 순 없었지만, 희연은 마음속으로 이준의 이름을 계속해서 불러댔다. 크게 다쳐 버린 제 마음을 치료해 줄 수 있는 유일무이한 사람, 그가 바로 이준이었다.

희연의 입술 안쪽을 살살 건드려 오던 촉촉한 그의 혀가 그녀의 입천장과 잇몸 안쪽을 비롯하여 입 안 구석구석을 매만져 왔다. 그의 손바닥은 희연의 머리카락을 사랑스럽다는 듯 쓸어댔고, 하얀 손가락은 그녀의 귓불과 볼을 부드럽게 어루만졌다.

"읏……."

오늘따라 더 뜨겁게 다가오는 그. 알코올보다 더 몽롱하고 아찔하게 다가오는 그.

입술뿐만 아니라 두피와 귓불 등 여기저기 가해져 오는 자극에 희연은 저도 모르게 19금 영화나 소설에서만 보아 왔던 그 장면을 떠올리고 말았다.

깨끗이 씻고 나온 그녀의 몸이 긴장감과 땀으로 얼룩졌다. 게다가 은밀한 그곳마저 촉촉이 젖어 들어가는 것 같아 희연은 어쩔 줄 몰라 했다. 마치 제 몸이 아닌 듯했다.

"……예뻐."

깊은 키스 끝에 입술을 뗀 이준이 아주 나지막한 목소리로 중얼거렸다. 볼을 매만지는 그의 손가락에 간지러움과 야릇한 기분이 동시에 들었다. 만약 그가 여기서 더 원한다는 뜻을 내비친다면 그녀는 이준을 도저히 거부하지 못할 것 같았다.

희연이 뭔가에 홀린 것처럼 그의 입술만 바라보고 있는데, 깊은 산 속 절의 풍경 소리처럼 초인종 소리가 청량하게 울려댔다. 이준도, 그녀도 술에서 깬 사람처럼 서로에게서 한 발자국씩 멀어졌다.

"누, 누가 찾아왔나 봐."

"아마 도우미 아주머니인 것 같은데."

그리 답하는 이준의 표정에 왠지 모를 아쉬움이 짙게 묻어나오는 듯한 기분이 든 것은 희연의 착각일까. 그는 다소 흐트러진 희연의 목욕 가운을 바로 해 주고, 현관문을 열었다.

도우미 아주머니는 순한 인상을 지닌, 40대 후반 정도 되어 보이는 여자였다. 그녀는 따뜻한 참치 죽을 비롯하여 다진 고기, 파, 당근 등 여러 가지 식재료들과 여성용 속옷 및 옷을 챙겨 가지고 왔다. 준비성이 철저한 아주머니는 속옷 사이즈를 세 개 정도로 다양하게 준비해 왔고, 그 위에 걸쳐 입을 옷으로는 집에서나 밖에서나 편하게 입을 수 있는 트레이닝복을 사 왔다.

희연은 부끄러움에 얼굴을 잔뜩 붉히며 그중 하나를 집어 들고 트레이닝복을 챙겨 이준의 침실 안으로 쏙 들어가 버렸다.

그녀가 그곳에서 옷을 갈아입는 사이, 이준 역시 머쓱해진 기분으로 아주머니와 대화를 나누었다.

"늦은 저녁에 갑작스러운 부탁을 드려 죄송했습니다."

"아니에요. 괜찮아요. 음식은 참치 죽으로 준비해 왔는데, 간단한 식재료들도 함께 사 왔으니 마음에 들지 않으면 이야기해요. 여기서 간단히 만들어 줄게요."

"그걸로 충분합니다. 감사해요."

"그럼 식재료들도 두고 갈 테니까 나중에라도 마음 바뀌면 만들어 먹어요. 그나저나 두 사람 다 비를 맞았다고 들었는데, 감기 걸리지 않게 조심하고요. 여기 약도 사 왔으니 꼭 챙겨 먹고. 아 참, 바구니 가져왔는데 저 아가씨 옷이랑 급히 세탁해야 하는 다른 옷 있으면 넣어 줘요. 내일 아침까지 갖다 드릴게요."

"그렇게 해 주시면 감사하죠. 부탁드리겠습니다."

아주머니는 빠른 속도로 비에 젖은 희연의 옷가지를 비롯하여 세탁물을 수거했다. 이준이 아주머니를 엘리베이터 앞까지 배웅하고 돌아왔을 때, 희연은 굉장히 멋쩍은 표정으로 트레이닝복을 입고 거울 앞에 서 있었다.

유명 브랜드의 옷답게 디자인이 훌륭한 탓인지 그녀의 부드러운 곡선이 더욱 도드라져 보였다. 물기를 머금고 있어 촉촉한 머리카락은 그녀의 섹시함과 청순함을 배가시키고 있었다. 이준은 불길처럼 거세게 치밀어 오르는 욕망을 꾹꾹 억누르며 속으로 도우미 아주머니에게 아주아주 평범한 티셔츠와 바지를 갖다 달라고 요구하지 않은 자신을 책망했다.

"안 어울려?"

불안한 듯 물어오는 그녀의 모습이 왠지 귀여워서 이준은 피식 웃었다. 그는 물기 어린 희연의 머리카락을 살짝 매만지며 대꾸했다.

"아주 잘 어울리는데. 걱정 붙들어 매시죠."

"그나저나 아주머니가 빨리 가 버리셨네. 감사하다는 인사도 제대로 못했는데."

"괜찮아. 네 말까지 내가 다 했어."

그들은 참치 죽으로 간단히 요기를 하고, 혹시 모를 사태에 대비해 감기약을 하나씩 복용했다. 그리고 이준은 씻기 위해 욕실로 들어갔다.

그가 샤워를 하고 있는 동안 싱크대에서 간단히 양치를 마친 희연은 쿠션을 끌어안고 소파에 앉아 있었다. 사실, 이준이 '이제 슬슬 집에 들어가 봐야 하지 않냐'며 물어 왔지만 그녀는 생각도 정리할 겸 그가 씻고 나올 때까지 기다리겠다고 대꾸해 버렸다.

'난 대체 무슨 생각으로 그런 말을……'

만약 누군가 그 이유를 물어 온다면, 희연은 당연히 지금 집에 들어가서 부모님과 마주하거나 방 안에서 홀로 궁상을 떠는 것보다는 저를 위해 주는 이준과 함께 있는 편이 심리적으로 훨씬 더 안정되기 때문이라고 답할 수 있었다. 솔직히 고백하건대, 그녀는 조금 전 나눴던 이준과의 정열적인 키스에서 무어라 말로 표현하기 힘든 강렬한 위로를 받았다. 세상 사람 모두가 그녀를 손가락질하고 외면해도 그만은 저를 좋아해 주고 제 곁에 반드시 있어 줄 것이란 느낌이 들었다.

'다, 다시 떠올리니까 부끄럽잖아!'

희연은 양손으로 제 얼굴을 감싸 쥐어도 보고 죄 없는 쿠션을 팡팡 두드리기도 하고 애꿎은 머리카락을 마구 헝클어뜨리기도 했다가 결국에는 푹신한 쿠션에 이마를 폭 갖다 댔다. 기분 탓인지, 얼굴로 열이 잔뜩 몰린 듯했다.

'오늘은 내가 진짜 제정신이 아니야! 여러모로.'

그나마 한 가지 다행인 것은 이준의 샤워 시간이 생각보다 길어 거실에서 스스로를 마음껏 자책할 수 있다는 점이었다.

'그게 다행이라니. 하아, 내 팔자야.'

속으로 절규하던 희연은 어느 순간, 어지럼증을 느꼈다. 고개를 너무 오랫동안 숙이고 있어서 그런가 싶어 얼굴을 살짝 들어 보았지만 어지러운 느낌은 여전했다.

"그러고 보니 머리도 조금 울리는 것 같고……."

어째서인지 거실 벽에 걸려 있던 액자가 흔들리는 것처럼 보여서 희연은 두 눈을 꼭 감아 버렸다. 왜, 멀미할 때 눈을 감고 있으면 어지럼증이 살짝 가시는 것처럼 조금 괜찮아지는 듯한 느낌이 들었다.

"설마 감기에 걸린 것은 아니겠지? 괜찮아, 아마 괜찮을 거야. 약도 잘 챙겨 먹었으니까."

희연은 그리 중얼거리며 어지럼증을 최소화하기 위해 가만히 앉아 있었다. 그러자 깨끗이 씻었겠다, 배도 부르겠다, 감기에 걸려 열도 나겠다, 복용하면 졸린 감기약도 먹었겠다, 이 네 가지 이유로 그녀는 금세 잠이 들고 말았다.

한편, 이준은 샤워하는데 평소보다 배 이상의 시간을 쏟고 있었다. 비록 짧은 시간이라 해도 제법 세차게 내리는 비를 맞았으니 따뜻한 물로 몸을 씻어도 모자를 지경이지만, 그는 평상시와 달리 이상하게 들떠 버린 제 마음을 진정시키기 위해 찬물을 연신 쏟아붓고 있었다.

그의 뇌리로 조금 전 목욕 가운을 느슨하게 걸치고 있던 희연의 모습이, 그녀와 뜨겁게 나누었던 키스의 기억이 자꾸만 떠올랐다. 본디 여자나 색(色)에 큰 관심이 없던 그이기에 주변에서 금욕적이라는 이야기를 많이 들어 왔으나 희연을 만나고 나서부터는 이상하게도 '내가 현재 욕구불만 상태인가.' 라고 생각되는 때가 잦아졌다. 바로 지금처럼.

"오늘 엄청난 일을 겪은 사람을 상대로 난 대체 무슨 생각을……."

그리 자책하며 어느 정도 마음을 다스리고 욕실에서 나왔을 때, 다행인지 불행인지 희연은 소파 위에서 잠들어 있었다.

"저렇게 자면 불편할 텐데."

잠시 고민하던 이준은 붙박이장에서 베개와 이불을 꺼내 왔다. 곤히 잠든 그녀를 깨우기는 싫고, 그렇다 해서 저렇게 자도록 내버려 둘 수도 없으니 적어도 소파 위에 눕히기라도 할 생각이었다.

희연을 조심스레 눕히던 이준은 그녀의 볼이 옅은 홍조를

떤다는 사실을 눈치챘다. 설마 싶어 이마에 손을 얹어 보았더니 꽤 뜨거운 것이 아무래도 감기에 단단히 걸린 듯했다.

약은 이미 먹었으니, 한기가 들지 않도록 따뜻하게 해 줘야겠다는 생각이 들었다. 그는 섬세한 손길로 희연의 머리에 베개를 받치고 이불을 꼼꼼히 덮어 주었다. 그리고 손수건을 찬물에 적셔와 그녀의 이마에 얹었다.

"으응."

희연의 곁에서 불편한 자세로 앉아 간호하고 있던 이준이 저도 모르게 졸 무렵, 그녀가 살며시 눈을 떴다. 그녀는 잠시 이곳이 어디인지 헷갈려 하다가 곁눈질로 이준의 모습을 확인하고 나서야 현 상황을 인식할 수 있었다.

"그냥 깨우지. 왜 여기서 불편하게 이러고 있어."

몸을 반쯤 일으킨 그녀의 이마에서 물수건이 툭 떨어졌다. 그제야 희연은 모든 상황을 짐작할 수 있었다. 아까 어지러운 느낌이 든 건 열이 나서였구나. 이준은 아픈 저를 깨우기 곤란해서 이리 불편한 자세로 앉아 간호해 주고 있었고.

"정말이지……."

이 남자는 하나부터 열까지 왜 이리 사랑스러운 것인가. 몽롱하고 뜨거운 열 기운이 몸에 아직 남아 있었지만, 한숨 자고 나서인지 그럭저럭 견딜 만했다.

희연은 소파에서 내려와 이준의 맞은편에 앉았다. 그는 그녀가 걸쳤던 것과 비슷한 형태의 목욕 가운을 입고 있었는데, 옷 사이로 살짝 비치는 하얀 피부가 몹시 섹시해 보였다.

"아……."

희연은 탄성을 작게 터뜨리다가 너무도 사랑스럽고 섹시한 제 남자의 이마에 가만히 입을 맞췄다. 그래, 이제는 조금 솔직해져야겠다. 자신이 쓸데없는 핑계를 대면서 이 시간까지 이곳에 남아 있었던 이유. 그녀는 아주 많이 사랑하는 이준에게 제 모든 것을 내맡기고 오늘 밤 뜨겁게 위로받고 싶었던 것이다.

"깼어? 열은 좀 어때? 괜찮아?"

이마에 와 닿은 감촉 때문인지 잠에서 깬 이준이 그녀를 보자마자 몸 상태부터 빠르게 물어 왔다. 희연은 아무런 대답 없이 그를 꽉 끌어안았다. 이준은 살짝 당황하면서도 마찬가지로 그녀의 허리를 끌어당겼다. 서로의 숨소리만이 고요하게 들리는 가운데, 희연이 입을 열었다.

"사랑해."

그 어떤 수식어도 붙어 있지 않은 담백한 세 글자. 하지만 이준은 제 심장이 미친 듯이 쿵쾅거리는 것을 느꼈다.

"나도."

그의 입술이 가까이 다가왔다. 희연이 아주 자그마한 목소리로 중얼거렸다.

"감기 옮으면 어떡하지."

"네 감기 다 가져갈 테니 빨리 나아."

이준이 희연의 머리를 부드럽게 감싸 쥐었다. 열 기운 탓인지 몰라도 맞붙은 그의 입술은 정말이지 뜨거웠다.

입술이 떨어졌다 붙었다 하며 서로의 숨결과 타액이 정신없이 교환되었다. 타인의 것을 이처럼 아무렇지도 않게 받아들일 수 있다는 사실이 신기했다. 예전에는 아무 맛도 느끼지 못했던 키스가 이리 달콤한 것이란 사실도 희연은 송이준, 이 남자를 통해 알게 되었다.

그의 혀가 할짝거리며 희연의 입 안 구석구석을 맛보았다. 그녀도 이에 질세라 제 혀로 그의 혀를 툭툭 건드리다가 뒤로 살짝 물러나며 이준의 애를 바짝 태웠다.

숨이 조금씩 가빠졌다. 온몸에 정전기라도 이는 것처럼 찌릿찌릿한 가운데, 구름 위를 둥둥 떠다니는 듯한 몽롱한 느낌도 함께 들었다.

희연의 어깨를 감싸고 있던 이준의 손이 어느새 밑으로 슬그머니 내려와 그녀의 가슴을 어루만졌다. 이번이 두 번째다. 그가 희연의 가슴에 손댄 것은. '계약'이라는 어설픈 관계로 묶여 있을 때도 그의 손길에 한껏 야릇한 기분을 느꼈는데, 지금은 과연 어떨까.

그녀가 아픈 탓인지 상당히 이성적인 그가 어느 순간, 멈칫하는 것이 느껴졌다. 그래, 시대가 바뀌었으니 가끔은 여자가 과감하게 나서도 괜찮겠지. 희연은 파도처럼 밀려오는 부끄러움을 꾹 참고 트레이닝복의 지퍼를 내렸다. 덕분에 연분홍빛 브래지어의 모습이 빼꼼 드러났다.

"희연아."

"……내가 널 원해."

"아프잖아. 더 심해질 수도 있고."

"나, 아프게 할 거야?"

이준의 귓가에 나지막하게 속삭이자 그의 어깨가 파르르 떨리는 모습을 볼 수 있었다. 이 남자는 청각적인 자극에 민감한 편인가. 희연은 용기를 내어 그의 귓불에 가만히 입을 맞추었다.

이준은 알아줘야 한다. 혼전 순결을 고집해 오던 그녀가 지금 어떤 기분, 어떤 마음으로 그를 원하고 있는지.

그의 입술 외에 다른 부위에 키스하는 것은 처음인지라 기분이 상당히 묘했다. 그 순간, 이준이 그녀를 번쩍 안아 들어 침실로 향했다.

자신을 침대 위에 살포시 내려놓는 이준과 희연의 시선이 마주쳤다. 불빛을 등진 그의 짙은 갈색 눈동자는 위험한 빛을 띠고 있었다. 마치 우현과 주아의 결혼식 날, 화장실 앞에서 울고 있다가 그와 마주쳐 버린 그 순간처럼.

"사람을 왜 이렇게 미치게 해. 나란 놈을 어디까지 시험해 봐야겠어?"

"난 그저……."

그와 완전히 하나가 되어 위로받고 싶었을 뿐이라고. 그 어떤 순간에도 망설임 없이 다가와 준 그를 믿기에 자신의 전부를 맡기고 싶은 거라고. 미처 끝맺지 못한 말이 희연의 입 안에서 맴돌았다. 이준이 제 입술을 살짝 핥으면서 말했다.

"한 번 시작하면 멈추지 않을 거야. 그만이라는 말은 안 들릴 테니까."

"……괜찮아."

그 말을 끝으로 이준이 희연의 귓불을 훑으며 그녀의 트레이닝복 상의를 천천히 벗겨 내렸다. 타인에게 처음 보이는 무방비한 모습에 희연의 어깨가 파르르 떨려 왔다. 그의 입술은 귀를 지나쳐 하얀 목으로 내려오고 있었다.

뜨거운 숨결이 목덜미에 닿자 희연의 등 뒤쪽으로 소름 돋으면서도 아찔한 감각이 일었다. 말캉한 그의 입술이 뜨거운 흔적을 새겨 왔다. 아름답고 매혹적인 자태로 그녀의 목을 탐하는 이준의 모습은 마치 뱀파이어 같았다. 희연이 피식 웃었다. 실제로 그가 뱀파이어라 해도 제 피를 기꺼이 내어 줄 수 있을 것 같았다.

그사이, 이준은 그녀의 브래지어 후크를 살짝 풀어냈다. 그러자 봉긋하게 솟은 예쁜 가슴이 그의 시야를 가득 메웠다. 옷 위로만 살짝 더듬어 봤던 가슴을 실제로 움켜쥐자 보드랍고 말랑말랑한 감촉이 그의 손바닥을 자극해 왔다.

"으응……."

희연의 입에서도 옅은 신음소리가 흘러나왔다. 그에 자극받은 그가 이번에는 입술로 그곳에 키스를 퍼부어 왔다. 뜨거운 열기에 잠식당한 가슴이 간질간질하면서도 기분 좋은 쾌락을 전해 주었다.

"벗겨 줄래?"

이준이 희연의 손을 목욕 가운의 매듭으로 가져가며 달콤하게 속삭여 왔다. 살짝 달아오른 볼과 탁해진 갈색 눈동자가 그의 아름다운 외모와 섹시함을 더욱 부각시켜 주었다. 세상에, 이런 남자의 부탁을 거절할 수 있는 여자가 과연 몇이나 될까.

"……응."

희연은 구미호에 홀린 듯한 기분으로 매듭을 잡아당겼다. 어머나. 부드러운 굴곡이 주를 이루는 여성의 육체와 달리 탄탄한 어깨와 가슴, 허벅지가 빛을 발하는 남성의 몸에 그녀가 정신이 팔린 사이, 그녀의 바지 역시 쑥 벗겨졌다. 가운데 부분이 상당히 젖어 있는 연분홍색 팬티가 보였다.

* * *

상대방의 입술을 그대로 씹어 삼킬 듯한 정열적인 키스를 몇 번이나 나눈 것일까. 상대방의 시선을 똑바로 마주하며 사랑한다는, 그 애틋한 말을 몇 번이나 속삭인 것일까. 뜨거운 열기에 휩싸인 채 어느 순간, 그의 품 안에서 잠들었던 것 같다.

띠리릭.

낯선 알람 소리가 들려왔다. 하지만 생각과 달리 몸이 쉬이 움직여 주지 않았다. 눈꺼풀이 10kg 아령 이상으로 무거웠다. 머리카락을 가만가만 쓰다듬는 애정 어린 손길을 느끼고 나서야 눈을 뜰 수 있었다. 나는 무의식적으로 몸을 일으키려고 하다가 허리와 골반을 찌르르 관통해 오는 아픔에 입을 딱 벌리고 말았다.

"아!"

드라마나 소설 속 여주인공이 사랑하는 그이와 첫 관계를 가진 다음 날, 어째서 하루 종일 침대 신세를 지는지 알 것 같다. 뭐야, 이거. 상당히 아프잖아. 처음이라서 그런가.

"많이 아파?"

이준이 걱정스러운 표정으로 물어 왔다. 웬만하면 거짓으로라도 괜찮다고 말해 주고 싶은데, 이 통증은 그 범위를 살짝 넘어섰다.

"견딜 만해."

송이준, 이 잘나고 멋진 남자를 온전히 내 것으로 만든 대가라 생각하면, 그럭저럭 견딜 수 있을 만한 통증. 나는 서둘러 화제를 전환했다.

"그래도 감기는 좀 괜찮아진 것 같아."

감기약이 뒤늦게 효과를 발휘한 것인지, 아니면 이준과 정열적인 키스를 나눈 게 도움이 됐는지는 잘 모르겠지만 상당히 어지러웠던 어제와 달리 오늘은 머리가 조금 띵하고 몽롱한 느낌만 들 뿐이었다.

이준이 살며시 손을 뻗어 이마를 짚어 왔다. 그 단순한 동작에 색기가 흘러넘쳐 보이는 것은 그가 평소와 달리 아무것도 입지 않은 상태이기 때문……!

나는 그제야 나도 그도 이불만 살짝 두른 채 아무것도 걸치지 않은 나체 상태임을 깨달았다. 갑자기 얼굴에 열이 확 몰리는 느낌이었다. 열기에 흠뻑 취해 용감해졌던 어젯밤의 자아와 달리 오늘은 소심하고 내성적인 자의식이 활성화되었나 보다.

"열은 좀 떨어진 것 같지만, 얼굴은 붉은데? 어제 너무 무리…… 해서 그런가."

"그, 그럴 리가."

괜스레 당황한 나는 먼저 씻겠다며 이불을 온몸에 두른 채 움직이다가 스텝이 꼬여 버렸다. 넘어지겠다고 생각한 순간, 내 허리를 강하게 붙들어 오는 손이 있었다.

"괜찮아?"

어제의 이준과 오늘의 그가 다른 점이 있다면 하룻밤을 함께 했다, 단지 그 차이일 뿐인데. 어째서인지 그와 시선을 똑바로 마주할 수 없었다.

이준의 시선, 그의 입술, 그의 음성……. 그의 모든 것이 나를 유혹해 왔다, 아주 짙게. 이젠 그가 완전히 내 사람, 내 남자가 되었다는 생각이 들어서 그런 것일까.

내가 여우에게 홀린 사람처럼 이준을 빤히 쳐다보자 쑥스러웠던 모양인지 그가 반대편 손을 바닥에 슬쩍 뻗어 자신의 가운을 챙겼다. 그리고 뒤돌아서서 그것을 조용히 걸쳤다. 나 역시 넘어지지 않게 잡아 줘서 고맙다는 말을 할 겨를도 없이 삼십육계 줄행랑치듯 욕실로 도망쳐 버렸다.

미지근한 물이 온몸에 닿자 화끈거리던 열기가 조금 수그러드는 듯했다. 어젯밤 그와 함께 한 시간은 정말이지 신세계였다. 혼전 순결을 주장해 오던 내게 섹스는 미지의 영역이었고, 잘 알지 못하는 것에 대한 환상과 두려움으로 뒤범벅되어 내 뇌리 깊숙한 곳에 존재하고 있었다.

하지만 사랑하는 사람과 실제로 섹스를 해 보니, 상상과 현실은 다르면서도 같았고, 비슷하면서도 달랐다. 타인의 것을 처음 받아 들이는 행위는 생각보다 훨씬 더 고통스러웠지만, 그와 하나가 된다는 건 육체가 성적으로 자극되는 것, 그 이상의 의미를 지니고 있었다.

옛날에 어느 책에서 태초 남자와 여자는 한 몸으로 존재하고 있었다는 이야기를 읽은 적 있다. 하지만 신의 벌을 받아 서로 떨어지게 되어서 남은 생 동안 자신의 잃어버린 반쪽을 찾아 헤맨다는 이야기가 그때는 그리 와 닿지 않았는데, 지금은 이해됐다. 어젯밤 그와 완전히 하나가 되었을 때, 나는 그 이야기를 떠올리며 무어라 설명 못할 충만감에 어깨를 바르르 떨었었다.

수증기 어린 거울에 언뜻 비치는 그의 흔적들은 그 주인 못지않게 색스러웠다. 나도 모르게 그것들을 바라보며 어제의 기억을 다시 한 번 되새기게 되었다.

잠시 후, 이준 또한 몸을 씻으면서 내가 그에게 남긴 흔적들을 쳐다보게 되겠지. 이럴 줄 알았으면 어젯밤 미친 김에 조금 더 미쳐 볼 걸 그랬나. 내가 그 순간을 잊지 못하는 것처럼 그 역시 절대 잊을 수 없도록 좀 더 짙은 흔적을 새겨둘 것을.

아니, 잠깐만. 내가 대체 무슨 생각을 하는 거야. 부끄럽게!

그렇게 나 홀로 부산스럽게 샤워를 마칠 무렵, 바깥에서 다소 소란스러운 소리가 들려왔다. 아무래도 어젯밤 찾아왔던 도우미 아주머니께서 깨끗이 세탁한 옷을 가지고 다시 방문하신 모양이었다. 타이밍 한 번 참 죽이지.

"어제 입었던 옷, 아주머니께서 세탁해 오셨어. 문 앞에 놓아 둘게."

시끄러운 물소리에도 불구하고 이준의 음성이 또렷하게 들려왔다. 그의 기척이 사라진 후에야 나는 옷을 갈아입고 욕실에서 나올 수 있었다.

따뜻한 물로 몸을 좀 풀어 줘서인지 막 일어났을 때보다는 통증이 덜해서 그럭저럭 참고 걸어 다닐 만했다. 이준이 욕실에 들어간 사이, 어느 정도 정신을 수습한 나는 그제야 가방에서 핸드폰을 꺼내 확인해 보았다.

핸드폰은 그야말로 불이 난 상태였다. 엄마에게서 온 문자와 부재중 전화 표시로 상태 표시창이 가득 채워져 있었다. SNS에도 여기저기서 온 메시지들이 가득 쌓여 있었다. 어차피 SNS는 친구들의 욕이나 여기저기 찔러보는 말들이 대부분일 것이다. 때문에 SNS는 아예 쳐다보지도 않은 채 문자만 빠르게 읽어보았다.

[언제 들어와?]
[지금 어딘데?]
[너, 말도 없이 외박하니?]
[보자마자 전화해라.]
[전화도 안 받고, 문자 답장도 없고. 뭐 하자는 거야.]
[얘가 진짜 미쳤나. 너, 집에 들어오면 죽을 줄 알아라.]

난 이제 죽었구나. 어젠 내가 정신이 나갔었지. 난생처음 말도 없이 외박을 했으니, 등짝 스매시 정도로 가볍게 끝나진 않을 거야.

유독 잔걱정 많은 이 아줌마가 혹시 경찰서에 실종 신고라도 했으면 어떡하지? 아니야, 아빠에게서 온 연락은 없는 것을 보니 아빠에겐 대충 내가 친구 집에서 자고 온다고 둘러대신 것 같은데.

나는 핸드폰을 든 손이 바르르 떨리는 것을 느끼며, 문자를 입력했다.

[엄마, 답장이 늦어서 미안해. 정말 미안해. 친구들이랑 모처럼 만에 만나 한잔 하다 보니 문자랑 전화 오는 소리를 못 들었어. 지금은 친구 집에 있고. 집에 곧 들어갈게.]

내가 봐도 참 어설픈 거짓말이었다. 솔직히 엄마에게 뭔가를 숨기며 살아온 기억이 거의 없는지라 이런 거짓말에 당연히 서투를 수밖에 없었다.

"어제 날 적극적으로 유혹하던 그 여자는 대체 어디로 사라져 버린 거야."

아침으로 간단히 시리얼에 우유를 부어 먹으면서 내가 곧 닥쳐올 엄마의 호통을 떠올리며 안절부절못하자 이준이 장난스레 물어 왔다.

"제정신이 로그인했을 때와 로그아웃했을 때가 어떻게 같아?"

정말이지 내게 어젯밤 지녔던 배짱의 반의반만 되돌아오면 참 좋을 텐데 말이야.

"이번 기회에 확 그냥, 제가 이희연의 남자 친구입니다 하고 인사드릴까."

"……오늘 네 애인 초상을 치르고 싶지 않다면, 참아 주시죠."

그가 농담하듯 꺼낸 말에 나는 고개를 절레절레 내저으며 대꾸했다. 식사 후, 이준은 아직 움직이기 힘든 나를 배려해 차로 집까지 바래다주었다.

"그럼 나 내릴게."

"잠깐만."

내 이마에 가벼이 입을 맞춰 온 그가 나지막하게 속삭였다.

"다른 사람들 말이나 행동은 신경 쓰지 마. 네 곁엔 내가 있잖아. 그들보다 내 말을, 내 행동을 더 가치 있게 여겨 줘."

"……당연한 말을. 조심히 들어가."

내가 그렇듯 이준도 어제 발생한 모든 일을 지우개로 지운 것처럼 잊은 게 아니었다. 그저 묻어둔 것뿐이다.

염려가 가득 담긴 그의 말. 하지만 난 그가 끝까지 내 편을 들어 주고, 내 곁에 있어 준다면 다른 사람들의 악의 어린 시선이나 말들을 잘 견뎌낼 수 있으리라 믿는다.

그렇게 감동적인 이별이 끝난 후에는 어떻게 됐냐고? 본디 슬프거나 안 좋은 예감은 빗나가는 법이 없다고 했던가. 사전에 아무런 언급도 없었던 딸내미의 외박에 머리끝까지 화가 난 엄마는 나를 투명 인간 취급했다. 서늘한 눈초리로 나를 노려보며 아무런 말씀도 하지 않으셨는데, 한바탕 호통을 치는 것보다 그 편이 훨씬 더 무서웠다.

결국 나는 이준에게조차 한 번도 보여준 적 없는 애교를 부려 가며 엄마에게 꾸준히 말을 걸어야 했고, 그날 저녁 엄마표 등짝 스매시를 맞아 가며 저녁 식사 후 사과를 깎았다.

10. 증오와 후회

나는 한동안 거실에서 엄마의 눈치를 살피다가 엄마가 죽으나 사나 본방 사수하는 저녁 드라마가 시작될 무렵 방 안으로 조용히 들어왔다. 이준으로부터 메시지가 도착해 있었다.

[몸을 따뜻하게 해 줘야 통증이 덜하대. 푹 쉬어.]

사실, 엄마 때문에 잔뜩 긴장한 상태로 있다 보니 집에 도착해서는 통증을 거의 느끼지 못했다. 긴장이 풀어진 지금에야 온몸이 쑤시고 노곤했다.

나는 편한 자세로 침대 위에 드러누웠다. 이준의 메시지를 확인하고 나니, 나머지 대화창들이 신경 쓰여 견딜 수 없었다.

'읽더라도 신경 쓰지 않으면 되지.'

그리 생각하며 일단, 주아와 관련 없는 사람들의 SNS부터 살펴보았다.

[……괜찮아?]

수영의 그 짧은 한마디가 왜 이렇게 고마운지. 만약 감정이 지나치게 격해져 있던 어제, 이 메시지를 봤다면 난 수영에게 당장 전화를 걸었을지도 모른다.

[걔가 아주 만반의 준비를 해 뒀더라. 난 천하의 나쁜 년이 됐어.]

메시지에 'ㅠ'와 'ㅋ'를 연이어 쓸 만큼 현 상황이 씁쓸했다. 내가 잘못한 부분이 분명 있는 만큼 주아에게 일방적으로 원망을 퍼붓진 못하겠지만, 상상 이상으로 위협을 가해 오는 그녀가 야속하게 느껴지는 것은 어쩔 수 없었다. 굳이 사실을 조작하거나 추가하지 않아도 나는 충분히 나쁜 년이고, 그녀는 친구들로부터 연민과 위로를 넘치도록 받을 텐데 어째서 그런 짓까지 한 것일까.

고등학교 친구들의 SNS창은 두려워서 차마 볼 수 없었다. 얼핏 보이는 단체채팅방의 마지막 메시지엔 비웃음으로 추정되는 'ㅋㅋㅋㅋㅋㅋ'가 악마의 문자처럼 물결치고 있었다.

"신경 쓰지 말자, 신경 쓰지 마."

그 말을 주문처럼 되뇌며 다른 기록들을 살펴보았다. 부재중 전화 목록에는 그들 중 진영과 지오, 이 두 명의 이름이 존재하고 있었다. 나는 레스토랑에서 마지막까지 혼란스럽다는 시선으로 나를 쳐다보고 있던 진영의 얼굴을 기억해 냈다. 지오 역시 혐오보다는 경악과 놀람의 감정이 더 가득한 표정이었다.

그러고 보니 그 그룹에서 주아를 제외하고 이야기를 자주, 많이 나눴던 친구들은 진영과 지오였다. 그들과는 따로 1박 2일 일정으로 춘천 여행을 간 적도 있었다. 나는 식은땀이 자꾸만 배어 나오는 손가락을 까닥거리며 생각에 잠겼.

"이 둘에게는 따로 말을 하는 편이 좋으려나……."

물론, 그들이 전화를 한 건 내 생각이나 바람만큼 좋은 의도가 아닐 수도 있었다. 하지만 일말의 망설임이나 두려움 때문에 그들과 마지막으로 대화할 수 있는 기회를 포기한다는 것이 아쉬웠다.

나는 진영의 생일 축하 자리에 참석하겠다는 SNS를 보내던 그 순간처럼 잔뜩 긴장한 마음으로 진영에게 전화를 걸었다. 밤 10시가 조금 넘은 시각. 전화 걸기에 늦은 시각은 아닌지 걱정이 뒤늦게 밀려왔지만, 이미 엎질러진 물이었다.

통화 연결음이 울려 퍼지는 동안 내 입술은 수십 번이나 달싹였다. 뭐라고 말을 꺼내야 할까. 이 친구가 과연 전화를 받아 주긴 할까.

─여보세요.

"어…… 나야. 전, 전화 왔기에……."

─너, 그날 우산 두고 갔더라.

"어?"

다소 뜬금없는 소리에 내가 반문하자 진영이 작은 목소리로 중얼거리다시피 말했다.

- 비 안 맞았냐고.

퉁명스러운 음성에 담긴 걱정이 느껴졌기에 나는 조금 울컥하고 말았다.

"괜찮아."

선의의 거짓말은 이럴 때 쓰라고 존재하는 거겠지. 이준이 여러모로 챙겨 주지 않았다면, 비를 잔뜩 맞은 덕분에 한동안 감기로 고생했겠지만 지금 상태는 그럭저럭 괜찮았다.

- ……다행이네.

"걱정해 줘서 고마워. 있잖아, 그날은…… 정말 미안했어. 네 생일인데, 분위기를 다 망쳐놔서."

- 그것도 그거지만……. 정말 뭐가 어떻게 된 거야? 솔직히 말해서 완전 패닉이야. 혼란스럽다고.

"다음 주에 시간 괜찮아? 전화로 설명하는 것보단 그래도 잠깐이나마 만나서 설명하는 편이 훨씬 나을 것 같은데……."

그녀는 이번 일의 진실을 한시바삐 알고 싶었던 모양인지 당장 월요일 저녁에 퇴근하고 나서 보자고 답해 왔다.

"그래. 나도 그때 시간 괜찮아."

- 선주 같은 애는 지금 반응 장난 아냐. 너 완전 미친년이라면서. 페북에도 막 글 써 놓은 모양이던데.

"……그렇구나."

진영과 약속을 잡은 후 통화를 마쳤다. 나는 큰일을 하나 해치운 기분을 느끼며, 이번에는 지오에게 전화를 걸었다.

*　*　*

"하, 진짜. 죽여 버리고 싶을 정도로 짜증 나네, 이희연."
 주아는 금요일 저녁의 일을 떠올리며 이를 바득 갈았다. 이희연, 그 계집애는 생각하면 생각할수록 요물이었다. 제 남편, 우현과 놀아난 것으로도 모자라 친구들 앞에서 그렇게 여우처럼 변명을 늘어놓는 모습이라니.

"……아니야. 난 우현에게 이런 SNS 보낸 적 없어. 사진도 보낸 적 없어. 우현이 나를 좋아한다고 말해 오길래 그에 혹해서 약혼 시절 잠깐 사귀었던 건 맞아. 하지만 결혼을 앞두고서 헤어졌어. 그는 주아를 택했고, 나는 처음부터 잘못된 선택을 했으니까."

 친구들 중에서도 선주처럼 저와 조금 더 가까운 이는 그녀의 말 따위 변명이라고 생각하고 그냥 넘겨 버렸지만, 몇몇은 크게 혼란스러워하는 눈치였다. 기가 막혔다. 주아가 원한 바는 희연이 친구들로부터 완전히 고립되는 것이었다. 이준이 희연에게서 떨어져 나가도록 만드는 작전은 실패했으니 이준 외의 다른 사람들로부터는 전부 외면당해야 그녀가 저지른 죄의 대가로 적절하지 않은가.

하지만 이준이 희연의 과거를 미리 알고 있었던 것처럼 모든 상황이 주아의 예상과 조금씩 다르게 흘러가고 있었다. 이희연, 그 년이 대체 뭐길래 다른 이들은 그녀가 그랬을 리 없다 믿고 싶어 하는 것일까. 어째서 그런 못된 행동에도 이유가 있다 믿고 싶어 하는 것일까.

그러고 보면 이전부터 묘하게 눈에 거슬리는 여자였다. 저보다 좋은 집안에서 태어난 것도 아니면서, 저보다 좋은 학원에 다니거나 과외를 받은 것도 아니면서, 저보다 외모에 신경을 많이 쓰는 것도 아니면서 희연은 사람들에게 그럭저럭 인정받아 왔다. 얼굴도 예쁘고 똑 부러진 여자라면서.

"운도 참 더럽게 좋은 년이지."

주아의 기억은 먼 과거를 거슬러 올라가고 있었다. 그녀가 희연에게 처음 접근하게 된 계기를.

철이 들면서 사랑은 한순간의 감정에 불과할 뿐, 상대방의 조건과 주변 환경에 따라 얼마든지 달라질 수 있다는 사실을 깨닫게 됐지만, 주아도 어렸을 적엔 그저 순수하게 누군가를 좋아해 본 경험이 있었다. 초등학교 6학년 때 같은 반에서 반장을 했던 남학생이 그 영광의 대상이었다. 그의 이름이 승민이었던가.

자존심 때문에 차마 말을 꺼내거나 내색을 하진 못했지만, 운 좋게 그와 같은 중학교에 진학하고 그것도 같은 반이 되어서 정말 기뻤다. 그러던 어느 날, 주아는 승민이 운동장에서 제 친구들과 나누는 이야기를 슬쩍 엿듣게 되었다.

"이희연, 걔 좀 괜찮지 않아?"
"예쁜 걸로 따지면 김주아, 걔가 더 낫지."
"아니, 희연이는 귀엽잖아."

승민이 저보다 더 짙은 호감을 표시하는 그 여자애가 어떤 애인지 궁금해졌다. 물론, 샘도 조금 났다. 그래서 희연에게 친근한 척 웃으며 접근해 봤고, 그럭저럭 어울릴 만한 애인 것 같아서 같이 지내다 보니 한 해, 두 해 시간이 흘러갔다.
그리고 그 이후로는 타인이 저와 그녀를 비교할 때 그녀가 더 낫다고 말하는 것을 들어 본 적이 없었다. 그래서 어렸을 적, 그 승민이라는 녀석이 굉장히 취향 특이한 놈이라고 생각해 왔는데······.
"그게 아니라고? 내가 갖지 못한 뭔가를, 걔는 지니고 있는 거야?"
이유는 잘 모르겠지만, 감정을 주체하기 힘들 만큼 화가 났다. 주아는 침대 위의 베개를 바닥에 있는 힘껏 집어 던졌다. 여기서 그만두는 건 자신의 패배를 인정하는 것이다. 별것도 아닌 여자에게 져서 꼬리 만 개처럼 도망칠 수 없었다.
"저쪽이 남자의 도움을 빌린다면, 이쪽도 그래야겠지?"
이준은 희연을 자발적으로 돕고 있지만, 그녀의 남편 우현은 아마 그러지 못할 것이다. 때문에 '안 되면 되게 하라.'는 말 따위가 존재하는 거겠지.
주아는 마구 들끓어 오른 자신의 마음을 다시 한 번 다독였다.

증오와 후회

그녀는 자신이 해야 할 일들을 뇌리에서 완전히 지워 버리지 않았다.

이번 주 주말을 이용하여 주아는 미리 들어 놓은 자동차 보험을 통해 교통사고 피해자들에게 보상을 하는 한편, 개인적으로도 그들과 은밀히 만나서 충분한 보상을 약속하고 잡음이 더 이상 나오지 않도록 사고에 대한 합의를 끌어내는 일을 완전히 끝마쳤다. 다행히도 피해자들 중에서 죽거나 회생 불능의 중상을 입은 이는 없었다. 때문에 형사 합의를 보다 빨리 진행할 수 있었다.

그러자 시댁인 세신 일가에서는 그녀의 유능함을 한껏 치켜세우며 입에 침이 모자를 정도로 칭찬하기 바빴다. 특히 정 여사는 그녀에게 값비싼 다이아 목걸이를 선물로 건네주기도 했다. 물론, 표면적인 이유는 다르게 둘러댔지만.

평일 첫날이어서 그런지 유독 더 피곤하게 느껴지는 월요일 저녁. 희연이 진영을 만나고 있을 시간, 주아는 부부인 것치고는 모처럼 만에 우현의 병실을 찾았다.

"오랜만이야."

생긋 웃으며 침대 곁에 살포시 앉는 주아의 모습에서 우현은 왠지 모르게 섬뜩한 느낌을 받았다. 얌전히 있다가도 곤충이 다가서면 언제든 그 잎을 닫아 버릴 파리지옥이 떠올랐다. 신혼 첫날밤, 그녀를 안으면서 떠올린 생각들 중 하나다.

"왜 그렇게 빤히 쳐다봐? 너무 오랜만에 봐서?"

주아가 사 가지고 온 주스를 한 컵 따라 우현에게 내밀면서 물어 왔다. 그는 고개를 저으며 컵을 받아들었다.

"그게 아니라⋯⋯. 나 때문에 고생한다 싶어서."

생존 본능에 충실한 몸은 평소 하지 않았을 립 서비스까지 해 댔다. 그 말을 들은 주아가 빙긋 웃었다. 예쁜 여자가 웃는 모습은 아름다웠지만, 우현은 가슴이 설렌다기보다는 왠지 모르게 마음 한구석이 불편해졌다.

"그야 어쩔 수 없지. 교통사고 뒷수습도 해야지, 약혼자의 외도 사실도 신경 써야지. 덕분에 요즘 좀 피곤하긴 해."

일상 이야기를 하듯 그녀가 아무렇지도 않게 내뱉은 말들. 우현의 눈동자가 거세게 흔들렸다. 한때 희연과 사귀었다는 사실을 주아가 어찌 알게 됐을까. 어디까지, 얼마만큼 알고 있는 것일까.

놀란 탓인지 아무 말도 못하고 있는 우현과 예쁘게 미소 짓고 있는 주아의 시선이 허공에서 맞부딪혔다. 주아의 눈동자는 위험한 무언가가 도사리고 있는 심해만큼 어두워 보였다.

"그, 그게 무슨⋯⋯."

"어머. 감추려고 애쓰지 않아도 돼. 희연이랑 이준 씨 만나서 다 확인한 사실들이거든."

우현은 더더욱 아무 말도 꺼낼 수 없었다. 시간이 어느 정도 흐른 후에야 그는 간신히 입을 열어 말할 수 있었다.

"미안해. 하지만 약혼 시절에 잠깐 만났을 뿐, 결혼하고 나서는 깨끗이 정리했어."

"그래? 그럼 내 눈이 잘못됐나? 사고가 난 날, 블랙박스 영상에서 차가 왜 희연의 동네로 향하고 있었을까."

물 흐르듯 막힘없는 말투와 태연한 표정. 그것은 남편의 충격적인 과거나 약혼자의 외도 사실을 알아낸 여자가 짓기 힘든 표정이었다. 어쩌면 이 여자는 그가 생각했던 것보다 훨씬 더 무서운 여자일지도 모른다.

"그건……."

"사랑? 사랑이라고 표현하기엔 너와 너무 안 어울리고. 미련? 그것도 아니면 질투? 아무리 자기가 버린 여자라지만 친구가 떡하니 주워가 버렸으니 신경 쓰일 법도 하겠다, 그치?"

"잘못했어. 앞으로 다시는 이런 일 없을 거야."

"앞으로는 그렇다 치더라도 지금은? 지금은 어떻게 할 거야?"

새까맣게 반짝이는 그녀의 눈동자를 쳐다보면서 우현은 깨달았다. 주아가 원하고 있는 유일무이한 답을.

"내가 뭘 어떻게 했으면 좋겠어?"

"이희연에게 더 이상 미련 없다는 사실도 증명할 겸 날 좀 도와줬으면 좋겠어."

그게 죄지은 자가 보이는 최대한의 성의이자 부부간의 도리가 아닐까.

우현에게 조금 더 가까이 다가온 주아가 그의 귓가에 대고 무언가를 가만히 속삭였다. 그 말을 들은 우현의 표정이 흠칫 굳어 버렸다. 주아가 배시시 웃으며 되물어 왔다.

"왜 그렇게 놀라?"

"도대체 그 사람들로 뭘 할 생각이야?"

"글쎄. 그건 별로 중요한 문제가 아닌 것 같은데."

그녀가 우현의 어깨를 톡톡 건드리면서 답했다.

"중요한 건, 이성이 아직 남은 네가 현명한 선택을 했다는 거지."

주아가 병실을 빠져나가고 난 후, 우현은 왠지 모르게 꿈을 꾼 듯한 기분이 들어 손바닥을 꽉 쥐어 보았다. 압력이 가해지는 느낌이 드는 것을 보니 현실이다. 하지만 그녀가 꺼낸 부탁은 전혀 현실적이지 못했다. 우현은 그저 혼란스러웠다.

주아는 천사 같은 음성으로 그의 귓가에 악마처럼 속삭여 왔다. 접촉 가능한 심부름꾼 남자들을 빌려 달라고. 망설이는 우현에게 그녀는 협박마저 가해 왔다. 뭣하면 자신의 체면이 깎이는 일을 감수하고서라도 이혼해 줄 수 있다, 하지만 그때는 이번 교통사고에 대한 죗값은 물론 위자료까지 톡톡히 치러야 할 것이다.

무엇에 그들이 필요하냐고 물어도 그녀는 끝내 답해 주지 않았다. 하지만 우현은 그녀의 위험한 생각을 어느 정도 짐작해낼 수 있었다.

'설마…… 희연에게 무슨 짓을 하려고?'

등에 소름이 쫙 끼쳤다. 지금 이 순간 어째서, 헤어지자는 그의 말에 눈물만 주르륵 흘렸을 뿐 그를 단 한 번도 붙잡지 않던 희연의 모습이 떠오르는지 모르겠다.

* * *

주말 및 월요일은 희연과 주아뿐 아니라 이준에게도 꽤 복잡한 시간이었다.

"하아……."

직장인이라면 누구나 싫어할 월요일 출근 시간. 이준은 그 어느 때보다도 강렬한 감정의 카오스에서 허우적거리고 있었다. 사랑하는 여자와의 첫날밤은 그가 생각해 온 것보다 훨씬 더 짜릿하고 뜨겁고 기분 좋은 경험이었다. 여자와 몸을 한 번 섞고 나면 흥미가 떨어진다고 이야기한 세간 쓰레기들의 말은 완전히 틀렸다. 이제는 완전히 제 여자가 된 그녀가 더욱더 사랑스럽게 느껴졌고, 그녀의 아픔과 고통이 더 애틋하게 다가왔다.

희연을 지켜주고 싶다. 그녀를 어떻게든 지켜 낼 것이다. 그러기 위해선 그가 상대방의 약점을 최대한 많이 틀어쥐고 있어야 했다.

자신은 지금 얼마만큼 역량을 쏟아붓고 있는가. 과연 이것이 최대고, 최선인가. 이준의 입에서 답답하다는 의미의 한숨이 푹푹 흘러나왔다.

[김명철 국회의원 생각보다 파헤칠 거 많은 듯?]

나른한 오후, 축축 늘어지는 몸을 추스르기 위해 진한 블랙커피를 마시고 있던 이준에게 장난스러운 느낌의 메시지가 도착했다. 발신인은 그가 의뢰를 맡긴 현오.

[일단 느낌만 살짝 알려 줄게. 왜, 지난번 국정 감사할 때 여기저기서 좀 챙기신 모양이더라고. 티 안 나게 조금씩. 교회랑 복지원 쪽도 어느 정도 얽혀 있는 것 같고. 아주 양파야, 양파. 파헤칠 때마다 새롭고 짜릿해.]
[오케이, 좀 더 수고해 줘.]
[나야 총알만 잘 준비해 두시면 얼마든지.]

쓸데없이 샷을 추가한 커피보다도 현오의 보고가 나른한 몸을 일깨우는 각성제 역할을 톡톡히 해 주었다. 이준은 핸드폰을 꽉 쥔 채 다시 한 번 결의를 다졌다.

* * *

월요일 저녁 8시. 차나 한잔 하기 좋은 시각. 진영과 만나기로 한 카페 안에서 나는 초조한 자세로 앉아 있었다. 긴장도 풀 겸 따뜻한 아메리카노 한 잔을 미리 시켜 조금씩 들이켰다.
'어디서부터 이야기를 시작해야 하지?'
내가 애꿎은 손거스러미만 잡아 뜯고 있을 때, 진영이 도착했다.
"늦어서 미안. 퇴근하기 직전에 과장이 서류를 던져 줘서."
"아, 짜증 났겠다. 그럼 저녁도 못 먹었지?"

"아냐. 대충 먹었어."

그러고 보니 진영과 이렇게 단둘이 만나 대화하는 일은 오랜만이었다. 내 주변 관계를 새삼스레 되돌아보게 되었다. 주아가 나를 속박하는 것 못지않게 어쩌면 그녀에게 길들여진 내가 다른 사람들을 미처 돌아보지 못한 것 같다는 생각이 들었다.

진영이 달콤한 캐러멜마키아토로 마른 입술을 어느 정도 축였을 무렵, 나는 지루하고 긴 이야기를 시작했다. 학창 시절부터 주아에게 느낀 미묘한 감정들, 쌓이고 쌓인 감정들이 만들어낸 추한 열등감, 그런 제 마음을 알아차리기라도 하듯 다가온 우현의 유혹, 둘의 결혼을 앞두고서 그와 헤어질 때 느꼈던 절망 및 후회까지 전부 다.

나는 최대한 덤덤하게 이야기하고 싶었다. 울거나 약한 모습을 보여 진영의 동정을 사고 싶지 않았고, 내가 일방적인 피해자인 것처럼 인식되고 싶지도 않았다.

하지만 이야기가 거의 끝나갈 무렵, 주인의 속마음은 단 1%도 고려하지 않는 못된 눈이 눈물 몇 방울을 툭 떨구었다.

"……그랬구나."

말꼬리를 흐린 진영이 백에서 손수건을 꺼내 건네주었다. 나는 그것으로 눈가를 쿡쿡 찍어 누르며 그녀의 시선을 살며시 회피했다. 진영의 얼굴을 똑바로 쳐다보기 힘들었다.

"그런데 주아, 걔는 왜 그런 거짓말을 했대? 네가 먼저 자기 약혼자 유혹했다고. 그래서 네가 더 미친년이 되어 버렸잖아."

"우현이 먼저 유혹했다고 하면, 본인의 체면 역시 깎인다고 생각해서 그런 것 같아."

"걔는 옛날부터 그러더라. 하여간 그 자존심 하나만큼은 알아 줘야 해."

진영과 그렇게 말을 잠시 주고받다 보니 떨림도, 눈물도 잦아 들었다. 나는 한결 편안해진 마음으로 다 식어 버린 아메리카노 가 담긴 잔을 집어 들었다. 진영이 가벼운 한숨을 내쉬었다.

"솔직히 너도 잘한 거 없지만, 주아 걔도 답이 없다. 뭣하러 문자와 사진까지 조작해가며 이러는 건지."

"내가 은연중에 주아를 꺼렸던 만큼, 걔도 뭔가 거슬리는 게 있었나 보지."

"그때 레스토랑에서 보니까 비운의 여주인공이 따로 없더라. 하여튼 뭔가 소름 끼치는 구석이 있어. 고등학교 때 문학 쌤 학 교를 관두게 된 것도 왠지 모르게 찝찝했는데······."

진영은 내게 애써 괜찮다 말해 주지 않았다. 하지만 그녀가 나를 경멸 어린 시선으로 쳐다보지 않는 것만으로도 충분했다. 그녀는 나와 이 자리에 없는 주아 모두를 향해 쓴소리를 던졌 다. 제삼자인 그녀의 입장에서 살펴보면 정도의 차이는 있지만 나와 주아, 둘 다 나쁘고 못된 년이었다. 그래서 우리는 거울 같 은 상대방과 꼭 붙어 다니면서도 서로를 꺼려한 것일까.

한바탕 혀를 찬 진영은 마지막으로 염려 섞인 당부의 말을 건 네 왔다.

"어쨌든 당분간 조심해. 주아, 걔가 눈 뒤집히면 무슨 일을 저 지를지 모르니까. 학교에 은근히 압력 넣어서 문학 쌤 관두게 한 것보다 더하면 더했지, 친구라 해서 결코 덜할 애는 아니야."

"응, 걱정해 줘서 고마워."

진영과의 만남은 생각보다 나쁘지 않았다. 특별한 말은 오가지 않았지만, 난 그녀가 지금까지 그래 왔던 것처럼 친구로서 내 옆에 남아 주리란 느낌을 받았다. 인간관계에서 주아를 제외하면 아무도 남는 이가 없으리라 생각했던 내게 그 사실은 한 줄기 빛처럼 다가왔다.

때문에 나는 용기를 갖고 삼 일 후인 목요일, 지오와의 만남에도 응할 수 있었다.

진영이 비교적 신중한 태도로 나와 주아의 사건을 바라보고 이야기했다면, 지오는 조금 달랐다. 나처럼 다혈질 성격을 지닌 그녀는 긴 이야기가 끝나자마자 인상을 팍 찌푸리더니 주아를 욕하기 시작했다.

"걔, 좀 미친 거 아냐? 아니, 유혹에 응한 너도 너지만 지 남편 지가 간수 못한 주제에 어디서 그런 문자와 사진을 만들어 내고 난리야! 아니, 돈 좀 있으면 사람 사서 그렇게 증거 조작해도 된다는 거야, 뭐야?"

흥분한 지오의 음성이 커지는 바람에 나는 입술에 손가락을 가져대며 목소리를 낮춰 달라 부탁해야 했다.

"진짜, 선주나 미영이도 이 사실 알게 되면 그날처럼 널 열나게 씹어댈 수 있을지 궁금하다."

"하아, 내가 잘못한 부분도 있으니 크게 달라지진 않을 것 같은데."

"아니, 말이 아 다르고 어 다른 법이랬어. 네가 유혹한 것과 그쪽이 유혹한 게 같아? 게다가 증거 조작까지 했는데? 너, 진짜 조심해야겠다. 걔, 너한테 막 손해배상 요구하고 그러는 거 아냐?"

지오 역시 나에 대한 염려로 대화를 마무리 지었다. 그들이 보기에도 주아의 행동이 심상치 않게 느껴지는 것일까.

"손해배상 청구하면……. 나, 백수인데 큰일 났다."

"너 대출 알아봐야 하는 거 아냐?"

이후 과열된 분위기를 바꾸기 위해 지오와 소소한 일상 및 가벼운 농담들을 나누다가 밤 열 시쯤 되어 헤어졌다. 그때까지만 해도 나는 주아의 다음 행동에 대해 막연한 걱정만 하고 있을 뿐, 심각하게 여기지 않고 있었다. 문자 및 사진 조작으로 이미 어느 정도 당했다 생각하고 있었기 때문이리라.

버스를 타고 동네까지 돌아왔다. 버스 정류장부터 집까지는 빠른 걸음으로 대략 7~8분 정도 걸린다. 중간에 작은 주차장을 끼고 있어서인지 편의점을 제외하면 별다른 가게가 없어 저녁이면 인적이 상당히 드물어지는 골목길. 문득 뒤쪽에서 저벅저벅 들려오는 발걸음 소리에 마음이 살며시 불안해졌다. 나는 걸음을 빨리하며 조용히 핸드폰을 꺼내 남자 친구 있는 자의 특권을 사용했다.

"나야. 지오 만나고 돌아가는 길."

— 버스에서 내렸어? 지금 골목길이야?

"응. 심심하기도 하고, 자기 전에 목소리 듣고 싶기도 해서

증오와 후회 371

전화했어."

– 이왕이면 후자의 이유를 먼저 말하는 게 어때?

든든한 남자 친구와 통화를 하니 마음이 한결 가벼워졌다. 설사 뒤에 걷고 있는 사람이 나쁜 마음을 품었다 해도 타인과 통화 중인 사람을 쉬이 어쩌진 못하리라.

"다행히 지오도 진영처럼 내 이야기에 귀 기울여 줬……읍!"

아니, 그건 나만의 순진한 착각이었던 건가. 갑자기 등 뒤쪽에서 장갑을 낀 손이 나타나 내 입을 거세게 틀어막아 왔다.

손에서 핸드폰이 미끄러져 내렸다. 핸드폰이 바닥에 툭 떨어지면서 이준의 음성이 점점 멀어져 갔다.

심장은 두려움에 쿵쿵 뛰는데, 몸은 하나도 움직여지지 않았다. 가까스로 정신을 차리고 그 낯선 손을 떨쳐내고자 했지만, 내 힘으로는 역부족이었다. 오히려 나의 미미한 반항에 화가 난 사내가 목을 꽉 졸라 오는 바람에 눈앞이 흐려지는 것을 느꼈다.

뭐야, 정말. 나, 그동안 TV에서만 접하던 '묻지 마 살인'의 주인공이 되는 건가. 여태까지 충분히 힘들었는데, 이제야 겨우 과거의 잘못을 정리하고 새로운 마음가짐으로 살아 보려 했는데. 이렇게 죽고 싶지 않아.

눈이 완전히 감기기 직전, 내가 떠올린 사람은 우습게도 부모님이 아니라 송이준, 바로 내 남자 친구였다. 통화 중이었기에 그의 핸드폰 너머로 내 비명 소리가 들렸을지도 몰라. 지금쯤 얼굴이 무기인 이 여자에게 혹시 무슨 일이라도 생긴 건가 싶어 놀라고 있을까. 걱정 어린 그의 얼굴을 떠올리자 마음 한구석이 몹시 불편해졌다. 하지만 한편으로는 그가 그 좋은 머리로 이 사태를 빨리 눈치채서 도와주러 오길 바랐다.

'송이준…….'

나, 이대로 죽는 걸까. 어쩐지 까만 옷을 입은 사람이 눈앞에서 어른어른하는 듯했다.

* * *

"희연아! 대답해! 이희연!"

짧은 신음성을 끝으로 희연의 목소리가 더 이상 들려오지 않았다. 이준은 핸드폰을 든 팔이 조금씩 떨려오는 것을 느꼈다. 도대체 그녀에게 무슨 일이 생긴 것일까.

떠올리는 것만으로도 끔찍한 상상을 비롯해 오만 가지 생각이 다 들었다. 그녀가 친구와 만나 오해를 푸는 자리니 괜찮다 하며 사양했을지라도 그 근처에서 기다리고 있다가 집까지 바래다줘야 했던 건 아니었을까. 그는 이 끔찍한 사태가 전부 제 잘못인 것처럼 느껴졌다.

이준은 급한 대로 우선 현오에게 연락을 취했다. 희연의 납치 소식에 그 역시 황당하다는 모습을 보였다.

– 납치? 설마 그 여자 짓인가? 만약 그렇다면, 진짜 갈 데까지 갔구나. 내가 지 아빠 비리 파헤치느라 정신없어서 감시를 소홀히 한 사이에 이런 깜찍한 짓이나 저지르고.

"빨리 조사해 봐! 시간 없어."

현오 역시 이처럼 여유 없는 이준의 모습은 처음 본다. 그에게 채팅 앱으로 연락을 취하지 않고 어떤 식으로든 흔적이 남을 수밖에 없는 통화를 시도한 것만 봐도 그랬다.

얼마간 핸드폰 너머로 자판을 두드리는 소음만이 간간이 들려왔다. 오 분도 지나지 않아 현오가 입을 열었다.

– 김주아 핸드폰을 살펴보니 연락처에 등록되어 있지 않은 번호와 통화한 기록이 하나 있어. 지금 그 번호 추적 중이야.

일 분이 한 시간 이상으로 길게 느껴졌다. 이준은 다른 핸드폰으로 주아에게 당장 전화를 걸고 싶은 충동을 억누르느라 애썼다. 그가 심각하게 동요하고 있다는 사실을 그쪽에서 알아차린다면 상대방의 태도는 더욱더 교활하고 잔인해질 것이 분명했다.

– 생각보다 안 좋은데. 뒤에서 심부름하는 사람들과 관련된 것 같아.

현오가 말하는 심부름꾼들이란 일반인들이 생각하는 심부름센터 직원들과 다소 달랐다. 차명계좌 등으로 거액의 보수를 은밀하게 받아 낸 후 온갖 더러운 일들을 도맡아 하는 그들에게 납치는 돈벌이, 그 이상도 이하도 아니었다. 이준의 얼굴이 딱딱하게 굳었다.

'침착하자, 침착해. 상대가 아무리 교활하다 해도 여자. 이런 사람들을 어디서 어떻게 알게 됐을까.'

답이 바로 튀어나왔다. 주아의 옆에는 우현이 있었다. 그라면 그쪽 세계 사람들과 충분히 접촉 가능했다. 이준은 손바닥이 패여라 주먹을 꽉 쥐었다. 그는 현오에게 계속 파헤쳐 보라는 말을 남긴 채 통화를 끊었다. 그리고 우현에게 전화를 걸었다.

- 뭐야?

떨떠름해 하는 목소리가 들려왔다. 그러고 보니 희연의 집 앞에서 부딪혔던 그날 이후 이준이 그에게 연락을 취한 것은 처음이었다. 우현이 병원에 입원해 있다는 사실은 알았지만, 이준은 대외용 이미지를 신경 써서 병실에 과일 바구니 하나를 배달시켜 보냈을 뿐 그에게 따로 연락을 취하지도, 병원에 방문하지도 않았다.

우현은 약혼녀 주아 몰래 희연과 사귀어 왔다. 이준은 그런 희연을 오래전부터 마음에 두고 있었다. 각자 지니고 있던 비밀이 하나씩 드러난 순간, 그들의 사이는 당연히 변할 수밖에 없었다.

"너, 희연이에게 무슨 짓을 한 거야?"

- 뭔 소리야, 그게.

미약하게나마 떨리는 음성. 우현은 뭔가 알고 있는 것이 분명했다.

"내 여자에게 무슨 짓거리 했냐고, 개새끼야!"

- …….

우현은 잠시 말이 없었다. 이준은 입 안이 바싹바싹 말라 가는 것을 느꼈다. 그는 일말의 두려움에 휩싸인 나머지 제정신이 아니었다. 어떻게 하면 우현이 진실을 말하도록 설득할 수 있을지,

증오와 후회

이성적인 생각이라곤 조금도 할 수 없었다.

─ ……자세한 건 나도 몰라. 주아가 내게서 그 사람들의 연락처를 빌려 갔으니 희연에게 무슨 짓을 벌일지도 모르겠다는 짐작만 할 뿐이지. 만약 그들이 개한테 뭔 짓을 하려고 한다면, 데려갈 만한 장소로 짐작 가능한 곳이 하나 있어.

"거기가 어디야?"

─ 경기도 여주. 일단 차에 타고 나서 다시 전화해. 해당 장소 찾으려면 설명이 좀 필요하니까.

무언가 결의를 굳힌 듯한 우현의 음성이 물 흐르듯 무덤덤하게 이어졌다. 혹시 함정은 아닌가 싶은 생각이 들었다. 하지만 이준은 곧 고개를 저었다. 지금은 썩은 지푸라기라도 잡아야 했다.

이준은 그리 내키지 않았지만, 만약의 사태를 대비하여 집안에서 가끔 이용하곤 하는 경호 업체에 연락을 취했다. 그리고 경기도 여주를 향해 서둘러 차를 출발시켰다.

* * *

시간이 얼마나 지난 것일까. 정신을 차린 나는 팔과 다리가 끈으로 꽁꽁 묶여 있음을 깨달았다. 불행인지 다행인지 입은 자유로웠으나 두려움에 잠식된 나는 한마디도 내뱉을 수 없었다. 메말라 버린 입술을 꾹꾹 깨무는 것이 고작이었다.

어두컴컴한 이곳이 대체 어디인지 모르겠다. 어느 정도 시간이 지나 두 눈이 어둠에 완전히 적응하자 주변의 윤곽이 희미하게나마 잡혔다. 내 키보다 높은 곳에 위치한 작은 창문으로 달빛만 고요히 스며드는 이곳은 나무토막과 찌그러진 양동이, 흙이 잔뜩 묻은 장갑 몇 개가 나뒹굴고 있는 모습으로 보아 더러운 창고 정도로 짐작되었다.

지금까지 다큐나 뉴스, 영화에서 보았던 잔인한 장면들이 눈앞을 스치고 지나갔다. 어깨가 저절로 파르르 떨렸다. 정말 무서우면 비명조차 못 지른다던데, 그 말이 맞았다. 나는 눈물이 터져 나오려는 것을 애써 참았다. 일단 어떻게 하는 것이 신상에 가장 이로울지 생각해 봐야 했다.

'꼼짝도 할 수 없으니 자력으로 탈출하는 건 힘들겠지. 어떻게 해서든 시간을 벌어야만 해.'

얼마 지나지 않아 이 근처로 저벅저벅 다가오는 발자국 소리가 들려왔다. 나를 이곳까지 끌고 온 범인은 아무래도 한 사람이 아닌 듯했다.

'뭐야. 그럼 공범이 있다는 거야? 보통 묻지 마 폭력이나 살인은 혼자서 저지르지 않나?'

두런두런 말소리와 함께 문 여는 소리가 들렸다. 나는 서둘러 두 눈을 감고 여전히 기절해 있는 척했다.

"야, 저년 아직도 정신 못 차렸네. 너, 도대체 힘을 얼마나 준 거야? 의뢰인도 쟤 죽여 달라고 부탁하진 않았거든."

"반항하니까 짜증 나서 목 좀 졸랐지. 뭐, 죽지 않았으니 됐잖아. 그런데 말이야, 이런 거 보면 여자들 참 독해. 어떤 때는 남자들보다 더 하다니까."

"계집애들 독한 거 이제 알았냐?"

저게 대체 무슨 소리일까. 의뢰인? 부탁? 누군가 날 납치라도 해 달라고 부탁했단 말인가? 쉬이 이해되지 않는 대화 내용에 머릿속이 아주 복잡해졌다. 어쨌든 간간이 들려오는 그들의 대화는 상당히 무시무시했다.

나는 어깨가 파르르 떨리는 것을 꾹 참았다. 떨지 마, 이희연. 그냥 편하게 생각하자. 회식 때문에 술을 잔뜩 마시고 돌아온 아버지의 포옹을 피하고자 잠든 척했던 그때의 기억을 떠올려보는 거야.

하지만 의도와는 달리 그 기억을 떠올리는 순간, 눈가가 차츰 뜨거워지면서 따끔거렸다. 나, 참 나쁜 딸이었구나. 그것은 아빠의 서투른 애정 표현이었을 텐데, 그냥 얌전히 안길 것을. 그때는 어리고 철없는 마음에 술 냄새가 싫어 기피했었고, 커서는 똑같이 무뚝뚝한 딸이 되어 아빠를 생각하는 마음은 있어도 그것을 잘 표현하지 못하곤 했다.

아빠를 떠올리다 보니 또 엄마가 생각나고······. 이제 두 번 다시 부모님을 못 볼지도 모르겠다는 생각이 드니 눈물이 자꾸 나오려고 했다.

"야, 잠깐만."

그 순간, 목소리 톤을 바짝 낮춘 한 남자가 내가 누워 있는 쪽으로 천천히 다가왔다.

"야, 너 깼지?"

설령 저승사자의 목소리라 해도 이보다 더 무섭게 들릴 수는 없을 것이다. 내가 아무 말 없이 가만히 있자 사내가 내 머리카락을 꽉 움켜쥐었다.

"하, 이 기집애 봐라. 아주 재미있네."

머리카락을 전부 뽑아 버릴 것처럼 쥐고 흔드는 바람에 나는 더 이상 버티지 못하고 두 눈을 뜨고 말았다. 악귀처럼 웃고 있는 사내의 얼굴이 보였다.

"요즘 애들 진짜 잔망스럽다니까."

남자가 나를 바닥에 세게 내팽개치면서 말했다. 또 다른 놈은 그 모습이 뭐가 그리 웃긴지 낄낄거리며 웃고 있었다.

"야야, 어지간한 년이 아니니까 우리한테 그런 잔인한 의뢰가 들어왔지."

"도, 도대체 무슨 말을 하는 거예요? 날…… 왜 여기까지 끌고 온 거예요?"

힘겹게 꺼낸 말은 두려움에 바르르 떨리고 있었다. 건장한 체격의 사내들이 입가에 비웃음을 가득 머금은 채 나를 바라보고 있는 모습이 비현실적으로 느껴질 만큼 소름 끼쳤다.

"아, 그러고 보니 우리가 서로 소개를 안 했네."

연약한 초식동물에 불과한 나는 그 말에 조금도 웃을 수 없었지만, 사내들은 그저 킬킬거렸다.

"다른 건 말 못 해 주는데, 네가 왜 여기 있는지는 답해 줄 수 있지. 너 말이야, 얼굴 좀 반반하다고 남의 남자 꼬셔냈다며? 그것도 유부남을."

"어후, 우리에게 의뢰 맡긴 사람이 아주 빡친 모양이더라고."

그들이 농담처럼 내뱉는 말들로 나는 전후 사정을 어느 정도 눈치챌 수 있었다. 이들에게 나의 납치를 사주한 이는 김주아였다. 하, 실소가 절로 터져 나왔다.

설마, 설마 했다. 그래도 '친구'라는 허울 좋은 이름으로 함께한 시간들이 있는데, 이렇게까지 악마 같은 행동을 하리라곤 미처 생각지 못했다.

그녀를 조심하라고 경고해 준 진영과 지오, 이준의 말이 맞았다. 주아는 제게 거슬리는 것이라면 무슨 방법을 써서라도 없애버리는 잔인하고 못돼 먹은 여자였다. 나는 그녀의 성격을 과소평가한 스스로가 새삼 원망스러워졌다.

"그 여자가 날 납치해서 여기다 가두래요? 그리고 찍소리 못하게 죽여 버리래요?"

"아아, 그쪽도 짐작 가는 구석이 있나 보지? 걱정 마. 죽이라는 소린 안 했어. 그냥 좀 데리고 놀아 달라 말했을 뿐이지."

조금 갸름한 얼굴을 지닌 남자가 다가와서 내 턱을 붙잡았다. 단지 손만 닿았을 뿐인데, 커다란 벌레가 내려앉은 것처럼 온몸에 소름 끼치는 느낌이 들었다.

"그 여자가 그러더라. 요즘 세상에 보기 드문 처녀라서 가르치는 재미가 아마 쏠쏠할 거라고."

"유부남도 꼬여내면서 여태까지 순결을 지켜 왔다니. 이야, 처음에 그 말 듣고 우리 완전 놀랐잖아, 크크크."

심장이 금방이라도 팡 터져 버릴 것 같은 기분이 들었다. 내게서 이준을 떼어놓는 일도 실패하고, 친구들로부터 완전히 고립시키려는 계획마저 실패로 돌아가자 주아가 택한 것은 내게 여자로서 끔찍한 수치와 모욕을 안겨 주는 강간 사주였다.

미친년, 진짜 이 미친년! 욕이 저절로 튀어나왔다. 세상에, 어떻게 그런 생각을 할 수 있을까. 사람이 어쩜 이럴 수 있지?

정말 끔찍했다. 그런 애와 겉으로나마 친구로서 지내 온 과거의 시간 자체가.

엄청난 이야기에 깜짝 놀란 나는 묶여 있다는 사실조차 잠시 잊고 발버둥을 쳐 봤지만 아무런 소용이 없었다. 내팽개쳐진 몸을 일으키는 것조차 힘들었다.

"어허, 자꾸 반항하면 예쁜 얼굴에 칼자국 생긴다? 살살 다룰 거, 더 험하게 다루게 된다고. 아까도 그냥 조용히 따라 왔으면 목 졸릴 일 없었잖아."

남자가 턱을 붙잡은 손에 조금 더 힘을 주었다. 나는 간신히 입을 열어 대꾸했다.

"당신들, 이러고도 괜찮을 거 같아? 난 다른 여자애들처럼 그냥 안 넘어가. 반드시 신고해서 감방에 집어넣을 거야."

"그래서 우리가 한 준비했지."

다른 남자가 핸드폰을 꺼내 들었다. 그래, 이 자식들은 내 입막음을 위해 강간 장면을 동영상으로 찍어 두려는 것이다.

"요즘 핸드폰 화질이 많이 좋아졌어. 이거 사이트에 올리면 몇몇 새끼들 딸 치면서 X나 좋아할걸."

"우린 의뢰인에게 돈 받고, 사이트에서 포인트 얻고. 이런 걸

보고 일석이조라고 하나? 감방서 몇 년 휴양하고 돌아와서 돈 쓰지, 뭐."

"어차피 이런저런 이유 대면 형량 팍 줄어드는 거 알지? 그리고 잘 생각해 봐. 몸만 뺏기고 끝날 거, 감방 갔다 나오면 목숨마저 뺏길 수 있다?"

남자는 아무렇지도 않게 보복 범죄에 대해 말을 꺼냈다. 이 사람들이 정말 무서운 이유는 단순히 범죄 행위를 저지르려 해서가 아니다. 이들에겐 그런 범죄 행위가 손톱만큼의 죄책감도 불러일으키지 못한다는 점이 문제였다. 나는 이번 사건으로 인해 죽을 때까지 아픈 기억을 안고 살아가겠지만, 이들은 설사 법에 의해 처벌받는다 해도 자신들의 잘못을 뉘우치지 않을 것이다.

나는 마구 흐트러지려는 마음을 다잡고자 애썼다. 이들의 태도를 봤을 때 나를 범하긴 하겠지만, 죽이진 않을 테다. 어쨌든 목숨은 보존하는 셈이니, 불행 중 다행 아닌가.

설사 내 육체가 저 못된 사내들에게 범해지는 과정에서 온갖 수치와 모욕을 느끼게 된다 해도 나는 스스로를 경멸하거나 비난하지 않을 것이다. 아니, 그래서는 절대 안 됐다. 주아가 궁극적으로 원한 것이 바로 그런 모습일 테니까.

악귀를 막아 주는 무적의 주문처럼 그리 되뇌면서도 나는 벌써부터 스스로가 몹시 한심하게 느껴졌다. 그러게, 친구들과 애인의 염려를 좀 더 귀담아들을 것을. 우현의 검은 유혹에 절대 응하지 말 것을. 아니, 애초에 주아와 우현 같은 사람들과 아예 얽히지 말 것을.

"악, 뭐야! 손, 손대지 마!"

남자가 우악스러운 손길로 남방셔츠의 단추를 잡아 뜯듯 푸르기 시작했다. 다른 녀석은 우리 둘의 근처에 가까이 다가와 핸드폰을 들이댔다. 두 손이라도 자유로우면 눈앞의 남자를 쥐어뜯고 할퀴기라도 할 텐데, 지금의 나는 너무도 무기력했다.

마침내 세 번째 단추가 벌어지자 베이지색 브래지어의 모습이 드러났고 나는 밀물처럼 밀려오는 수치심에 입술을 꽉 깨물었다. 드러난 가슴을 쿡쿡 찔러 오는 손가락은 흉기나 다름없었다. 나는 수많은 성추행, 성폭행 관련 피해자들이 왜 그렇게 트라우마에 시달리고 치를 떠는지 그제야 온몸으로 알 수 있었다. 손가락의 감촉은 구토감이 느껴질 만큼 역겨웠고, 동시에 엄청난 모멸감이 밀려왔다.

"에이, 가슴이 좀 작네. 남자들 취향은 아니야."

"쓰레기 같은 새끼! 저리 꺼져, 미친놈아!"

"것 참, 여전히 앙탈스럽긴!"

가슴을 확 쥐어 잡는 손길은 우악스러웠다. 남자의 입가에 떠오른 능글맞은 웃음을 보면서 나는 짙은 살의를 느꼈다. 정말 소설에서처럼 이런 놈에게 벼락이 떨어진다거나 불의의 사고가 일어난다면 얼마나 좋을까.

"X발 놈!"

자유로이 놀릴 수 있는 게 입밖에 없다는 사실이 한스러웠다. 남자가 찢어내듯 옷을 벗기는 바람에 셔츠의 단추 하나가 톡 떨어져 나갔다. 양손이 묶인 탓에 옷은 완전히 벗겨지지 않고 팔 끝에 거추장스럽게 걸쳐졌다. 맨살에 와 닿는 서늘하고 눅눅한 공기가 남자의 손만큼이나 기분 나쁘게 다가왔다.

"피부는 하얀 게 괜찮네."

마치 물건을 품평하는 듯한 말투. 어쩌면 머리부터 발끝까지 이렇게 재수 없는 놈이 존재할 수 있을까. 나는 두 눈을 질끈 감고 청바지 버클을 향해 뻗어지는 남자의 팔을 꽉 깨물어 버렸다. 심장이 터져버릴 것처럼 쿵쾅쿵쾅 뛰어댔다.

"아악! 아오, 이 X친 년이! 야, 넌 뭘 멀뚱히 쳐다봐! 이년 좀 빨리 떼어 봐."

"크크, 성깔 있네. 나중에 울면 X나 볼만하겠다."

비명 섞인 남자의 욕설이 창고 안에 울려 퍼졌다. 그의 살점 일부라도 콱 뜯어 버릴 생각이었지만, 남자가 나를 거세게 흔들며 밀치는 바람에 실패하고 말았다.

찰싹, 뺨 위로 거칠게 떨어지는 손바닥이 더럽게 아팠다. 나는 눈물이 반쯤 핑 돈 눈으로 남자를 노려보았다.

"아, 진짜! 저년, 확 죽여 버릴까."

"시체 처리하기 힘들어, 새꺄."

"어쨌든 죽이지만 않으면 된다는 거지? 아오, 내가 오늘 저년 버릇부터 고쳐 놓는다."

눈 딱 감고 일을 저지르고 나면, 그나마 속은 시원할 줄 알았는데 그게 아니었다. 분노한 동물이 더 날뛰는 것처럼 남자도 마찬가지였다.

평소 엄마가 다혈질 성격인 내게 조곤조곤 타이르던 말이 떠올랐다. 위기의 순간, 어설프게 대응했다간 오히려 큰코다칠 수 있다. 때로는 참는 것도 지혜다. 내 어쭙잖은 용기가 오히려 더 나쁜 상황을 초래한 것은 아닌지 고민할 무렵, 온갖 욕을 늘어놓던 남자가 주머니를 뒤적거리더니 지포 라이터를 꺼내 들었다.

뭐, 뭐야. 저걸로 대체 뭘 할 생각인 거야.

미쳐 날뛰는 남자와 시선이 마주치자 소름 끼치는 감각이 등골을 쫙 스치고 지나갔다. 너무 놀란 탓인지 나는 소리조차 지르지 못했다. 그가 광기 어린 웃음을 지으며 불꽃이 일렁이는 라이터를 들고 내 쪽으로 다가오는 순간, 창고 문이 끼익 소리를 내며 열렸다.

* * *

이준은 서둘러 주차장에 주차해 둔 차에 올라탔다. 퇴근 시간도 훨씬 지난 밤 길이라서 차는 도로를 막힘 없이 지나쳤다. 여주 IC삼거리에 이를 즈음, 이준은 우현에게 다시 전화를 걸었다. 그만큼은 아니지만 평소보다 경직된 우현의 음성이 현 상황이 실제라는 사실을 일깨워 주었다.

"하나만 묻자."

우현의 설명을 잠자코 듣던 이준이 핸들을 거칠게 돌리면서 물었다.

"내게 이런 설명을 구차하게 늘어놓는 것보다 처음부터 개 행동을 막는 게 더 효과적이란 생각은 안 들었냐?"

— ……넌 이해 못하겠지만, 순간 두렵더라.

"대체 뭐가!"

— 자기와 이혼하게 되면 법적 책임에 위자료까지 물 각오를 단단히 하라는데, 겁나더라고. 아버지는 날 거의 포기한 상태고 그나마 결혼하고 나서 내가 사람 됐다 생각하시는데, 가만있으실까 싶고.

"그런데 이제 와서 왜?"

— 그래도 이건 뭔가 아니다 싶은 생각이 들어서. 너처럼 잘나고 이성적인 놈이 나 같은 새끼 이해해 주는 건 바라지도 않으니까 걔나 왕자님처럼 멋지게 구해 내라고. 그리고 약간의 아량을 베풀어…… 이번 일은 그냥 묻어 주면 고맙겠고.

말꼬리를 흐린 우현의 말에 이준은 순간, 욕이 저절로 튀어나올 뻔했다. 그가 시니컬하게 대꾸했다.

"네가 장소를 알려 주는 것과 김주아를 찍어 누르는 것은 별개의 문제지."

— 너, 어차피 김명철 의원이든 세신이든 닥치는 대로 조사했을 거 아냐. 그거 터뜨리는 걸로 충분하지 않아? 걔도 알고 보면 불쌍한 여자야. 겉으로 보면 다 가진 것 같은데, 실속이 없거든. 속이 텅 비어 있어.

흐물흐물 내뱉는 말 속에는 의외로 단단한 뼈가 들어 있었다. 우현이 허허롭다는 듯 웃어댔다. 이준은 그저 잠자코 듣고 있었다. 일단 희연의 상태를 보고 나서 결정할 문제다.

그는 백미러를 흘끔 살폈다. 이준의 차 뒤쪽으로 그의 연락을 받고 출동한 경호업체 직원들의 차량 세 대가 일정한 거리를 유지한 채 뒤쫓아 오고 있었다.

부디 희연이 무사하기를, 그래서 일이 더 이상 커지지 않기만을 바랄 뿐이다. 논과 밭에 둘러싸인 허허벌판의 폐창고까지 오는 내내 그리 빌었는데.

"뭐야! 누구야?"

"짭새냐?"

끼익. 낡아 빠진 문 사이로 한 남자가 불붙은 라이터를 든 채 희연에게 다가서는 모습을 본 순간, 이성을 놓아버릴 만큼 엄청난 분노가 이준의 머릿속을 채워 왔다. 심장이 잠시 멈춰 버렸다. 그녀를 납치한 범인들과 이성적으로 협상을 해야 한다거나 경호 업체 직원들을 얌전히 기다려야 한다 등의 생각은 뇌리에서 이미 사라지고 없었다.

이준은 지니고 있던 스프레이건을 사용해 문 근처에서 얼쩡거리고 있던 남자를 우선 제압하는데 성공했다. 희연에게 다가서던 사내는 뜻밖의 상황에 잠시 당황했지만, 머릿속으로 재빨리 판단을 내렸다.

뭐가 뭔지 잘 모르겠지만, 일단 저 귀티나 보이는 부잣집 도련님은 여자를 구하러 온 것이 분명했다. 이곳을 무사히 빠져나가려면 반드시 계집을 인질로 삼아야 한다.

하지만 남자의 판단보다 이준의 행동이 조금 더 빨랐다.

이준은 바닥을 굴러다니던 양동이를 남자에게 집어 던지고 결과가 어떤지 확인할 겨를도 없이 희연을 향해 뛰어갔다. 이어 창고 안으로 경호 업체 직원들이 빠르게 들이닥쳤다.

"X발!"

걸쭉한 욕설이 들려왔다. 남자는 제게 날아오는 양동이를 피하려다 지포 라이터를 바닥에 떨어뜨리고 말았다. 그 근처에 나뒹굴고 있던 나무토막으로 불꽃이 옮겨갔다. 바닥을 굴러다니는 나무토막이나 종이쪼가리, 면장갑 등은 불꽃의 좋은 먹잇감이었다. 불꽃이 옆으로 조금씩 옮겨붙는 모습을 본 경호 업체 직원들이 바쁘게 움직였다.

"둘은 이쪽으로 와서 불 꺼!"

그들은 금세 두 팀으로 나뉘어 한 팀은 이번 사건의 범인인 두 사내를 제압했고, 다른 팀은 불을 진압했다. 다행히도 초기에 대응했기에 별다른 어려움 없이 불을 끌 수 있었다.

"희연아!"

"준아……."

이준의 시야에는 오직 이희연, 한 사람만 존재했다. 가냘프게 떨리는 희연의 음성이 들려왔다. 그녀의 얼굴은 온통 눈물범벅이었다. 게다가 저놈들에게 어찌나 세게 얻어맞았는지 뺨이 벌겋게 부어올라 있었다.

"너……."

그뿐만이 아니었다. 희연의 셔츠가 찢기다시피 벗겨져 있었다. 차마 빈말로라도 괜찮냐고 물어볼 수 없었다. 이준은 그저 입술을 꾹 깨물며 희연의 손발을 아프게 억누르고 있던 밧줄을 풀고 그녀의 셔츠 단추를 차곡차곡 잠가 주었다.

"안 되겠다, 우선 이거라도 걸치고 있어."

단추가 떨어져 나가서 옷이 계속 흐트러지자 이준은 급한 대로 제 점퍼를 벗어 그녀의 어깨에 걸쳐 주었다. 그는 희연이 떨리는 손가락으로 점퍼의 지퍼를 천천히 올리는 모습을 보았다.

심장이 먹먹했다. 이런 상황일수록 침착하게 행동해야 하는데, 머리가 지끈거리고 뭔가가 가슴을 꽉 가로막은 것처럼 답답해서 이성을 유지하기 힘들었다.

일단 희연을 데리고 이 더러운 곳을 빨리 빠져나가야겠다는 생각이 들었다. 이준은 경호업체 팀장으로부터 희연의 영상을 찍고 있던 남자의 핸드폰을 넘겨받았다.

"그럼 뒤를 부탁합니다."

그는 그들에게 이곳의 뒤처리와 사내들에 대한 법적 절차를 부탁했다. 그들은 칼을 소지하고 있었고, 희연 및 경호 업체 직원들에게 폭력을 행사했으며 라이터로 신체에 불을 붙이려 한 정황 등이 있으니 아마도 살인미수로 기소될 것이다. '최대한 조용하게' 처리할 것이 이준의 주문 사항이었다. 집안에서 종종 이용하는 곳이니만큼 어련히 알아서 잘하겠지만.

희연은 정말 놀란 듯 조용히 울기만 할 뿐, 벙어리처럼 말이 없었다. 이준의 손에 이끌려 그곳을 빠져나와 익숙한 그의 차에 올라타고 나서야 조금이나마 안심한 듯 그녀의 울음소리가 커졌다. 이준이 희연을 꽉 끌어안았다.

"미안해. 내가 늦어서…… 정말 미안해."

"아냐. 아, 나, 정말…… 무서웠는데, 이러다 뭔 일 나겠구나 싶었는데……. 찾아와 줘서 고마워. 진짜 고마워."

더듬거리고 울먹이는 목소리나마 들을 수 있게 되자 이준 역시 안도의 한숨을 내쉬었다. 희연이 그저 눈물만 뚝뚝 떨어뜨리고 있을 때는 이러지도 저러지도 못하고 정말이지 죽을 맛이었다. 너무 놀란 그녀가 어떻게 되어 버린 것은 아닐까 순간적으로 겁도 났었다.

다행이다. 그동안 한 번도 믿지 않은 신께 감사 기도라도 드리고 싶을 만큼 이준은 마음 깊이 안도했다.

"아씨, 나, 왜 자꾸 눈물이 나오지? 흐읍……."

"많이 놀라서 그래. 괜찮아. 이제 괜찮을 거야."

이준이 희연의 등을 가볍게 토닥이면서 중얼거렸다. 그것은 그녀 못지않게 놀란 스스로에게 건네는 말이기도 했다. 만약 희연에게 이보다 더 큰일이 생겼다면 어땠을까. 그녀가 잔뜩 놀라고 수치심이나 모욕을 느낀 정도에서 그친 것이 아니라 어딘가 크게 다치거나 목숨이 위험했다면. 이준은 상상하고 싶지도 않은 생각에 어깨를 바르르 떨었다. 대신 이젠 괜찮을 거라고, 더는 가만히 당하고 있지만 않을 거라고 본인과 희연에게 속삭였다.

* * *

나는 이준의 차에 올라탄 지 약 한 시간 정도 지나서야 간신히 눈물을 그치고 진정할 수 있었다. 어렸을 적, 부모님 앞에서 계속 징징거리다가 위로받기는커녕 더 크게 혼난 경험이 있기 때문인지 남자 친구인 이준의 부드러운 달램이나 배려가 더더욱 가슴 깊이 와 닿았다.

"엄마나 아빠에게 어떻게…… 말해야 하지?"

"일단 일부라도 말씀드리자, 오늘 있었던 납치 사건. 그리고 그들이 제대로 처벌받아 감방에 갇히기 전까지는 당분간 외출도 자제하고. 혹시라도 밖에 나갈 일 있으면, 날 불러."

"외출할 때마다 그러는 건 곤란하잖아. 그나저나, 준아. 나, 납치된 거……."

주아가 그 남자들에게 시킨 짓이라고 말해야 하는데, 어찌 된 일인지 입술이 쉬이 떨어지지 않았다. 당사자인 나 또한 범인들에게서 그 소리를 듣고 난 후 기가 막혀 어쩔 줄 몰랐는데, 제삼자가 들을 때는 그 말이 어떤 느낌으로 다가올까.

나보고 너무 놀란 나머지 머리가 어떻게 된 거 아니냐고 되물어오는 것은 아닐까. 그래도 한때나마 친구였고, 그토록 천사 같은 모습을 한 여인이 어떻게 그런 짓을 저지를 수 있겠냐면서.

"김주아, 그 여자 짓이지? 내가 안일하게 생각했나 봐. 조금만 더 주의했다면, 네가 이런 일 아예 안 겪도록 했을 텐데……."

김주아의 이름을 언급하면서 이를 바득 가는 이준의 모습에 눈물샘이 다시 한 번 터지려고 했다. 그저 고마웠다, 내 생각을 읽은 것처럼 나를 믿어 주고 곁에 있어 주는 이준이. 그의 눈빛과 말투, 태도를 비롯해 모든 것이 참 믿음직스러웠다.

나와 이준 사이에 그리 많은 말은 오가지 않았지만, 지금 이 순간 우리 둘이 같은 공간에 존재한다는 사실만으로도 기쁘고 안심되었다. 새까만 어둠이 일렁이는 차창 밖을 내다보면서 생각했다.

나는 지금 여기 있다. 이준 덕분에 그 끔찍한 장소에서 무사히 빠져나왔다.

새벽 세 시가 훌쩍 넘은 늦은 시각. 집 앞에 도착해 초인종을 한 번 누르고 잠시 기다리자 현관문이 지옥문처럼 열렸다. 잔뜩 성난 표정을 짓고 있는 우리 엄마는 지금 이 시각까지 안 주무시고 거실에서 나를 기다린 모양이었다.

"아니, 이년이 저번에 외박한 지 얼마나 되었다고 또 늦게 들어……."

따발총처럼 쏘아붙이던 엄마는 내 옆에 서 있는 남자 친구, 이준을 보더니 입을 꾹 다무셨다. 그리고 차분해지긴 했지만, 여전히 날 선 목소리로 되물으셨다.

"옆의 그 사람은 누구니?"

에이, 충분히 짐작 가능하면서 물어보신다. 나는 최대한 침착한 음성으로 답했다.

"남자 친구. 오늘 지오 만나고 돌아오는 길에 납치를 당했는데, 구하러 와 줬어."

"납, 납치?"

비록 잔소리가 많긴 해도 소심하고 마음 여린 김 여사는 '납치'라는 서슬 퍼런 단어에 표정이 굳어 버렸다. 두 눈을 크게 뜬 엄마가 나를 이리 둘러보고 저리 둘러보셨다. 그제야 눈물로 퉁퉁 부어 버린 딸의 눈두덩과 벌겋게 부어오른 뺨, 현재 걸치고 있는 낯선 남자의 점퍼 등이 눈에 들어오신 모양이었다. 엄마의 두 눈동자에 당혹스럽고 혼란스럽다는 빛이 역력했다.

이준이 한발 앞으로 나섰다. 그 어느 때보다도 정중한 태도로 엄마에게 인사를 드린 그가 침착하게 말을 꺼냈다.

"안녕하세요, 어머님. 저는 송이준이라고 합니다. 늦은 밤에 갑작스레 방문해서 죄송하지만 꼭 드려야 하는 말씀이 있어 찾아뵙게 되었습니다."

11. 이제는 비밀 아닌 사랑

 첫 남자 친구, 태윤 이후 어머니와 얼굴을 마주한 남자 친구는 이준이 처음이었다. 납치라는 임팩트 큰 단어 때문인지 엄마는 그 늦은 시각 이준이 집 안에 들어오는 것을 순순히 허락하셨다.
 "……그래, 커피라도 한 잔 마시겠어요?"
 "번거로우실 텐데, 괜찮습니다."
 엄마는 '나 엄청 놀랐소.'라고 쓰여 있는 얼굴로 이준에게 커피를 마실 것인지 물어보았고, 나와 그가 행여 사고라도 날까 염려되어 괜찮다고 말해도 자신이 한 잔 마셔야겠다면서 끝내 주방으로 발걸음을 옮겼다. 어쩌면 엄마는 주전자에 물을 끓이면서 놀란 마음이나 표정을 가다듬으려고 하는 것인지도 모르겠다는 생각이 얼핏 들었다.

잠시 후, 나와 이준 그리고 엄마는 김이 모락모락 피어오르는 커피 세 잔을 눈앞에 두고서 식탁에 빙 둘러앉았다. 하아, 어쩐지 위험한 룰렛 게임을 시작하는 느낌이 드네.

다행히도 아빠는 야간 근무 날이라 집에 안 계셨다. 만약 아빠마저 이 자리에 끼어 있었다면, 나는 어마어마한 압박감에 그대로 질식사했을지도 모른다.

"저, 그러니까 엄마, 이게 어떻게 된 일이냐면……."

결자해지(結者解之)라는 말이 있다. 매듭을 묶은 자가 풀어야 한다는 뜻으로, 일을 저지른 사람이 일을 해결해야 한다는 의미를 지닌 한자성어였다.

나는 머리에 총알이 장전된 총을 겨누는 심정으로 엄마에게 나와 주아의 비뚤어진 관계, 우현과의 만남, 이준과 사귀게 된 일, 오늘 당했던 납치 사건 등을 전부 털어놓았다. 오는 길에 이준과 미리 입을 맞추어 그들이 나를 강간하려고 했다는 이야기도, 라이터를 들고 설쳤다는 이야기도 다 빼 버리고 그냥 단순한 납치 사건이라 말해 두기로 했다. 벌겋게 부어오른 뺨이나 뜯겨진 단추는 내가 그들에게 납치당할 때 거세게 저항하다가 그리된 것이라고 둘러댔다. 물론, 그 배후에 주아가 존재한다는 사실은 중요한 내용이므로 어쩔 수 없이 밝히게 되었다.

엄마는 한동안 아무런 말씀도 하지 않으셨다. 나는 바짝 긴장한 채 고개를 숙이고 있었다. 이준은 우리 모녀의 눈치를 살피며 침묵을 유지했다. 그는 상당히 이성적이고 현명한 남자로서 자신이 나서야 할 때와 아닌 때를 잘 알고 있었다.

"내가 죄인이다. 딸자식 하나 있는 거, 잘못 가르쳐서……. 주아, 걔도 제정신이 아니지. 아무리 그렇다 해도 어떻게 사람을 납치할 생각을……."

감정을 꾹 눌러 담은 음성으로 엄마가 한탄하듯 중얼거렸다. 어째서인지 지금 이 모습이 평소 내게 사납게 쏘아붙이거나 꾸지람을 하는 모습보다 더욱 무섭게 느껴졌다.

아씨, 또 눈물 나오려 그래. 아무래도 눈물샘이 고장 났나 보다. 나는 입술을 꾹 깨물었다.

"엄마, 미안해. 내가 정말 잘못했어. 앞으로는 절대, 절대 이런 일 없을 거야. 약속할게, 응?"

결국, 눈물을 뚝뚝 떨구며 엄마에게 가까이 다가가 애원하듯 말했다. 나를 따라 울먹거리는 엄마의 모습에 정말이지 미안해서 죽을 것만 같았다. 우리를 지켜보고 있던 이준이 조심스레 중재에 나섰다.

"일단 그 사람들은 제 신고에 의해 경찰서에 끌려갔을 겁니다. 희연이 한숨 자고 일어나면 경찰서에 함께 가서 사건에 대해 증언하고 해당 죄목으로 기소되도록 할 예정입니다. 그리고 만약의 사태에 대비하여 아버님과 의논해서 가까운 시일 내 다른 곳으로 이사하는 방법도 생각하시면 좋을 것 같습니다."

그는 시종일관 차분하고 침착한 태도로 기소 절차 및 그들이 받게 될 예상 형량, 대응 방법 등을 엄마에게 말씀드렸다. 모든 이야기를 다 듣고 난 엄마가 혹시 경찰이나 형사 출신 아니냐고 물어볼 정도로.

"저는 신원그룹 경영기획실 차장으로 근무하고 있습니다."

이준이 지갑에서 명함을 한 장 꺼내 드렸다. 이 부분에 대해서도 우리는 미리 의견을 조율한 상태였다. 주아나 우현의 어두운 그림자가 짙게 드리워진 상태에서 이준이 신원그룹의 후계자로 거론되고 있는 어마어마한 인물이라는 사실은 아직 밝히지 않는 편이 좋을 듯했다. 능력이 출중한 신원그룹 경영기획실의 차장 정도로 설명해 두는 것이 나았다.

"그럼 희연아, 푹 쉬어."

엄마가 곁에 있었기에 이준은 나를 꽉 끌어안거나 애정 어린 키스를 해 주진 못했다. 하지만 걱정 어린 그의 눈빛만으로도 마음은 충분히 전달되었다. 짧은 시간 내에 너무 많은 사실을 접하게 된 엄마 역시 혼자만의 시간이 절실히 필요했는지, 내게 씻고 나서 푹 쉬라고 말한 후 방 안으로 들어가셨다. 부디 울지 않으셨으면 좋겠는데.

오늘은 아주 길고 긴 하루였다. 까맣게 일렁이던 어둠이 조금씩 물러나고 어슴푸레한 새벽을 거쳐 어느새 아침이 찾아오고 있었다. 나는 침대에 누워 눈을 감으며 생각했다.

다 끝났다. 그동안 나를 꽁꽁 구속하고 있던 가장 큰 비밀이 마침내 사라졌다.

* * *

새벽과 아침의 경계에 놓여 있는 이른 시각, 우현은 한 통의 메시지를 이준으로부터 받았다.

[희연은 구했어. 단순 납치 사주로 처리하는 것만으로도 김주아에겐 크게 베풀었다고 생각한다.]

그 짧은 내용에서 우현은 이면의 상황을 어느 정도 유추할 수 있었다. '납치' 외에 뭔가가 더 있었다는 말이다. 김주아, 하여튼 여러 의미에서 참 대단한 여자다.
이 시각의 병실은 굉장히 조용했다. 세상에 오직 그 혼자만 존재하는 것처럼.
하지만 이준이 본격적으로 움직이고 나면, 지금의 고요함은 한낱 수증기처럼 사라져버릴 것이다. 그 사실을 잘 알면서도 우현은 어젯밤 이준의 통화에 응했다. 입 밖으로 내진 못 하지만, 그 답 역시 그는 알고 있었다.
"아아, 나도 참 쓰레기지."
희연이 무사하다는 말에 우현은 마음이 한결 가벼워진 것을 느꼈다. 이를 어쩌나. 이거, 제 생각보다 그녀를 더 좋아했던 모양이다.
이준도, 그의 아비인 송 회장도 쓸데없는 일은 벌이지 않는 성격이지만, 은원은 확실하게 계산한다는 소문이 재계에 널리 퍼져 있는 만큼 이번 사건의 여파는 결코 만만치 않을 것이다. 하지만 이준의 능력이 제아무리 뛰어나다 해도 단기간에 세신의 비리나 잘못을 파헤치긴 어려울 터, 아마도 그 날카로운 화살의 끝은 주아의 아버지인 김명철 국회의원에게 향할 가능성이 컸다.

이준의 입장에서 보면 그리 나쁜 공격은 아니다. 주아에게 직접적으로 압박을 가하는 것은 물론, 동시에 그 집안과 사돈을 맺은 세신의 이미지나 명예도 실추시킬 수 있으니 일석이조라 할 만했다.

"하하하."

우현의 입에서 헛웃음이 터져 나왔다. 그래도 제게 양심이나 생각이 아주 조금은 남아 있는 모양인지 기분이 유쾌하다거나 앞으로 닥쳐올 일들이 한없이 원망스럽게 느껴지진 않았다.

주아가 끔찍하면서도 한편으론 가엽게 생각됐다. 미래가 짐작 가능한 자의 어설픈 동정인 것일까. 공주님처럼 살아온 여자가 앞으로 시댁의 눈치를 보면서 살게 되면 얼마나 힘들어할지 그 모습이 눈에 선했다.

"충분히 나쁜 남편 만나 이미 엿 먹었는데, 그 여자도 참 불쌍하게 됐네."

그의 중얼거림이 병실에 조용히 머물다가 흩어졌다. 잠시 후, 그의 상태를 체크하는 전담 간호사가 들어오면서 평소와 비슷한 하루가 시작됐다.

* * *

한잠 자고 일어났더니 오후 두 시였다.

이준이 네 시쯤 집 앞으로 데리러 올 테니 경찰서에 가자는 연락을 해 왔다.

사건 피해자로서 경찰서에 발걸음 하게 되어 조금 무서웠는데, 이준이 곁에 있어 줘서 형사들의 질문에 안정적으로 답할 수 있었다. 다행히도 언니 같은 여자 형사가 질문 및 답변 기록을 주로 담당해서 남자 형사라면 말하기 꺼림칙했을 부분도 속 시원히 털어놓을 수 있었다.

"그렇군요. 떠올리기 힘드셨을 텐데, 협조해 주셔서 감사합니다."

"이제 두 번 다시 그 사건은 떠올리지도 마."

잘나고 배려 깊은 남자 친구를 둔 덕분에 나는 경찰서를 두 번 정도 방문하고 나서 해당 사건을 잊어버려도 괜찮았다. 이준은 내가 그 사건에 언제까지 얽매여 있기를 바라지 않았다. 심지어 그가 나를 대신해 법정에 증인으로 출석할 정도였다.

그날의 납치 사건은 이준이 나를 재빨리 구하러 와 준 데다 이후에도 여러모로 신경 써 준 덕분에 심각한 트라우마로 남진 않았지만, 한동안 끔찍한 악몽에 시달리는 것만큼은 막을 수 없었다. 검은 옷을 입은 사내들이 나를 납치하는 것으로 시작하는 꿈은 내가 의식을 잃은 채 쓰러져 있는 창고가 불에 휩싸이고 나서야 깰 수 있었다.

하지만 엄마와 이준이 걱정할까 봐 겉으로는 내색하지 않으려고 노력했다. 엄마는 예전과 달리 내가 늦게까지 침대에서 일어나지 못해도 별다른 잔소리를 하지 않았고 이준은 데이트를 할 때마다 집 앞까지 데리러 오고 데려다주는 것은 물론이요, 시시때때로 연락을 취해 내 상태를 확인하곤 했다.

내가 어떤 일을 겪었건 말건, 내 주변에서 어떤 사건이 터졌건 말건 무심한 시간은 빠르게 지나가 날이 꽤 무더워졌다. 어느새 성큼 찾아온 여름 덕분에 낮이 길어졌다. 나는 악몽에 덜 시달릴 겸 밤낮이 뒤바뀌어 버린 생활 습관을 이번 기회에 고치고자 노력했고, 6월 무렵에는 아침 8시 반이 되면 일어날 수 있게 되었다.

그즈음, 나는 노동부 국비지원제도를 통해 컴퓨터 학원에서 편집 디자인 과정을 수강하기 시작했다. 이력서를 다시 쓰기 전에 내가 취업하고자 하는 출판 분야의 관련 직무 능력을 조금 더 키워 볼 생각이었다.

백조 생활을 한 지 오래되었으니 부모님 얼굴 보기 죄송스러운 면도 없잖아 있었고 이전과 달리 부모님을 비롯하여 친구들에게도 남자 친구와의 연애 사실을 알리다 보니, 연인인 이준과 나의 처지가 너무 차이나 보여 부끄러워졌다. 때문에 올 하반기 나의 가장 큰 목표는 '취업'이었다. 외모, 집안, 능력 등 현대판 왕자님이라 불러도 될 만큼 잘나디잘난 그의 모든 조건들을 따라잡을 순 없겠지만, 적어도 그의 앞에서 떳떳해지기 위해 스스로를 조금 더 멋지게 가꾸어야겠다는 생각이 들었다.

오랜만에 하는 공부는 전공도 아닌 데다 공부 습관이 좀처럼 들지 않아서 꽤 힘들었다.

하지만 오기로 죽자 살자 두 달을 버텨 내니 머릿속이 조금씩 채워지면서 편집 디자인이란 이런 거구나 하는 감이 생겨났다.

어설픈 마음가짐으로 채용 공고가 난 출판사에 급조한 이력서를 보냈던 지난번과 달리 이번에는 총 세 개의 출판사에 정성 들여 쓴 이력서를 제출했다. 사실, 이쪽 분야는 채용 공고가 자주 나는 편이 아니라서 관련 사이트 및 취업 사이트들을 수시로 체크해야만 했다.

"취업 축하해!"

"잘될 줄 알았어."

마침내 12월, 교육 분야에서 제법 이름을 떨치는 출판사에 취직하게 되었을 때 부모님은 물론, 이준과 친구들로부터 잔뜩 축하를 받았다. 불과 일 년 전에는 상상도 하지 못한 행복이었다. 나는 그 어느 때보다도 밝은 얼굴로 미래에 대한 희망을 가지고 소중한 사람들과 함께 시간을 보냈다.

물론 그날 이후, 주아와 두 번 다시 연락하는 일은 없었다. 하지만 이준이 최근 알려 준 바에 의하면, 그녀는 나의 납치를 사주한 죄목으로 징역 1년에 집행유예 2년을 선고받았다고 한다. 나를 납치한 이들이 실형 4년을 선고받은 것에 비하면 그리 무거운 처분은 아니었다.

[바른 복지 주장하던 김명철 의원, 복지 기관 지원금 빼돌린 것으로 드러나.]

[시민단체, 정경 유착의 단절을 외치며 세신 불매 운동 시작!]

주아에겐 그것만으로도 상당한 정신적 타격이 주어졌을 텐데, 설상가상으로 그녀의 아버지 김명철 의원의 복지기관 관련 비리마저 크게 터지면서 지난 며칠간 뉴스와 신문 일부를 화려하게 장식했다.

"덕분에 요새 아주 죽을 맛인가 봐. 그 좋아하는 외출도 못 하고, 집에만 처박혀 있대."

"집에 있어도 마음이 편하겠냐. 시댁에서 곱게 안 볼 텐데."

"다 지가 뿌린 대로 거두는 거지. 야, 납치가 정상적인 사람의 머릿속에서 나올 만한 생각이야?"

크리스마스를 며칠 앞두고 만난 지오와 진영은 카페에서 달콤한 케이크를 흡입하며 죽이 척척 맞아 속닥거렸다. 그녀의 불운을 접하면서 이상하게도 나는 머릿속으로 이준을 떠올리고 말았다. 아무리 생각해 봐도 때맞춰 김명철 국회의원의 비리사건이 터진 점이 왠지 모르게 수상했다.

하지만 만날 때마다 이준을 은근슬쩍 떠봐도 나보다 머리도, 말발도 몇 배나 뛰어난 이 인간이 절대 걸려들 일 없었으니 어느 순간, 답을 알아내는 것은 그냥 포기해 버렸다. 다만, 나는 이 녀석의 무서운 점을 뇌리 깊숙이 새겨 놓았다. 웬만하면 그와 싸우지 말아야겠다고 생각하면서.

* * *

"왜 그렇게 떨어? 얼마 전에 자신만만해하던 이희연은 대체 어디로 사라진 거야?"

"우씨, 놀리지 마! 너도 이전에 우리 엄마 만났을 때 속으론 엄청 떨렸다면서!"

자신만만했던 건 취업 성공해서 마음이 잔뜩 들뜬 상태니까 그랬지, 이 바보야! 얌전하게 차려입은 블라우스와 스커트 차림만 아니라면, 옆에서 운전하고 있는 이준의 어깨를 한 대 때렸을지도 모르겠다. 12월의 마지막 일요일, 나는 오늘 이준의 부모님을 만나 뵈러 간다.

이준은 이미 오래전에 아버지와 새어머니에게 사귀고 있는 여자가 있다고 말씀드렸단다. 하긴, 내가 납치됐을 때 집안에서 종종 이용하던 경호 업체에 연락을 취해 그 사람들을 끌고 왔다니 송 회장님 귀에 그 일이 안 들어갔을 리 없었다.

사실, 가을 즈음부터 송 회장님이 나를 한 번 만나보고 싶다는 이야기를 넌지시 전해 오셨으나 나는 취업에 성공하여 번듯한 명함이 생기기 전까지는 절대 그럴 생각이 없다고 이준에게 단단히 못 박아 뒀었다. 때문에 이제야 연말 기념 망년회 자리를 겸해서 이준의 부모님을 찾아뵙는 것이었다.

"나, 별로 마음에 안 들어 하시면 어떡하지?"

나는 차창을 내다보며 식은땀이 자꾸만 배어 나오는 손바닥을 스커트에 쓱쓱 문질러댔다. 아, 정말 긴장돼서 미치겠다.

"괜찮아. 아버지께 너 한희주 닮았다고 말씀드렸어. 한희주 팬이시거든."

"야! 너, 미쳤어? 차 당장 돌려! 나 안 가!"

"무슨 소리야. 거의 다 왔는데."

아니, 내숭이고 뭐고 다 필요 없이 오늘 신은 구두 굽으로 녀석의 발등이라도 콱 찍어 버려야겠다. 한희주는 개뿔, 비교할 만한 사람을 가지고 비교해야지! 대한민국 청순 여배우의 대명사, 한희주 팬들이 저 말을 들었다간 내게 돌무더기를 던질 것이 분명했다. 이 녀석, 아무래도 내 지능형 안티가 분명해!

"아씨, 너 진짜 미워."

"난 너 진짜 예쁜데. 한희주보다 더."

"그건 너님 눈이 이상해서 그렇고요. 오늘 안과를 갔어야 했는데, 날을 잘못 잡았네."

나는 부끄러워서 잔뜩 달아오른 얼굴로 그의 말을 맞받아쳤다. 어느새 주차를 완료하고 시동마저 완전히 끈 이준이 내 이마에 가볍게 입을 맞춰 오며 속삭였다.

"정말이야."

이 남자야, 그렇게 녹아드는 목소리로 말한다고 해서 내 화가 풀릴 줄 알면 경기도 오…… 에라, 나도 이제 모르겠다.

"너무 긴장하지 마. 친어머니는 문제 있지만, 아버지는 그렇게 꽉 막힌 분 아니셔. 그냥 네 모습, 솔직하게 보여 줘. 우리 아버지는 결혼 생활 이미 한 번 실패하셔서 어지간하면 배우자의 경우, 내 의사 존중하겠다고 말씀하셨거든."

"그러니까 더 긴장돼."

나는 울상이 된 얼굴로 차에서 내렸다. 오늘따라 파아란 하늘에 햇살이 유독 밝고 맑았다.

"들어가자."

그리 말하는 이준의 손을 나는 꽉 붙잡았다. 따뜻하고 듬직한 손의 느낌이 참 좋았다.

세상에, 공개 연애가 이리 좋을 줄이야. 남들에게 거리낌 없이 보일 수 있고 언제든 닿을 수 있고, 우리가 연애한다는 사실을 이 세상에 널리 알려도 문제 될 것 하나 없는 사랑스러운 내 남자 친구. 숨기는 거 없이, 비밀 없이 사랑할 수 있는 남자 친구. 우현과 사귀고 있을 때는 전혀 느끼지 못했던 감정들이 깊은 산 속 옹달샘처럼 퐁퐁 솟아났다.

우리의 첫 만남은 꽤 은밀하고 비밀스러웠지만, 지금은 달랐다. 친구들도, 부모님도 우리의 관계를 알고 있고 모두의 관심 속에서 서로 열렬히 사랑하고 있다.

그래, 난 잘할 수 있어. 이준의 부모님께 예쁘게 보일 수 있다고! 만약 첫인상이 안 좋다면, 앞으로 더더욱 노력하면 되지. 이준과 나의 행복한 미래를 위해서!

그렇게 나는 기합을 불어넣고 그의 본가로 발걸음을 옮겼다, 이준과 손을 맞잡은 채.

<The End>

외전
벌써 일 년, 여전히 비밀스러운 나의 연인아

 그 누구라도 친하지 않은 사람과 친한 이에게 보이는 모습은 다를 수밖에 없다. 당장 나만 해도 부모님 혹은 이준에게 보여 주는 모습과 직장 동료들에게 보여 주는 모습이 상당히 다르니까. 하지만 내 남자 친구, 이준은 그 차이가 굉장히 심했다.
 흐음, 그게 대체 무슨 소리냐고?

* * *

 내가 직장 생활을 시작한 이후 이준과 만나는 횟수는 이전에 비해 상당히 줄어들 수밖에 없었다. 더군다나 나는 배울 게 많은 신입인지라 입사 후 몇 달간은 출판사를 제2의 집으로 삼고 생활해야 했다. 오죽했으면 출판사 근처의 고시텔에 방을 하나

잡는 게 나을지 고민했을까.

어느새 나와 그가 거래에 의한 가짜 연애 말고 진짜 연애를 시작한 지 1년이 다 되어가고 있었다. 바로 이번 주 목요일이 대망의 1주년이다. 그리고 그 외에 다른 의미가 하나 더 있었다. 작년 12월 말, 이준의 본가를 처음 방문해 송 회장님 내외를 마주한 기억이 새록새록 떠올랐다.

"난 아들에게 잘 어울릴 만한 짝을 찾아 주는 것도 중요하지만, 그렇게 맺어준 짝이 애 마음에 들지 않으면, 말짱 헛수고라 생각하는 사람이네. 솔직히 말해 좀 더 좋은 집안의 며느리를 맞이하고 싶은 욕심은 있지만……. 내 아들이 나처럼 가정 문제로 골치 아파하는 모습은 보고 싶지 않군."

예비 시아버님 되는 송 회장님은 이준과 분위기가 사뭇 달랐다. 겉모습만 놓고 봤을 때 이준이 냉철한 분위기를 자아낸다면, 송 회장님은 외모에서 풍겨나는 분위기도, 말투 및 태도도 어딘지 모르게 대학에서 근무하는 교수님을 연상케 했다. 뭔가 점잖은 분위기랄까. 소중히 여기는 아들이 쥐뿔도 없는 나를 예비 며느리로 소개하는 이 상황에서 어떤 반응을 보이실지 몰라 잔뜩 긴장하고 있던 내겐 그 태도가 뜻밖의 모습으로 다가왔다.

송 회장님은 농담조로 나와 이준을 목숨 걸고 반대하지는 않을 거라 말씀하셨다. 하지만 약혼이나 결혼은 충분한 교제 후에 진행했으면 좋겠다는 의견을 밝히셨다.

"만약 두 사람이 약혼이나 결혼을 하게 되면, 이건 집안과 집안의 만남이라기보다는 개인의 의사와 감정을 더 중시한 결과가 되는데……. 그리하려면 어지간한 마음가짐 가지곤 안 되네."

그럼 몇 년이나 기다리라는 말씀입니까.
약간의 불쾌감을 담은 이준의 말에 회장님은 아무렇지도 않은 얼굴로 구체적인 기간을 제시하셨다.

"사람들이 흔히 말하길 사랑의 유통기한은 약 2년이라 했던가. 그럼 한 3년 정도는 지켜봐야겠군."

이준은 순간 발끈하는 듯했지만 침착한 성정답게 곧 이성을 되찾았다.
그리고 그날 저녁, 평소와는 달리 내 입술을 거칠게 탐하며 제 아버지에게 본때를 보여 주자 그리 속삭였다. 그래, 어찌 됐든 이번 1주년을 넘기면 나와 이준은 약혼 혹은 결혼까지 약 1/3 정도의 관문을 돌파한 셈이었다.
목요일, 나와 이준은 커플 통장에 있는 돈을 탈탈 털어서 전망 좋고 분위기 좋은 레스토랑에서 저녁 식사를 하고 남산에서 데이트를 할 계획이었다. 그날만은 나도, 이준도 반드시 정시 퇴근을 하리라 결심하며 이번 주 월요일부터 촉각을 잔뜩 곤두세우고 있었다. 그런데,
"이럴 순 없어!"

날씨도 화창한 목요일 오후, 퇴근을 한 시간 앞두고서 나는 절규하지 않을 수 없었다. 결국, 우려하던 일이 발생하고 말았다.

이번에 새로 출시되는 언어영역 모의고사 문제집 2차 원고가 이제야 메일로 도착했다. 원래 어제 오전쯤 도착했어야 할 원고가 집필자 중 한 명이 심각한 감기 몸살에 걸린 덕분에 늦어진 것이다. 이 원고는 오·탈자 등을 살펴본 후 내일 아침까지 서 팀장님께 넘겨야만 했다.

제아무리 빨리 처리한다 해도 앞으로 다섯 시간은 훑어봐야 할 분량. 자리에 앉아 원고만 들여다봐도 밤 열 시가 되어 버릴 테다. 나는 약 사십 분간의 망설임 끝에 피눈물을 흘리는 심정으로 이준에게 메시지를 보냈다.

[미안해. 오늘 예약, 취소해야 할 것 같아……. 집필자들이 나에게 엿을 줬어. 박 대리님도 야근하시겠다는데 짬밥 없는 내가 빠져나갈 틈이 조금도 보이지 않아. 정말 미안해.]

나처럼 온종일 핸드폰만 쳐다보고 있었던 듯 이준에게서 매우 빠른 답변이 도착했다.

[알겠어. 어쩔 수 없지.]

화가 난 것일까. 이모티콘 하나 없는, 담백한 문자를 바라보던 내 심장이 거칠게 뛰기 시작했다. 하긴, 입장을 바꿔 생각해 보면 나 역시 굉장히 속상하고 서운할 것 같다.

'이 망할 회사가 연애조차 마음대로 못 하게 하는구나. 이봐요, 정부 관계자님들. 날이 갈수록 떨어져 가는 출산율을 높이고 싶으면, 젊은이들이 연애하고 결혼할 수 있도록 적극 도와줘야 하는 것 아닙니까! 정시 퇴근제 도입은 대체 언제쯤 이루어지나요. 네? 네?'

나 역시 지금 이 상황이 굉장히 속상하고 갑갑하고 화가 났다. 그렇다 해서 어린아이처럼 충동적으로, 감정적으로 행동할 수 없기 때문에 애써 꾹 참고 있는 것뿐이다.

그 대신, 나는 소심한 반항의 의미로 저녁을 걸렀다. 주린 배를 붙잡은 채 입술을 꾹 다물고 인쇄해 놓은 원고만 뚫어져라 쳐다보았다.

아씨, 어떡해. 실망 어린 이준의 얼굴이 눈앞에 자꾸만 어른거리잖아.

커피만 마시면서 작업을 진행했음에도 불구하고 나는 밤 열시 반이 되어서야 사무실을 나설 수 있었다. 검은 글자들에 혹사당한 눈은 뻑뻑했고, 속상함과 분노 때문인지 저녁을 굶어 버린 탓인지 온몸에 기운 한 점 존재하지 않았다. 식당에 들어가 밥을 사 먹는 것도 귀찮으니 그냥 회사 앞 편의점에서 샌드위치나 사 먹어야겠다.

그리 생각하며 건물을 빠져나왔을 때, 나는 도로변에서 아주 익숙한 차 한 대를 발견할 수 있었다.

쿵쿵, 아까와는 확연히 다른 의미로 심장이 뛰었다.

내가 그 자리에 멈춰 서서 차를 빤히 노려보고 있자 잠시 후, 이준이 차에서 내려 이쪽으로 다가왔다.

"이제 끝났어? 피곤하지?"

평소와 다름없는 말투와 태도. 제게 어서 달려오라는 듯 오른손을 살짝 깔딱거리는 녀석을 보면서 나는 피로회복제라도 잔뜩 들이킨 사람처럼 그를 향해 뛰어갔다.

"대체 언제부터 기다린 거야? 저녁은 먹었어?"

"일단 차에 올라타고 나서."

나는 더 이상 묻지도, 따지지도 않고 그를 따라 차에 올라탔다.

"안 먹고 기다린 건 아니지?"

"네가 아무것도 안 먹고 일만 했을 게 뻔한데, 내가 어떻게 먹어."

"그럼 이 근처에서라도 뭔가 간단히 먹자."

"오는 길에 도시락 사 왔어. 어차피 늦은 저녁, 한강 가서 먹자. 그 전에 할 것도 좀 있고."

이 늦은 시각, 할 것이라니? 의아하다는 얼굴로 이준을 쳐다보았지만, 그는 입을 꾹 다문 채 운전에만 집중했다.

우리 출판사는 한강과 비교적 가까운 곳에 위치해 있기 때문에 그가 차를 빠르게 몰자 약 이십 분 만에 한강변에 도착할 수 있었다. 야속한 시곗바늘은 이제 밤 열한 시를 가리키고 있었다.

까마득한 어둠 속에서 잔잔히 일렁이는 물결이 묘한 느낌을 자아냈다. 시동을 끈 이준이 나를 똑바로 바라보며 입을 열었다.

"화가 난 것은 아니지만 오늘 계획이 완전히 어그러져서 슬픈 건 사실이야."

"미, 미안해. 나도 일이 이렇게 될 줄은 전혀 몰랐어."

"그래서 식사 전에 1주년 선물은 제대로 받아 내야겠어."

제멋대로 대화를 끝낸 그가 나를 제 품으로 바싹 끌어당기더니 부드럽게 입을 맞춰 왔다. 이 자식, 이러려고 굳이 여기까지 온 거였어! 메마른 입술에 뜨거운 입술과 촉촉한 타액이 닿아오자 어깨가 절로 움찔거렸다. 그의 혀가 입천장을 비롯해 치아와 안쪽 구석구석을 농염하게 쓰다듬으며 지나갔다.

"으응……."

부드럽게 시작한 키스는 어느새 나도 모르게 신음소리를 흘릴 만큼 격하게 변해 있었다. 이준에게 처음 안긴 그날, 입술이 부르트도록 몇 번이고 나누었던 딥키스처럼 진득한 키스에 어째서인지 아랫도리가 저릿해져 오는 기분마저 들었다.

이 자식, 차 안에서 이게 무슨 짓이야. 내가 이런 키스를 좋아할 거라고 생각했다면 그건 크나큰…… 오예일지도.

이제 그만 익숙해질 때도 됐는데, 그와의 격정적인 키스는 여전히 내 정신을 쏙 빼놓고 영혼마저 홀려 버리는 듯했다. 나는 그로 인해 키스의 달콤함을 알아 버렸다. 내 입술을 충분히 맛보고 탐한 이준이 이번에는 지독히도 뜨거운 숨결을 내뱉으며 발갛게 달아오른 입술로 귓불을 어루만졌다. 그의 입술이 닿는 곳마다 놀라울 정도로 저릿한 감각이 깨어났다.

나는 평소엔 깊이 침전되어 있는 그의 눈동자에 희열과 열락의 빛이 어린 모습을 발견할 수 있었다.

나 아닌 다른 사람들은 아마 죽었다 깨어나도 모를 것이다. 겉으로는 한없이 냉철하고 금욕적으로 보이는 그가 실은 내 입술을 집요하게, 탐욕적으로 탐하는 욕심꾸러기란 사실을. 펜만 어울릴 것 같은 그 하얀 손가락으로 내 가슴을 어루만지며 시시각각 변하는 나의 표정을 즐기는 못된 남자란 사실을. 이준은 여전히 많은 부분이 베일로 둘러싸인 남자였다.

"정말…… 짓궂어. 네가 이렇게 짓궂고 탐욕스러운 녀석이란 사실, 다른 사람들은 잘 모르지?"

쉿, 내 귓불에서 입술을 잠시 뗀 이준이 제 집게손가락을 입술에 가져댔다.

"네 앞에서만 이래. 네가 날 이렇게 만드니까. 이런 모습, 다른 사람들에게는 비밀로 해 두자고. 연애 사실을 공개한 것만으로도 충분하잖아."

"아이고, 이중인격이 따로 없어!"

"그러는 너도. 다른 사람들은 잘 모르지? 네가 꼬리 아홉 달린 구미호라는 거."

이준이 피식 웃으며 나긋나긋 속삭여 왔다.

뭐래, 이 남자가. 어디서 멀쩡한 여자를 구미호 취급하고 있어.

콩닥콩닥 뛰는 심장 박동을 인지하며 나는 이준의 입술에 가만히 입술을 부딪혔다. 다시 한 번 얽히는 입술과 혀가 미치도록 뜨거웠다. 무어라 설명 못할 충족감에 허기는 뇌리에서 잊힌

지 오래였다.

그렇게 우리는 새까만 어둠이 내려앉은 한강변에서 꽤 오랫동안 다디단 키스를 나누었고, 다 식어 버린 도시락을 비우며 1주년을 기념했다. 시간은 느리면서도 빠르게 지나간다. 이준이 내 옆자리를 지킨 지 어느새 벌써 일 년.

여전히 비밀스러운 매력이 넘치는 나의 연인아, 앞으로도 잘 부탁해. 사랑해. 정말 사랑해.

작가 후기

　안녕하세요, 독자님들. 두 번째 종이책 후기로 만나 뵙게 되어 반갑습니다.
　해당 이야기는 누구나 한 번쯤 만나고 겪어봤을 '에너지 뱀파이어' 혹은 '에너지 도둑'에서 소재를 얻어 써 내려가게 되었습니다.
　가까운 친구로부터 지속적으로 자존감을 도둑맞아온 희연이 잘못된 악연 및 과거를 헤쳐나가는 모습이 누군가의 위로나 희망이 되어줄 수 있다면 좋겠습니다.
　이 책을 읽어주신 모든 분들께 감사드립니다.
　이 책의 출간을 위해 여러모로 애써 주신 출판사 관계자분들께 감사드립니다.
　여기까지 달려온 스스로에게도 애썼다 말해 주고 싶습니다.
　이 책이 보다 많은 독자님들에게 읽히고 사랑받을 것을 확신하며…….

　　　　　　2015년 9월, 가을의 문턱에서 리브 드림.